Ann Granger

Warte nur, balde ruhest du auch

*Schriftsteller brauchen die
ganze Zeit über viel Ermutigung und
viel Toleranz. Ich (und natürlich
Alan Markby und Meredith Mitchell)
möchten uns ganz besonders bei John,
Judith und Anne für ihre rückhaltlose
Unterstützung bedanken.*

## KAPITEL 1

Laut summend prallte die Fliege gegen das schmutzige Fenster; sie saß in der Falle. Durch den Spalt am oberen Ende wehten warme Stadtluft und das Brausen des durch Whitehall dröhnenden Verkehrs herein, doch die Fliege schien nicht imstande, ihren Fluchtweg zu entdecken. Immer wieder flog sie gegen dieselbe Stelle auf der Scheibe, immer verzweifelter, weil sie hinaus wollte, und anscheinend immer unfähiger, den Weg zu finden.

»Genau wie ich«, sagte Meredith unüberlegt und laut.

»Verzeihung, Miss Mitchell?«

Der Personalchef musterte sie mißtrauisch. Er hatte nicht gern mit Frauen zu tun. Man brauchte kein Hellseher zu sein, um das zu erkennen. Er war klein und übergewichtig, hatte eine rosige Haut und benahm sich großspurig. Es war ihnen vom ersten Moment, in dem sie sein Büro betreten hatte, nicht gelungen, zu einem Einverständnis zu kommen. Ein Fall von gegenseitiger Abneigung auf den ersten Blick.

»Ich weiß, daß viele Mitarbeiter des Auswärtigen Amtes in meiner Position, die in London arbeiten, unbedingt wieder einen Posten in Übersee haben möchten.«

»Wie recht Sie haben, meine Liebe.«

Gönnerhafter Trottel, dachte Meredith.

»Je nun, die Anzahl der Auslandsposten nimmt ab. Kürzungen, Kürzungen überall.«

»Ja, aber gewiß wäre es im Interesse des Amtes, mich

so effektiv einzusetzen wie möglich? Nichts von dem, was ich hier tue, ist irgendwie sinnvoll oder erfüllt irgendeinen Zweck.«

»Das würde ich nicht sagen, Miss Mitchell.« Er schlug in der Akte nach, die auf seinem Schreibtisch lag. »Der Chef Ihrer Abteilung äußert sich sehr anerkennend über Sie. Natürlich ist mir klar, daß Sie früher als britische Konsulin im Ausland der Kapitän Ihres eigenen kleinen Schiffes waren …«

Meredith schnitt eine Grimasse.

»Zweifellos ist ein Schreibtisch in London im Vergleich dazu ein wenig langweilig.«

Das kannste ruhig noch einmal sagen, Kumpel, dachte sie und betrachtete verdrießlich seine rot gepunktete Krawatte. Wer hatte ihm die wohl geschenkt? Seine Frau? Sein reiches Tantchen Flo? Hatte er sie selbst gekauft?

Sie blickte gerade noch rechtzeitig auf, um in seinen kleinen Augen ein boshaftes Funkeln zu sehen. Sie verstand sehr genau, was es bedeutete. Hier war sie völlig in seiner Macht. Er saß seine Zeit ab, liebte das ruhige Leben. Er beneidete sie um ihren Wunsch nach Unabhängigkeit, Ungewißheit und Herausforderung, gleichzeitig nahm er ihn übel. Zum ersten Mal begann Meredith etwas von dem Streß, dem Druck und der Belastung zu verstehen, die dazu führen, daß eine sonst normale Person an Mord denkt.

»Nun denn«, sagte er und legte die Spitzen seiner plumpen Finger aneinander. »Haben Sie einen besonderen Grund, der es für Sie erforderlich oder wünschenswert macht, ausgerechnet jetzt einen Auslandsposten anzustreben?«

»Nein«, gestand sie widerwillig. »Ein Kollege in Übersee hat mir seine Wohnung in Islington überlassen. Davor hatte ich ein Cottage auf dem Land gemietet, doch die tägliche Fahrerei war mir zuviel.«

»Also kein Wohnungsproblem. Sie haben großes Glück, meine Liebe ...«

Wenn er das noch einmal sagt ...

»Persönliche Probleme?« Das klang mißtrauisch. Seiner Überzeugung nach neigten Frauen zu solchen Dingen.

»Nein!« fauchte sie.

»Dann, Miss Mitchell, sehe ich bei Ihnen wirklich keinen Grund für eine bevorzugte Behandlung. Aber seien Sie guten Mutes. Ihre Arbeit auf Ihrem früheren Posten wurde glänzend beurteilt, und Ihr Job hier mag zwar nicht aufregend sein, aber er ist wichtig. Auch die versehen ihren Dienst, die nur dastehen und warten, denken Sie dran.«

Jetzt reichte es Meredith. Sie stand auf. Sie war einssiebenundsiebzig groß und überragte seine sitzende Gestalt beträchtlich, was sie sehr befriedigend fand. Er sah ziemlich erschrocken aus.

»Sie mögen ja damit zufrieden sein, bis zu Ihrer Pensionierung hinter Ihrem Schreibtisch vor sich hin zu rosten. Aber ich will raus und etwas tun, bevor ich ins Gras beiße.«

Sein rosiges Gesicht verfärbte sich puterrot. »Ich glaube kaum, daß es sinnvoll ist, dieses Gespräch fortzusetzen«, knurrte er wütend und klappte die Akte zu.

Mit dieser Geste schlug er gleichzeitig die Tür für einen Auslandsposten zu, das wußte sie. Wußte auch, daß sie sich das selbst zuzuschreiben hatte. Hol's der Teufel! »Nein, das ist es in der Tat nicht!« fauchte sie und stolzierte hinaus.

Eingezwängt in einer überfüllten, stickigen U-Bahn, ließ Meredith diese Auseinandersetzung noch einmal an sich vorüberziehen und fühlte nur Zorn und Verzweiflung.

Der Zorn richtete sich jetzt nicht auf ihren Gegner, sondern auf sich selbst. Sie hätte es kaum schlechter anfangen können. Ausgerechnet sie, ein Mensch, der viele schwierige Situationen mit Takt und Diplomatie gemeistert hatte. Ich bin erledigt, dachte sie düster. Das bringt mir einen dicken schwarzen Tadel ein. Jetzt krieg ich nie wieder einen Auslandsposten. Bleibe für den Rest meines Lebens Pendlerin.

Jemand trat ihr auf den Fuß, und jemand anderes stieß ihr den Ellenbogen schmerzhaft in die Rippen. Oh, aus diesem täglichen Gedränge wieder draußen sein. Oh, irgendwo anders sein, egal wo. Sie bedauerte jetzt, den Mietvertrag für Rose Cottage gekündigt zu haben, obwohl sich das Haus als zu unpraktisch erwiesen hatte. Wenn sie schon nicht in Übersee sein konnte, dann wäre sie gern wieder in einer ländlichen Gegend Englands. Sie dachte an Alan und beneidete ihn. Er lebte in Bamford, einem hübschen kleinen Städtchen, umgeben von ländlichem Frieden und ländlicher Weite, und konnte dort außerdem einen lohnenden Beruf ausüben, der Abwechslung bot und gelegentlich unerwartete Gefahr. Darüber hinaus war es kurz vor Ostern. Frühling auf dem Land bedeutete wirklich neues Leben, das aus der kalten Erde sproß.

Es roch irgendwie merkwürdig im Haus, obwohl – was ihm im Treppenhaus aufgefallen war – jemand im oberen Stock ein Fenster geöffnet hatte. Wahrscheinlich einer der jüngeren Constables, ein armer Kerl, der es nicht gewohnt ist, den äußerlichen Zeichen der Sterblichkeit so nahe zu sein, dachte Alan Markby, als er die knarrende, teppichlose Treppe hinaufstieg, wobei er wegen etwa vorhandener Fingerabdrücke darauf achtete, das Geländer nicht zu berühren. Genauso achtete er darauf, die Wände nicht zu streifen, denn sie waren schmierig und starrten vor Schmutz.

Er erschien erst spät auf der Szene, da man ihn vom anderen Ende seines Bezirks herbeigerufen hatte. Die ersten Arbeiten würden bereits erledigt sein, und die Ambulanz vor dem Haus wartete nur darauf, daß er kam und sich die Leiche ansah, bevor sie weggebracht wurde. Auf der anderen Straßenseite hatte sich eine kleine Gruppe Neugieriger versammelt. Unter ihnen war mindestens ein echter Nekrophiler. Es gab gewöhnlich einen, der das Polizeipersonal aufhielt und nach den gräßlichen Einzelheiten fragte. Manchmal gaben sich die jämmerlichen Widerlinge als Journalisten aus.

Wild. Dem kam der Geruch am nächsten. Birkhuhn oder Fasan, gut abgehangen, mischte sich hier mit Staub, feuchtem Schimmel und allgemeiner Verwesung. Ganz offensichtlich handelte es sich um ein besetztes Haus. Die Reihenhäuser hier sollten abgerissen und durch einen niedrigen Wohnblock ersetzt werden. Das Nebenhaus war noch bewohnt, was sehr nützlich sein konnte, weil der Nachbar vielleicht Auskunft geben konnte. Doch das Haus, in dem er sich aufhielt, hatte theoretisch leergestanden, die unteren Fenster und die Tür waren mit Brettern vernagelt. Trotzdem waren die Hausbesetzer hineingekommen.

Hinter der Tür, am oberen Ende der Treppe, hörte Markby Stimmengemurmel. Er stieß die Tür auf, und die Gesichter wandten sich ihm zu.

»Oh, da sind Sie ja, Sir«, sagte Sergeant Pearce erleichtert. Auch er wollte weg von hier. Der Gestank war in diesem Raum intensiver. An der Tür stand ein junger, schwitzender, grüngesichtiger Constable. Es war heiß und stickig im Zimmer. Durch das warme Wetter hatte der Verwesungsprozeß bei dem Ding auf dem Bett noch schneller eingesetzt.

»Tut mir leid, daß ich so spät komme«, sagte Markby und meinte es ernst, da sie unverkennbar alle litten.

»Dr. Fuller mußte fort, konnte nicht auf Sie warten, Sir. Er hatte noch einen anderen Termin.«

»Ist schon in Ordnung. Ich werde zweifellos von ihm hören.«

»Sie haben ihre Fotos gemacht«, fuhr Pearce fort und wies auf die beiden unglücklichen Polizeifotografen. »Könnten Sie ...«

»Was? O ja, ihr beiden könnt euch trollen.«

In ihrer Hast stießen sie in der Tür zusammen und stürmten dann mit ihren Apparaten die Treppe hinunter.

»Dann wollen wir mal sehen«, sagte Markby resigniert.

Pearce schlug das Laken zurück, mit dem die Leiche pietätvoll zugedeckt war. Er sagte nichts.

Markby sagte: »Sie muß hübsch gewesen sein – früher.«

Sie war nicht älter als ein- oder zweiundzwanzig. Ihre Augen waren starr geöffnet und von mattvioletter Farbe. Sie trug ein schmutziges T-Shirt und an den Knien abgeschnittene, ausgefranste Jeans. Das T-Shirt war hochgeschoben worden, vermutlich von Dr. Fuller, der sie untersucht hatte, und das eingesunkene Fleisch unter den Rippen sah merkwürdig grau aus. Ihr linker Arm war mit dem Handteller nach oben gedreht und von unten bis oben mit roten Flecken, Kratzern und purpurnen Blutergüssen bedeckt, die durch die Sprenkelung der sich zersetzenden Haut allmählich undeutlich wurden.

»Wer hat sie gefunden?«

»Ein Typ von nebenan.« Pearce zeigte auf die Trennwand zwischen den beiden Reihenhäusern. »Er hat sich um das Haus gekümmert, hatte Angst vor Feuer. Dachte, es stehe leer, und kam nachsehen, wieviel Schaden die letzten Obdachlosen angerichtet hatten. Ach, hier ist die Nadel, lag neben dem Bett auf dem Boden.« Pearce hielt eine Plastiktüte in die Höhe, die eine Injektionsspritze enthielt.

Scheußliches Ding, dachte Markby. Laut fragte er: »Wie lange ist sie schon tot? Hat Fuller einen ungefähren Zeitpunkt genannt?«

»Zwei, drei Tage, nach dem ersten Eindruck.«

»Keine Spur von dem Zeug, das sie sich gespritzt hat?«

»Nein. Es haben noch andere hier gewohnt, sagt der Nachbar, aber in den letzten Tagen war es sehr still im Haus, und er hat gedacht, sie wären alle gegangen. Sieht so aus, als hätten sie, als sie das Mädchen gesehen haben, einen Schreck gekriegt und gemacht, daß sie wegkamen.«

»Wir werden viel Glück brauchen, um sie zu finden«, sagte Markby grollend. »Es sei denn, der Nachbar hat ein paar Namen gekannt. Unwahrscheinlich.«

»Es ist wirklich komisch, aber sie hat er tatsächlich gekannt...« Pearce zeigte auf die Tote. »Als ich kam, hat er mir gleich gesagt, daß es Lindsay Hurst ist. Er hatte Lindsay ein paar Wochen lang im Haus ein- und ausgehen sehen und war überrascht, denn ihre Familie ist hier ansässig und durchaus respektabel. Er hätte nie für möglich gehalten, daß Lindsay so enden würde. Das ist alles, was er ausgesagt hat.«

»So etwas ist ja nicht zum ersten Mal passiert. Weiß Ihr Informant, wo die Hursts wohnen?«

»Ja, irgendwo in der Kitchener Close. Die Zahl der Leute, die hier untergekrochen sind, war unterschiedlich. Er hat auch gesagt, er habe sich bei der Polizei und beim Stadtrat beschwert, aber es sei nichts getan worden. Sie wissen, wie schwierig es ist, Hausbesetzer zu vertreiben. Der Stadtrat will sie wahrscheinlich bis zum Herbst dulden, denn dann kommt ohnehin die Abreißkolonne.«

Markby brummte etwas. »Jemand wird in die Kitchener

Close gehen und es ihren Eltern sagen müssen. Ich übernehme das, da Sie hier festgesessen und auf mich gewartet haben. Jetzt bin ich an der Reihe, die unangenehme Arbeit zu tun. Alles in Ordnung?«

»Hab mich dran gewöhnt«, sagte Pearce mit einem schiefen Lächeln.

Markby sah den Constable an. »Wollen Sie an die frische Luft?«

»Bitte, Sir.«

»Dann ab mit Ihnen. Sagen Sie den Leuten von der Ambulanz, sie können raufkommen und sie holen.«

Nachdem der Constable geflüchtet war, schaute Markby sich noch einmal im Raum um. Das Bett war das einzige richtige Möbelstück, und auch das sah aus, als stamme es von einer Müllhalde. Auf dem Boden stand ein rostiger Campingkocher. Die anderen Bewohner mußten ihn in ihrer Panik zurückgelassen haben. In einer Ecke stapelte sich Abfall – Flaschen, Schachteln, Papier, leere Dosen, noch eine Spritze … Sie würden alles genau untersuchen müssen. Die Furcht des Nachbarn vor Brandgefahr war nicht unberechtigt gewesen.

Er mußte an die ehrbaren Doppelhäuser in der Kitchener Close denken, woher das tote Mädchen gekommen war, und fragte laut und staunend: »Wie hat sie es nur in diesem Dreck ausgehalten? Zu stolz, um nach Hause zu gehen? Oder zu tief gesunken?«

»Ich habe angerufen und sie überprüfen lassen, bevor Sie kamen, Sir. Sie war bereits als Drogenabhängige registriert und wurde mit einer Ersatzdroge versorgt. Doch offensichtlich bekam sie den ›echten‹ Stoff von anderswo. Dr. Fuller sagt, es sieht so aus, als hätte sie eine ordentliche Dosis genommen, und wenn diese leeren Weinflaschen dort drüben bedeuten, daß sie und die andern getrunken haben, hatte sie nicht die geringste Chance.« Pearce machte ein nachdenkliches Gesicht. »Man würde doch denken, nicht wahr, daß sie, wenn sie abhängig sind, nicht in einem so ruhigen Provinzkaff wie Bamford rumlungern, sondern in irgendeine große Stadt abhauen, wo das Zeug leichter zu kriegen ist.«

»Ruhig, ja. Provinziell, wahrscheinlich. Aber kein Kaff«, sagte Markby. Er liebte Bamford. »Es überrascht mich auch nicht. Nichts in diesem Land überrascht mich noch.«

Pearce bemühte sich, die Sache positiv zu sehen. »Häßliche Geschichte, aber einfach und gradlinig in ihrer Art. Ich nehme an, man wird auf gewaltsamen Tod ohne Nennung der Ursache befinden. Als der Anruf kam, dachte ich, wir hätten es mit einem Mord zu tun, doch das trifft nicht zu.« Pearce schlug mit der flachen Hand nach den Fliegen, die sich in der Luft sammelten und bedrohlich summend über dem Bett hingen.

»Trifft nicht zu?« fragte Markby kalt. »Vielleicht nicht nach Ansicht des Coroners. Meiner Ansicht nach hat sie derjenige getötet, der sie mit Drogen belieferte. Und wir müssen ihn finden, bevor noch ein junger Mensch stirbt.«

»Iß auf, Jess. Was du auf deinem Teller hast, ist nicht einmal genug, um einen Spatzen am Leben zu erhalten.«

»Ich habe keinen Hunger, Ma. Hab genug gegessen, ehrlich.«

»Unsinn. Du ißt noch eine Kartoffel, hier!« Unnachgiebig knallte Mrs. Winthrop noch eine Bratkartoffel auf den Teller ihrer Tochter. »Eine mehr wird dich nicht umbringen.«

Jessica Winthrop zuckte wie im Krampf zusammen. Sie schaute auf die Kartoffel hinunter, die in ihrer krossen, fetten Schale rotgolden glänzte und kämpfte gegen die aufsteigende Übelkeit an. Neben ihr räumte ihr Bruder Alwyn eifrig eine riesige Portion von seinem Teller ab. Alwyn war ein großer und breiter Kerl und arbeitete hart; kein Wunder, daß er aß wie ein Pferd. Die unerwünschte Knolle anstarrend, fragte sich Jessica, wie sie sie dazu bringen konnte, sich in Luft aufzulösen. Alwyn wischte den letzten Soßenrest mit einem riesigen Brocken Brot ab, warf ihr von der Seite her einen Blick zu und blinzelte. Er wußte, was sie dachte.

»Kannst du noch eine Tasse Tee aus der Kanne melken, Elsie?« fragte George Winthrop, der am Kopfende des Tisches saß – eingezwängt in einen uralten geschnitzten Sessel. Man sah nichts von ihm, außer seinem kahlen Kopf und den Spitzen seiner kurzen, dicken Finger, die sich um die Titel- und die letzte Seite der aufgeschlagenen Zeitschrift *Farmers' Weekly* krümmten.

Jessica fand, daß ihr Vater, nicht gewohnt, mit Büchern umzugehen, seine Zeitschrift immer so fest umklammerte, als könnte sie ihm ausreißen. Sie war das belesene Mitglied der Familie, ein Unikum unter den Winthrops. Man hatte ihr Anderssein immer toleriert, bis für sie alles schiefgegangen war.

Mrs. Winthrop hatte den Deckel einer großen, braunen irdenen Teekanne gehoben und brütete über dem Inhalt wie ein heidnischer Priester über den Innereien eines Opfers. »Sie braucht noch einen Tropfen Wasser.« Sie stand auf und ging zum Herd.

Kaum kehrte sie ihnen den Rücken, gabelte Alwyn hastig die unerwünschte Knolle vom Teller seiner Schwester und aß sie auf, bevor die Mutter zurückkam. Jess lächelte ihm dankbar zu.

»Na also«, sagte Mrs. Winthrop, als sie mit dem frischen Tee zurückkam. Mit einem anerkennenden Nicken schaute sie auf den leeren Teller ihrer Tochter. »Hast es doch geschafft, sie zu essen. War doch wohl nicht schlimm, oder?«

»Nein, Ma.«

»Wenn du nicht richtig ißt, mein Mädchen, wirst du wieder krank wie – nun ja, wie du's schon warst.«

Jessica sagte nichts. Sie verstanden nicht, was ein Nervenzusammenbruch war, und sie hatte den Versuch aufgegeben, es ihnen zu erklären. Ihrer Ansicht nach wurde ein Mensch krank, weil er nicht genug aß, sich nicht warm genug anzog oder das Pech hatte, sich eine der üblichen fieberhaften Erkrankungen einzufangen. Den Kranken mit Essen vollstopfen und mit Wick einreiben, und all diese Leiden kurierten sich praktisch von selbst. Ein schwächliches und kränkliches Kind, hatte sie, wo immer sie auftauchte, der durchdringende Geruch von Wick umweht. Ihr Bruder hätte sie vielleicht verstanden, doch sie wollte ihn nicht belasten, da er eigene Sorgen hatte. Er hatte nie darüber gesprochen, aber sie fühlte es. Sie hatten einander immer nahegestanden.

»Du liest zu viele Bücher«, sagte ihr Vater, legte seine *Farmers' Weekly* beiseite und nahm die Brille ab (von seinem Vater ererbt und gut genug, er brauchte kein gutes Geld für eine neue auszugeben). Er griff nach seinem Becher. »Das ist der ganze Kummer mit dir und war es schon immer. Nicht genug frische Luft und immer die Nase in einem Buch. Kriegen wir denn heute keinen Pudding?«

»Wart eine Minute, George Winthrop! Es gibt Apfelstreusel, und rümpf ja nicht die Nase, Jessica.«

»Nein, Ma. Soll ich ihn auftragen?« Wenn sie Glück hatte, gelang es ihr vielleicht, sich selbst nur eine winzige Portion auf den Teller zu tun.

»Mach nur. Und hol den Sahnekrug. Er steht auf der Anrichte.«

Jessica durchquerte die vertraute bäuerliche Küche. Jeder Winkel, jede Ritze, jeder Trichter, der bei der Anrichte an einem Nagel hing, bis zu den Kupferpfannen an der Wand, waren ein Teil ihrer Kindheitserinnerungen und hatten dazu beigetragen, daß sie der Mensch wurde, der sie jetzt war. Doch die Erinnerungen brachten keine Wärme mit sich. Sie hatte oft ein schlechtes Gewissen gehabt, weil sie für die Steine und den Mörtel ihres Elternhauses nur wenig Zuneigung empfand. Das Leben auf einer Farm hätte Glück und Sicherheit bedeuten sollen, hatte es jedoch nie getan. Sie war so glücklich gewesen, als sie fortging, um ein weit entferntes College zu besuchen. Aber am Ende war sie doch nur wieder hier gelandet. Manchmal hatte sie das Gefühl, mit einem Gummiseil an die Farm gefesselt zu sein. Sie konnte nur bis zu einem gewissen Punkt weglaufen, dann riß es sie wieder zurück.

Schlimmer noch, seit ihrer Krankheit machte ihr der Gedanke angst, die Farm zu verlassen, so daß sie zwischen widerstreitenden Gefühlen gefangen war wie zwischen Scylla und Charybdis. Sie wußte genau, daß die Dinge, denen sie in der Außenwelt gegenübertreten mußte, nur kleine Probleme waren; doch sie kamen ihr wie schreckliche Hindernisse vor und ließen es nicht zu, daß sie einen Neubeginn auch nur versuchte. Je länger sie blieb, um so schlimmer wurde es. Doch sie konnte nicht gehen.

Nichts von alledem konnte sie ihren Eltern erklären, deren Leben sich um Greyladies Farm drehte und die hier alles fanden, was sie suchten. Sie unterwarfen sich bei allem, was sie taten, den Notwendigkeiten des bäuerlichen Jahres, und die Welt draußen bedeutete ihnen wenig. Sie kannten sie nicht, und sie interessierte sie noch weniger. Nur Alwyn hätte Jessica verstehen können, doch sie sprachen nie darüber.

Allein Jamie hatte es geschafft, für immer fortzugehen und draußen ein erfolgreiches Leben zu führen, weit weg von Greyladies. Aber es hatte Jamie nie etwas ausgemacht, Menschen zu verletzen. Jessica wünschte oft, sie hätte etwas von der berüchtigten Rücksichtslosigkeit der Winthrops geerbt. Jamie mußte außer seinem auch ihren Anteil bekommen haben.

Jessica zog dicke Küchenhandschuhe an, bückte sich und nahm die große runde Backform mit dem Apfelstreusel aus dem Ofenrohr. Als sie sich aufrichtete, begann im Nebenzimmer das Telefon zu läuten.

»Ich gehe«, sagte Alwyn, stand auf und schob sich an ihr vorbei. Er hatte immer Schwierigkeiten, durch die niedrigen Türen zu kommen, die aus einer weit zurückliegenden Zeit stammten, in der die Menschen viel kleiner waren. Er mußte einen Buckel machen und den Kopf einziehen, um nicht anzustoßen.

Jessica stellte das mit Streuseln überbackene Apfeldessert auf die Marmorplatte des Tischs bei der Tür und verteilte mit dem Löffel Portionen auf die blauweißen Teller. Nun ja, auf die blau und gelblich weißen Teller mit den zahlreichen Sprüngen in der Glasur und den abgestoßenen Rändern. Man kaufte auf der Farm kaum einmal etwas Neues. »Sind doch noch gut, die Teller«, hatte Mrs. Winthrop gemeint, als Jessica vorgeschlagen hatte, sie könnten vielleicht wegen der Hygiene … »Wenn du sie richtig spülst, machen ein paar Sprünge nichts aus.« Um die Wahrheit zu sagen, so war natürlich für neue Teller ebensowenig Geld da wie für irgend etwas Neues.

Während sie dicht neben der offenen Tür arbeitete, hörte sie, was Alwyn nebenan am Telefon sagte. Offensichtlich galt der Anruf ihm, und sie hätte nicht gelauscht, aber etwas in seiner Stimme, etwas beinahe verstohlen Schuldbewußtes, weckte ihre Aufmerksamkeit.

»Ich hab dir gesagt, du sollst mich nicht anrufen«, flüsterte er heiser. »Ja, ich weiß … Nun, ich hatte noch keine Gelegenheit … Außerdem ist es nicht an mir, etwas zu sagen!« Beim letzten Satz hob sich Alwyns Stimme fast zu einem gedämpften Schrei. Es folgte ein langes Schweigen und dann Alwyns zornige Antwort: »Ich habe es dir schon einmal gesagt – wenn ich kann.« Der Hörer knallte auf die Gabel, und Alwyn kam mit einem Gesicht zurück, das fast so rot war wie sein Haar.

»Wer war das denn?« fragte seine Mutter.

»Der Wirt vom Fox and Hounds, der wissen wollte, ob ich nächsten Mittwoch beim Darts-Team mitmache. Ich habe ihm schon vor einer Woche oder noch früher gesagt, ich kann ihm nicht garantieren, daß ich wieder spiele.«

Jessica trug die Teller mit dem Apfelstreusel zum Tisch und dachte: Alwyn war noch nie ein guter Lügner. Ihre Blicke trafen sich, als sie ihm den Teller hinstellte, und er sah sie herausfordernd an.

Sie respektierte seine Privatsphäre und hätte ihn nicht mehr nach dem Telefonanruf gefragt, hätte sie ihn am Nachmittag nicht allein erwischt. Sie hatte der Mutter beim Tischabräumen und beim Abspülen geholfen und war dann hinausgeschickt worden. »Damit du an die frische Luft kommst, und nimm ja kein Buch mit, mit dem du dich irgendwo verkriechst.« Also hatte sie Sattel und Zaumzeug aus der Scheune geholt und hatte sich aufgemacht, Nelson auf seiner Koppel einzufangen.

Dort stieß sie unerwartet auf ihren Bruder, der auf einer niedrigen, bröckelnden Mauer saß, Teil einer Ansammlung von Steinen in der Mitte der Koppel. Ihm zu

Füßen lag der Schäferhund Whisky und hechelte mit der rosa Zunge in der Hitze, während er auf Befehle wartete. Alwyn saß vornübergebeugt da, die Arme auf den Knien, tief in Gedanken. Er hatte die kräftigen, sonnenverbrannten Hände locker gefaltet, und der Schirm seiner Tweedmütze beschattete sein Gesicht.

Jessica legte Sattel und Zaumzeug auf den Boden und setzte sich neben Alwyn auf die Mauer. Nelson weidete in ihrer Nähe, behielt sie jedoch im Auge, weil er den Sattel gesehen hatte.

»Das Pony ist so verdammt fett«, sagte Alwyn. »Bald wirst du ihm den Sattelgurt nicht mehr umlegen können.«

»Ich bewege ihn jeden Tag.«

»Frißt sich um Sinn und Verstand. Ein nutzloses, stinkfaules Vieh.«

»Halt den Mund, Alwyn. Das sagst du nur, um mich zu ärgern.« Er grinste, und sie fuhr fort, um es ihm heimzuzahlen: »Und warum hast du am Telefon so geflüstert? Erzähl mir bloß nicht, daß es der Wirt vom Fox and Hounds war!«

Sein Grinsen verschwand, und er machte ein finsteres Gesicht. »Nein, 's war Dudley Newman.«

Jetzt runzelte sie verblüfft die Stirn. »Der Baumeister? Was wollte er?«

»Dasselbe, was er wollte, als er vor einiger Zeit hier aufgekreuzt ist.«

»Unser Land kaufen?« Sie warf das lange blonde Haar zurück. »Dad hat ihm doch gesagt, daß er Greyladies nicht verkauft.«

Alwyn knurrte etwas.

»Also warum hat er dich angerufen?« Sie blieb hartnäckig.

»Woher soll ich das wissen?«

»Alwyn! Ich will es wissen. Hast du mit Newman irgendein Komplott ausgeheckt?«

»Nein!« fauchte er. »Wie könnte ich? Ich habe nicht das letzte Wort. Aber ich habe gesagt, daß ich – wenn Dad es sich anders überlegt – an einem Verkauf interessiert wäre, sofern der Preis stimmt.« Er unterbrach sich, als sei er über seine eigene Courage erschrocken. »Komm, Jess, warum denn nicht? Du würdest deinen Anteil bekommen, und wir könnten von hier weg.« So offen hatte er mit ihr noch nie über dieses ärgerliche Thema gesprochen.

»Sie würden nicht von hier fortgehen.«

»Nein.« Er seufzte. »Das würden sie nicht.«

»Und wenn du hinter Dads Rücken mit Dudley Newman kungelst, kommt er bald dahinter. Du kannst nicht gut lügen, Alwyn. Nicht wie Jamie.«

Sein Kopf fuhr herum. »Wieso erwähnst du ihn?«

»Vor ein paar Tagen ist doch ein Brief von ihm gekommen, oder? An Dad und Ma adressiert. Er hat auf dem Küchentisch gelegen, aber Ma hat ihn rasch verschwinden lassen, damit ich ihn nicht sehe.«

»Nicht rasch genug, wie es scheint«, lautete der lakonische Kommentar.

»Kommt er nach Hause?«

»Der Brief war nicht an mich«, sagte er ausdruckslos.

Eine Weile saßen sie schweigend da und ließen sich die Sonne auf den Rücken scheinen. Der Hund war, die Nase auf den Pfoten, eingeschlafen, und Nelson, zufrieden, daß er nicht eingefangen und gezwungen werden sollte, sich zu bewegen, hatte sich in die entfernteste Ecke der Koppel verzogen.

»Seltsames altes Gemäuer«, sagte Alwyn plötzlich und schlug mit der Hand auf die bröckelnde Mauer, auf der sie saßen. »Könnte uns viele Geschichten erzählen, wetten daß?«

»Ich finde diese Ruinen gruselig«, sagte Jessica schroff.

»Denkst wohl, daß ein paar Gespenster aus den alten Steinen herausspringen, ja?« zog er sie auf.

»Würde mich nicht überraschen. Hier ist einmal ein Verbrechen verübt worden.«

»Wie meinst du das?« Er wandte den Kopf und spähte mit einem stechenden Blick seiner grauen Augen unter dem Mützenschirm hervor.

»Der Brand im Versammlungshaus. In dieser alten Ruine.«

»Guter Gott, Mädchen, ich hab mich schon gefragt, wovon du redest«, sagte er wegwerfend. »Das war kein Verbrechen. Eher ein Unfall.«

»Brandstiftung ist ein Verbrechen.«

»Wer sagt denn, daß es Brandstiftung war? Es ist länger als hundert Jahre her, und niemand weiß es genau. Nur ein bißchen Geschichte, dieses alte Gemäuer, sonst nichts.«

»Es ist ein unheilvoller Ort«, sagte sie leise. »Ich spüre das Unglück förmlich, es sickert aus den Steinen.«

»Unsinn. Fang nicht an, dir was einzubilden.«

»Es liegt Unheil in der Luft.« Jessica blickte, während sie sprach, über das Feld zu dem Turm der Kirche von Bamford, der am Horizont aufragte.

»Was soll denn das heißen? Manchmal redest du wirklich närrisch daher, Jess. Wenn du anfängst solches Zeug vor Ma zu verzapfen, schleppt sie dich wieder zu Dr. Pringle.«

»Ich habe in der *Gazette* das mit Lindsay gelesen.«

»Oh, das! Ich wußte nicht, daß du sie gekannt hast.« Alwyn schien verärgert und verunsichert. »Wenn ich es gewußt hätte, hätte ich dafür gesorgt, daß die *Gazette* verschwindet, bevor du sie findest.«

»Ich wünschte, du würdest aufhören, mich zu beschützen!« schrie sie. Er antwortete nicht, und sie fuhr steif fort: »Wir waren vor Jahren Chormädchen, Lindsay und ich. Sie war ein so fröhliches, freundliches Mädchen. Jetzt ist sie tot und auf so schreckliche Weise gestorben.«

»Denk nicht mehr dran«, riet er ihr barsch. »Das alberne kleine Ding hat es selbst getan. Hat keinen Sinn, sich deshalb aufzuregen.« Er stand auf, und der Hund wurde wach und wedelte mit dem buschigen Schwanz. Sogar Nelson schien zu merken, daß die friedliche Pause zu Ende war. Er warf den Kopf zurück und wieherte schrill.

»Ich habe zu tun«, sagte Alwyn. »Versuch ja nicht, mit dem Pony über Hecken zu springen. Mit dem Fett, das es herumschleppt, wird es sie direkt durchpflügen, und ich muß sie dann wieder flicken.«

»Das habe ich nie getan, wie du sehr genau weißt.« Sie schulterte den Sattel und überquerte zielstrebig die Koppel.

»Gespenster, das Unheil«, murmelte Alwyn vor sich hin und versetzte dem nächstbesten halb im Gras vergrabenen Stein des geschwärzten Mauerfundaments einen Tritt. »Sie gehören ganz einfach zur Farm wie du und ich, Junge.« Der Hund blickte auf, spitzte die Ohren, die Augen wachsam und neugierig. »Genau wie du und mein verdammtes Ich«, wiederholte Alwyn mürrisch. »Ich könnte diesen alten Brocken das oder jenes über das Unglücklichsein erzählen. Gib mir eine Schachtel Streichhölzer, und ich brenne mir nichts, dir nichts die ganze verdammte Farm nieder.«

## KAPITEL 2

»Beton, Asphalt und Ziegel, das wird alles sein, was bleibt«, sagte Alan Markby mißmutig. »Das ganze Land total verbaut, von Küste zu Küste.«

Er gab diese traurige Erklärung sich selbst, als der Wind ihm in das glatte blonde Haar fuhr und wild daran zauste. Erbittert schob er die Hände in die Taschen seines abgetragenen olivgrünen Parkas und betrachtete finster die Szenerie, ehe er sich auf einen Baumstumpf setzte und einen Riegel Schokolade aus der Tasche nahm. Er aß nicht besonders viele Süßigkeiten, aber es war ihm zu mühsam gewesen, sich ein Sandwich zu machen. Er hatte nur die Schokolade in die Tasche gesteckt und war zu seinem Spaziergang aufgebrochen.

Er hatte hinaus müssen – hinaus aus dem Büro, hinaus aus dem Revier. Wie Pearce prophezeit hatte, war im Fall Lindsay Hurst bei der gerichtlichen Untersuchung auf gewaltsamen Tod ohne Nennung der Ursache erkannt worden. Markby hatte nichts anderes erwartet. Sie hatten es versucht, aber bisher die Mitbewohner des toten Mädchens nicht gefunden. Und da sie nicht einmal einen einzigen Namen hatten, stand so gut wie fest, daß sie sie nie finden würden. Viel wichtiger war, festzustellen, woher Lindsay die tödliche Drogendosis bekommen hatte. Heroin hatte ihr kurzes Leben beendet, und bis vor kurzem hatten sie in dieser Gegend kaum mit Drogen zu tun gehabt. Wieder hatte Pearce recht behalten. Auf Cannabis stießen sie recht häufig, doch in letzter Zeit waren immer öfter härtere Drogen im Spiel und bereiteten der örtlichen Polizei erhebliche Kopfschmerzen.

Stur hatte er das ganze Wochenende an dem Fall gearbeitet, war jedem Hinweis nachgegangen und hatte sein Bestes getan, um Wellen zu schlagen, denn Wellen spülten oft unerwartete Funde an. Diesmal jedoch nicht. Bei den Befragungen in den Pubs, in denen das Mädchen verkehrt hatte, war er auf eine Mauer der Ablehnung gestoßen, niemand hatte helfen wollen. Und selbst wenn sie diesen oder jenen Dealer aus dem Verkehr gezogen hätten, hätte das wenig bewirkt. Sie mußten der *Big Boys* habhaft werden, die hinter dem schmutzigen Geschäft steckten. Was sie tatsächlich brauchten, war »der« große Zufall. Doch da mußte schon ein Wunder geschehen, was höchst unwahrscheinlich war.

Am Sonntagabend mußte er zugeben, daß sie für den Augenblick alles getan hatten, was sie konnten, und abwarten mußten, ob die Köder, die sie ausgelegt hatten, etwas Nützliches erbringen würden. Er hatte einsehen müssen, daß er müde und griesgrämig war, und hatte sich gezwungen, zuzugeben, daß er, wenn er nach diesem verlorenen Wochenende keine Pause machte, in der nächsten Woche alle anderen zum Wahnsinn treiben würde. Daher hatte er sich am Montag freigenommen und war zu einem Spaziergang über Land aufgebrochen, um sich ein paar neue Ideen in sein müdes Gehirn blasen zu lassen, hatte aber nur festgestellt, daß, von ihm unbemerkt, die Landschaft, die er kannte und liebte, völlig verändert worden war.

Hier hatte eine Farm gestanden, die witzigerweise *Lonely Farm* geheißen hatte. Den Namen hatte man bis in die Tudorzeit zurückverfolgen können. Das Farmhaus war auf uralten Grundmauern erbaut gewesen, und die hohen, schmalen Kamine hatten aus phantasievoll verziertem Backsteinmauerwerk bestanden. Er erinnerte sich gut daran, ebenso wie er sich daran erinnerte, Cowboy gespielt und erstaunte Kühe zusammengetrieben zu haben, die gemütlich das süße Gras abgefressen hatten; auch Räuber und Gendarm hatten sie zwischen den Hecken gespielt.

Alles war von Bulldozern niedergewalzt worden. Felder – von Generationen liebevoll bebaut, die Szenerie seiner Knabenabenteuer – verschwunden. Rechter Hand konnte er gerade noch die Dächer von Greyladies, der nächstliegenden Farm, ausmachen, die den Bauunternehmern noch nicht zum Opfer gefallen war, und linker Hand sah man am Horizont einen winzigen verschwommenen Fleck, Witchett Farm, die auch den Kampf gegen die vordringenden Fluten von Asphalt und Ziegeln aufgenommen hatte.

Die Landschaft, an die er sich erinnerte, schien nur noch ein Traum. Vor ihm dehnte sich, soweit das Auge reichte, narbige Erde in alle Richtungen. Die großen Bäume lagen, von Maschinen entwurzelt und die Wurzeln in die Luft streckend, wie gefallene, mitleiderregende Riesen da, verstümmelt und ihrer Arme beraubt. Jene, die zwar gestürzt waren, sich aber noch mit ein paar Wurzeln an die verwüstete Erde klammerten, versuchten frisches Frühlingsgrün sprießen zu lassen, traurige kleine Ranken mit jungen Blättern an Stämmen, die große, klaffende Wunden hatten.

Was man nicht zerstört hatte, war schrecklich entstellt. Der Fluß, in dem er gefischt hatte, war begradigt, verbreitert, umgeleitet und in ein Betonkorsett gezwängt worden, damit er ja nicht in sein natürliches Bett zurückfand. Die Weiden, die ihn überschattet hatten, waren verschwunden. Eine neue Straße führte ungefähr eine halbe Meile geradeaus und stieß dann jäh gegen einen Erdhügel. Wo er und seine Freunde sich in altehrwürdigen Eichen Baumhäuser und Höhlen unter Brombeersträuchern gebaut hatten, standen halbfertige Häuser, verloren unter dem Himmel jagender Wolken. Das Dröhnen schwerer Maschinen beleidigte seine Ohren. Ein Saatkrähenschwarm lärmte, vielleicht auf der Suche nach seinen verschwundenen Nestern, über seinem Kopf und flog dann, ein Gestöber schwarzer Schwingen, einem neuen Zuhause entgegen – dahin, wo die Bauarbeiter noch nichts zerstört hatten.

Markby seufzte, dann hellte sich seine Miene auf. Vor ihm und ein Stückchen unterhalb des niedrigen Hügels, auf dem er saß, fuhr ein grauer Wagen mit Heckklappe langsam und vorsichtig die halbfertige Straße entlang. Er hielt an, und der Fahrer stieg aus. Ein kleiner braunweißer Hund, der aussah wie ein Jack-Russell-Terrier, sprang ebenfalls aus dem Wagen und begann scheinbar ohne Sinn und Zweck auf dem Asphaltstreifen hin- und herzurasen, tauchte dann in einen Graben ein und verschwand. Der Fahrer griff in den Wagen, zog einen großen Bogen Papier heraus, den er nicht ohne Schwierigkeiten auf der Motorhaube ausbreitete. Der Wind fing sich darin und drohte das Papier wegzuzerren. Es wölbte sich und schlug dem Mann ins Gesicht, während er versuchte, es zu studieren. Der Beobachter konnte sich sehr gut vorstellen – wenn er es auch nicht hörte –, wie der andere fluchte.

Markby lächelte. Er steckte den Rest des Schokoriegels in die Tasche und stand auf. Sogar aus dieser Entfernung hatte er Herrn und Hund erkannt und stieg, auf dem nassen Gras und dem aufgeweichten Boden ausrutschend, den Hügel hinunter. Unten angelangt suchte er sich seinen Weg über die aufgewühlte Erde, und als er in Rufweite war, wölbte er die Hände vor dem Mund und rief: »Steve!«

Der Mann mit der Karte blickte auf, hob voreilig eine Hand und winkte. Der Wind nutzte seine Chance. Das Papier wurde weggerissen und tanzte, von Steve Wetherall verfolgt, wie närrisch die Straße entlang. Patch, der Hund, flog wie ein Gummiball aus dem Graben und raste auf seinen kurzen Beinen hinter den beiden her, ganz offensichtlich der Meinung, daß dieses herrliche Spiel ausschließlich für ihn inszeniert wurde.

Markby wartete am Wagen, bis Steve zurückkam – fluchend, keuchend und mit feuerrotem Gesicht, aber immerhin die kläglich zerdrückte und schmutzig gewordene Karte umklammernd. Er schmiß sie in den Wagen und warf die Tür zu.

»Was machst du denn hier draußen?« fragte er heiser, als er sich aufrichtete.

»Ich gehe spazieren.« Markby bückte sich zu Patch hinunter, der näher trottete, einen Freund erkannte, grinsend und mit heraushängender roter Zunge an ihm hochsprang; seine Pfoten tätowierten dabei Markbys Hose freigebig mit Schlamm. »Ich werfe einen letzten Blick auf die Überreste dessen, was einst eine blühende Landschaft war, ehe du und deine Helfershelfer auch noch das letzte Stück umgraben und mit einer Ladung Beton zuschütten.«

»Fortschritt, mein Alter, das ist der Fortschritt. Die Menschen müssen irgendwo wohnen.«

»Nicht hier, das müssen sie nicht. Meiner bescheidenen Meinung nach ist das ein riesiges Geschwür. Bamford war einmal ein hübsches, kleines Marktstädtchen. Du und deine Bauunternehmer-Freunde haben schon fast alles kaputtgemacht. Hier war früher Lonely Farm. Weißt du noch, Steve? Du mußt es wissen! Erinnerst du dich denn nicht mehr an die Zeit, als wir beide bei den Brombeersträuchern gespielt und im Fluß kleine Fische gefangen haben?«

Wetherall schnaubte verächtlich. »Sentimentales Geschwafel. Ja, ich erinnere mich. Natürlich stimmt es mich traurig, das alles verschwinden zu sehen. Aber die Zeiten ändern sich. Intelligente Menschen ändern sich mit ihnen. Manche werden natürlich nie erwachsen und spielen ihr Leben lang Räuber und Gendarm.« Steve warf Markby einen bedeutsamen Blick zu.

»Geld spricht, meinst du. Der Preis für das Land, das ist es. Die Leute lockt das schnelle Geld.«

»Nein, so ist es nicht – nicht ganz.« Steve drehte sich um und zeigte mit einer umfassenden Geste zum Horizont. »Farmer gehen im ganzen Land pleite. Viele können es gar nicht erwarten, ihre Farmen aufzugeben, und beten praktisch darum, daß jemand kommt, der ihnen eine guten Preis für ihr Land bietet, um es zu erschließen. Gib nicht den Planern, Architekten und Bauunternehmern die Schuld. Schuld sind die Zinssätze, die gestrichenen Subventionen, die Milchquoten, der Rinderwahnsinn, Traberkrankheit oder Salmonellen – alles eben, was die Preise drückt oder ins Bodenlose fallen läßt –, ganz zu schweigen von der Plackerei tagein, tagaus und der Einsamkeit der modernen Farmarbeit. Weißt du, wie viele Farmer an Depressionen leiden? Vor fünfzig Jahren war eine Farm eine blühende Gemeinde, beschäftigte zig Arbeiter und bot ihren Familien Unterkunft. Jetzt werden die meisten von einem Mann und seiner Frau betrieben, unterstützt von einem Hund und einem PC.«

»Du kannst mir nicht einreden, daß es bei allen so ist.«

»Nein, bei allen natürlich nicht. Es ist wie in anderen Betrieben auch. Einer scheitert, ein anderer hat Erfolg. Nur keine Sorge, es werden noch immer genug Farmen übrig sein, nachdem Planer und Baumeister vorbeigezogen sind. Schau mal dort drüben – Witchett Farm. Sie gehört Mrs. Carmody. Die wird nie aufgeben. Und Greyladies Farm – auch die Winthrops werden durchhalten. Obwohl ich den Verdacht habe, daß Alwyn verkaufen würde, wenn er könnte.«

»Ich habe Alwyn seit Urzeiten nicht mehr gesehen«, stellte Markby fest. »Seinen Bruder Jamie auch nicht. Als Kinder waren wir dicke Freunde.«

»Jamie ist schon vor Jahren abgehauen und arbeitet irgendwo im Ausland. Alwyn als der ältere hat den kurzen Strohhalm gezogen und mußte bleiben. Das Mädchen ist vor nicht allzulanger Zeit auch wieder nach Hause gekommen. Ich denke nicht, daß es ihnen sehr gutgeht. Früher haben sie Mastrinder gezüchtet, aber die Preise sind so gefallen, daß es sich nicht mehr rechnete. Jetzt züchten sie Schafe, doch der Erfolg hält sich in Grenzen. Das Pech klebt an den Winthrops.«

»Ist Mrs. Carmody auf der Witchett Farm erfolgreicher?«

»Sie hat einen großen Teil ihres Landes als Weideland verpachtet. Außerdem ist sie alleinstehend. Greyladies muß jetzt alle Winthrops ernähren – außer Jamie.«

Markby seufzte und kickte einen Stein vor sich her.

»Hör zu«, sagte Steve beschwichtigend, »wir bauen hier eine hübsche Wohnsiedlung, in der du bestimmt selbst gern wohnen würdest. Gehobenes Wohnen. Häuser für leitende Angestellte, jedes einzelne individuell ausgeführt, mit einer Doppelgarage. Von Landschaftsgärtnern entworfene offene, weitläufige Grundstücke. Wir lassen

Bäume pflanzen. Und es wird ein kleines, für den Verkehr weitgehend gesperrtes Einkaufsviertel geben.« Er lachte gutgelaunt. »Sogar du wirst dich gezwungen sehen, deine Worte zurückzunehmen.«

»Erzähl mir nichts. Ich will es nicht wissen.«

»Du bist ein schrecklicher alter Miesmacher. Ach, übrigens, ich habe gehört, daß deine Freundin – die beim Außenministerium arbeitet – abgehauen ist und dir den Laufpaß gegeben hat. Kann ich ihr nicht übelnehmen.«

»Sie ist weder abgehauen, noch hat sie mich verlassen, noch ist Meredith meine Freundin in dem Sinn, den du meinst.«

Steve kicherte anzüglich.

»Laß das gefälligst bleiben«, sagte Markby kampflustig.

»Ist deine – hm – Freundin in einem anderen Sinn ins Ausland gegangen?«

»Nein, sie sitzt an einem Schreibtisch im Außenministerium. Sie möchte gern ins Ausland, man hat ihr jedoch keinen Posten angeboten. Das Cottage hat sie aufgegeben, weil sie das Pendeln leid war.«

»Siehst du sie oft?«

»Nicht oft.« Nein, nicht annähernd oft genug. Vielleicht konnte er sie überreden, ein paar Tage herunterzukommen. Vielleicht über Ostern, auch wenn er arbeiten mußte. Was er brauchte, war ein Vorwand… Finster betrachtete Markby den riesigen Bagger, der schlingernd über das offene Gelände fuhr. »Was macht der Kerl? Wühlt er noch ein bißchen mehr Boden auf?«

Steve blickte in die angegebene Richtung. »Oh, ich habe ihnen vorige Woche gesagt, sie sollen die Gräben für die Fundamente hier einen Meter zwanzig tief ausbaggern. Zum Glück bin ich heute morgen hergekommen und habe es nachgeprüft. Sie haben nur neunzig Zentimeter ausgehoben. Was schlimmer ist, ich fürchte, dort unten gibt es irgendwo eine weiche Stelle. Das kommt im Lehmboden manchmal vor, deshalb ist es um so wichtiger, für das Fundament tief genug zu graben. Heute nachmittag soll der Beton gegossen werden, also habe ich Sean gesagt, er soll sich gefälligst in Bewegung setzen und noch einmal dreißig Zentimeter tiefer baggern. Wenn dieser verdammte Hersey seine Arbeit richtig getan hätte …« Steve drehte sich um. »Hättest du in einer halben Stunde Lust auf ein Pint?«

»Aber gern. Wo?«

»Fox and Hounds oben an der Hauptstraße? Wenn ich hier fertig bin, nehme ich dich mit.«

Der Bagger war näher gekommen, doch jetzt verstummte das dröhnende Motorengeräusch. Sean kletterte vom Fahrersitz. Markby sah uninteressiert zu. Er vermutete, daß der Fahrer auf ein Hindernis gestoßen war.

»Was macht er denn?« sagte Steve vor sich hin. »He!« brüllte er und gestikulierte zu der entfernten Gestalt hinüber.

Der Arbeiter beugte sich über etwas, richtete sich plötzlich auf und kam schwerfällig auf sie zugelaufen, beide Arme in einer merkwürdig flehenden Geste erhoben.

Ein vertrautes, unangenehmes Frösteln lief Markby das Rückgrat hinunter. Er wappnete sich seelisch und körperlich und machte einen Schritt vorwärts. Ein Gedanke schoß ihm durch den Kopf: O Gott, nicht noch eine, nicht so schnell!

Als der Mann näher kam, sahen sie, daß sein Gesicht aschfahl und verzerrt war. Seine Lippen arbeiteten, als wolle er rufen oder schreien, sei jedoch nicht fähig dazu. Markby wurde an einen Wasserspeier in einer alten Kirche erinnert, den Mund aufgerissen in einem stummen Angstschrei, erstarrt für alle Ewigkeit. Sean erreichte sie, stolperte auf den letzten Metern, und beide stürzten auf ihn zu, um ihn zu stützen.

»Mr. Wetherall«, stieß er keuchend hervor und sackte gegen sie.

Sie richteten ihn auf. »Schon gut, Sean«, fuhr Steve ihn an. »Reiß dich zusammen. Was ist passiert?«

»Es – es ist da hinten, Sir – der Bagger hat es ausgegraben ... Ich hab was gesehen – ich hab's gesehen ... Heilige Mutter Gottes ...« Sean riß sich los, fuhr herum und klappte zusammen wie ein Taschenmesser.

»Er muß sich übergeben«, sagte Markby schnell. »Bleib mit ihm hier. Ich seh mal nach.« Noch während er sprach, begann er auf den Bagger zuzulaufen.

Er wußte, was er finden würde. Was er nicht wußte, war, in welchem Zustand es sein würde, und er begann sich, während er lief, gegen das Schlimmste zu wappnen.

War es vor langer Zeit beerdigt worden, war es vielleicht sauber, nur ein Gerippe. Vielleicht war es sogar historisch, seit ein paar hundert Jahren tot. Ab und zu hoben Bagger wichtige Gräber mit Schmuck aus der Bronzezeit oder Waffen aus, oder sie entdeckten römische Friedhöfe. In einem solchen Fall mußten die Arbeiten gestoppt werden, und die Archäologen kamen. Solche Verzögerungen kosteten ein Vermögen und wurden von den Bauunternehmern höchst ungern und mit großer Bestürzung gesehen. Und wenn Wertgegenstände dabeiwaren, kam es gewöhnlich zu einem Gerangel wegen der Besitzverhältnisse und ob es sich um einen Schatzfund handelte, solche Dinge eben.

Wenn es andererseits noch nicht lange dort begraben und nur zum Teil verwest war und sich grünlich braun verfärbt hatte ... Markby wünschte, er hätte die Schokolade nicht gegessen. Sean durfte sich übergeben, aber von einem Polizisten wird Haltung erwartet – wenigstens in der Öffentlichkeit. Er warf einen Blick auf die Erde. In Sand oder Kies verwesten Leichen schnell. In Feuchtgebieten dauerte es länger, manchmal blieben sie sogar erhalten. Dieser Boden bestand aus klebrigem Lehm.

Nach Luft schnappend, blieb er stehen, ging dann langsam weiter und schaute in den halb ausgehobenen Graben. Auf den ersten Blick sah es aus wie eine rekonstruierte Befestigung aus der Bronzezeit. Der Graben lief um alle vier Seiten eines Rechtecks herum. Sean hatte eben erst begonnen, ihn tiefer auszuheben. Keinen ganzen Meter entfernt hatte der stählerne Rachen des Baggers aus der Erde geholt, was Sean so in Panik versetzt hatte und zur Hälfte aus den metallenen Hauern heraushing.

Ein nackter Mann, schlammverschmiert, der Kopf blutig, sehr tot.

Nun, das war keine antike Begräbnisstätte, war nicht einmal besonders alt. Der Leichnam war, wie Markby erleichtert feststellte, noch überhaupt nicht in Verwesung übergegangen. Die Farbe war gut, nicht einmal so wächsern weiß, wie das Leichen an sich haben, die lange im Wasser gelegen haben, und wo diese Leiche gelegen hatte, war der Boden sehr feucht. Sie lag mit dem Gesicht nach oben und dem Kopf nach unten im Rachen des Baggers. Markby bückte sich und hob ein schlammfleckiges Handgelenk. Es fiel schlaff wieder hinunter, die Totenstarre hatte sich schon wieder gelöst. Der Mann war also doch nicht erst seit ein paar Stunden tot. In diesem kalten Schlamm hatte die Totenstarre vielleicht länger angehalten. Die Autopsie würde es an den Tag bringen, doch es sah so aus, als sei die Leiche vor mindestens sechsunddreißig Stunden hier begraben worden.

Markby richtete sich auf, der Wind fuhr ihm wieder

durch das Haar und ließ seinen wasserdichten Parka flattern. Er schaute sich um. Wer dieses Grab auch gegraben haben mochte, sie hatten diese Stelle ausgesucht, weil sie geglaubt hatten, der Aushub sei beendet. Sie waren hinuntergestiegen, hatten ein flaches Grab ausgehoben, ihren Mann beerdigt und erwartet, daß der Graben sehr bald mit Beton aufgefüllt werden würde, bis er mit dem umliegenden Land plan war. Neunzig Zentimeter Betonfundament und darunter begraben der Mann. Es würde auch nicht lange dauern, dann würden auf dem Fundament Ziegelmauern hochgezogen und ein Haus dastehen. Niemand hätte jemals geahnt, was für ein grausiges Geheimnis in seinem Fundament verborgen war.

Aber all das hatte sich durch Steves Anordnung, noch einmal dreißig Zentimeter tiefer zu graben, verändert. Stirnrunzelnd überlegte Markby. Heute war Montag. Die Bauleute hatten am Freitag bestimmt früher mit der Arbeit aufgehört, um das Wochenende bei ihrer Familie oder in einer Kneipe zu verbringen. Vorher hatten sie den ursprünglichen Graben ausgebaggert. Nehmen wir einmal an, dachte Markby, diese Beerdigung hat Freitag nacht oder sehr früh am Samstagmorgen stattgefunden. Die Totengräber brauchten Licht, um zu arbeiten. Sie? Ja, sie. Die Arbeit kann nicht nur von einem einzelnen erledigt worden sein. Außerdem mußte der Tote hierher transportiert werden … Auf dieser verfluchten neuen Straße waren bestimmt keine Spuren zu sehen, doch vielleicht waren sie an irgendeiner Stelle über offenes Gelände gefahren oder hatten ihre furchtbare Last getragen, und dieser weiche Boden war mit einem Gewirr von Reifen- und Stiefelspuren übersät.

Markby fuhr herum, als Steve keuchend näher kam. Der Architekt blieb stehen, als er die Leiche sah, gab ein ersticktes Gurgeln von sich und flüsterte dann: »O Gott …«

»Alle Arbeiten müssen sofort abgebrochen werden«, sagte Markby energisch. »Niemand darf das Gelände betreten. Wo ist der Polier? Verdammt, diese idiotische Maschine hat wahrscheinlich die Reifenspuren niedergewalzt, wenn es welche gegeben hat. Wir brauchen Abgüsse von den Reifen deines und aller anderen Wagen, die zur Baustelle gehören. Hast du irgendwo Pfähle und Seile, mit denen wir das Gelände provisorisch absperren können.

»J-ja ...« Steve versuchte mühsam, sich zusammenzureißen. Patch kam angerannt und flitzte weiter. Steve machte einen Hechtsprung und nahm den kleinen Hund auf die Arme. »Ich bringe Patch nur ins Auto. Gott, Alan, wer ist das?«

»Keine Ahnung. Erkennst du ihn nicht? Sieh ihn dir an, wenn du kannst.«

Steve schluckte und schob sich seitlich vor. Er musterte das schlammverschmierte Gesicht und schüttelte den Kopf. »Nein – hab den Typ noch nie gesehen. Wo ist seine Kleidung?«

Markby schaute sich um. Schlamm, Gräben, Brombeergestrüpp ... Wo waren die Sachen des Leichnams? Konnten überall sein. »Setz dich mit dem Polier in Verbindung. Er heißt Hersey, nicht wahr? Er soll seine Leute fragen, ob einer von ihnen zufällig Lumpen oder Kleidungsstücke gesehen hat, egal, wie dreckig oder zerrissen. Und sie sollen dafür sorgen, daß niemand mehr die Baustelle betritt.«

Wir müssen den Fluß absuchen, dachte er, und auch die umliegenden Wäldchen, Felder und Wiesen. Meilenweit. Laut fragte er: »Ist da, wo der Leichnam liegt, die weiche Stelle im Boden, die du zu sehen glaubtest?«

Steve blinzelte. Er war sehr blaß. Patch wand sich in seinen Armen. »J-ja, mehr oder weniger. Der Lehm sieht nicht so kompakt aus.«

»Mit anderen Worten gelockert?«

»Nun – ja … Aber ich dachte nur … Mir ist natürlich nicht im Traum eingefallen, daß jemand da unten gegraben haben könnte – ein – Grab! Weiche Stellen sind in diesem Boden nichts Ungewöhnliches.«

»Dagegen ist nichts einzuwenden«, sagte Markby. »Ich geb dir ja keine Schuld. Gott sei Dank, daß du darauf bestanden hast, tiefer zu graben, denn sonst hätten wir ihn nicht gefunden.«

»Nein, das hätten wir nicht. Derjenige, der ihn begraben hat, dachte, einen narrensicheren Weg gefunden zu haben, um den Toten loszuwerden, und fast wäre es ihm gelungen.«

»Hast du ein Telefon im Wagen?«

Zwei Tote in sechs Tagen, dachte Markby grimmig. Gewiß, ein Unglück kam selten allein, aber er hoffte, daß das Sprichwort »Aller guten oder schlechten Dinge sind drei« diesmal nicht zutraf. Zwei waren vorläufig genug. Wenigstens gab es keinen Zweifel, wie der Coroner über diesen Todesfall urteilen würde. War jemand eines natürlichen Todes gestorben, zog man ihm nicht die Kleider aus und begrub ihn nicht heimlich da, wo er im Beton eingemauert werden würde. Diesmal hatten sie einen handfesten Mordfall, und keine juristische Haarspalterei konnte das beschönigen.

Patch, der mit ihm im Wagen war, sprang auf und versuchte ihm das Gesicht abzulecken. »Laß das!« befahl Markby und schob ihn sanft beiseite, während er telefonierte, genaue Einzelheiten durchgab, den Arzt und ein Team der Spurensicherung an den Fundort der Leiche beorderte.

# KAPITEL 3

»Hallo, Alan«, sagte Dr. Fuller vergnügt. »So sieht man sich wieder. Sie scheinen sie ja überall zu finden. Wir müssen uns gelegentlich privat treffen, damit unsere Zusammenkünfte nicht allzu einseitig werden. Warum besuchen Sie uns nicht wieder mal? Ellen würde sich sehr freuen – wir planen eine unserer kleinen Soireen. Einen Abend mit Johann Sebastian Bach.«

Markby murmelte etwas und schnüffelte. Er verabscheute den Geruch in diesem Raum, süß, Übelkeit erregend, Formaldehyd oder etwas Ähnliches. Er verabscheute diese ganze geschrubbte Sauberkeit und die glänzenden Glasflaschen.

»Das ist eine interessante Leiche, die Sie da gefunden haben«, sagte Fuller, der eine angenehm klinische und positive Einstellung zu seiner Arbeit hatte. »Und an einem interessanten Platz. Ich finde diese Gummistiefel-Jobs oft faszinierender als die üblichen.«

Fuller ließ nichts an sich herankommen. Fuller hatte Frau und Kinder. Fuller kam nach dem Dienst nicht in ein leeres Haus. Markby sah mürrisch zu, als der Pathologe sich an den Schreibtisch setzte, einen Aktenordner aufschlug und mit flinken, oh, so sauber geschrubbten Fingern eine Seite nach der anderen umblätterte. Er begann leise zu pfeifen, und Markby glaubte ein Fragment von Vivaldi zu erkennen. Fuller war ein begeisterter Geiger – wenn auch Amateur. Seine Frau spielte Klavier. Jedes seiner begabten, entnervend artigen Kinder spielte ebenfalls ein Instrument. Sie gaben Musikabende für Freunde. Markby, der so unmusikalisch wie möglich war, hatte mit Mühe einen dieser Abende durchgestanden und keine Lust, mit einem zweiten traktiert zu werden.

»Als ich dort hinauskam und ihn sah«, sagte Fuller, »dachte ich zuerst, Sie hätten eine Opfergabe gefunden.«

»Sie haben was gedacht?« rief Markby verblüfft. Fuller hatte manchmal einen etwas seltsamen Humor. Bei seinem Beruf konnte man vielleicht erwarten, daß er eine Vorliebe für schwarzen Humor hatte; aber das schien selbst für Fuller eine merkwürdige Bemerkung.

»Menschenopfer in den Fundamenten eines neuen Gebäudes zu begraben, war im Altertum ein weithin beliebtes Ritual«, sagte Fuller mit ungehörigem Vergnügen. »In diesem Land war es noch zu Zeiten der Tudors üblich, eine Katze oder einen Hund unter der Schwelle eines neuen Hauses einzubuddeln. Er ist reine Neugier – aber wissen Sie schon, wer unser Knabe ist?«

»Nein. Was können Sie mir sagen?« drängte Markby ungeduldig, weil er hinaus wollte. Opfer – er kam sehr gut ohne sie und ohne Fullers Leichenhallenwitze aus.

»Weiß, männlich, zwischen dreißig und fünfunddreißig. Das Haar schon ausgedünnt. Kein Übergewicht, auch keine Anzeichen von übermäßigem Genuß. Guter körperlicher Zustand. Ich meine, er hat sich fit gehalten.«

»War er so fit wie etwa ein Profi-Sportler oder einfach wie ein Typ, der regelmäßig Squash spielt oder so was?«

»Spekulationen sind nicht mein Ding, Alter. Er hat sich einfach fit gehalten. Lassen Sie mal sehen. Alte Blinddarmnarbe. Gebiß oft repariert – mehrere Zähne mit Gold überkront. Hat nicht mit den Händen gearbeitet. Schöne, weiche, gut manikürte Hände.«

»Fachmännisch manikürt, meinen Sie? Er hat sich die Nägel nicht selbst gepflegt?«

»Ich habe keine Ahnung, Alan. Wie sollte ich auch? Glauben Sie, ich sitze in Schönheitssalons herum?«

»Gut, gut. Wann und wie wurde er getötet?«

»Er wurde am Montagmorgen gefunden. Ich würde sagen, er ist irgendwann am Freitagabend gestorben. Die Totenstarre ist veränderlich, kann innerhalb von wenigen Stunden auftreten und zeigt sich zuerst in den Kiefermuskeln und den Augenlidern, deshalb sollten diejenigen, die anwesend sind, wenn ein Mensch ins Gras beißt, ihm sofort Augen und Mund zumachen. Wenn er vor seinem Tod irgendeinen Streit hatte, tritt die Starre schneller ein. Aber es kann zwölf Stunden dauern, bis der ganze Körper erfaßt ist. Wird er in sehr kalter Erde begraben, kann es den Prozeß verlängern, doch als der Bauarbeiter ihn ausgegraben hat, hatte sich die Totenstarre schon völlig gelöst. Am Rücken hat er deutlich erkennbare dunkle Totenflecken, die dadurch entstehen, daß das Blut nach unten fließt und die tieferen Blutgefäße verstopft. In diesem Fall haben sie sich auf dem Rücken gebildet, weil er mit dem Gesicht nach oben begraben wurde. Sie sind übrigens nicht zu verwechseln mit Blutergüssen, die durch die Einwirkung von Gewalt entstehen. Die Verwesung hat jedoch noch nicht eingesetzt. Das erste Anzeichen zeigt sich gewöhnlich am Unterleib. Ich würde sagen, er ist nicht später als in den frühen Morgenstunden des Samstags und nicht früher als, oh, acht oder neun Uhr am Freitagabend gestorben. Tut mir leid, genauer kann ich es nicht sagen.«

»Dann am wahrscheinlichsten Freitag abend.« Markby schaute zum Fenster und auf den Parkplatz dahinter. »Vermutlich haben sie ihn vor Tagesanbruch begraben, als es nicht mehr ganz dunkel, aber auch noch nicht hell war. Bei Tageslicht wäre es zu riskant gewesen. Sie hätten gesehen werden können. Zwar wird am Wochenende nicht gearbeitet, aber viele Leute nehmen die Gelegenheit wahr, noch einmal hier spazierenzugehen, bevor alles unter Asphalt verschwindet. Ich hab's um meiner Missetaten willen getan und hab mir das hier aufgehalst.« Er seufzte.

Fuller seufzte aus Mitgefühl ebenfalls, summte aber noch immer vor sich hin.

»Habt ihr seine Kleidung gefunden? Noch nicht? Es ist schwierig, eine Leiche auszuziehen.«

»Das ist mir klar. Sie haben ihn getötet und wahrscheinlich ausgezogen, um alle Hinweise zu beseitigen, für den Fall, daß etwas schiefging und er entdeckt wurde. Dann haben sie seine Leiche an den Ort transportiert, wo er gefunden wurde, noch bevor die Totenstarre ganz eingetreten war. Sie könnten ihn von weither gebracht haben. Bisher haben wir keinen einzigen Hinweis darauf, wo er starb. Wie sieht es mit der Todesursache aus?«

»Schauen wir mal ...« Tam-ti-tam-tam. »Nun, er hat mit unserem Freund, dem berühmten stumpfen Gegenstand, ein paar sehr heftige Schläge auf den Rücken und auf den Kopf bekommen, die ihm hier und hier« – Fuller hielt eine Röntgenaufnahme gegen das Licht und zeigte mit dem Kugelschreiber auf zwei Stellen – »den Schädel eingedrückt und aufgeknackt haben wie eine Nuß. Was zu heftigen Blutungen im Gehirn geführt hat.«

»Man hat ihn also buchstäblich zu Tode geprügelt.«

»Nein.« Fuller sah, wie überrascht Markby war, und wiederholte: »Nein. Er muß zunächst bewußtlos gewesen sein, aber hätte man ihn beizeiten ins Krankenhaus gebracht, hätte er vielleicht gerade noch gerettet werden können. Ich sage *vielleicht,* doch die Chance wäre sehr gering gewesen. Ohne medizinische Behandlung und eine sofortige Operation wäre er an den Verletzungen bestimmt gestorben. Technisch gesehen ist er aber nicht daran gestorben, weil etwas anderes ihn vorher umgebracht hat.« Er legte die Röntgenaufnahme ordentlich in den Ordner zurück und richtete die Papiere mit pedantischer Genauigkeit aus.

Markby wurde nervös. »Kommen Sie, rücken Sie schon damit raus.«

Der Pathologe sagte ruhig und beinahe vergnügt: »Er hatte deutliche Erdspuren in der Lunge.«

Schweigen. Markby fühlte Übelkeit in sich aufsteigen und drängte sie zurück. Er fühlte auch noch etwas anderes, atavistisch und rein instinktiv – die Erregung eines uralten Schreckens; Entsetzen bei der Vorstellung dieses furchtbarsten aller Schicksale. »O Gott«, sagte er schwach. »Sind Sie ganz sicher?«

»O ja. Erde in der Lunge und den Nasengängen. Zweifellos eingeatmet. Die forensischen Tests werden es Ihnen bestätigen, aber ich bin ziemlich sicher, Sie werden feststellen, daß es sich um dieselbe Erde wie in seinem Grab handelt.« Fuller klappte die Akte zu. »Wurde lebendig begraben, fürchte ich. Nicht der geringste Zweifel. Er ist in seinem Grab erstickt.«

»Komm schon, Alan«, drängte Laura. »Lang endlich zu. Paul hat Stunden in der Küche verbracht, um das zu zaubern.«

Markby starrte auf seinen Teller und versuchte vergeblich, die würstchenähnlichen Formen zu identifizieren, die unter einer dunklen Bratensoße lauerten.

»*Alouettes sans têtes*«, sagte Paul, professioneller Autor

von Kochbüchern und Moderator kulinarischer Sendungen, der keine Gelegenheit versäumte, an Familie und Freunden zu üben. »›Kopflose Lerchen‹ heißt es wörtlich übersetzt – Wurstmasse, Zwiebel und Pilze in hauchdünne Kalbfleischschnitzel eingerollt, gekocht in einer Pilz- und Weinsoße.«

»Es riecht natürlich köstlich«, versicherte Markby seinem Schwager. »Und es sieht – hm – interessant aus. Aber ich habe heute ein schreckliches Erlebnis gehabt.«

»Komm schon«, befahl seine Schwester. »Denk nicht mehr an deine Polizeiarbeit.«

Markby starrte finster auf seinen Teller. »Nimmst du es mir sehr übel, wenn ich das ein andermal esse, Paul? Kannst du's einfrieren oder so?«

»Kein Problem. Ich sag dir was – iß ein bißchen Siruppudding.«

»Auch ich habe mit schlimmen Dingen zu tun«, sagte Laura hartnäckig. »Anwälte haben auch oft Streß. Ich habe gelernt, den Beruf zu vergessen, wenn ich nach Hause komme.«

»Ja, nun, du hast deine Familie –«, begann Markby unklug. Kaum hatte er die Worte ausgesprochen, war ihm klar, wie unklug es gewesen war, doch es war zu spät. Laura packte die Gelegenheit beim Schopf. Ihr Thema war altbekannt.

»Wenn du mich fragst, Alan, bläst du hier Trübsal, seit Meredith nach London gezogen ist. Sie fehlt dir. Sei ehrlich.«

»Ja, sie fehlt mir. Doch das hat mir nicht den Appetit verdorben, Laura. Daran ist etwas anderes schuld, ehrlich.«

»Mag sein, aber ich habe Augen im Kopf. Um Himmels willen, schluck deinen Stolz runter, ruf sie an und lade sie für ein paar Tage ein.«

»Das hat nichts mit meinem Stolz zu tun«, sagte Markby verärgert.

»Doch, das hat es. Dein männliches Ego ist verletzt. Wenn sie mich gern hätte, wäre sie nicht weggegangen, etc., etc ... Glaub ja nicht, daß ich nicht begreife, was im Kopf eines Mannes vorgeht. Hör zu, sie hat einen wichtigen und verantwortungsvollen Posten und konnte nicht dauernd zwischen hier und London pendeln – es war einfach unmöglich. Man hat ihr eine Wohnung angeboten, und sie hat sie genommen. Das heißt nicht, daß sie dir den Laufpaß gegeben hat.«

»Laura –«, begann Markby und verstummte frustriert. Paul klapperte in der Küche laut mit Geschirr. Etwas fiel hinunter, und der Koch fluchte.

»Wie geht es den Kindern?« fragte Markby, entschlossen, das Thema zu wechseln.

»Alles okay. Emma hat eine Zahnspange bekommen, und Vicky ist vom Rad gefallen. Matthew ist schlecht in der Schule, will nur Fußball spielen – dem Baby geht es gut.«

»Ich glaube nicht«, sagte Markby ernst, »daß ich eine Familie will. Ich wollte nie Kinder. Als ich mit Rachel verheiratet war, wollte ich keine. Und da wir keine bekamen, hat sich das von selbst erledigt.«

»Du würdest anders denken, wenn du ein Kind hättest.«

»Ich bin zu alt, um jetzt noch mit so etwas anzufangen.«

»Unsinn. Wie alt ist Meredith?«

»Laura – das darf doch nicht wahr sein! Von einer solchen Beziehung war zwischen uns nie die Rede.«

Paul streckte den Kopf durch den Türspalt herein. »Der Pudding ist mir runtergefallen. Ich habe das meiste vom Boden aufkratzen müssen. Sag bitte, daß du lieber Eiscreme willst.«

»Um die Wahrheit zu sagen, ich hätte lieber nur eine Tasse Kaffee«, sagte Markby energisch.

Laura stützte die Ellenbogen auf den Tisch, und ihr Kinn ruhte auf ihren verschränkten Fingern. Das lange blonde Haar umrahmte schmeichelnd ihr Gesicht, und vor kurzem hatte sie ihre Brille gegen Kontaktlinsen eingetauscht. Wie hübsch sie ist, dachte Markby, und was für eine geglückte Verbindung von Schönheit und Intelligenz. Und er wünschte, sie hätte nicht den Tick, ihn unbedingt mit Meredith verheiraten zu wollen. Nicht, daß es nicht auch sein liebster Traum gewesen wäre, doch es gab Probleme. Sie Laura erklären zu wollen war verlorene Liebesmüh.

»Tut mir leid, das Abendessen ist ein ziemliches Fiasko!« Wieder erschien Pauls Kopf im Türspalt. »Ich hab den Pudding in den Abfall geworfen. Kaffee kommt gleich. Käse?«

»Nein, danke. Tut mir leid, daß ich deiner französischen Küche keine Gerechtigkeit widerfahren lassen konnte.«

»Macht nichts. Aber Laura und ich dachten, wir wären dir ein anständiges Essen schuldig – als Dank im voraus gewissermaßen, daß du dich in den nächsten zehn Tagen um unser Haus kümmerst, während wir verreist sind.«

Markby blickte auf und starrte ihn mit unverhohlenem Entsetzen an.

»O Alan!« rief Laura. »Du hast es vergessen.«

»Himmel, ja, es tut mir leid.«

»Wir haben schon vor einer Ewigkeit gebucht. Ich habe dir erklärt, daß wir auf unserem Campingplatz nur einen Stellplatz bekämen, wenn wir vor Ostern reisten.

Wir kommen am Dienstag nach Ostermontag zurück. O Alan, ich verlasse mich auf dich.«

»Jetzt fällt es mir wieder ein. Doch es ist zu lange her, daß du es mir gesagt hast. Ich hab's einfach vergessen. Du hättest mich erinnern sollen. Aber mach dir keine Sorgen. Ich werde in diesen zehn Tagen schon Zeit finden, um herüberzukommen und nachzusehen, ob alles in Ordnung ist. Aber bedenke, daß wir bis über beide Ohren in Arbeit stecken – zwei Leichen innerhalb einer Woche, und der Mann wurde zweifelsfrei ermordet.«

Laura seufzte. »Ich habe gehofft, daß du mehr als nur einmal herüberkommst. Doch ich verstehe, wenn du zu tun hast, hast du zu tun. Es ist nur so, daß in dieser Straße so oft in leere Häuser eingebrochen wurde – nun, das weißt du wohl selbst am besten. Susie Heyman von nebenan würde das Haus im Auge behalten, aber sie ist nur zu Besuch hier und wüßte in einem Notfall bestimmt nicht, was sie tun sollte. Außerdem hat sie eine Teilzeitarbeit auf der amerikanischen Militärbasis. Ich würde sie nur ungern fragen. Eigentlich habe ich ja gehofft, daß du für die zehn Tage zu uns ziehst, hier schläfst.«

»Ehrlich, Laura, das geht nicht. Ich müßte rumlaufen und allen eine neue Telefonnummer geben, und die Hälfte würde sie verlieren oder vergessen, und ich kann im Moment keine zusätzliche Verantwortung brauchen. Ich muß zu Hause sein. Dann ist da noch das neue Gewächshaus in meinem Hintergarten. Der Bau und die Pflanzen haben mich ein Vermögen gekostet, und ich kann nicht einfach abschwirren und alles stehen- und liegenlassen. Die Temperatur muß ständig überwacht werden. Ich habe einen kleinen Ölofen hineingestellt…« Er unterbrach sich, denn weder Laura noch Paul waren Gärtner, und er konnte nicht erwarten, daß sie ihn verstanden.

Laura hatte einen geistesabwesenden Blick bekommen. »Was wir brauchen ist ein Haus-Sitter ähnlich einem Babysitter. Jemanden, der gern zehn Tage Urlaub machen, hier einziehen und es sich gemütlich machen würde. Sie könnte sich hier wie zu Hause fühlen.«

»Sie?« fragte Paul.

»Nun, ich habe selbstverständlich an Meredith gedacht«, sagte Laura schlicht.

»Sie ist in London, Weib!« heulte Markby auf. »Sie hat diesen verantwortungsvollen Job im Foreign Office, von dem du mir vorhin erzählt hast.«

»Sie ist seit fast drei Monaten in London. Ich wette, sie wäre begeistert, wenn sie Gelegenheit hätte, ein paar Tage auf dem Land zu verbringen. Vielleicht hat sie für Ostern keine Pläne und könnte den Aufenthalt hier mit ihrem Osterurlaub verbinden. Ich könnte sie anrufen und fragen.«

»Untersteh dich!« sagte ihr Bruder grimmig.

»Dann rufst du sie an und fragst sie.«

»Auf keinen Fall. Nicht einmal im Traum würde ich so was tun! Ehrlich Laura, manchmal benimmst du dich verdammt unmöglich. Meredith bitten, herzukommen, um für dich das Haus zu hüten? Ich frage dich – warum sollte sie das überhaupt wollen?«

»Oh, das weiß ich nicht«, sagte Laura mit einem engelhaften Lächeln. »Einfach, um zu helfen, weißt du, und um ein paar Tage Urlaub zu machen. Ein bißchen Tapetenwechsel. Oder was Ähnliches.«

## KAPITEL 4

Als Markby an diesem Morgen aufstand, hatte er gewiß nicht beabsichtigt, Meredith anzurufen. Nicht, daß er den Vorschlag seiner Schwester vergessen hätte, aber, sagte er sich, während er duschte, es kommt nicht in Frage. »Sie wird ablehnen«, sagte er laut, als er sich rasierte. Oder, schlimmer noch, sie sagte vielleicht sogar zu, um Laura einen Gefallen zu tun, mit der sich Meredith großartig verstand, und nicht, um ihn wiederzusehen. Danach wurde seine Argumentation so verdreht, daß er aufgab. Denn außerdem hatte er es, abgesehen von den Ermittlungen über Lindsays Tod, die noch nicht abgeschlossen waren, mit einem Mord zu tun, der ihm schwer auf der Seele lag.

Anders als in Lindsays Fall, bei dem die Leiche rasch identifiziert werden konnte, waren sie der Identität des toten Mannes keinen Schritt nähergekommen. Niemand war erschienen, um ihn zu identifizieren. Seine Personenbeschreibung stimmte mit keiner der als vermißt gemeldeten Personen überein. Die Erde in den Nasengängen und der Lunge stammte aus dem Grab, genau wie es der Pathologe vorhergesagt hatte. Nichts wies darauf hin, wo der Mann angegriffen und niedergeknüppelt worden war. Die Fußabdrücke im Schlamm waren peinlich genau abgenommen, protokolliert und zu den Akten gelegt worden. Sie schienen alle von Gummistiefeln oder festen ledernen Arbeitsschuhen zu stammen. Einige hatte man schon aufgespürt und ausgeschlossen. Übrig blieb eine

Sammlung anderer, die vermutlich nie gefunden werden würden. Wie Steve Wetherall gesagt hatte, wurde eine Baustelle von allen möglichen Leuten aufgesucht, die dort meist Gummistiefel trugen. Von Vertretern der Baufirmen, von Landvermessern, Männern vom Straßenbau und den Elektrizitäts-, Gas- und Wasserwerken, von der British Telecom, vom Gemeinderat und verschiedenen Wachhunden des Baugewerbes. Darüber hinaus von den Fahrern der Materiallaster und all jenen Besuchern, potentiellen Käufern und gelegentlichen Spaziergängern wie Markby selbst.

»Wenn du Stiefelabdrücke willst«, sagte Steve, »hier findest du sie.«

Eine Untersuchung von Reifenprofilen hatte nichts ergeben, nur die meisten von jedem Verdacht befreit. Für Markby ein Beweis, daß der Tote mit einem Fahrzeug auf der neuen Straße hierhergebracht und dann vom Wagen zur Begräbnisstätte getragen worden war. Unter den zahlreichen Stiefelabdrücken waren auch die der Männer, die ihn getragen hatten. Aber welche waren es? Logisch wäre gewesen, wenn man nach tiefen Abdrücken gesucht hätte, nach den Abdrücken von Männern, die eine schwere Last getragen hatten. Aber auf Baustellen tragen unzählige Männer schwere Lasten. Es gab die unterschiedlichsten Abdrücke – von flachen Dellen bis zu viel tieferen, richtigen kleinen Gruben im Schlamm. Am Sonntagabend hatte es stark geregnet, und das war auch nicht gerade hilfreich gewesen. Der Regen hatte die neue Straße sauber gewaschen und vieles verwischt oder verschmiert.

Er hatte noch einmal mit Sean Daley gesprochen, der den Leichnam ausgegraben hatte, und mit Jerry Hersey, dem Polier. Daley war noch immer verstört gewesen, und eine klare Aussage von ihm zu bekommen war ein Ding der Unmöglichkeit. Bevor er begonnen hatte, den Graben tiefer auszubaggern, war ihm nichts Besonderes aufgefallen. Ein Graben war wie der andere. Man zeigte ihm ein Foto des Toten, und prompt fing er an zu zittern. Markby sagte ihm, er solle sich zur Verfügung halten, damit sie ihn jederzeit erreichen konnten. Dann ließ er ihn mit seinem Jammer allein.

Die Unterredung mit Hersey war ähnlich ergebnislos verlaufen. Hersey war von Natur aus kein hilfreicher Mensch. Offensichtlich mißbilligte er die Anwesenheit der Polizei auf der Baustelle und die unumgängliche Arbeitsverzögerung. Nach der allgemeinen Sicherheit außerhalb der Arbeitszeit befragt, hatte er das als persönliche Kränkung empfunden.

»Wir können den verdammten Bauplatz nicht rund um die Uhr bewachen. Wir sperren die Maschinen in das umzäunte Grundstück da drüben, damit keiner sie klaut. Was erwarten Sie denn? Einen Elektrozaun und Wachhunde?«

Markby war zu dem bewußten Grundstück mit dem hohen Drahtzaun und dem abgeschlossenen Tor hinübergegangen. »Werden hier alle Geräte gesichert? Alle Schaufeln, Spitzhacken und so?«

Hersey antwortete mürrisch, ja, das sei der Fall. »Sonst würde über Nacht alles geklaut.« Das bedeutete, daß derjenige, der das Grab ausgehoben hatte, seinen eigenen Spaten und sein eigenes Werkzeug mitgebracht hatte, und es hatte wenig Sinn, die zu untersuchen, die zur Baustelle gehörten. Der Form halber bat Markby Sergeant Pearce, sie sich anzusehen, doch er wußte, daß die meisten seit dem Wochenende wieder benutzt worden waren, und wenn auf einem der Geräte Blutspuren gewesen wären, waren inzwischen alle verwischt.

Hersey, der Pearce auf den Fersen folgte, protestierte lauthals und ausdauernd und bestand darauf, daß von Freitag nachmittag bis Montag früh alles weggeschlossen gewesen war. »Sie werden hier nicht finden, was Sie suchen. Wir müssen arbeiten und können keine Bullen brauchen, die uns ständig vor den Füßen rumtanzen. Es ist nicht meine Schuld, daß der Typ in den Graben geraten ist. Ich hab ihn verdammt nicht hineingelegt. Wie lange soll das so weitergehen? Was, glauben Sie, werden Sie hier finden? Aber das kann ich Ihnen schon jetzt sagen. Erde, sonst nichts. Und wie sollen wir ohne Werkzeug auch nur eine einzige Ziegelwand hochziehen? Wenn Sie also mit ihnen fertig sind, Sherlock« – Hersey beschloß seine Wortflut mit einem Abstecher in die Ironie –, »wären wir Ihnen sehr verbunden, wenn Sie verschwinden und uns in Ruhe weiterarbeiten lassen täten.«

Hersey würde zum Problem werden. Er konnte ihre Ermittlungen nicht verhindern, doch erleichtern würde er sie auch nicht gerade. Es gab ein Dutzend subtiler Möglichkeiten, ihnen Sand ins Getriebe zu werfen, und Hersey kannte alle. An seinem Schreibtisch betrachtete Markby jetzt das Foto, das an andere Polizeieinheiten weitergegeben werden und jedem gezeigt werden mußte, der den Toten vielleicht identifizieren konnte.

Es war ganz offensichtlich die Fotografie einer Leiche. Sie war gesäubert und in Ordnung gebracht worden, aber es war dennoch der Kopf eines toten Mannes. Gefühl, Ausdruck, die flackernden Wechsel leidenschaftlichen Lebens ausgelöscht, war der Kopf nur noch eine Maske aus Papiermaché mit geschlossenen Augen. Die Wangen waren eingesunken. Das Gesicht sah wahrscheinlich schmäler als zu Lebzeiten des Mannes aus. Markby war einmal gerufen worden, sich die sterblichen Überreste eine bekannten Playboys anzusehen, der, wie manche gesagt hätten, nicht zu früh gestorben war. Markby war aufgefallen, wie würdevoll die Leiche aussah. Der Tod hatte alle Spuren des ausschweifenden Lebens gelöscht, die Ringe unter den Augen geglättet und die Lider über Pupillen geschlossen, die, vom Laster gezeichnet, nur noch matt geschimmert hatten. Die roten Lippen waren blaß geworden, und etwas wie Friede hatte den Ausdruck übersättigten Weltüberdrusses verdrängt.

Auch dieses Gesicht war ein totes Gesicht. Es war leer, sagte einem nichts. Es gab Kulturen, in denen der Priester bei der Beerdigung seine Ansprache an den Toten richtete, der im Kerzenschein im offenen Sarg lag. Die Fragen des Priesters konnten nie etwas anderes sein als rhetorisch. Wenn die dahingeschiedene Seele die Antwort auf das Rätsel des Todes gefunden hatte, würde sie sie keinem Lebenden je verraten. Trotzdem – da war etwas an diesem Gesicht, etwas, das Markby nicht in Worte fassen konnte. Irgend etwas nagte an ihm. Er wünschte, er käme dahinter, was es war.

Er saß an seinem Schreibtisch und studierte das Foto des Opfers gute fünf Minuten. Dann schaute Sergeant Pearce durch die halb offene Tür herein und räusperte sich taktvoll.

»Ein Mr. Newman von der Baufirma möchte Sie sprechen, Sir.« Mit gesenkter Stimme fügte Pearce hinzu: »Ihm sitzen die Bauherrn im Nacken. Sie haben eine Strafklausel im Vertrag. Er war heute morgen auf der Baustelle, und als er gesehen hat, was dort los ist, hat er Schiß gekriegt. Ich glaube, die Arbeiter streiken und arbeiten streng nach Vorschrift. Und Hersey hat gemeckert.«

»Ach, wirklich?« Markby legte das Foto mit der Bildseite nach unten in den Ablagekorb. »Bringen Sie Mr. Newman herein, ja?«

Newman war eine sehr erfolgreiche einheimische Firma, aber Markby hatte den Bauunternehmer nie persönlich kennengelernt und blickte neugierig auf, als ein stämmiger Mann mit schütteren Haaren energisch den Raum betrat. Die zurückhaltende Wachsamkeit in seinen Augen stimmte nicht mit seinem selbstbewußten Auftreten überein. Er reichte Markby über dem Schreibtisch die Hand.

»Freut mich, Sie kennenzulernen, Chief Inspector. Ich hoffe, wir können die Sache heute klären. Seit Montag wurde auf der Baustelle noch kein Strich getan, und ich bin überzeugt, ich brauche Ihnen nicht zu sagen, was das kostet – von den Unannehmlichkeiten abgesehen. Unser Arbeitsplan läßt uns keinen Spielraum.«

»Auf der Baustelle sind wir fertig«, sagte Markby freundlich. Er war aufgestanden, um Newman zu begrüßen, setzte sich jetzt wieder und zeigte auf einen dicken Ordner, der auf seinem Schreibtisch lag. »Wir haben unsere Fotografien, die Ergebnisse der Bodentests und die Berichte über Reifen- und Fußabdrücke. Sie können mit der Arbeit wieder anfangen.«

»Ja, ja, das weiß ich zu schätzen – es geht um die Belegschaft.« Newman rieb sich ruckartig die Hände. Er trug einen breiten Goldreif – einen Ehering? Nein, es ist die falsche Hand, dachte Markby. »Natürlich ist mir klar, daß Sie Ihre Arbeit tun mußten, aber Ihre Leute haben jeden Mann einzeln vernommen, und – nun ja – einige haben sich darüber sehr aufgeregt.«

»Oh! Warum denn das? Das waren doch nur ein paar routinemäßige Fragen.«

Einen Moment lang wirkte Newman erschrocken und beeilte sich, den falschen Eindruck zu korrigieren, den er unwissentlich erweckt hatte. »Ja, natürlich. Ganz offensichtlich hatte keiner etwas damit zu tun – aber ich meine, o verdammt, ein paar mögen eben keine Polizisten, Chief Inspector. Hören Sie, Sie müssen begreifen, wie das ist ...«

»Ich bin weder Finanzbeamter«, sagte Markby freundlich, »noch arbeite ich bei der Sozialhilfe.«

»Bei uns gibt es derartigen Unsinn nicht – ich meine, den Unsinn, auf den Sie anspielen«, fuhr Newman auf. »Auf keiner unserer Baustellen. Wir haben keine Schwarzarbeiter, und die Leute führen ihre Steuern und Versicherungsbeiträge pünktlich ab. Darauf gebe ich Ihnen mein Wort. Ich meine nur, daß polizeiliche Ermittlungen sie nervös machen. Die Bauherrn drängen darauf, daß es keine Verzögerung gibt. Sie wissen doch, wie es ist, die Banken sitzen ihnen im Nacken, und deshalb sitzen sie dem Baumeister im Nacken ...«

»Und deshalb dachten Sie, Sie müßten mir auf die Finger sehen?« fragte Markby mild.

»Nein – oder doch, ja. Offen gesagt, ich fürchte, daß ein paar von den Leuten kündigen werden. Die Baustelle ist durch diese Sache in einen schlechten Ruf gekommen, und Sie wären überrascht, wenn Sie wüßten, wie abergläubisch manche Männer sind. Einige irische Arbeiter arbeiten immer zusammen auf derselben Baustelle. Sie fahren als Gruppe durch das Land, von einer Baustelle zur anderen. Wenn einer kündigt, folgen die andern vielleicht seinem Beispiel. Daley – Sean Daley, der Baggerführer, ist schon abgehauen.«

»Er ist was?« fragte Markby bestürzt. »Wir brauchen ihn bei der Leichenschau. Wir haben ihm gesagt, daß er hierbleiben muß. Wohin, zum Teufel, ist er gegangen? Hat er die Gegend verlassen?«

»Das ist möglich«, sagte Newman unglücklich. »Niemand von uns hat gewußt, daß er hier noch gebraucht wird. Aufhalten hätten wir ihn sowieso nicht können. Wir hätten es Ihnen sagen müssen, das ist mir klar, aber ich habe einfach nicht daran gedacht, und ich hatte vorher auch keine Ahnung, daß er gehen wollte ... Er fährt einen alten Ford Capri, wenn Ihnen das was hilft. Ich erinnere mich, ihn bei den Wohnwagen gesehen zu haben. Einige der Männer hausen in einem kleinen Wohnwagenpark, ungefähr eine Viertelmeile von – von dem Unglücksort entfernt.«

»Sie meinen, von dem Platz, wo der Tote gefunden wurde?«

»Ja – einer von den andern, er heißt Riordan, hat sich mit Daley einen Wohnwagen geteilt, und als ich heute morgen da war, hat er mir erzählt, daß Daley Alpträume hatte, seit er das – das Ding ausgegraben hat. Er hat ständig daran gedacht und konnte nicht einmal essen. Riordan hat er gesagt, daß er's nicht mehr aushält. Er ist schon ganz früh am Morgen ins Büro der Baustelle gegangen und hat gesagt, er hört auf. Als ich kam, war er schon weg. Er hätte aber eine Nachsendeadresse dalassen müssen, weil er bestimmt noch Lohn zu bekommen hat. Doch darüber müssen Sie mit dem Baustellenleiter sprechen.«

Markby machte sich eine kurze Notiz: Pearce mußte sich sofort um Daleys Verschwinden kümmern.

»Übrigens«, sagte er, »da wir gerade beim Thema sind, Sie könnten uns helfen, wenn Sie Ihrem Polier sagen, daß er ein bißchen entgegenkommender sein soll. Nicht, daß wir ihn verdächtigten, verstehen Sie, aber er erleichtert uns unsere Arbeit nicht gerade, wenn er sich dauernd beschwert und sich weigert, uns auch nur ein Minimum an Unterstützung angedeihen zu lassen.«

»Oh, Jerry Hersey«, sagte Newman voller Unbehagen.

»Das ist ein schwieriger Kerl, unser Jerry. Ich will sehen, was ich tun kann.«

»Gut. Jetzt frage ich mich, ob Sie etwas dagegen hätten, sich eine Fotografie anzusehen, Mr. Newman?« Wachsamkeit wurde in den Augen des Bauunternehmers zu Schreck, und Markby fügte beschwichtigend hinzu: »Schon gut, es ist nicht grausig.«

»Ja, nun – gut, in Ordnung –«, sagte Newman widerwillig.

Markby griff nach dem Foto im Ablagekorb und legte es vor seinem Besucher auf den Schreibtisch. Newman betrachtete es, holte, bevor er den Kopf schüttelte, ein Taschentuch heraus und betupfte sich die Lippen. Was man »grausig« nennt, hängt eben davon ab, wie vertraut man mit gewaltsamem Tod ist, dachte Markby. Polizisten entwickelten eine hohe Toleranz gegen unangenehme Anblicke; Newman hatte vermutlich überhaupt noch nie etwas mit einem Toten zu tun gehabt.

»Nie gesehen«, sagte er heiser.

»Von Steve Wetherall habe ich erfahren, daß die Leiche nur ausgegraben wurde, weil die Fundamente tiefer ausgebaggert werden sollten.«

»Ja – am Nachmittag sollte der Beton in den Graben gegossen werden.«

»Demnach hat derjenige, der den Leichnam dort vergrub, erwartet, daß er binnen achtundvierzig Stunden unter gut einem Meter Beton liegen und später darauf ein Haus stehen würde.«

»Häuserpaare, Doppelhaushälften auf dieser Baustelle. Vier Schlafzimmer und zwei Bäder, eins *en suite.*«

Newman fügte die letzten Worte automatisch hinzu und sah dann leicht verlegen aus. »Entschuldigen Sie – ich versuche nicht, Ihnen eins zu verkaufen.« Seine Stimmung wurde noch gedrückter. »Das ist nicht die Publicity, die für Käufer ein Anreiz wäre, Schlange zu stehen. Begreifen Sie den Standpunkt der Bauherrn? Sie werden jetzt Glück haben, wenn sie neue Kunden finden. Leute, die Interesse gezeigt, sich aber noch nicht vertraglich gebunden haben, werden jetzt abspringen. Wer wird denn noch ein Haus kaufen wollen, das auf diesen Fundamenten steht? Sie werden uns wahrscheinlich sagen, wir sollen die Baugruben wieder auffüllen, Gras darüber wachsen lassen und ein offenes Erholungsgebiet daraus machen. Dem Geld können sie nachwinken. Die Bauherrn sind nicht glücklich, Chief Inspector, wahrhaftig nicht, und sie tun so, als ob alles meine Schuld wär.«

Markby nahm die Worte mit einem Nicken zur Kenntnis. »Sind Ihnen jemals Fremde aufgefallen, die sich auf der Baustelle herumgetrieben haben?«

»Chief Inspector, Sie waren draußen, kennen die Anlage. Es sind ständig irgendwelche Leute da – ein paar potentielle Käufer, ein paar neugierige Anwohner, die wissen möchten, was wir vorhaben, und ihre Neugier mit einem Nachmittagsspaziergang verbinden. Man kann die Leute nicht fernhalten. Nein – besonders aufgefallen ist mir niemand. Sie werden Hersey fragen müssen.«

»Das haben wir getan. Und alle Arbeiter. Alle sagen ungefähr das gleiche wie Sie eben. Niemand erinnert sich an diesen Mann.«

»Da haben Sie's«, sagte Newman ein bißchen vage. »Also nehme ich an, daß Sie mit uns fertig sind.«

»Vorläufig ja. Ich kann nicht versprechen, daß wir nicht wiederkommen.« Markby schaute seinem Besucher sehr direkt in die Augen. »Das ist eine Morduntersuchung.«

»Ja, ja, natürlich. Natürlich werden wir – werde ich Sie in jeder Hinsicht unterstützen. Es ist ja nur, weil die

Männer sich aufregen. Ich möchte nicht, daß noch jemand aufhört.«

Als Newman gegangen war, rief Markby nach Pearce. »Fahren Sie ins Baustellenbüro, und stellen Sie Nachforschungen über den Fahrer Sean Daley an. Trotz allem, was wir ihm gesagt haben, hat er heute früh seine Arbeit hingeschmissen. Vielleicht können Sie rausfinden, wohin er wollte und ob er eine Nachsendeadresse hinterlassen hat. Er fährt einen alten Ford Capri. Gehn Sie zum Wohnwagenparkplatz runter, wo die Männer wohnen, und fragen Sie Riordan – er hat mit Daley zusammengewohnt – und alle anderen, ob Daley etwas über Freunde oder Verwandte gesagt hat, zu denen er will.«

»Sie werden nichts sagen«, antwortete Pearce finster. »Auch dann nicht, wenn sie was wissen. Sie machen den Mund nicht auf.« Er sah zu, als Markby in den wasserdichten grünen Parka schlüpfte.

»Ich fahre zu zwei Farmen raus, Greyladies Farm und Witchett Farm. Sie liegen zu beiden Seiten des Erschließungsgebiets.« Er nahm die Fotografie in die Hand und wedelte damit herum. »Der Knabe ist nicht vom Himmel gefallen. Es gibt in diesem Gebiet etwa ein Dutzend Straßenbaustellen und Wohnanlagen, an denen gebaut wird. Wie kommt es, daß die Totengräber sich ausgerechnet diese ausgesucht haben? Im Hinblick auf die Hauptstraße liegt sie alles andere als günstig. Man muß über eine Landstraße fahren und dann in diese neu gebaute Straße einbiegen. Wer sich hier in der Gegend nicht auskennt, findet die Baustelle nicht so leicht. Wer ihn auch begraben haben mag, hat gewußt, daß hier gebaut wird. Vielleicht waren sie schon vorher da, haben sich umgesehen, sich die Stelle ausgesucht und den Fortgang der Arbeiten beobachtet. Dann haben sie sich ausgerechnet, wann ungefähr der Beton gegossen werden würde. Wenn sie hier waren, hat jemand sie, ein Auto oder sonst irgend etwas gesehen.«

Man merkte Pearce an, daß er seine Zweifel hatte. »Sie hätten doch ganz offen auf der Baustelle auftauchen und sagen können, sie wollten ein Haus kaufen. Niemand würde das merkwürdig finden. Sie hätten nach Bauplänen, Terminen und sogar danach fragen können, wie die Häuser gebaut werden.«

»Wenn ich jeden befragen muß, der irgendwann einmal auch nur in der Nähe der Baustelle war, werde ich das tun«, sagte Markby grimmig.

# KAPITEL 5

Trotz seiner Schwierigkeiten und Sorgen kam es Markby, als er über Land fuhr, so vor, als sei dies ein englischer Apriltag vom Feinsten. Kristallenes Sonnenlicht und ab und zu ein Regenschauer ließen die Grünstreifen am Straßenrand funkeln und Diamanten auf der nassen Straße tanzen. Die Hecken waren frisch begrünt, und die Vögel flatterten und zwitscherten in den Zweigen, wo sie nach Nistplätzen suchten. Er wünschte, er hätte Zeit, anzuhalten und den possierlichen Sprüngen der jungen Lämmer zuzusehen.

Markby ging vom Gas und beobachtete die Schafe über einen Zaun hinweg. Sie gehörten vermutlich den Winthrops. Es war schon einige Zeit her, daß er auf Greyladies Farm gewesen war, und er stellte fest, daß er sich auf den Besuch freute. Er hatte die Abzweigung erreicht, an der eine Holztafel an einem mit Schlamm bespritzten Pfahl verkündete: *Nur zur Farm.* Um dieser Mitteilung Nachdruck zu verleihen, war der einspurige Heckenweg von den Reifen schwerer Nutzfahrzeuge zernarbt und reichlich mit Mist bestreut. Langsam fuhr Markby weiter. Die Böschungen auf beiden Seiten waren hoch, und soweit er sehen konnte, gab es keine Ausweichstellen. Wenn ihm ein anderes Fahrzeug entgegenkam, mußte er im Rückwärtsgang bis zur Straße zurücksetzen.

Zum Glück kam ihm niemand entgegen, aber er scheuchte ein Eichhörnchen auf. Es erschrak und rannte ein ganzes Stück vor ihm her, bis es die Böschung hinaufhuschte und sich auf eine alte Eiche rettete, die sich mit knorrigen Ästen gefährlich über den Heckenweg neigte. Er hielt an, streckte den Kopf aus dem Fenster und spähte in die Zweige hinauf, aber das Eichhörnchen war verschwunden und beobachtete ihn wahrscheinlich aus seinem Versteck. Es kam ihm so vor, als sehe der alte Baum nicht besonders sicher aus, und die Äste hingen ziemlich tief. Von den hoch beladenen Erntewagen hatten sich Heu- oder Strohhalme darin verfangen. Er fragte sich, warum die Winthrops den Baum nicht zurückgeschnitten hatten.

Der Weg gabelte sich unerwartet, und als er um die Ecke bog, stand er direkt vor dem Tor der Farm. Er fuhr in den Hof und stellte den Wagen neben einer halb fertigen Scheune ab, die unter einem Wellblechdach gegen Wind und Wetter offen war. Er hörte Schafe, die sich gegenseitig klagend anblökten, stützte die Arme auf eine der niedrigen, halbfertigen Mauern, schaute hinein, und geisterhaft grauweiße Gesichter starrten zurück.

»Guten Morgen, Ladys«, sagte er höflich.

Sie hörten auf zu kauen und glotzten ihn an.

Markby drehte sich um und stellte fest, daß auch er beobachtet wurde – von einem ungepflegten Collie mit einer wölfisch spitzen Schnauze, mit unsteten Augen und unverkennbar unfreundlichem Benehmen.

»Hallo, Junge«, sagte Markby mit einer Selbstsicherheit, die er nicht empfand. »Ich bin nicht hinter deinen Freundinnen her.«

Mit gesenktem Kopf machte der Hund einen vorsichtigen Schritt nach vorn, mißtrauische, rot umrandete Augen musterten Markby, dann wich der Hund wieder zurück. Er schien darüber nachzudenken, wie er am besten hinter den Eindringling kam, um ihn, bis Hilfe kam, in einer Ecke festzunageln.

Zum Glück nahte die Hilfe schon. »Whisky!« rief eine Mädchenstimme.

Der Hütehund drehte sich um, wedelte und führte einen unterwürfigen Begrüßungstanz auf, wand und krümmte sich, signalisierte mit dem Schwanz noch immer Freundschaft, wollte auf das Mädchen zulaufen, um es zu begrüßen, und wollte es aber auch wieder nicht.

»Kann ich Ihnen helfen?« fragte sie. Nun, da sie hier war, schien der Hund die Verantwortung für den Farmhof einem ihm übergeordneten Wesen zu übertragen. Er zog sich in einen geschützten, sonnigen Winkel zurück, ließ sich auf einen dort für ihn ausgebreiteten Sack plumpsen, legte die Wolfsschnauze auf die Pfoten und beobachtete Markby weiterhin aus rotgeränderten Augen.

Sie mußte ungefähr vier- oder fünfundzwanzig sein, vermutete Markby. Er schätzte sie nicht so sehr nach dem Augenschein, sondern nahm an, daß es sich um Jessica Winthrop handelte, die, wenn ihn seine Erinnerung nicht trog, jetzt etwa in diesem Alter sein mußte.

Sie sah jünger aus. Ein blasses, hübsches, aber unglücklich wirkendes Mädchen mit langem blondem Haar, das so glatt war wie Zwirnsfäden, wie die alten Leute auf dem Land es nannten. Sie war schmal und zierlich, ungefähr einszweiundsechzig groß, trug eng sitzende Reithosen, hohe Reitstiefel, einen Pullover und darüber eine ärmellose marineblaue Steppweste. Sie war mit einem Stück Seil in der Hand eben aus dem Stall auf der gegenüberliegenden Hofseite gekommen. Jetzt drehte sie sich um und zog leicht an dem Seil. Hufgeklapper wurde laut, und es erwies sich, daß das Seil am ledernen Zaumzeug eines stichelhaarigen Ponys mit geflochtener Mähne befestigt war. Es trat blinzelnd ins Sonnenlicht und schaute über die Schulter des Mädchens zu Markby hinüber. Das

Mädchen drehte sich auch um; beide beobachteten ihn und warteten.

»Sie sind Jessica, nicht wahr?« fragte Markby, durch die prüfenden Blicke von Mädchen, Pony und Hund leicht nervös geworden. »Ich bin Alan Markby – Chief Inspector Markby vom Revier in Bamford. Alwyn und ich sind früher mal miteinander in die Schule gegangen. Ich nehme an, Sie erinnern sich nicht mehr an mich. Sie waren damals ja noch ein Winzling.«

Sie lächelte nicht. »Alwyn ist nicht hier und Dad auch nicht. Sind beide draußen und kontrollieren ein paar Schafe. Was wollen Sie?«

»Nun, ich...« Er unterbrach sich merkwürdig verlegen. »Ist Ihre Mutter hier?«

Bevor sie antworten konnte, rief eine andere, herbere und selbstsicherere Frauenstimme: »Jess?«

»Mrs. Winthrop?« rief Markby zurück. »Ich bin Alan Markby. Darf ich kurz mit Ihnen sprechen?«

Das struppige Pony warf den Kopf zurück und schnaubte, stampfte mit den Hufen und strebte wieder in den Stall. Jessica wandte sich von Markby ab, um sich mit ihrem Tier zu befassen.

»Mit Ihnen möchte ich auch reden, Jessica, wenn Sie Zeit haben«, sagte Markby. »Es dauert keine fünf Minuten.«

»In Ordnung«, sagte sie, ohne sich umzudrehen. »Ich bringe nur Nelson in seine Box zurück.«

Mrs. Winthrop war aus dem Haus getreten, und ihre zunächst mißtrauische Miene wurde freundlicher. »Ah! Wir haben Sie nicht erwartet. Wollen Sie mit unserem Alwyn sprechen?«

»Mit Ihnen allen. Wenn Sie ein paar Minuten Zeit hätten, wäre ich Ihnen dankbar.«

»Dann kommen Sie am besten mit in die Küche. Ich habe Gebäck im Rohr, kann es nicht allein lassen.«

Während er ihr in die Küche folgte, fragte sich Markby, nach welcher Seite der Familie Jessica wohl schlug. Der alte Winthrop war von der Natur in jeder Hinsicht großzügig ausgestattet worden, Alwyn über einsachtzig und Jamie ein brauchbarer Rugbyspieler gewesen. Mrs. Winthrop war klein, aber stämmig – so breit wie hoch, dachte er belustigt. Sie hatte kurze, von einer zu starken Dauerwelle unschön gekrauste graue Haare und trug einen Nylonoverall. In der Küche roch es köstlich nach Selbstgebackenem.

»Setzen Sie sich, Alan«, sagte sie munter. »Jess! Laß bloß den Hund draußen. Es stiehlt sich heimlich herein, wenn es kann, dieses Tier.« Für Markby fügte sie als Erklärung hinzu: »Er weiß, daß er nicht ins Haus darf.«

»Überhaupt nie?«

»Nein – is'n Hütehund. Gehört ins Freie.«

Markby sagte: »Ich verstehe.« Er war nicht überrascht, daß der Collie nicht ins Haus durfte. Er war ein zottiges Tier und war ihm halb wild vorgekommen – und die Küche war makellos sauber. Mrs. Winthrop bückte sich vor dem Herd und streckte ihm die in Nylon gehüllte Kehrseite entgegen. Sie nahm das Blech mit den kleinen Teekuchen aus dem Rohr und kippte das goldschimmernde, herrlich duftende Gebäck auf den Tisch.

»Ich wette, Sie hätten gern eine Tasse Kaffee, Alan. Hätten Sie auch Appetit auf ein Stück Gebäck, heiß, mit Butter bestrichen?«

»Ja, bitte«, sagte er prompt und so begeistert wie ein Kind.

Sie freute sich offensichtlich. »Kommt sofort. Jess, steh du nicht rum, Mädchen, und guck Löcher in die Luft. Mach den Kaffee.«

Das Mädchen war so leise und unauffällig in die Küche geschlüpft, wie der Collie es getan hätte, hätte er die geringste Chance gehabt. Markby ertappte sich dabei, daß er sie beobachtete, während sie die Tassen aus dem walisischen Küchenschrank nahm. Sie sah Markby nicht an. Schien den festen Vorsatz gefaßt zu haben, es nicht zu tun. Sie war entweder schüchtern oder nervös – was hatte Steve ihm erzählt? Etwas von einem Nervenzusammenbruch?

Mrs. Winthrop stellte ein Glas mit selbstgemachter Marmelade und einen Teller vor ihn auf den Tisch. »Schade, daß Sie nicht eine halbe Stunde früher hier waren, dann hätten Sie Alwyn und meinen Mann noch erwischt. Wenn Sie Lust auf einen Marsch querfeldein haben, kann ich Ihnen sagen, wo sie sind.«

Er brach einen der Kuchen auf, der so heiß war, daß er sich die Fingerspitzen verbrannte, und bestrich ihn dick mit Butter. Sie schmolz sofort und wurde von dem krümeligen Teig aufgesaugt, der zu glänzen begann.

»Das ist nicht schlimm, ich kann wiederkommen. Oder wenn einer von den beiden in die Stadt kommt und eine Minute Zeit hat, soll er sich bei mir im Revier sehen lassen …« Markby redete fast unverständlich mit vollem Mund.

»Alwyn und George sind am Donnerstag beide in der Stadt. Sie bringen die Schafe aus der Scheune auf den Markt. Nur werden sie wahrscheinlich zuviel zu tun haben, um zu Ihnen aufs Revier zu kommen. Ist es wichtig?«

»Ja und nein. Ich habe ein paar Routinefragen. Sie haben von dem Toten gehört, den man auf der Baustelle gefunden hat – da, wo früher die Lonely Farm war?«

Jessica brachte ihm den Kaffee, doch als sie die Tasse

abstellte, tat sie es so linkisch, daß Kaffee auf das Wachstuch schwappte.

»Du hast wirklich zwei linke Hände«, sagte ihre Mutter und wischte den Kaffee auf. »Ihre Hose hat hoffentlich nichts abbekommen, oder, Alan?«

»Nein – Glück gehabt. Danke für den Kaffee, Jessica. Das ist eine ausgezeichnete Marmelade, Mrs. Winthrop.« Schamlos hatte er sich eines zweiten Kuchens bemächtigt. Wahrscheinlich zog er sich dadurch eine Magenverstimmung zu, doch jetzt wollte er genießen und erst hinterher an die Folgen denken. Oh, du köstliche dunkelpurpurne Marmelade aus schwarzen Johannisbeeren, so fest, daß er sie mit dem Löffel als richtigen Brocken aus dem Glas holte und auf dem Kuchen zerdrücken mußte, ehe er sie streichen konnte.

»Ich gebe Ihnen ein Glas mit, wir haben Unmengen davon. Schwarze Johannisbeeren hat es letztes Jahr im Überfluß gegeben. Dieser Mord war eine böse Sache. Es ist Ihr Job, ihn zu untersuchen, nicht wahr?«

»Ja, ich leite die Untersuchung. Muß meine Sünden damit abbüßen. Sie erinnern sich nicht, am Freitagabend etwas Ungewöhnliches gesehen oder in der Nacht etwas gehört zu haben? Einen Wagen? Stimmen? So was eben.«

»Zum Glück schlafe ich wie ein Stein«, sagte sie.

»Und wie steht es mit Ihnen, Jessica?«

»Ich schlafe nicht sehr gut«, sagte das Mädchen. »Aber gehört habe ich auch nichts. Whisky hat nicht gebellt. Er würde einen Fremden melden.«

Sie unterbrach sich abrupt, als sei sie bei etwas Verbotenem ertappt worden oder habe sich schlecht benommen, und warf ihm einen gehetzten Blick zu.

»Verflixter Köter«, sagte Mrs. Winthrop in ihrer schroffen Art.

»Hätten Sie beide etwas dagegen, sich ein Foto anzusehen?« fragte Alan unsicher. Er schaute zuerst das Mädchen und dann die Mutter an. »Ich möchte niemanden aufregen – es ist kein besonders beängstigendes Bild, aber wir versuchen festzustellen, wer er war.«

»Oh …« Mrs. Winthrop sah ihre Tochter an. »Werfen wir also einen Blick darauf.«

Markby holte sein Foto heraus und reichte es ihr. Sie fischte in der Tasche ihres Overalls nach ihrer Brille, setzte sie sich auf die Nasenspitze und blickte an der Nase entlang durch die Gläser. »Nein, ich könnte nicht behaupten, daß ich den Burschen kenne.« Sie zögerte und streckte dann die Hand mit dem Bild aus. »Kannst es dir ruhig ansehen, Jess. Brauchst keine Angst zu haben.«

Markby beobachtete das Mädchen, als es das Foto entgegennahm. Er schämte sich für seine Arbeit, wie so oft, wenn er es mit nervösen Zeugen zu tun hatte. Er mußte ihnen wie ein Ungeheuer vorkommen. Dieses Mädchen war ganz offensichtlich nicht ganz – nun, zu sagen, es sei nicht ganz richtig im Kopf, wäre ungerecht und übertrieben gewesen. Doch unverkennbar war mit ihr nicht alles so, wie es sein sollte. Er fragte sich, ob sie wegen ihres Zustands in ärztlicher Behandlung war.

Sie nahm das Foto jedoch ziemlich gelassen entgegen und sagte nach einem kurzen Blick darauf: »Ich weiß nicht, wer das ist.«

»In Ordnung. Danke, daß Sie es sich angesehen haben.« Markby steckte das Bild wieder ein und wandte sich seinem Kaffee zu. Er hatte nicht erwartet, daß sie den Verstorbenen erkannten, und hatte noch mehr das Gefühl, daß er sie völlig sinnlos beunruhigt und bei dem Mädchen wahrscheinlich eine Nervenkrise ausgelöst hatte. Schuldbewußtsein überwältigte ihn.

»Wenn Sie Jess nicht mehr brauchen«, sagte Mrs. Winthrop ruhig, aber in dem ihr eigenen Feldwebelton, »würde sie, glaub ich, gern hinausgehen und ihr Pony striegeln.«

»O ja, natürlich – tut mir leid, daß ich Sie von Ihrer Arbeit abgehalten habe, Jessica.«

»Schon gut ...« Das Mädchen stand in seiner linkischen Art auf und flüchtete mit einem Satz aus der Küche.

Mrs. Winthrop rührte in ihrem Kaffee und betrachtete die konzentrischen Kreise, die sich an der Oberfläche bildeten. »Seit sie wieder zu Hause ist, geht es ihr viel besser, unserer Jess. Das ist jetzt ein Jahr her.«

»Sie war an einer Pädagogischen Hochschule, nicht wahr?«

»Ja, aber ihr Studium hat sie beendet. Hat Examen gemacht, ihr Praktikum gemacht und eine Anstellung bekommen. Doch sie war schon immer nervös, auch als kleines Mädchen. Sie wurde krank, mußte alles aufgeben und ist nach Hause zurückgekommen. Aber jetzt geht es ihr viel besser.«

»Wie schade, daß sie ihren Beruf aufgeben mußte. Aber ich freue mich, daß sie allmählich drüber hinwegkommt. Alwyn kommt am Donnerstag auf den Viehmarkt, ja?« Er störte hier. Er war Polizeibeamter, der seine Arbeit tat, und das hätte ihm schon seit langer Zeit nicht mehr peinlich sein sollen. Doch hier drängte er sich in einen privaten Kummer, und das Bewußtsein, daß er das tat, kränkte sein Anstandsgefühl.

»Sie können sich drauf verlassen.«

»Wenn ich nicht vorher noch einmal herkomme und er keine Zeit hat, mich aufzusuchen, gehe ich zu ihm auf den Markt.« Die Vorstellung, noch einmal auf der Greyladies Farm zu erscheinen, bereitete ihm keine Freude mehr.

»Ich sag's ihm. Wollen Sie auch mit George sprechen? Den beiden das Foto zeigen?«

»Ja.«

»Ich sag's ihnen.« Sie stand auf, stämmig, tüchtig, nüchtern. »Jetzt hole ich Ihnen nur noch die Marmelade.«

Witchett Farm empfing ihn ganz anders. Mrs. Carmody kam über den Hof gelaufen, um ihn zu begrüßen, als er aus dem Wagen stieg. Sie trug eine Männercordhose, einen wunderschönen handgestrickten Pullover mit einem komplizierten Muster und ein rotes Halstuch. Scharlachroter Lippenstift, achtlos aufgetragen, das Haar aufgesteckt, mit ein paar losen Strähnen, die ihr Gesicht einrahmten.

»Hallo, Alan!« rief sie ihm mit dröhnendem Bariton entgegen. »Sind Sie wegen des Toten hier?«

»Ja, bin ich. Ich werde nicht allzuviel von Ihrer Zeit beanspruchen.«

»Zeit? Davon hab ich genug. Kommen Sie rein.«

Diesmal wurde er nicht in die Küche, sondern in ein unordentliches Wohnzimmer geführt, in dem sich schon ein Spaniel und zwei Katzen aufhielten und in dem viel zu viele Möbel standen. Im Kamin flackerte und knisterte fröhlich ein Feuer. Die Flammen spiegelten sich in dem auf Hochglanz polierten, altmodischen Kaminschutz und in dem Kaminbesteck aus Messing mit seinen Utensilien, Schürhaken, Pinsel, Zange und der kleinen Schaufel.

»So etwas habe ich ja seit Jahren nicht mehr gesehen!« rief Markby.

»Es ist älter als ich«, sagte Mrs. Carmody. »Es war schon da, als ich noch klein war. Hab immer damit gespielt.« Sie setzte eine Katze vom Sofa auf den Boden, klopfte energisch die Kissen, und eine mit Tierhaaren vermischte Staubwolke flog auf. »Setzen Sie sich«, forderte sie Markby auf.

»Ich habe Sie erwartet«, fuhr sie fort, als er saß, kraulte den Spaniel, machte in Richtung der vertriebenen Katze eine um Entschuldigung bittende Handbewegung, die hochmütig ignoriert wurde.

»Oh? Wieso denn das?« Markby blickte mit lebhaftem Interesse auf.

»Es lag auf der Hand, daß Sie früher oder später kommen würden, um herumzufragen, oder? Aber eigentlich habe ich einen von Ihren Jungs erwartet, nicht Sie selbst. Ich freu mich, daß Sie mich für so wichtig halten.«

»Da ich Sie mein Leben lang kenne«, sagte Markby lächelnd, »war es angenehm, einen Vorwand zu haben, herauszukommen und Sie zu besuchen, auch wenn es ein dienstlicher Besuch ist. Wie kommen Sie zurecht, Dolly?«

»Recht gut. Im Winter hab ich's ein bißchen auf der Brust. Werde eben alt, das ist es. Gehöre langsam zum alten Eisen.«

»Sie? Niemals!« bestritt er, und sie brach in lautes Gelächter aus. Markby zeigte ihr das Foto.

»Ist das der Tote? Kann Ihnen nicht sagen, wie er heißt, wenn es das ist, was Sie wollen. Tut mir leid.« Das klang bedauernd. Noch einmal betrachtete sie das Bild sehr sorgfältig, runzelte die Stirn. »Nein«, wiederholte sie kopfschüttelnd. Noch eine Haarsträhne löste sich aus ihrem Knoten. »Ich kenn ihn nicht.«

»Nie jemanden in der Gegend gesehen, der eine flüchtige Ähnlichkeit mit ihm hatte? Als er noch lebte, hat er wahrscheinlich ein bißchen anders ausgesehen.«

Mrs. Carmody hatte ihm das Foto zurückgegeben und sah ihn jetzt nachdenklich an. »Nein, doch letzte Woche hat jemand nachts hier rumgeschnüffelt.«

»Ja?« Er beugte sich eifrig vor. Endlich!

»Aber ich hab ihn nicht gesehen. Das heißt, ich hab ihn gesehen und auch wieder nicht. Es war, lassen Sie mich mal überlegen, letzten Donnerstag. Nachts. Ich war aufgeblieben, um fernzusehen, und ging ein bißchen später als üblich ins Bett. Kaum war ich eingeschlafen, wachte ich plötzlich wieder auf. Ich hörte die Pferde in ihren Boxen wiehern und stampfen. Sie gehören nicht mir. Ich habe jetzt keine Rinder und Pferde mehr. Aber ich verpachte die Felder als Weideland an andere Leute, und zwei oder drei Pferdebesitzer stellen ihre Tiere bei mir unter. Ich miste die Ställe aus und füttere die Gäule, und Jessica Winthrop kommt fast jeden Tag rüber und hilft mir. Das arme Kind, hat keinen Funken Leben in sich, wissen Sie.«

»Ja, ich war eben drüben auf der Greyladies Farm ...« Er wollte ihre Erzählung nicht unterbrechen, doch sie war ohnehin in Gefahr, vom Thema abzuschweifen. »Und Sie haben vermutet, daß sich ein Eindringling hier herumtrieb?«

»Ich bin aus dem Bett aufgestanden und hab meinen alten Morgenmantel angezogen. Natürlich, der Hund ist hier, aber sie ist stocktaub, beinahe vierzehn Jahre alt, deshalb kann ich mich nicht drauf verlassen, daß sie was hört. Dann hab ich den Kopf aus dem Fenster gesteckt. Es war eine ziemlich klare Nacht am letzten Donnerstag, wie Sie sich noch erinnern werden. Aber um richtig was zu sehen, hätte sie noch klarer sein müssen. Direkt beim Hofeingang entdeckte ich einen Schatten, der sich bewegte. Ich hab gerufen und ihn gefragt, was er da unten macht, und da ist er verschwunden. Dann hab ich mich richtig angezogen, eine Taschenlampe genommen und bin hinuntergegangen, um nachzuschauen, ob mit den Pferden alles in Ordnung war.«

»War das nicht ein bißchen unbesonnen, Dolly?« sagte Markby besorgt. Sie mußte über sechzig sein.

»Wenn ich mich davor fürchten würde, hier allein zu leben, Alan, dann sollte ich's nicht tun. Ich hab mein ganzes Leben hier verbracht. Ich war das einzige Kind meiner Eltern, und als ich heiratete, ist mein Mann hergekommen, und wir haben die Farm von den Alten übernommen. Wenn ich hier weggehe, dann mit den Füßen voraus in einer hölzernen Kiste. Die Stalltür war jedenfalls noch fest verschlossen, und es gab keine Anzeichen dafür, daß jemand versucht hatte, einzudringen. Ich kontrollierte die Fenster im Haus und hab mir gesagt, es war wahrscheinlich ein Landstreicher, der eine Scheune zum Schlafen suchte oder es vielleicht auf ein Huhn abgesehen hatte. Seit die neuen Prüfvorschriften wegen der Salmonellen eingeführt wurden, habe ich nur noch ein paar Hennen und den alten Hahn. Es hat keinen Sinn, sich noch Hühner zu halten, um Eier zu verkaufen. Lohnt sich nicht mehr. Aber ein paar halte ich noch für mich selbst, ich mag ein frisch gelegtes Ei zum Frühstück. Aber es gab im Hühnerstall kein Gezeter. Wäre es ein Fuchs gewesen, hätte der alte Hahn einen Höllenlärm gemacht. Nein, es war schon ein Kerl, aber mehr als eine Gestalt habe ich nicht gesehen.«

»Und später haben Sie niemanden mehr gesehen oder gehört?«

Sie schüttelte den Kopf.

Markby steckte das Foto wieder ein. Zwei Schritte vorwärts, einen zurück. Es war jedoch ein – wenn auch recht dürftiger – Hinweis. »Danke«, sagte er. »Das hat mir sehr geholfen.«

Mrs. Carmody stand auf und ging zu einer sehr hübschen frühviktorianischen Anrichte. Sie öffnete die kleine

Tür und bückte sich. »Ich glaube, Sie könnten jetzt einen Tropfen Scotch vertragen. Sagen Sie nicht, daß Sie im Dienst sind. Außer uns beiden ist ja keiner da, und ich genehmige mir jetzt ganz bestimmt einen Schluck.«

»Schön, schön, ich trinke mit.« Er sah zu, als die bernsteinfarbene Flüssigkeit mit leisem Gluckgluck aus der Flasche ins Glas floß.

»Hier, trinken wir auf den Toten, wer der arme Teufel auch gewesen sein mag«, sagte Mrs. Carmody. »Ex.«

»Der Alte«, sagte Sergeant Pearce zu Woman police constable Jones, »hat die Farmer übernommen, und ich muß zu den Bauleuten.«

»Du willst wieder auf die Baustelle?« fragte Miss Jones. »Dann nimm deine Gummistiefel mit.«

»Ich hoffe, er hat seine mitgenommen«, sagte Pearce grinsend.

Als er auf der Baustelle eintraf, schien auf den ersten Blick alles wieder völlig normal. Doch bald stellte er fest, daß das eine Illusion war. Das Gelände um den Graben, in dem man den Toten gefunden hatte, war noch immer mit Seilen abgesperrt und verlassen. Niemand ging auch nur in die Nähe, und es war klar, daß es nicht etwa aus Respekt vor den polizeilichen Ermittlungen geschah. Es war ganz einfach so, daß der Ort in einem urzeitlichen Sinn tabu geworden war. Für die Männer, die diese Häuser bauten, bedeutete es Tod, wenn man sich auf diesen Platz wagte. Vor zweitausend Jahren hätte man den Ort mit Totenschädeln auf Pfählen und den zerfledderten Resten von Opfergaben gekennzeichnet. Heutzutage lagen da nur eine leere Getränkedose und – sehr seltsam – ein kleiner Strauß Himmelschlüssel. Pearce runzelte die Stirn. Er konnte sich nicht vorstellen, daß die Bauarbeiter Blumen hierher gelegt hatten. Wer in aller Welt hatte es dann getan? Jemand, der den Mann gekannt hatte, der hier begraben werden sollte, es bisher aber unterlassen hatte, sich zu melden und ihn zu identifizieren? Pearce machte sich eine Notiz, um Markby Bescheid zu sagen.

»Ich weiß nicht, was wir mit diesem Grundstück anfangen sollen«, sagte der Baustellenleiter, als Pearce ihn in seinem Unterschlupf aufgespürt hatte. »Ich habe Newman gesagt, wir müßten andere Arbeiter einstellen. Die wir jetzt haben, gehen nicht einmal in die Nähe des Grundstücks. Nein, Daley hat uns keine Nachsendeadresse gegeben. Hatte eine Todesangst, der arme Kerl, und konnte nicht schnell genug von hier weg. Fragen Sie auf alle Fälle Joe Riordan. Ich glaube, Sie finden ihn unten bei den Wohnwagen.« Der Baustellenleiter zögerte. »Sie werden feststellen, daß er ein bißchen verschlagen ist. Ich meine nicht aufsässig wie Hersey, nur – Sie werden es ja selbst sehen. Sie müssen ihn festnageln.«

Pearce nahm die Warnung zur Kenntnis und marschierte quer über die Baustelle, schwerfällig in den Stiefeln vorwärtsstapfend, die er eigens zu diesem Zweck mitgenommen hatte. In der Nacht hatte es stark geregnet, und der schwere, klebrige Lehm blieb an den Sohlen und Absätzen der Wellingtons haften, wurde immer mehr, bis Pearce unbeholfen und steifbeinig auf Füßen weiterging, die in zwei Lehmklumpen steckten. Er mußte lächerlich aussehen, und genauso fühlte er sich.

Der Wohnwagen-Parkplatz war wenig anziehend, die Wohnwagen selbst schäbig und verrostet. An einer improvisierten Leine hingen Wäschestücke, und zwischen den Wohnwagen parkten da und dort Autos. Unmengen anderer Dinge lagen herum: Propangasflaschen, weggeworfene Mineralwasserflaschen aus Plastik, leere Pappkartons und schwarze Plastikmüllsäcke, die aufgeplatzt waren und deren Inhalt verstreut herumlag. Daneben ein übelriechender Toilettenblock. Pearce rümpfte angewidert die Nase und murmelte: »Pfui!«

Jemand anders fand das Ganze auch unmöglich. Als Pearce näher kam, hörte er in einer heftigen Auseinandersetzung erhobene Stimmen.

»... bringt den verdammten Platz in Ordnung!« brüllte die eine, die Pearce als die von Jerry Hersey erkannte. Seine Stimmung rutschte auf Null. Er hatte mit Riordan sprechen wollen, bevor Hersey spitzkriegte, daß die Polizei wieder da war.

»Dafür bin ich verdammt nicht zuständig!« bellte eine andere Stimme zurück.

Herseys Antwort war derart, daß sogar Pearce, dem schon so mancher anschauliche Ausdruck zu Ohren gekommen war, zusammenzuckte. »Mensch!« stieß er hervor. Er kam um die Ecke eines Wohnwagens und stand dem Polier gegenüber, der sich mit in die Seiten gestemmten Armen und hinter der Hornbrille wütend funkelnden Augen vor Joe Riordan aufgebaut hatte. Riordan lehnte in der offenen Tür des Wohnwagens, in dem er mit Daley gehaust hatte, bis Daley getürmt war. Der Arbeiter war ein großer und breiter Mann mit rotem Gesicht, mächtigen Schultern, einem Bierbauch und tätowierten Unterarmen. Er trug Cordhosen und ein schmutziges ärmelloses Unterhemd, aus dem ein beachtlicher Pelz aus Brusthaaren herausschaute.

Beide Männer blickten auf, als Pearce erschien. Hersey spuckte seitlich aus. »Wollen Sie zu mir oder zu ihm?« fragte Riordan und zeigte mit einer verächtlichen Kopfbewegung auf Hersey.

»Zu Ihnen, Mr. Riordan, wenn Sie einen Moment Zeit haben«, sagte Pearce höflich.

»Bin der Polizei immer gern zu Diensten«, sagte Riordan freundlich und, wie Pearce vermutete, nicht wahrheitsgemäß. Er zeigte auf den Innenraum seines Trailers. »Wollen Sie nicht reinkommen?«

Hersey knurrte und stapfte davon.

»Dieser Mann«, sagte Riordan, »ist ganz schlicht und einfach ein Schweinehund. Nennt sich Polier. Ich hätte bessere Arbeit geleistet als er, und wenn man mir eine Hand auf den Rücken gebunden hätte. Ziehen Sie die Stiefel aus, bevor Sie reinkommen.«

Dankbar befreite Pearce sich von seinem gewichtigen Schuhwerk und betrat den Wohnwagen. Drinnen war es warm, ziemlich sauber und recht ordentlich.

»Ich mach uns eine Tasse Tee«, sagte Riordan. »Wollen Sie einen Tropfen von irgendwas in den Ihren?«

»Nein, danke«, sagte Pearce hastig. »Nur Tee. Ich bin wegen Sean Daley hier.«

»Er ist weg, hat man Ihnen das nicht gesagt?«

»Wir haben es eben erfahren. Wissen Sie zufällig, wohin er wollte?«

»Nein«, sagte Riordan einfach. Er nahm einen zischenden Kessel von seinem kleinen Propangaskocher und goß das kochende Wasser in eine emaillierte Teekanne. Dann rührte er das Gebräu energisch mit einem Tischmesser ohne Griff um und schüttete das fertige Getränk in zwei große Becher.

»Hat er denn nicht einmal angedeutet, daß er weg wollte?« Pearce nahm den Becher entgegen. »Er hätte nämlich bleiben sollen. Wir brauchen ihn bei der Leichenschau. Er hat die Leiche gefunden.«

»Und hat einen Knacks gekriegt«, sagte Riordan, griff

zu seinem Flachmann und goß ein ordentliches Quantum daraus in seinen Becher. Starker Whiskygeruch erfüllte die Luft. »Er ist immer wieder schreiend aufgewacht. Ich konnte nicht schlafen. Hab selber nur einen leichten Schlaf.«

»Hat er Verwandte, zu denen er gegangen sein könnte?«

»Er kam aus der Grafschaft Cork«, sagte Riordan gelassen.

»Sie meinen, er ist nach Irland zurückgegangen?«

»Ich meine gar nichts. Vielleicht ja, vielleicht nein, was weiß denn ich?«

»Hat er hier im Land niemanden, zu dem er gegangen sein könnte?«

»Ich hab Ihnen doch gesagt, er stammt aus Cork.«

»Verdammt«, sagte Pearce mürrisch und nahm unvorsichtig einen Schluck Tee. »Verdammt!« wiederholte er heftiger; er hatte sich die Zunge verbrüht.

»Haben Sie sich verbrannt?« Riordan unterbrach sich, den Becher halb erhoben; an seinen Tätowierungen traten die Venen hervor. Er trank ausgiebig und anscheinend unempfindlich.

Muß einen gußeisernen Schlund haben, dachte Pearce. Und auch eine gußeiserne Methode, mit Fragen von Polizisten umzugehen. »Wie steht es mit Freunden auf dieser Baustelle? War er mit jemandem besonders befreundet?«

»Nein«, sagte Riordan. »War ein stiller Typ. Manchmal, wenn es regnete, haben wir Karten gespielt, er und ich.«

»Hat er etwas hiergelassen?« Pearce sah sich im Wohnwagen um. »Persönliches Eigentum, Kleidung, Briefe oder andere Korrespondenz?«

»Nein«, sagte Riordan.

»Sie können mir also gar nichts sagen?«

»Ich kann Ihnen sagen, daß eines Tages jemand Jerry

Hersey den häßlichen Hals umdrehen wird. Ich kann den Anblick dieses Kerls nicht ertragen, und so geht es allen. Was keinen überrascht.«

»Nein«, sagte Pearce unüberlegt und fügte hastig hinzu: »Aber ich frage nicht nach Hersey, sondern nach Sean Daley.«

»Könnte nicht behaupten, daß ich Ihnen über ihn was sagen kann.«

Pearce stellte den Becher ab und versuchte »danke« zu sagen, ohne daß es allzu sarkastisch klang.

»Bitte, bitte, keine Ursache«, sagte Riordan.

»Oh«, Pearce blieb in der Tür stehen, um wieder in die schmutzigen Stiefel zu steigen. »Haben Sie nicht gesagt, Sie hätten keinen festen Schlaf? Haben Sie vergangene Freitagnacht zufällig einen Motor oder irgendein anderes Geräusch gehört, aus dem man schließen könnte, daß sich jemand auf der Baustelle herumtrieb?«

»Ja, also – das ist schon komisch«, sagte Riordan und kratzte sich nachdenklich den verschlungenen Urwald auf seiner Brust. Und verstummte ärgerlicherweise.

»Ja?« drängte Pearce. »Was ist komisch?«

»Hab nichts gehört«, sagte Riordan.

»Es wundert mich nicht«, murmelte Pearce, als er auf lehmbepackten Füßen davonhinkte, »daß der Alte sich die Farmer ausgesucht hat.«

Irgendwie schien es Markby doch keine so ausgefallene Idee mehr, als er am Abend nach Hause kam, zum Telefon griff und Meredith anrief. Er wußte nicht genau, wieso er es sich anders überlegt hatte, aber Jessica Winthrops blasses – so einsames und verschlossenes – Gesicht verfolgte ihn. Er hatte noch immer das Gefühl, gestört zu haben. Dieser Fall drohte ihm gefährlich nahezugehen. Und da waren natürlich auch noch Laura und das Haus. Es war nur fair, wenn er versuchte, Laura zu helfen. Meredith konnte den Vorschlag schließlich jederzeit ablehnen. Was sie wahrscheinlich auch tun würde.

Doch sie lehnte nicht ab. Statt dessen ging sie geradezu begeistert darauf ein.

»Tatsächlich würde ich sogar wahnsinnig gern auf ein paar Tage runterkommen, Alan, und zufällig habe ich nächste Woche und über Ostern frei. Es ist eine lange Geschichte – ich erzähle sie Ihnen, wenn wir uns treffen. Wann fährt Laura in Urlaub?«

»Am Samstag, und das sehr früh. Sie hofft, schon gegen halb sechs losfahren zu können. Lieber sie als ich. Können Sie sich vorstellen – vier Kinder und ihren ganzen Kram um diese gottverlassene Zeit ins Auto zu stopfen und dann wie verrückt zur Küste zu rasen, um die Zehn-Uhr-Fähre zu erreichen?«

»Dann komme ich am Samstag ein bißchen später, so gegen elf.«

»Ich bin wahrscheinlich im Büro. Wir haben im Moment sehr viel zu tun. Das bedeutet, daß ich leider nur wenig freie Zeit haben werde.« Das war, dachte er, obwohl eigentlich die Wahrheit, ziemlich gerissen. Er wußte recht gut, daß sie lieber kam, wenn sie dachte, er sei anderweitig zu beschäftigt und dann zu müde, um ihr lästig zu fallen. »Wenn Sie auf dem Revier vorbeikommen, gebe ich Ihnen die Schlüssel zum Haus.«

»Fein. Dann sehen wir uns am Samstagvormittag.«

Ohne so recht an sein Glück glauben zu können, legte er auf.

# KAPITEL 6

»Passen Sie auf! Der Mistwagen kommt hier durch!«

Gerade noch rechtzeitig aufmerksam gemacht, sprang Markby flink zur Seite, als der Gülletankwagen in der schmalen Zufahrt zum Viehmarkt in Bamford an ihm vorbeischaukelte. Donnerstag morgens ging es in der Stadt immer lebhaft zu. Vom frühen Morgen an waren die Viehtransporter eingetroffen, einige hohe Doppeldecker, andere bescheidene »Grüne Minnas« für Tiere. Der ganze Markt war durch Metallzäune in Quadrate unterteilt, jedes für eine bestimmte Tierart. In der Mitte, der überdachte Platz, war der Ring, in dem die Versteigerungen stattfanden. Es sah genauso aus wie die Spielzeugfarm, die er als Junge gehabt hatte, außer daß hier eine Kakophonie aus Blöken, Muhen, Quieken und dem metallischen Rattern der Gatter seine Ohren peinigte. Mit einem ohrenbetäubenden Hufgeklapper entließ ein weiterer Transporter seine übelriechende Fracht, die Tiere rannten in einer Ministampede über die heruntergelassene Heckklappe, während die Transportbegleiter schrille Pfiffe ausstießen und brüllten. An anderer Stelle wurden Tiere, die den Auktionsring schon passiert hatten, in andere Transporter eingeladen. Vielleicht von ihrem Instinkt geleitet, machten einige vergebliche Fluchtversuche, wurden aber schnell und fachmännisch wieder eingefangen und ihrem weiteren Schicksal zugeführt – was immer das sein mochte. Den Lärm übertönend, meldete sich eine klagende

Lautsprecherstimme und bat denjenigen, der seinen Landrover in der Zufahrt abgestellt hatte, den Wagen sofort zu entfernen.

Als ein großer junger Mann in einem schmutzigen weißen Overall und riesigen Gummistiefeln einen widerspenstigen, dreckverschmierten Ochsen vorüberführte, preßte Markby sich an eine Reklametafel, auf der alle möglichen landwirtschaftlichen Erzeugnisse angepriesen wurden. Er suchte Schafe. Wo Schafe waren, waren auch die Winthrops, Vater und Sohn. Genau in diesem Moment wurde langsam ein Karren vorbeigezogen, auf dem angekettet zwei schwarzgesichtige Mutterschafe standen und ein drittes im Stroh lag. Markby machte sich in die Richtung auf den Weg, aus der sie gekommen waren.

Er drängte sich durch eine Menge bukolischer Gesichter. Große, kräftige Männer in grünlichen Klapprandhüten und dicken Aranpullovern unter bequemen Haristweedjacken; Männer mit schmalen Gesichtern und Lederhaut in gewachsten Mänteln und grünen Gummistiefeln; blühend aussehende Frauen mit rosigen Gesichtern, sie trugen vernünftige Schuhe und hatten ländliche Frisuren; Männer, die wie pensionierte Offiziere eines Garderegiments aussahen und es vermutlich auch waren; und Männer, die aussahen, als seien sie über den Boden hinausgewachsen, den ihre Familien seit Generationen bestellt hatten. Viele grüßten Markby, sie kannten ihn nicht nur, weil er der heimischen Polizei angehörte, sondern weil er aus einer hier ansässigen Familie kam, die einmal in der Gegend Land besessen hatte. Seit einer Generation zwar nicht mehr, aber auf dem Land hat man ein gutes Gedächtnis. Schuldbewußt überlegte er, ob seine Familie nicht unter den ersten gewesen war, die die Todsünde begangen und an Bauunternehmer und Landerschließer verkauft hatte. Als ihm einfiel, wie überheblich er mit Steve gesprochen hatte, hatten die Worte plötzlich einen falschen Klang.

Die Schafe waren in der entlegensten Ecke untergebracht, doch noch ehe er sie erreichte, hatte er bereits Alwyn Winthrop entdeckt, kein Mann, den man mit seiner Größe von weit über einsachtzig und dem flammend roten Haar unter einer flachen Mütze in einer Menge übersehen konnte. An seiner Seite die beleibte Gestalt seines Vaters, kleiner, aber auch breiter und ausladend, mit schweren Schultern und scheinbar halslos; unerschütterlich und unbeweglich wie ein Sumoringer stand er da.

»Alwyn!« überschrie Markby den Lärm.

Alwyn drehte sich um und begrüßte Markby mit einer Geste. »Hab mir schon gedacht, wir würden dich zu sehen kriegen«, sagte er freundlich, als Markby sich zu ihnen durchgedrängt hatte. »Ma hat uns gesagt, daß du vielleicht herkommst. Hier ist Alan, wegen des toten Burschen, Dad.«

»Oh, wegen dem«, sagte Winthrop senior mit seinem dröhnenden Baß. »Läßt Sie ganz schön rotieren, nicht wahr?«

»Ziemlich, ja«, gab Markby offen zu. Er kramte in seiner Tasche und zog das jetzt schon mit einigen Eselsohren »verzierte« Foto heraus. Höflicherweise reicht er es zuerst dem älteren Winthrop.

Winthrop senior schob seinen ungewöhnlich alten Hut auf den Hinterkopf und hakte einen Daumen in das Armloch seiner Weste, während er sich darauf vorbereitete, sein Urteil abzugeben. Eine Uhrkette, wahrscheinlich antik und aus Massivgold, spannte sich über seinem stattlichen Bauch und verschwand in einer Uhrentasche an der Weste. Dem Markt zu Ehren hatte er heute eine Krawatte umgelegt, einen zerknitterten Stoffstreifen ungewissen Alters, der sich in den Wülsten versteckte, die bei Winthrop senior Kopf und Schultern zusammenhielten. Er hielt die Fotografie auf Armeslänge von sich weg; in seiner mächtigen Pranke sah sie wie eine Briefmarke aus. »Ah, das ist er also!« verkündete er in weisem und rätselhaftem Tonfall und fügte dann hinzu: »Könnte nicht behaupten, daß ich den armen Teufel kenne.«

Er reichte das Foto seinem Sohn und hakte den anderen Daumen in das Armloch seiner Weste. Neben seinem Vater sah Alwyn smarter aus; er trug ein relativ neues Tweedjackett, vermutlich das »gute Stück«, das besonderen Gelegenheiten vorbehalten war; alles in allem war er gut angezogen. Er studierte das Foto einen Augenblick wortlos und sagte sachlich: »Kommt mir irgendwie komisch vor, einen Toten zu fotografieren. Der Mann ist doch tot, oder?«

»Leider ja. Wir haben noch keine Ahnung, wer er ist.«

Alwyn schüttelte den Kopf und gab Markby das Foto zurück. »Tut mir leid, daß wir dir nicht helfen können.«

»Trotzdem vielen Dank«, sagte Markby düster und schob das Foto in die Tasche. »Wie sind die Schafpreise?«

»Gefallen«, sagten Winthrop Vater und Sohn unisono.

»Das tut mir leid. Wollt ihr nächstes Jahr etwas anderes versuchen?«

»Haben's mit Kartoffeln versucht, der Preis ist runtergegangen. Haben's mit Rindern versucht. Der Preis ist runtergegangen. Schätze, wir bleiben jetzt bei den Schafen.«

Winthrop senior nahm die goldene Sprungdeckeluhr mit dem teilweise durchsichtigen Deckel, die an der Uhrkette hing, aus der Westentasche und warf einen Blick darauf, ehe er sie wieder in die Tasche steckte.

Alwyn machte ein bockiges Gesicht, öffnete den Mund, schloß ihn dann aber wieder, als verkneife er sich lieber, was er sagen wollte. Er drehte sich zur Seite und lehnte sich an das Metallgatter. Die Schafe standen eng aneindergedrängt vor ihm und schauten zu ihm auf, als erwarteten sie eine Ansprache von ihm. Winthrop senior wurde von einem Bekannten gerufen und ging zu ihm. Mark lehnte sich neben Alwyn an das Gatter.

»Eine Farm zu bewirtschaften ist heutzutage wohl nicht ganz leicht«, sagte er.

»Das darfst du ruhig noch einmal sagen. Und es ist noch verdammt untertrieben.« Alwyn unterbrach sich, rückte die Mütze auf dem roten Haarschopf zurecht und fügte hinzu: »Es soll nicht schroff klingen. Der Jammer ist, daß Dad – nun, er wird älter und immer unflexibler. Sein Vater hat Greyladies vor ihm bewirtschaftet und noch weiter zurück sein Großvater … Er kann sich nicht vorstellen, daß wir woanders leben als auf der Farm. Auch dann nicht, wenn wir bankrott gehen – was sehr leicht passieren kann.«

Markby mußte an das denken, was Steve Wetherall gesagt hatte, und fragte zögernd: »Du würdest schon in Erwägung ziehen, ganz aufzuhören, oder?«

»Nicht solange Dad am Leben ist. Es würde ihn umbringen, wenn ich sagen tät, ich geh. Mutter wird auch älter. Doch er würde es versuchen, auch wenn ich gehe. Er würde versuchen weiterzumachen. Ich kann sie nicht im Stich lassen.« Das klang nach echter Verzweiflung.

Markby war wieder unbehaglich zumute. Anscheinend erging es ihm mit allen Winthrops so, daß er das Gefühl hatte, ohne einen echten Grund in ihren Angelegenheiten zu schnüffeln und Salz in offene Wunden zu streuen.

Aber Alwyn hatte wieder zu sprechen angefangen.

Vielleicht gab es nicht viele Menschen, denen er sich anvertrauen konnte, und einmal losgelassen, hörten die Worte nicht auf zu sprudeln. »Ich nehme es Jamie nicht übel, daß er gegangen ist. Er hat seine Chance genutzt. Viel Glück für ihn. Das heißt aber, daß ich nicht weg kann. Und da ist noch Jess. Das ist kein Leben für sie. Sie geht auf die Witchett Farm rüber und verbringt dort eine Menge Zeit mit der alten Dolly Carmody. Sie sollte junge Freunde haben.«

»Du hast nie daran gedacht zu heiraten, Alwyn?« hörte Markby sich zu seiner größten Überraschung fragen.

»Hab einer Frau nichts zu bieten. Ich sag dir, Alan, wenn ich nur ein halbwegs anständiges Angebot für das Land bekommen und es an mir liegen würde …« Er unterbrach sich und kaute zornig an der Unterlippe, zog sich die Mütze tief in die Augen und musterte finster die arglosen Schafe vor ihnen. »Aber es liegt nicht an mir, nicht wahr? Außerdem müßte ich erst die richtige Frau kennenlernen – die mich nimmt.«

»Nun ja«, sagte Markby, weil es nicht viel mehr zu sagen gab. »Treffen wir uns mal am Abend auf ein Glas, Alwyn?«

»Gern. Gewöhnlich sitz ich im Fox and Hounds, und du findest mich fast jeden Abend dort. Das klingt, als ob ich ein alter Säufer wär – aber ich bin der Typ, der eine Stunde lang an einem einzigen Pint nuckelt. Jedes verdammte Bier kostet Geld.«

»Dann sehen wir uns dort«, sagte Markby und verabschiedete sich mit, wie ihm selbst schien, unziemlicher Hast.

Als Meredith am nächsten Samstag das Straßenschild *Bamford, 3 Meilen* erblickte, wurde ihr vor Freude warm ums Herz. Und warum auch nicht? Es war ein schöner

Frühlingsmorgen, sogar der Wind war frisch. Sie hätte die ganze Strecke auf der Autobahn und auf Hauptstraßen zurücklegen können, doch sie hatte sich entschlossen, sich der Stadt auf der alten Straße zu nähern, die auf beiden Seiten von Feldern gesäumt wurde. Die Knospen treibenden Bäume schwenkten ihre Äste in der Brise, und die Vögel, von leichten Böen abgelenkt, wechselten mitten im Flug plötzlich die Richtung. In der Ferne donnerten die Laster über die Schnellstraße, doch sie hatte, seit sie abgebogen war, nur zwei Autos, einen Traktor und einen Fitneß-Begeisterten auf dem Fahrrad überholt.

Jetzt jedoch sah sie ein Mädchen auf einem plumpen, zottigen Pony vor sich. Meredith ging vom Gas und fuhr langsam vorüber, und das Mädchen hob zum Dank für diese Rücksicht die Hand. Meredith winkte und blickte zurück. Die Reiterin war kein Kind, wie sie aus der zierlichen Gestalt und dem langen blonden Haar geschlossen hatte, das unter der Reitkappe hervorquoll, sondern eine junge Frau, vermutlich Ende Zwanzig. Meredith fuhr weiter, und die Reiterin verschwand aus ihrem Blickfeld. Meredith vergaß sie auch in ihrer Vorfreude auf Alan.

Es ist lächerlich, sich deshalb so zu freuen, schalt sie sich. Jedes Wiedersehen endete damit, daß Alan unmißverständlich auf »ernste Absichten« zusteuerte, was in Meredith eine geradezu panische Angst auslöste, so daß sie flüchten mußte. Doch London für ganze neun Tage hinter sich zu lassen, das Büro und Tobys bedrückende Wohnung in Islington, war reine Seligkeit.

Die Wohnung, die Toby ihr freundlicherweise zur Verfügung gestellt hatte, war katastrophal, das konnte keiner leugnen. Der abwesende Wohnungsinhaber scherte sich keinen Deut darum, wie zum Beispiel die Wände aussahen. Als Meredith einzog, hatte die Küche braune Wände gehabt, die Decke war flaschengrün gestrichen mit tomatenroten Flecken, die ebenso von einem Unfall mit Tomatenketchup wie von einem Ritualmord herrühren konnten. In ihrer Verzweiflung hatte Meredith die Küche cremefarben und blau gestrichen und ein paar billige farbenfrohe Vorhänge angebracht. Sie wollte jedoch nicht noch mehr Geld in das Eigentum eines anderen stecken, daher behielt die übrige Wohnung ihre senfgelben Wände mit zerkratztem lehmbraunem Holzwerk.

Die Straße bog jetzt nach links ab, und wild wuchernde Hecken und ein uralter, riesiger Roßkastanienbaum versperrten die Aussicht. Um ein Haar hätte Meredith für ihre Tagträumereien teuer bezahlt. Sie fuhr um die Kurve herum und fand die schmale Straße unmittelbar vor sich von Schafen blockiert. Es waren Hunderte, wie es ihr zu ihrem Entsetzen vorkam, eine wollige Masse, die sich in alle Richtungen ausbreitete und der man weder links noch rechts ausweichen konnte.

Meredith trat die Bremse bis zum Anschlag durch und riß verzweifelt das Steuer herum, um die Leittiere der Herde nicht zu treffen. Der Wagen machte einen Satz auf den Grasrand, rumpelte die Böschung hinauf, scharrte an der Hecke entlang, hängte sich eine Girlande aus Disteln und Quecken um und steuerte erbarmungslos auf den Stamm der alten Kastanie zu. Meredith ließ das Steuer los und schlug die Hände vor das Gesicht, um es gegen den, wie es schien, unmittelbar bevorstehenden Aufprall zu schützen.

Der Wagen machte einen Satz, der Motor hustete und starb ab. Sie blieben stehen. Meredith ließ die Hände sinken und starrte benommen durch die Windschutzscheibe. Wie durch ein Wunder war es nicht zum Crash gekommen; der Wagen stand, wenn auch in einem gefährlichen Winkel nach oben und mit dem Kühler an der Baumrinde.

Automatisch griff sie nach der Handbremse. Es schien sehr still um sie herum, sogar der Lärm, den die Tiere machten, schien weit weg zu sein. Plötzlich wurde die Autotür auf der Fahrerseite aufgerissen, und die dunkle Silhouette eines Männerkopfes und breiter Männerschultern verdrängte das Tageslicht. »Alles in Ordnung?« fragte der Mann rauh.

Meredith wandte den Kopf und quietschte erschrocken auf, denn ihr Gesicht war nur wenige Zentimeter von dem des Fragenden entfernt. Graue Augen in einem wettergegerbten Gesicht funkelten sie an, aber ihre Aufmerksamkeit galt hauptsächlich der erstaunlichen Mähne roter Haare.

»Danke, ja«, sagte sie bebend. Dann riß sie sich zusammen und fragte mit festerer Stimme, aber ängstlichem Unterton: »Ich hoffe, ich habe keines Ihrer Schafe verletzt.«

»Nein. Aber ich hab gedacht, daß Sie sich um den alten Baum wickeln wollten.« Er trat einen Schritt zurück und richtete sich auf. Meredith beugte sich hinaus, um ihre Lage abzuschätzen, und blickte auf seine in Gummistiefeln steckenden Füße hinunter. Sie hob den Kopf und begegnete wieder seinen grauen Augen. »Ich denke«, begann sie schrill und fuhr dann überkompensierend im Kontraalt fort: »Ich kann auf die Straße zurücksetzen, sobald die Schafe nicht mehr im Weg sind.«

»Ganz ruhig«, riet er. »Ich pfeife dem Hund, damit er die erste Partie zurücktreibt.«

Er stieg die Böschung hinunter, eine schwerfällige Gestalt in einem alten Pullover, mit in der Sonne glänzenden roten Haaren. Er pfiff und gab laute Kommandos, die

Schafe begannen lauter und ärgerlicher zu blöken und rannten ziellos hin und her. Von Zeit zu Zeit erhaschte Meredith zwischen ihren wolligen Leibern einen Blick auf einen schwarz-weißen Blitz.

Der Schäfer rief und winkte ihr. »Es ist in Ordnung. Lösen Sie die Handbremse, und lassen Sie den Wagen einfach zurückrollen. Die Straße ist frei. Und jetzt Vorsicht!«

Meredith löste die Handbremse, aber nichts geschah. Sie ließ den Motor an und legte den Rückwärtsgang ein, versuchte es vorsichtig noch einmal. Nichts. »Verdammt! Ich sitze fest!« explodierte sie. »Verdammte Schafe!«

Ihre Worte drangen durch das offene Fenster ins Freie. Er kam zurück, bückte sich neben der Tür und sagte: »Ich schiebe Sie an.«

»Nein, ich laß mir was einfallen!« fauchte sie.

»Dann können Sie den ganzen verdammten Tag hierbleiben und darüber nachdenken«, antwortete er. »Ich schiebe den Wagen jetzt an oder laß Sie hier sitzen, ganz wie Sie wollen.«

Um ihren Zorn noch zu steigern, gab er ihr keine Gelegenheit, ihr Mißvergnügen zu äußern, glaubte die Auseinandersetzung zu seinen Gunsten beendet, ging um den Wagen herum nach vorn und setzte seine muskulöse Schulter ein. Grimmig biß er die Zähne zusammen, und seine Halsvenen schwollen vor Anstrengung wie Stricke an.

»Geben Sie nicht mir die Schuld, wenn Ihnen was platzt«, murmelte sie vor sich hin.

Er mußte scharfe Ohren haben, denn er blickte auf und warf ihr durch die Windschutzscheibe einen unverkennbar mißbilligenden Blick zu.

Der Wagen ruckte und begann plötzlich rückwärts zu rollen. Im richtigen Augenblick schaffte sie es, ihn unter Kontrolle zu bekommen, und sie kam, ohne daß der Wagen den kleinsten Kratzer abbekam, auf die Straße zurück und stand sogar in Fahrtrichtung.

Die Schafe, die spürten, daß alles wieder in Ordnung war, fluteten zurück, preßten sich an den Wagen und blökten klagend und gekränkt im Chor. Meredith stellte den Motor ab, stieg nicht ohne Schwierigkeit aus und blieb mitten unter ihnen stehen. Sie wogten um sie herum, fixierten sie mit glasäugiger Neugier. Schafe, dachte sie, sind nicht annähernd so dumm, wie man immer behauptet. Es war etwas Schlaues, Wildes in diesen Porzellanaugen, und sie waren überraschend athletisch. Eins war eben flink über eine niedrige Mauer auf der anderen Straßenseite gesprungen.

Der Rotschopf kam in Begleitung eines unglaublich böse aussehenden Hütehundes zurück. Er kam zu ihr, warf ihr einen tückischen Blick zu und wand sich dabei mit geheuchelter Unterwürfigkeit, ein Urias von einem Hund. Der Mann befahl ihm, sich zu trollen, und er tat es mit einem boshaften Blick.

»Danke für Ihre Hilfe«, sagte Meredith, entschlossen, die Sache zurechtzurücken. »Ich bin froh, daß ich kein Schaf überfahren habe, aber es war nicht meine Schuld. Es ist sehr gefährlich, die Straße so zu blockieren.«

»Keiner hat gesagt, daß Sie schuld sind. Aber hier ist Farmland, und heutzutage benutzt kaum jemand diese alte Straße. Sie müssen ein bißchen vorsichtiger und langsamer fahren.«

»Ich war nicht zu schnell.«

»Wollen Sie nach Bamford?« Finster und kampflustig sah er sie an. »Auf der neuen Autobahn geht's schneller.«

Meredith schaute genauso finster. »Hören Sie«, fauchte sie, »Sie mögen ja hier irgendwo Ihre Farm haben, aber eine öffentliche Straße ist deshalb noch lange nicht Ihr

Eigentum, und ich hatte Lust, über Land zu fahren. Ich komme aus London und hatte genug von Autobahnen.«

»Aus London, eh?« Plötzlich war der rothaarige Riese nicht mehr so aggressiv, und einen Moment klang seine Stimme fast wehmütig. Er begann sie wieder anzustarren, schätzte sie ganz offen ab, und sie fühlte sich mehr als nur ein bißchen unbehaglich dabei. Als er sie sorgfältig von Kopf bis Fuß betrachtet hatte, sagte er: »Dann sind Sie wohl eine hochkarätige Geschäftsfrau, oder?«

Erschrocken rief sie: »Aber nein, ich bin Staatsbeamtin.«

»Oh!« Seine grauen Augen sahen sie plötzlich voller Mißtrauen an.

»Ich habe nichts mit dem Landwirtschaftsministerium zu tun«, protestierte sie, über seine prüfenden Blicke und seine Fragerei verärgert. »Ich bin nicht hier, um zu überprüfen, ob Sie Ihre EWG-Quoten nicht überschreiten. Will nur ein paar Tage Urlaub machen. Sind Sie damit einverstanden?«

Sie erwartete, eine entsprechende Antwort von ihm zu bekommen, statt dessen lächelte er freundlich. »Das steht Ihnen frei und geht mich nichts an. Ich hätte aber nichts dagegen, daß es mich was anginge«, fügte er irritierenderweise hinzu.

Dieser unerwartete Ausdruck rustikaler Galanterie verschloß Meredith wirksamer den Mund, als eine kraftvollere Antwort es getan hätte.

»Bamford wird Ihnen nach London ein bißchen still vorkommen, nicht wahr?« fragte er.

»Das bezweifle ich«, antwortete sie steif, nachdem sie sich ein wenig erholt hatte.

»Natürlich, Bamford ist der Nabel des Universums.« Auch er konnte sarkastisch sein.

Er brachte sie auch leicht aus der Fassung durch seine

abrupt wechselnden Tonarten und dem herausfordernd belustigten Ausdruck seiner grauen Augen.

»Ich kenne Bamford schon. Habe einmal für sehr kurze Zeit in der Gegend gelebt.«

»Ach ja? Konnten es wahrscheinlich nicht erwarten, wegzukommen, oder?«

Sie wußte nicht, ob er scherzte oder spottete. »Es hat mir sehr gut gefallen. Es war nur ein bißchen anstrengend, jeden Tag zwischen Bamford und London zu pendeln.«

»Ich verstehe. Nun, dann genießen Sie Ihren Aufenthalt.«

Er pfiff dem tückisch aussehenden Hund und entfernte sich. Seine wolligen Schützlinge hatten die Pause genutzt, sich zerstreut und angefangen an den Straßenrändern zu weiden, doch der Hund gebot diesem Treiben sehr bald Einhalt, sprang über die Mauer und brachte auch den Streuner zurück. Meredith taten die Schafe leid, die von diesem wölfisch aussehenden Burschen gehütet wurden. Doch wahrscheinlich war er gut ausgebildet und zuverlässig. Sie ließ den Motor an. Gleichzeitig blickte sie in den Rückspiegel und sah, daß das Mädchen auf dem zottigen Pony sie eingeholt und angehalten hatte, um mit dem rothaarigen Schäfer ein paar Worte zu wechseln. Er hob die riesige Hand und tätschelte den Hals des Pferdes. Die Szene: Schafe, Pony, Mädchen, knospende Hecken und gutaussehender Schäfer waren reines ländliches Idyll. Sogar der verschlagen aussehende Hund paßte ins Bild. Vielleicht hatte sie sich geirrt, als sie glaubte, in der Stimme des Schäfers einen wehmütigen Unterton gehört zu haben, als sie London erwähnt hatte. Er war mit dem Leben, das er führte, ohnehin besser dran. Meredith fuhr weiter.

»In Ihre Höhle vorgedrungen bin ich noch nie.«

Sie hatte den Diensthabenden im Erdgeschoß nach Chief Inspector Markby gefragt und war in Begleitung eines jungen Constables auf halber Treppe, als Alan ihr entgegenkam. Sie lächelten einander zu. Er sieht ein bißchen müde aus, dachte sie. Doch man merkte ihm auch an, wie sehr er sich freute, sie wiederzusehen, und sie wußte, daß diese Freude nicht gekünstelt war. Das schmeichelte ihr, machte sie aber auch nervös.

»Im allgemeinen finden Sie mich am Samstag nicht hier, und ich werde auch nicht das ganze Wochenende hier rumsitzen, keine Sorge«, sagte er energisch. »Gute Fahrt gehabt?«

»Danke, ja.«

Sie lächelten einander wieder voller Freude zu und schauten dann beide hastig weg, als fürchteten sie, der andere könnte die Freude mißverstehen und für etwas anderes als Freundlichkeit halten.

»Ich habe mir gedacht, gehst du heute vormittag rein und versuchst den Papierkram zu erledigen«, sagte Markby. »Damit ich unter der Woche mehr Zeit habe. Doch dann hat mich jemand angerufen und gefragt, ob sie zu mir kommen und mit mir sprechen könnte. Sie ist jetzt hier, geht aber gleich. Dann suche ich Ihnen Lauras Schlüssel heraus und begleite Sie ins Haus. Vielleicht würden Sie meine Besucherin gern kennenlernen, ich denke, Sie würde Ihnen gefallen.«

Er ging den Rest des Weges voraus und führte sie dann in sein Büro. Eine unordentliche ältere Frau mit einer ländlichen Frisur und einem riesigen, zeltähnlichen Rock machte sich eben zum Aufbruch bereit.

»Wollte Ihnen nicht zuviel Zeit stehlen«, sagte sie dröhnend.

»Das haben Sie gar nicht – das heißt, es war richtig, zu mir zu kommen und es mir zu sagen. Ich möchte Sie mit einer Freundin von mir – und Laura – bekannt machen, Meredith Mitchell. Sie will Lauras Haus hüten, während die Familie verreist ist. Meredith, das ist Mrs. Carmody von der Witchett Farm.«

»Freut mich, Sie kennenzulernen, meine Liebe«, sagte Mrs. Carmody lächelnd und mit einem durchdringenden Blick. »Sie müssen mich auf meiner Farm besuchen, wenn Sie nichts Besseres zu tun haben und Alan arbeiten muß. Kommen Sie zum Tee.«

»Danke«, sagte Meredith.

»Ich komme im Lauf des Nachmittags hinaus«, sagte Alan zu Mrs. Carmody, »und sehe mich um. Lassen Sie alles so, wie es ist.«

»Hab nichts angefaßt. Ist alles noch genauso, wie ich's heut morgen gefunden hab.« Sie unterbrach sich kurz; dann: »Ich möchte mich nicht aufdrängen, aber warum bringen Sie Miss Mitchell nicht mit, wenn Sie ohnehin heut nachmittag zu mir kommen? Wir könnten gemeinsam eine Tasse Tee trinken.«

»Nun ...« Alan sah Meredith auf eine Art an, die ihr bedeutsam vorkam.

»Das ist sehr freundlich«, sagte Meredith ein wenig unschlüssig, weil sie nicht wußte, wie er sich ihre Antwort wünschte. »Es – hm – es hängt von Alan ab, wenn Alan Sie dienstlich aufsucht ...«

Markby sagte plötzlich: »Wie wär's, wenn Sie schon vor mir zur Farm hinausfahren würden, Meredith? Nach dem Lunch. Ich komme später, wenn ich hier fertig bin, und Mrs. Carmody kann uns beide mit Tee und ihrem ausgezeichneten Kuchen wiederbeleben.«

So wurde es besprochen. Mrs. Carmody erklärte Meredith noch, wie sie zur Witchett Farm kam, dann ging sie. Markby holte Lauras Schlüssel heraus, und sie folgten Mrs. Carmody die Treppe hinunter. »Ich komme nach dem Lunch zurück«, sagte er dem Diensthabenden.

»Was ist auf der Witchett Farm passiert?« fragte Meredith ohne Umschweife, als sie in ihrem Wagen zu Lauras Haus fuhren.

»Ich erklär's Ihnen beim Lunch. Paul hat gesagt, der Kühlschrank und der Gefrierschrank sind voll, und wir – ich meine, Sie müssen die Sachen nur in die Mikrowelle schieben.«

»Offensichtlich erinnert Paul sich noch daran, was für eine Niete ich in der Küche bin.«

»Die beiden sind Ihnen sehr dankbar, daß Sie heruntergekommen sind. Und das bin ich auch – ich meine, ich hätte ständig rausfahren und nachsehen müssen, ob alles in Ordnung ist. Aber ich habe ein neues Gewächshaus, und die wenige Freizeit, die mir bleibt … Ich hoffe doch, daß Sie sich mein Gewächshaus ansehen kommen.«

»Herzlich gern. Was wollen Sie pflanzen?«

»Tomaten – hoffentlich. Nächstes Jahr will ich's mit Gurken und dann vielleicht mal mit einem Weinstock versuchen. Natürlich auch mit ein paar Blumen.«

Ein verträumter Ausdruck war in seine Augen getreten, und Meredith unterdrückte ein Lächeln.

Sie erinnerte sich noch gut an das Haus der Danbys und freute sich, es wiederzusehen. Es war ein in den dreißiger Jahren erbautes, einzeln stehendes ziegelrotes Einfamilienhaus. Der Vorgarten war ordentlich, aber nicht penibel gepflegt. Hinter einer Lorbeerhecke wuchsen altmodische Hortensien. Im Hintergarten, den man vom Küchenfenster aus sah, gab es eine Schaukel und einen Sandkasten für Kinder, mit einem Holzdeckel zum Schutz gegen die Katzen fürsorglich abgedeckt. In einem kürzlich angebauten Patio standen helle, moderne Gartenmöbel und ein aus Ziegeln gemauerter Gartengrill.

Ein Heim, nicht nur ein Haus, dachte Meredith. Sie hatte sich ein bißchen vor dem Gedanken gefürchtet, ganze zehn Tage lang dafür verantwortlich zu sein. Doch jetzt, da sie hier war, wußte sie, daß dieses freundliche Gebäude sie willkommen hieß. Im Vorbeigehen erhaschte sie einen Blick in das Wohnzimmer und auf mit Kretonne bezogene Sessel. Die aquarellierten Seestücke, die Paul Danby sammelte, hingen, willkürlich verteilt, in Augenhöhe an den Wänden, hier in Gruppen, dort einzeln, wie es Paul eben gefiel. Fotografien der Kinder in jedem Alter standen in den Regalen und auf den Tischen, und Lauras Stickrahmen mit einer halbfertigen Arbeit hatte seinen Platz in einer Ecke. Meredith sah, daß die Arbeit in den vier Monaten seit Weihnachten ungefähr drei Quadratzentimeter gewachsen war.

Die Küche begrüßte sie mit einer wunderschönen Überraschung, einem riesigen Strauß Frühlingsblumen. An der Vase lehnte ein Brief von Laura. Während Meredith die purpurnen Iris und goldenen Narzissen, malven- und rosenfarbenen Fresien und scharlachroten Tulpen bewunderte, deckte Markby den Tisch. Schweren Herzens wandte Meredith sich von den Blumen ab und energisch dem Gedanken an das Essen zu. Paul hatte den Gefrierschrank wirklich gut gefüllt. Lage um Lage silberner Packungen waren übereinandergestapelt. »Brosamen«, sagte Meredith. »Das heißt, weniger Brosamen als verführerische Köstlichkeiten. Ich werde eine Tonne zunehmen. Was wollen Sie essen?«

»Mir egal. Was ist in dieser Packung?«

»Weiß ich nicht. Das Etikett ist abgegangen ...« Meredith nahm ein anderes folienverpacktes Paket zur Hand. »Und hier auch.«

Ein paar Minuten lang kramten sie schweigend im Gefrierschrank.

»Ich habe einen Verdacht«, sagte Markby. »Paul hat einem der Kinder erlaubt, ihm beim Etikettieren zu helfen. Das ist, glaube ich, die Handschrift meiner Nichte. Deshalb sind so viel Etiketten abgefallen.«

»Was macht das schon? Erspart uns die Qual der Wahl. Wir nehmen das hier.«

»Das hier« stellte sich als Rindfleisch- und Nierenpastete heraus.

»Und jetzt erzählen Sie mir von Mrs. Carmody und dem Geheimnis der Witchett Farm«, forderte Meredith Markby beim Essen auf.

»Tut mir leid, es bei Tisch erwähnen zu müssen, aber es beginnt mit einer Leiche.« Er schilderte ihr, wie man den Toten entdeckt hatte, und berichtete von seinem Besuch auf Greyladies und der Witchett Farm, weil es ihnen nicht gelang, den Toten zu identifizieren.

»Der einzige Hinweis, den ich habe – wenn es denn einer ist –, ist der, daß an dem Donnerstag, ehe die Leiche entdeckt wurde – falls die von uns angenommene Tatzeit stimmt –, also in der Nacht, bevor der Mord begangen wurde, Mrs. Carmody auf ihrem Hof einen Eindringling ertappt hat. Sie hat ihn nicht richtig gesehen und denkt, daß er keine Zeit hatte, in eines der Gebäude hineinzukommen. Sie bewirtschaftet die Farm nur noch in einem geringen Ausmaß, verstehen Sie? Sie hat das Land als Weideland verpachtet, und ein paar Pferdebesitzer stellen ihre Tiere bei ihr unter. Die meisten Nebengebäude sind jetzt ungenutzt. Manchmal betritt sie sie wochenlang nicht. Doch gestern ist sie auf einen alten Heuboden hinaufgestiegen und hat bemerkt, daß jemand dort gewesen sein muß. Sie dachte, daß es vielleicht der Mann war, den sie vertrieben hatte. Um mir das zu berichten, war sie bei mir. Wie Sie wissen, habe ich ihr versprochen, heute nachmittag hinauszukommen.«

»Und warum soll ich unbedingt vor Ihnen dort sein?«

Markby stellte sein Weinglas ab. »Ich habe gespürt, daß Sie sich deshalb den Kopf zerbrochen haben. Tatsache ist – und ich weiß nicht genau, wie ich es ausdrücken soll –, aber es fällt mir schwer, auf den Farmen Ermittlungen durchzuführen, besonders auf Greyladies und sogar auf der Witchett Farm. Ich könnte natürlich Pearce oder eine Polizeibeamtin hinausschicken, aber ich kenne diese Leute mein Leben lang und bin es ihnen einfach schuldig, selbst hinzugehen. Doch auf Greyladies haben sie schon genug Sorgen, ohne daß ich reinplatze, und sogar Dolly Carmody ist eine recht traurige und einsame Gestalt, auch wenn sie nicht so wirkt. Ich habe gedacht – ich meine, Sie können gut mit Menschen umgehen, und da dachte ich, Sie könnten mit Mrs. Carmody und auch mit den Leuten auf Greyladies reden, wenn ich Sie irgendwie mit ihnen bekannt machen könnte. Ich finde einfach keinerlei Hinweise auf diesen Toten. Auch nach einer Woche noch nicht. Das ist verdammt merkwürdig und macht mich nervös.«

»Hatte er denn keine Narben oder andere besondere Kennzeichen?«

»Eine alte Blinddarmnarbe.«

»Zähne?«

»Man muß zuerst zumindest eine vage Vermutung haben, um Unterlagen auftreiben und ja oder nein sagen zu können. Dieser Mensch hatte einen Mund voller Goldzähne, doch ich habe keine Ahnung, wer sein Zahnarzt gewesen sein könnte.«

»Goldzähne?« sagte Meredith überrascht. »Sie meinen, er ist – war Ausländer?«

Er sah sie perplex an. »Wieso sagen Sie das?«

»Ach, kommen Sie, wie viele Engländer haben denn Goldzähne? Nur wenige. Aber auf dem Kontinent sind sie allgemein üblich, besonders in einigen Ländern. Wo immer es eine ausgeprägte bäuerliche Kultur gibt, findet man Goldzähne. Es ist eine Möglichkeit, die Ersparnisse eines ganzen Lebens an sich herumzutragen.«

»Ausländer –«, sagte Markby vor sich hin. »Wissen Sie, etwas an dem Burschen hat mich verwirrt. Das könnte es sein. Er hat ausländisch ausgesehen. Das Schwierige an Toten ist, daß einen ihr Aussehen irreführen kann. Aber ja. Warum nicht? Wenn er Ausländer war, ein Gast – kein Wunder, daß niemand ihn als vermißt gemeldet hat.«

»Was ist mit seinem Paß, seiner Kleidung? Einem Wagen, vielleicht?«

»Ist alles verschwunden. Das wäre ein weiterer Hinweis. Er war nackt wie Gott ihn schuf, aber wenn jemand seine Wertsachen gewollt hätte, wenn es so ein Motiv gewesen wäre, hätten sie ihm die Zähne herausgebrochen. Wie Sie sagen, ein Satz Goldzähne stellt einen ziemlichen Wert dar, wenn man sie zieht und das Gold herausschmilzt.«

»Das ist wirklich schrecklich«, sagte sie nach einer Pause.

»Ja, das ist es.« Er hatte ihr noch nicht gesagt, daß das Opfer lebendig begraben worden war. Das Ganze war ohnehin kein geeignetes Tischgespräch, und in Anbetracht dessen, daß er sie seit Ende Januar nicht mehr gesehen hatte …

»Ich möchte nicht«, sagte er ernst, »mit Ihnen nur über Leichen sprechen, solange Sie hier sind.«

»Das will ich eigentlich auch nicht.« Sie lächelten einander wieder auf eine Weise zu, die, wie Meredith fand, allmählich zur Gewohnheit wurde, zu einer Gewohnheit, die man sehr genau beobachten mußte.

»Hören Sie«, sagte er mit einem Blick auf seine Armbanduhr, »ich muß zurück. Sergeant Pearce wird gleich draußen hupen. Ich habe ihn gebeten, mich abzuholen. Habe noch ein paar Dinge zu erledigen. Ich sehe Sie gegen vier Uhr auf der Witchett Farm. Sie wissen doch, wie Sie hinkommen, oder?«

# KAPITEL 7

»Ah, hier sind Sie ja, meine Liebe«, wurde Meredith von Mrs. Carmody begrüßt, als sie ihren Wagen abstellte und ausstieg. »Und Sie kommen wirklich früh, braves Mädchen. Hatten wohl keine Schwierigkeiten, mich zu finden?«

»Nein, Sie haben mir sehr genaue Anweisungen gegeben, und Alan hat sie beim Lunch ungefähr ein halbes dutzendmal wiederholt.«

Sie hatte die Fahrt auch geschafft, ohne auf einer Böschung festzusitzen. Alan hatte sie von ihrem Mißgeschick nichts erzählt. Zwar glaubte sie nicht, daß er zu den Männern gehörte, die über Autofahrerinnen dumme Witze rissen, aber sie hatte sich bei diesem Zwischenfall nicht eben gelassen und kompetent gezeigt. Die Erinnerung an die lässige Galanterie ihres rothaarigen Retters ärgerte sie noch immer. Sie wünschte, sie hätte ihm wegen seiner verflixten Schafe, die Autofahrer gefährdeten, deutlicher die Meinung gesagt. Doch auf eine merkwürdige Weise, die sie nicht zu ergründen vermochte, hatte er trotz aller Aufsässigkeit etwas Verletzliches an sich gehabt. »London –«, hatte er so wehmütig gesagt. Laut sagte sie zu Mrs. Carmody: »Es war sehr nett von Ihnen, mich einzuladen.«

»Unsinn«, antwortete die alte Frau nüchtern. »Kommen Sie mit, ich zeige Ihnen den Hof.«

Es war die bei weitem sauberste Farm, die Meredith je gesehen hatte. Nur im Stall auf der rechten Seite lag ein bißchen Stroh herum, sah man Hufabdrücke im Staub, und ein schwacher, warmer, beißender Geruch wies darauf hin, daß er kürzlich benutzt worden war, obwohl er im Moment leerstand.

»Nicht meine Pferde«, sagte Mrs. Carmody. »Andere Leute stellen sie hier ein – drei, um genau zu sein –, und da heute Samstag ist, sind sie alle unterwegs. Erstaunlich, wie viele Stadtleute sich ein Pferd halten wollen. Sobald es sich rumspricht, daß man Weideland oder im Stall Platz hat, wird man mit Anfragen überschwemmt. Mehr als drei oder vier Tiere kann ich aber nicht aufnehmen, weil ich sie tagsüber gemeinsam mit Jess Winthrop von Greyladies versorgen muß – mehr schaffen wir auch zu zweit nicht. Nettes Mädchen, diese Jess.« Mrs. Carmody unterbrach sich, vielleicht um Atem zu holen, vielleicht aber auch, um zu überlegen, ob sie sich ihrem Gast anvertrauen sollte oder nicht. »Um die Wahrheit zu sagen, ich lasse die Leute ihre Pferde hier einstellen, damit wenigstens noch ein bißchen Leben auf dem Hof ist. Sehen Sie sich ihn nur an, Sie können sich gar nicht vorstellen, wie's hier war, als die Farm noch bewirtschaftet wurde.« Sie seufzte. »Wir hatten keine Kinder, mein Mann und ich, und wer hätte gedacht, daß er so bald sterben würde? Ein großer, kräftiger Kerl war das, und keiner von uns hat erwartet – er war erst siebenundfünfzig. Das Herz, wissen Sie. Ich habe ein paar Jahre allein weitergemacht, aber es war zuviel für mich. Doch solange es hier ein paar Tiere und ein paar Menschen gibt, ist es nicht so schlimm.«

Sie beendete ihre Rede ganz sachlich. Meredith verstand jedoch, was Alan gemeint hatte. Eine unbeugsame, realistische, aber auch traurige und einsame alte Frau. Es mußte ihr das Herz brechen, mit anzusehen, daß auf der Farm immer mehr stillstand, aber zu verkaufen und fortzugehen wäre noch viel schlimmer für sie. Alle Gebäude waren tadellos erhalten. Unter dem Dachgesims eines offenen Schuppens parkten in ordentlichen Reihen alte landwirtschaftliche Maschinen und Fahrzeuge, einige davon mit Segeltuchplanen zugedeckt. Unter den Augen eines prahlerischen Gockels scharrten ein paar Hühner. Überall war es sehr still. Meredith wußte nicht, wie sie auf den Eindringling zu sprechen kommen sollte, aber im Lauf der Zeit tat es Mrs. Carmody selbst.

»Ich war heute wegen des Heubodens bei Alan.« Sie zeigte auf eine Öffnung hoch unter der Traufe des Stallgebäudes. »Wir benutzen ihn jetzt nicht mehr. Das bißchen Heu, das die Pferde brauchen, ist drüben in der Scheune. Dort oben habe ich ein paar alte Sachen gelagert, und ich gehe höchstens einmal in drei oder vier Monaten hinauf. Ich weiß nicht, ob Alan es Ihnen erzählt hat, aber vor kurzem ist eines Nachts ein Kerl hier rumgeschlichen. Ich habe ihn verscheucht. Damals dachte ich, er wär nirgends drin gewesen. Aber heute morgen bin ich auf den Boden gestiegen, das erste Mal seit, oh, Urzeiten, wie ich schon sagte. Dachte, ich könnte ein bißchen von dem alten Kram ausräumen. Dachte, kannst genausogut dort hinaufgehen, anstatt hier rumzusitzen. Vor ungefähr sechs Monaten war jemand da, der nach altem Werkzeug und anderen Geräten gefragt hat, Zaumzeug und so. Handelte mit Antiquitäten, aber mit praktischen Sachen, und wie es aussieht, kaufen die Leute heutzutage alles. Damals hab ich ihm gesagt, ich möchte nicht belästigt werden, aber dann dachte ich, nun ja, warum nicht.« Mrs. Carmody hielt inne, um Atem zu schöpfen. »Doch ich schweife ab.«

Meredith zuckte schuldbewußt zusammen. Sie mußte ihre Ungeduld verraten haben.

»Ich zeige Ihnen, was ich meine«, sagte Mrs. Carmody, auf den Stall zugehend.

»Sollten wir nicht auf Alan warten?«

»Wir werden nichts anfassen. Ich will's Ihnen nur zeigen. Sehen, was Sie denken.«

Den Heuboden erreichte man über eine hölzerne Leiter, die, wie Meredith hoffte, sicher war, denn Mrs. Carmody war kein Leichtgewicht. Vorsichtig kletterte sie hinter ihrer Gastgeberin her, und sie gelangten, Mrs. Carmody keuchend und prustend, nach oben. Der Heuboden nahm die ganze Länge des Gebäudes ein und wurde schwach durch Öffnungen in der vorderen Wand erhellt, durch die man früher das Heu in den Hof geworfen hatte. Das alte Zaumzeug und die Geräte, für die sich der Händler interessiert hatte, hingen an der fensterlosen Mauer gegenüber an Haken und Nägeln, und am anderen Ende waren mehrere hölzerne, mit Weißblech gefütterte Kisten aufgestapelt, in denen Tee importiert wurde.

»Und jetzt, sehen Sie, was ich meine?« sagte Mrs. Carmody. »Das hier sind meine Fußabdrücke, die hab ich gemacht, als ich hier langging, um nachzusehen, was los war. Die dort drüben« – sie zeigte auf andere Fußabdrücke in dem staubigen Boden –, »die größeren sind von ihm. Wer immer er war. Ich habe mich vorgesehen und bin auf keinen draufgetreten.«

Meredith ging vorsichtig weiter. Die hölzernen Bohlen unter ihren Füßen knackten und ächzten verdächtig. Mehrere hatten sich verzogen, eine oder zwei gaben unter ihrem Gewicht leicht nach, und es öffneten sich Spalten, durch die man in die Pferdeboxen hinuntersah. Jemand war tatsächlich vor kurzem hier oben gewesen. Hatte gesucht. Wonach? Die Teekisten waren verrückt worden und hatten im Staub Spuren hinterlassen. Die Deckel waren geöffnet und nicht richtig zugemacht worden, vermutlich aus Hast.

»Ich nehme an, daß er's gewesen ist«, sagte Mrs. Carmody hinter ihr, »der Kerl, den ich in der Nacht verjagt hab. Aber warum hat er, wenn er nur einen Schlafplatz gesucht hat, in diesen alten Kisten herumgekramt? Was hat er denn darin vermutet?«

»Dieser Händler...« Meredith drehte sich um. »Sie denken nicht, daß er – oder einer seiner Kollegen – zurückgekommen ist, als Sie seiner Meinung nach schon schliefen? So etwas kommt vor. Einmal ist er ganz offiziell hier aufgetaucht, hat ein paar Sachen gesehen, die ihn interessierten, und gedacht, es könnten sich noch wertvollere Stücke hier finden. Was ist in den Teekisten? Verzeihung, ich will nicht neugierig sein«, setzte sie hastig hinzu.

»Das ist sehr lieb von Ihnen. Hauptsächlich sind es alte Töpfe und Pfannen und anderes Zeug, ein bißchen Porzellan – aber nichts Wertvolles. Alt, ja, gewiß, ein paar Sachen sind alt. Sie haben meiner Mutter gehört. Sie hat Marmeladen und Käse und Würste selbst gemacht, wie's damals eben üblich war. Dort ist auch eine alte Küchenmaschine, mit der man Sahne machen kann. Haben Sie schon mal eine gesehen? Hat einen großen Schwengel, mit dem man pumpen muß. Man tut oben frische, ungesalzene Butter und dicke Jerseymilch hinein, pumpt und pumpt, und unten kommt die fertige Sahne heraus. Haben sich damals weder wegen Bakterien noch wegen Kalorien den Kopf zerbrochen. Lauter so Sachen finden Sie in den Teekisten. Die alten, flachen Bügeleisen, die man auf dem Herd heiß gemacht hat. Haben abnehmbare hölzerne Griffe. Ein paar Eisen sind innen hohl, da hat man heiße Kohlen reingetan. Waren so schwer, daß man sich beim Bügeln fast das Handgelenk gebrochen hat. Damals mußte man kräftig sein. Die meisten modernen Frauen könnten mit diesen Geräten nicht einmal fünf Minuten arbeiten. Aber damals waren sie der letzte Schrei.« Mrs. Carmody lachte dröhnend. »Der Freund der Hausfrau.«

»Ich bin überzeugt, daß sich ein Händler dafür interessieren würde.«

»Nun, einer war interessiert, meine Liebe. Das hab ich Ihnen erzählt.«

»Ja – aber nicht alle sind, nun, ganz ehrlich. Vielleicht hat er gedacht, das Porzellan sei richtig wertvoll, nur als Beispiel. Doch wenn Sie das nicht wissen, wird er es Ihnen vielleicht auch nicht sagen wollen. Auf diese Weise könnte er Ihnen die Sachen in Bausch und Bogen abkaufen und für sehr viel Geld weiterverkaufen. Aber zuerst würde er natürlich sehen wollen, was überhaupt da ist. Hat dieser Händler versucht, ins Haus zu kommen? Ich meine nicht in der Nacht, in der Sie den Eindringling verscheucht haben. Ich meine, als er ganz offiziell wegen der Geräte hier war.«

»O ja, das hat er«, sagte Mrs. Carmody. »Doch das hab ich nicht geduldet. Dauernd wollte er sich seitlich an mir vorbeidrücken, um einen Blick durch die Fenster zu werfen, darauf könnt ich wetten.«

Und ich wette, dachte Meredith, daß er hier war und das genau an dem Tag getan hat, an dem sie in der Stadt war.

»Jedenfalls«, sagte Mrs. Carmody, »hab ich mir gedacht, es wäre nicht falsch, Alan Bescheid zu sagen. Weil er doch so erpicht darauf war, zu erfahren, ob was Ungewöhnliches passiert ist.«

Vorsichtig kletterten sie die hölzerne Leiter hinunter. Als sie unten ankamen, hörten sie Hufschläge im Hof.

»Klingt, als käme einer Ihrer ›Untermieter‹ zurück«, sagte Meredith lächelnd.

Mrs. Carmody ging hinaus, und Meredith hörte sie rufen: »Ach, du bist es, Jess!«

Es folgte Stimmengemurmel, und Meredith, die es müde war, im Stall zu warten, trat ins Freie. Es war das Mädchen auf dem zottigen Pony, das sie am Vormittag auf der Straße gesehen hatte. Sie war sich dessen sicher. Sie war sich auch ziemlich sicher, daß das Mädchen sie selbst oder ihr Auto wiedererkannt hatte, das im Hof parkte.

»Oh, hallo!« rief Meredith. »So sieht man sich wieder!«

Das Mädchen blinzelte, und das zottige Pony schnaubte, als die Reiterin am Zügel riß und hervorstieß: »Ich muß los.« Sie ließ Meredith' Gruß unerwidert und schien völlig verstört. »Ich komme morgen, Dolly.«

Sie wendete das Pony und ritt mit raschem Hufgeklapper davon.

»Tut mir leid«, sagte Meredith bedauernd und verblüfft zugleich. »Ich scheine sie erschreckt zu haben.«

»Machen Sie sich deshalb keine Sorgen«, beruhigte sie Mrs. Carmody. »So ist Jessica nun mal. Wenn sie sich an Sie gewöhnt hat, wird sie sich anders verhalten. Warum gehen wir eigentlich nicht hinein?«

Vergnügt züngelte das Feuer im Kamin, drumherum dösten die Tiere wie an dem Tag, an dem Markby hiergewesen war. Meredith begrüßte den Spaniel, machte sich höflich mit den Katzen bekannt und ließ sich auf der Kante des chintzbezogenen Sofas nieder.

»Ich schaue gern ins Feuer, zünde fast täglich eins an«, sagte Mrs. Carmody. »Außer wenn es im Hochsommer sehr warm draußen ist. Während wir auf Alan warten, brüh ich uns eine Tasse Tee auf.«

Allein geblieben, stand Meredith auf und inspizierte hastig, aber ungeniert das Zimmer – den Kaminschutz und das Kaminbesteck aus Messing und die wunderschöne lange viktorianische Gabel zum Rösten am offenen Feuer, die neben dem Kamin hing, den Kupferkessel, der sehr alt aussah, vielleicht sogar georgianisch war, ja, ein Händler wäre sehr wohl interessiert. Doch würde er nachts wiederkommen, wenn er durch die Fenster nichts sehen konnte? Er würde es nicht riskieren, in das Haus einzubrechen, selbst wenn er um die Scheunen und auf dem Heuboden herumschlich. Es sah ganz danach aus, als seien der nächtliche Besucher und derjenige, der auf dem Heuboden herumgestöbert hatte, ein und derselbe gewesen, und es war verlockend, anzunehmen, der Händler sei wiedergekommen. Doch es wäre gefährlich, sich auf eine solche Vermutung zu verlassen.

Meredith setzte sich wieder, und eine der Katzen, ein Tiger, sprang ihr, nachdem sie sie aufmerksam beäugt hatte, auf den Schoß und rollte sich zusammen. Meredith lehnte sich in die Kissen zurück und kraulte das Tier sanft hinter den Ohren. Der Gedanke, daß Mrs. Carmody ganz allein hier draußen lebte, gefiel ihr gar nicht. Besonders nicht, seit ein Mörder frei umherlief.

Die alte Frau war mit einem Teetablett zurückgekommen. Die Kanne war nicht aus Silber, aber frühes Sheffield und hatte heutzutage auch einen hohen Sammlerwert. Meredith vermutete, daß Mrs. Carmody wirklich keine Ahnung hatte, wieviel all diese Familienerbstücke wert waren. Schließlich hatten sie sie ihr Leben lang begleitet. Sie benutzte sie täglich, und vor ihr hatte es ihre Mutter getan. Wahrscheinlich konnte sie sich gar nicht vorstellen, daß sie wertvoll waren. Sie waren einfach »altes Zeug«. Meredith hatte den Eindruck, daß der alten

Frau ein offenes Wort am liebsten war. Manchmal war ein direkter Vorstoß der beste.

»Mrs. Carmody«, sagte Meredith fest, »Sie dürfen mir ruhig sagen, ich soll meine Nase nicht in Ihre Angelegenheiten stecken, und wahrscheinlich werden Sie das auch tun …«

Mrs. Carmody blinzelte ihr über den Rand ihrer Teetasse hinweg verständnisvoll zu. »Sprechen Sie weiter, dann sehen wir, ob ich's tue.«

»Aber ich denke, Sie sollten sich einen seriösen und angesehenen Experten herholen, mit ihm durchs Haus gehen und die Sachen richtig schätzen lassen. Sie werden ein paar Überraschungen erleben, sage ich Ihnen.«

»Wenn es so wäre, würde ich wahrscheinlich nichts mehr verkaufen wollen.«

»Ja, aber Ihre Versicherung wüßte bestimmt gern Bescheid, und Sie sollten auf jeden Fall wissen, was die Sachen wert sind. Falls noch mehr Händler herkommen, um zu schnüffeln.«

»Wir werden sehen«, sagte Mrs. Carmody ausweichend, nicht gewillt, noch länger darüber zu sprechen.

Meredith begriff, daß sie abblockte, und wandte sich einem anderen Thema zu. »Haben Sie das Mädchen auf dem Pony nicht Jessica genannt? Ich habe sie heute schon einmal gesehen. Bin mit dem Wagen an ihr vorbeigefahren, und später habe ich sie noch einmal getroffen. Eine Schafherde hat die Straße blockiert, und Jessica holte mich ein. Sie hat sich mit dem Hirten unterhalten, einem großen Burschen mit roten Haaren.«

»Das war Alwyn Winthrop, ihr Bruder«, sagte Mrs. Carmody nickend.

»Oh, und ich habe schon geglaubt, es handle sich um eine ländliche Romanze. Geschieht mir recht.«

Mrs. Carmody seufzte. »Wäre nett, wenn Jess einen Verehrer hätte. Der Altersunterschied zwischen ihren Brüdern und ihr ist ziemlich groß. Alwyn ist der älteste, und James – ihn werden Sie nicht kennenlernen, weil er irgendwo in Übersee arbeitet – ist ungefähr drei Jahre jünger als Alwyn. Als die Jungs so um die Zwanzig waren, überraschte Elsie Winthrop uns mit einem dritten Baby. Wechseljahrsbaby, wie es so schön heißt. Das ist Jess. Ein hübsches kleines Ding, aber immer kränklich und nervös. Eben ein Kind älterer Eltern, sage ich.«

Das war ich auch, dachte Meredith. Vielleicht sind wir alle ein bißchen anders.

»Aber sie war auch ein kluges kleines Ding. Sehr gut in der Schule, wollte Lehrerin werden. Sie ging an die Pädagogische Hochschule und bekam auch eine Anstellung. War aber nicht robust genug. Man braucht gute Nerven, wenn man unterrichten will, besonders heutzutage. Sie hatte ein sehr schlimmes Erlebnis ...«

»Ja ...«

»Sie wurde von einem Schüler angegriffen. Einem großen Kerl, noch nicht mal zwölf Jahre alt, aber mit dem Körperbau eines viel älteren Jungen. Es gibt solche Jungs, wissen Sie? Er kam aus einer ziemlich wilden Familie, viel Gewalttätigkeit zu Hause, vermute ich. Jedenfalls ist er eines Tages mit einer Papierschere auf Jess losgegangen. Es war eine stumpfe Schere, wie man sie eben in Schulen verwendet, aber verletzen kann sie trotzdem, kommt darauf an, wohin man sticht. Sie mußte sich gegen ihn wehren, im wahrsten Sinn des Wortes. Schließlich konnte sie ihn wegstoßen, er verlor das Gleichgewicht und knallte mit dem Kopf auf einen Sessel. Natürlich gab's danach eine Untersuchung, wie Sie sich vorstellen können. Die Familie des Jungen witterte Geld.

Sie behauptete, Jess hätte den Jungen angegriffen, nicht andersrum, und er sei viel schwerer verletzt als sie. Es war eine sehr häßliche Geschichte und kam vor Gericht. Jess wurde völlig entlastet. Alle wußten, was mit der Familie des Jungen los war. Aber trotzdem bleibt nach so einer Sache ein Makel an einem hängen. Man verläßt einen Gerichtssaal nie ganz straffrei, wissen Sie, auch dann nicht, wenn man unschuldig ist. Jess hat gewußt, wenn ihr so was noch einmal passiert, selbst wenn es nach Jahren ist, würde es jemanden geben, der sagt, zweimal ist einmal zuviel, um nur Pech zu sein. Die Freunde des Jungen wußten das auch. Sie verspotteten sie, versuchten sie so weit zu reizen, daß sie die Beherrschung verlor oder sie aus Angst einfach wegstieß. Es machte sie krank. Es stand sogar in der überregionalen Presse, und eine der Lehrer-Gewerkschaften mischte sich ein. Arme Jessica.«

»Ich verstehe. Wirklich schlimm.«

»Also hat sie den Beruf aufgegeben und ist nach Hause gekommen. Es geht ihr jetzt besser. Doch Fremde machen sie nervös. Ich habe Jess gern. Ich...« Mrs. Carmody verstummte abrupt, schaute sich im Zimmer um. Dann begann sie, die Augen hartnäckig auf ihren Schoß gerichtet, ihren Tee zu trinken.

Ob Jessica wohl Mrs. Carmodys Erbin ist? fragte sich Meredith. Wenn Mrs. Carmody niemand sonst hat und trotzdem die Wertsachen nicht verkaufen will, könnte es sein, weil sie sie jemandem testamentarisch vermacht hat. Jessica kommt fast jeden Tag her und hilft. Mrs. Carmody hat sie offensichtlich sehr gern. Ob sie sich vielleicht vorstellt, daß Jessica eines Tages heiraten und die Farm wieder bewirtschaften wird? Oder geht meine Phantasie mit mir durch?

»Die Farm der Winthrops, Greyladies – was für ein

merkwürdiger Name. Greyfriars habe ich schon gehört, Greyladies noch nie. Wahrscheinlich waren das Nonnen, ein altes Kloster.«

»O nein, meine Liebe. Religiös schon, aber nicht von dieser Art.« Mrs. Carmody stellte die Tasse ab. »Es war eine sehr strenge Sekte im achtzehnten Jahrhundert. Sie setzte sich in der Stadt fest, in Bamford. Doch der Pfarrer und der Friedensrichter verhinderten, daß sie in der Stadt ein eigenes Gebetshaus errichtete. Am Ende baute sie es außerhalb der Stadt auf dem Land, das jetzt zur Greyladies Farm gehört. An Sonntagen sahen die Leute ihre Mitglieder über die Felder zum Gebetshaus gehen, zuerst die Männer gemeinsam, hinter ihnen die Frauen, immer zu zweit, in langen grauen Kleidern. Sie hielten nichts von fröhlichen Farben. In solchen Sekten gibt es im allgemeinen mehr Frauen als Männer. Muß seltsam ausgesehen haben, sie mit ihren Gebetbüchern über die Felder wandern zu sehen, wie Schulkinder in Zweierreihen. Mit den Jahren wurden es immer weniger, und dann brannte das Gebetshaus ab – muß über hundertfünfzig Jahre her sein. Es wurde nie wieder aufgebaut, und jetzt gibt es niemanden mehr, der zu der Sekte gehört. Nur der Name ist geblieben. Wenn Sie sich für die Reste der Grundmauern des Gebetshauses interessieren, sie stehen in einem Feld in der Nähe der Farmgebäude. Die Winthrops werden sich freuen, sie Ihnen zu zeigen, wenn Sie wollen. Es sind nur noch Buckel und Höcker im Boden. Vor ungefähr zehn Jahren kamen ein paar Männer aus Oxford und haben dort gegraben. Deshalb weiß ich so viel über die Geschichte des Gebetshauses. Aber sie haben nichts gefunden und sind nicht wiedergekommen.« Mrs. Carmody griff nach dem Feuerhaken aus Messing und schürte energisch das Feuer. Ein Funkenregen flog heraus, und der alte Spaniel wich vorsichtig zurück. »Sie hatten auch einen eigenen Friedhof, diese Grauen Leute. Aber wo der genau war, weiß man heute nicht mehr.«

»Oh?«

»In der Bibliothek gibt es nur eine Landkarte, auf der er eingezeichnet ist, auf dem Land der Lonely Farm. Aber auch ihn hat es schon zu Zeiten meiner Großmutter nicht mehr gegeben. Sie hat mir erzählt, daß die Männer, die auf der Lonely Farm pflügten, als sie noch ein kleines Mädchen war, von Zeit zu Zeit ein paar Gebeine ausgruben. Aber niemand hat sie sonderlich beachtet. Vielleicht wollte man mit diesen Geschichten nur die Kinder erschrecken. Damals erschreckte man Kinder gern. Obwohl es ihnen irgendwie gutgetan hat. Wo genau der Friedhof gewesen war, konnte nie festgestellt werden, denn die Grauen Leute hielten nichts davon, Grabsteine aufzustellen, wissen Sie? Sie hatten irgendwie die Idee, wieder ganz zur Erde zurückkehren zu wollen, Staub zu Staub, und keine Spur zu hinterlassen. Natürlich gibt es Lonely Farm auch nicht mehr. Dort wird jetzt gebaut, und dort haben sie auch den armen Ermordeten gefunden.«

»O ja, Alan hat gesagt …«

»Gräßlich«, stieß Mrs. Carmody plötzlich heftig hervor. »Einen Menschen lebendig zu begraben.«

»Lebendig begraben!« Meredith' Tasse klapperte auf der Untertasse. »Das hat Alan mir nicht erzählt.«

»Wollte Sie wahrscheinlich nicht aufregen.« Mrs. Carmody sah zerknirscht aus. »Tut mir leid, daß ich die Katze aus dem Sack gelassen habe.«

»Nun, wir haben gerade gegessen, bestimmt dachte er, es sei besser, das nicht zu erwähnen.«

»In der Zeitung habe ich gelesen, daß er einen Schlag auf den Kopf bekommen hat. Bei der Leichenschau war man der Meinung, daß er bewußtlos war, als er begraben wurde, und nichts gemerkt hat«, sagte Mrs. Carmody ernst. Offensichtlich hoffte sie, Meredith beruhigen zu können. »Dann wurde die Leichenschau wegen der noch nicht abgeschlossenen polizeilichen Ermittlungen vertagt. Das ist heutzutage so, wenn etwas nicht stimmt. Widerrechtliche Tötung nennen sie es.«

»Dann hat derjenige, der ihn begraben hat, vielleicht gar nicht gewußt, daß er noch lebte.«

»Vielleicht.« Knisternd fiel das Feuer in sich zusammen. »Direkt bei Ihren Füßen, im Kohleneimer«, sagte Mrs. Carmody. »Hab ein bißchen Holz reingetan, ist schon gehackt. Legen Sie doch bitte ein paar Scheite aufs Feuer, meine Liebe.«

Meredith tat es. »Sie müssen Stunden brauchen, um dieses viele Messing und Kupfer sauberzuhalten, Mrs. Carmody. Den Kaminschutz und die Geräte, die Röstgabel und den Kohleneimer, den Kessel, die vielen Pferdegeschirre aus Messing an der Wand da drüben.«

»Zeit habe ich mehr als genug, meine Liebe.« Mrs. Carmody zeigte auf die Messinggeschirre. »Als ich ein kleines Mädchen war, gehörten die zum Zaumzeug, das weiß ich noch. Damals hatten wir einen Fuhrmann. Er hob mich auf eines der großen Shire-Pferde und führte es im Hof herum. Waren feine Pferde, die Shires. Sehr gutmütig. Sie hatten immer dieselben Namen – aus Tradition. Rose und Violet – sie haben gemeinsam den Pflug gezogen. Ein anderes Pferd hieß Blossom. Und dann hatten wir noch den alten Major, an ihn erinner ich mich sehr gut. Er hatte nur ein Auge, und man mußte darauf achten, nicht auf seiner blinden Seite an ihn heranzugehen, weil er vielleicht herumfuhr – nicht bösartig, nur erschrocken. Ein großer Kerl war das, mit dem man da zusammenstieß, ein großer Shire-Wallach. Im Winter, wenn es frostig war, wickelten wir ihnen Sackleinen wie Stiefel um die Hufe, damit sie nicht ausrutschten. Ich rede von längst vergangenen Zeiten. Die schweren Pferde sind nach dem letzten Krieg verschwunden. Die Traktoren kamen. Es war nicht dasselbe, aber aus finanziellen Gründen vernünftiger. Jetzt, glaub ich, fangen sie an, die Pferde zurückzuholen, aber weniger englische Rassen, mehr französische, Percheron und Ardennes.« Sie unterbrach sich und fügte, der Frage zuvorkommend, die Meredith offensichtlich stellen wollte, lächelnd hinzu: »Ich bin zweiundsiebzig.«

»Das ist kaum zu glauben!« rief Meredith ehrlich erstaunt.

Mrs. Carmody lächelte wieder. »Die Zeit fliegt, und sie fliegt immer schneller, je älter man wird. Sie waren nie verheiratet, meine Liebe?«

»Nein, nie.« Es war eine Frage, die alte Frauen unvermeidlich früher oder später stellten, und Mrs. Carmody war niemand, der auf den Busch klopfte, sie kam direkt auf den Punkt. Meredith wartete auf das, was noch kam.

»Sie und Alan sind alte Freunde, nehme ich an?«

Sie meinte natürlich »eng«, nicht »alt«. »Nur Freunde«, sagte Meredith entschieden, »nicht mehr.«

Mrs. Carmody schob ein paar Haarsträhnen in ihren Nackenknoten – erfolglos, denn sie lösten sich sofort wieder. »Allein alt zu werden ist kein Spaß.«

»Niemand hat die Garantie dafür, daß er im Alter nicht allein ist«, antwortete Meredith unüberlegt. Zu spät wurde ihr bewußt, wie taktlos sie gewesen war, und sie machte einen vergeblichen Versuch, ihren Fehler abzuschwächen. »Aus diesem Grund sollte man nicht heiraten – als Versicherung gewissermaßen.«

Die alte Frau half ihr mit einer Geste über ihre Verlegenheit hinweg. »Natürlich nicht. Mein Mann hat nicht gedacht, daß er mich so viele Jahre hier allein lassen würde. Um so zwingender der Grund, nicht herumzutrödeln und zu zögern, wenn es etwas gibt, was sich das Herz wünscht. Greifen Sie jetzt zu. Morgen könnte es zu spät sein.« Motorgeräusch wurde laut. »Da kommt Alan«, sagte Mrs. Carmody gelassen, erhob sich inmitten eines Wasserfalls aus Tweed und setzte eine mißmutige Katze auf den Boden. »Nehmen Sie die alte Röstgabel vom Haken, ich schneide Brot, und dann essen wir ganz altmodisch Toast am Feuer. Es ist nicht das gleiche, wenn man Brot im Elektro- oder Gasherd röstet. Das hat keinen Geschmack und wird hart.«

Ein wenig erleichtert sah Meredith sie gehen.

Sie mußte Markby auf einen Rundgang durch den Heuboden mitgenommen haben, denn es dauerte einige Zeit, bevor ihre Stimmen hörbar wurden. Markby kam allein herein und warf sich Meredith gegenüber in einen Sessel. Sie saß da und hielt die Röstgabel wie einen Dreizack vor sich hin. Er grinste.

»Hallo, Britannia. Haben Sie mit Dolly geredet?«

»Ja, sie ist sehr interessant – die meiste Zeit jedenfalls.« Meredith hörte selbst den steifen Unterton in ihrer Stimme.

»Hat Sie ein bißchen gegen den Strich gebürstet, wie? Sie nimmt kein Blatt vor den Mund. Ich werde nicht fragen, was sie gesagt hat. Sie macht uns Tee und schneidet dicke Klötze Obstkuchen.«

»Ich gehe ihr helfen.« Hastig stand Meredith auf. »Ich nehme an, sie will, daß ich mit dem Toasten anfange. Hier, halten Sie mal …«

Er nahm den Dreizack, griff aber mit der anderen

Hand nach ihr und hielt sie fest. Die Stimme senkend und zur Tür blickend, fuhr er fort: »Wir werden vielleicht bald erfahren, ob an Ihrer Idee was dran ist.«

»An meiner Idee?« fragte sie überrascht. »An welcher?«

»An der mit den Goldzähnen. Ich habe darum ersucht, die Beschreibung des Toten und seine Fingerabdrücke international in Umlauf zu bringen. Wenn er Ausländer und in irgendeinem Land aktenkundig geworden ist, werden wir es bald erfahren.«

»Oh, ich verstehe.« Meredith zögerte. »Ich habe noch ein paar andere Ideen, was immer davon zu halten ist. Will Ihnen natürlich nicht ins Handwerk pfuschen.«

»Das wäre ja was ganz Neues.«

»Okay, ich behalte sie für mich.«

»Ich möchte sie aber lieber kennenlernen.«

»Gut. Fragen Sie Mrs. Carmody nach dem Händler für bäuerliche Antiquitäten, landwirtschaftliche Viktoriana, der vor ungefähr sechs Monaten hier war.«

»Gut. Und die zweite Idee?« fragte er scharf.

»Ich bin nicht sicher, was sie von ihr halten werden ...« Er stöhnte. »Mrs. Carmody hat mir von den ›Grauen Leuten‹ erzählt, wie sie sie nennt, dieser seltsamen religiösen Sekte, die sich im achtzehnten Jahrhundert in dieser Gegend niedergelassen hatte. Ihr Gebetshaus war auf dem Land von Greyladies und hat der Farm ihren Namen gegeben.«

»Das habe ich nicht gewußt. Ich dachte, es hätte etwas mit Schafen zu tun. Fahren Sie fort.«

»In den fünfziger Jahren des achtzehnten Jahrhunderts haben der Pfarrer von Bamford und ein hiesiger Friedensrichter die Einheimischen gegen die Sekte aufgehetzt, und um achtzehnhundertvierzig herum ist ihr Gebetshaus abgebrannt. Aber es existieren noch Ruinen. Finden Sie nicht, daß es interessant wäre, eine Abhandlung darüber zu schreiben? Dazu müßte man recherchieren und auf den umliegenden Farmen viele Fragen stellen. Ich könnte zum Beispiel versuchen, ihren verschollenen Friedhof aufzustöbern, der anscheinend mitten im Gebiet des neuen Siedlungsprojekts lag.«

»Da, wo die Leiche gefunden wurde?«

»Volltreffer. Noch vor ungefähr hundert Jahren haben pflügende Farmer alte Gebeine ausgebuddelt. Vielleicht haben die modernen Bauunternehmer auch etwas gefunden, etwas, das sie nicht für erwähnenswert hielten, auch nicht der Polizei gegenüber. Dinge, die sie als wert- und bedeutungslosen Trödel abtaten. Wenn man darauf aus ist, eine Baugrube auszubaggern, und irgendeinen Plunder rausholt, der nichts wert zu sein scheint, wirft man ihn weg und baggert weiter. Auf diese Weise«, sagte Meredith die Schlange, »könnten der Polizei wertvolle Beweise verlorengegangen sein.«

»Das ist mir klar«, sagte Markby bedächtig und zeigte mit dem Dreizack auf sie. »Und Sie wissen bestimmt, daß die Worte ›historische Grabungsstätte‹ bei den Bauunternehmern Herzinfarkte verursachen?«

»Ja, das weiß ich. Aber ich bin ja keine Amtsperson. Ich bin Amateurin. Vielleicht erzählen sie mir Dinge, die sie Ihnen oder dem Heimatmuseum nicht anvertrauen würden. Guter Gott, ich versuche einen zweihundert Jahre alten Friedhof zu finden, der von religiösen Eiferern benutzt wurde, kein zweites Sutton Hoo*…«

»Das wissen sie nicht. Warum sollten sie Ihnen glauben? Für sie wäre das kein Grund, den ganzen Tag damit

* Ausgrabungsstätte a.d. 7. Jh. in Suffolk; 1939 wurde dort ein angelsächs. Langboot mit reichen Grabbeigaben entdeckt

zu verbringen, in der Erde zu wühlen und einen Haufen blödsinniger Fragen zu stellen.«

»Was hätte ich zu verlieren?«

Er rutschte nervös herum, und die Katze, die seine Knie beäugt hatte, um eventuell hinaufzuspringen, wandte sich verächtlich ab und stolzierte in die Küche. Die Spanielhündin lag lang ausgestreckt und leise schnarchend ganz nah am Feuer, und es war ein Wunder, daß sie sich das Fell nicht ansengte.

»Ich bin dagegen«, sagte Markby plötzlich energisch und schwang den Dreizack, um seinen Worten Nachdruck zu verleihen. »Abgesehen von anderen Bedenken, dieses Gebiet ist der Mittelpunkt einer polizeilichen Untersuchung...«

»Deshalb bespreche ich es ja zuerst mit Ihnen.«

»Und darüber hinaus riskieren Sie es, sich von den Maurern anflegeln lassen zu müssen. Jerry Hersey, der Polier, kennt keinen Respekt, weder vor Frau noch Mann, und hilfsbereit ist er auch nicht, wie wir festgestellt haben. Er wird Sie einfach von der Baustelle jagen.«

»Ich habe schon früher mit rüden Kerlen zu tun gehabt, und meine Ohren sind gegen Flegeleien gewissermaßen imprägniert.«

Er schüttelte noch immer heftig den Kopf. »Sie werden behaupten, sie bekommen Probleme mit ihrer Versicherung, und Ihnen den Zutritt zur Baustelle verbieten. Hersey hat einen unangenehmen Charakter. Wenn Sie darauf bestehen, wird er vielleicht nicht davor zurückschrecken, Ihnen Angst einzujagen. Sie kennen das doch – den Ziegel, der ganz dicht an Ihrem Kopf vorbeisaust, oder den Schubkarren, der Ihnen um ein Haar den Fuß zerquetscht...«

»Das ist auch nicht schlimmer, als in der Stoßzeit U-Bahn zu fahren«, unterbrach sie ihn mit der Bitterkeit einer noch frischen Erinnerung.

Markby ließ sich nicht ablenken. »Mehr noch, wenn Sie es schaffen würden, all das zu überwinden – und wie ich Sie kenne, möchte ich fast behaupten, Sie schaffen es irgendwie –, und anfingen, die Arbeiter auszufragen, würde Hersey Unrat wittern.«

»Zum Kuckuck mit Hersey! Lassen Sie mich doch erst mal sehen, ob ich mit ihm fertig werde, ja?« wandte sie ein, verärgert, weil er voraussetzte, daß sie bei der Konfrontation die Unterlegene sein würde.

»Ich möchte nicht, daß die polizeilichen Ermittlungen vermasselt werden.«

»Ich werde sie nicht vermasseln. Trauen Sie mir doch ein wenig Takt und Diplomatie zu. Schließlich bin ich kein Trampeltier und kein Hohlkopf.«

Er seufzte müde. »Ich weiß es zu schätzen, daß Sie helfen wollen, Meredith, und ich weiß, ich habe mir das selbst zuzuschreiben, weil ich Sie gebeten habe, mit Dolly zu sprechen.«

»Und mit den Winthrops. Dolly sagt, die Winthrops werden mich mit Vergnügen die Ruinen des Gebetshauses besichtigen lassen. Sie sind in der Nähe des Farmhauses.« Nach einer kurzen Pause fuhr sie fort: »Wie kann ich etwas falsch machen? Hören Sie, ich werde den Mord mit keinem Wort erwähnen. Ich werde mich nach einer Gruppe von Spinnern erkundigen, die nach achtzehnhundertvierzig ausgestorben sind.«

»Ihre Fragen werden ein äußerst empfindliches Gebiet berühren.«

»Aber ich frage doch nicht nach dem Toten.«

Sie hörten Mrs. Carmody im Befehlston sagen: »Geh mir aus dem Weg, du dumme Katze, du bekommst später was.«

»Sie kommt.« Markby beugte sich vor. »Hören Sie,

Meredith, ich nehme an, ich kann Sie sowieso nicht aufhalten. Sie werden es tun, egal, was ich jetzt sage. Aber wenn Sie etwas – irgend etwas – entdecken, das mich interessieren könnte, dann sagen Sie es mir sofort. Und wenn weitere Nachforschungen nötig sind, dann ist das meine Sache, einverstanden?«

»Ja, natürlich«, sagte sie tugendhaft.

Markby brummte. »Und wenn Sie anfangen, sich wie ein Superdetektiv zu fühlen, bedenken Sie eines: Die Grauen Leute sind tot, begraben und zu Staub zerfallen. Unser Mann mit den Goldzähnen ist zwar tot, aber nicht zu Staub zerfallen. Und sie sind noch sehr lebendig und möglicherweise da draußen.«

»Wer?« fragte sie gedankenlos, als Mrs. Carmody mit einem Teewagen erschien, der unter der Last des Kuchens und des Porzellans zusammenzubrechen drohte.

Markby stach besonders heftig mit der Röstgabel in die Luft. »Diejenigen, die unseren Mann lebendig begraben haben. Die Mörder.«

# KAPITEL 8

»Dort drüben ist es«, sagte Markby.

Meredith schirmte die Augen mit der Hand ab und schaute blinzelnd in die Richtung, in die er zeigte. Sie sah ein unregelmäßiges Durcheinander neuer Ziegelsteine, die die Landschaft auf breiter Ebene orangerot verfärbten.

»Der Tatort«, stellte sie fest.

»Das können Sie noch mal sagen«, knurrte er. »Gutes Farmland zu zerstören und es durch Ziegel und Mörtel zu ersetzen.« Er merkte, daß sie zu einem Protest ansetzte, und fuhr grimmig fort: »Und kommen Sie mir nicht mit dem Spruch, daß die Menschen irgendwo wohnen müssen. Den kenne ich.«

»Ich wollte den anderen zitieren. ›Nicht in meinem Hinterhof‹, so heißt es doch, oder?« wandte Meredith sanft ein.

»Auch den kenne ich. In Ordnung, ich bin wütend, daß es hier passiert, weil es mein Stück Land ist, das zerstört wird. Doch ich streite entschieden ab, selbstsüchtig zu sein. Mir gefällt es nirgendwo. Wo sollen heute die Kinder den ganzen Tag frei umherstreifen und lernen, welche wilden Beeren man essen darf und wie man aus dem Sand vom Flußufer Tassen und Untertassen formt?«

Meredith zuckte mit den Schultern und lächelte über seine bukolische Nostalgie.

»Das weiß ich nicht. Aber ich nehme an, daß die Eltern in unseren alles andere als harmlosen Zeiten nicht geneigt sind, ihre Kinder tagelang frei umherstreifen zu lassen, wie unsere Eltern das konnten. Auch ich habe solche Erinnerungen. Meine Mutter gab uns ein Paket Sandwichs mit Frühstücksfleisch mit. Meine Freundin und ich fuhren mit den Fahrrädern los, hielten kurz beim Laden an der Ecke und kauften uns eine Flasche Limo …«

»Drachenblut«, sagte Markby traurig. »Pusteblumen und Kletten.«

»Sie sind älter als ich. Daran kann ich mich nicht mehr erinnern. Aber wir blieben jedenfalls den ganzen Tag weg, und unsere Eltern brauchten sich um uns nicht zu sorgen. Heutzutage könnten die Eltern das nicht erlauben. Die modernen Kinder mögen auch keine Sandwichs mit Frühstücksfleisch. Sie wollen Hamburger und Fritten und alle möglichen Snacks in scheußlichen Verpackungen.«

Stille. Dann sagte Markby fest: »Es ist nicht mehr dasselbe.«

»Nein, das soll es auch nicht sein. Die Zeiten ändern sich, und die Menschen mit ihnen.«

Er sah sie an. »Das hat Steve auch zu mir gesagt. Mit genau den gleichen Worten. Aber warum, zum Kuckuck, soll ich meine Vorstellungen ändern, um andere Leute zu beschwichtigen?«

Meredith sagte gereizt: »Das sollen Sie natürlich nicht. Aber obwohl es hübsch ist, daß Sie und ich glückliche Erinnerungen an die Kindheit haben, können wir unsere Erlebnisse und Erfahrungen nicht anderen wünschen. Die Kinder von heute werden ihre eigenen Erinnerungen haben – andere, doch genauso schöne.«

Sie versanken wieder in Nachdenklichkeit über die Szenerie, die sich vor ihnen ausbreitete.

»Es ist auch ein Tatort im eigentlichen Sinn, nicht

wahr?« fragte Meredith. »Hat dort nicht der bedauernswerte Baggerführer die Leiche ausgegraben?«

»Ja, dort hat jemand den armen Teufel eingebuddelt. Wir wissen noch nicht, wo die eigentliche Tat begangen wurde«, setzte er pedantisch hinzu. »Aber es ist der Ort, an dem er gestorben ist, wenn man es so ausdrücken will.«

Sie verstummten, von der grausigen Erinnerung heimgesucht, beschwichtigten sich vermutlich beide mit dem Gedanken, daß das Opfer bewußtlos gewesen war und nichts gemerkt hatte.

Es war Sonntag morgens, schön und sonnig, wenn auch der Wind noch kühl war und man warme Kleidung brauchte. Meredith hatte sich ein rotes und blaues Tuch mit einem gelben Hufeisenmuster um den Kopf gebunden, damit ihr das Haar nicht um den Kopf flog, und sie trug die Gummistiefel, die sie zum Glück vor der Abfahrt aus London in den Kofferraum gepackt hatte. Alan Markby, ebenfalls in Gummistiefeln, ging weiter, führte sie über einen holprigen Fußpfad quer über offene Wiesen zu der entfernten Baustelle.

Sie trottete hinter ihm her, die Hände tief in den Taschen vergraben, um sie warmzuhalten, und überlegte, daß diese Umgebung, obwohl von einem furchtbaren Verbrechen gezeichnet, dennoch dem Gedränge vorzuziehen war, das sie in London auf dem Weg zur und von der Arbeit tagtäglich erlebte. Andererseits sehnte sie sich, wenn sie sich eine Zeitlang auf dem Land aufhielt, bald nach ein wenig mehr Lärm und Hektik. Wahrscheinlich war die menschliche Natur nie zufrieden. Eines mußte man allerdings zugeben, niemand konnte behaupten, auf dem Land passiere nichts. Es ereignete sich ständig etwas, und manches davon war absolut unheimlich. Sie versuchte sich Dolly Carmodys Graues Volk auf seinen strengen, frommen Wallfahrten zu seinem Gebetshaus vorzustellen, immer zwei und zwei, über dieselben Felder, über die sie heute gingen. Wie Dolly ihr erzählt hatte, hatte die Sekte hier irgendwo ihre Toten begraben. Hatte hier bei jedem Wetter gestanden und ihre Grabzeremonien abgehalten. Der Wunsch, mehr über sie zu erfahren, war für Meredith inzwischen nicht nur ein Vorwand, um ein bißchen herumzuschnüffeln. Sie hatte begonnen, sich aufrichtig für diese merkwürdigen verschwundenen Eiferer zu interessieren.

Als sie sich der Baustelle näherten, fragte sie: »Die Arbeiter haben doch hier wieder zu arbeiten angefangen, oder?«

»Ja, vor ein paar Tagen. Aber nicht an der Stelle, wo der Tote gefunden wurde. Doch nicht etwa deshalb, weil wir sie daran hindern. Die Bauherrn können sich nicht entscheiden, was sie mit dem Grundstück machen sollen, und die Arbeiter weigern sich strikt, es auch nur zu betreten. Wenn sie weitermachen und dort, wie im Plan vorgesehen, zwei Häuser bauen, finden sie vielleicht keine Käufer. Eine Leiche im Keller ist keine gute Empfehlung.«

»Die Menschen haben ein kurzes Gedächtnis.«

»Nicht bei einem so gräßlichen Mord, dann nicht. An den erinnern sie sich noch jahrelang. Die britische Öffentlichkeit liebt einen hübschen, spektakulären Mord, was aber nicht bedeutet, daß sie buchstäblich am Tatort wohnen möchte. Zuletzt habe ich gehört, daß man dort einen Mini-Park anlegen will. Sie wissen doch, laß Gras darüber wachsen und steck ein paar Bäume und Sträucher in die Erde, dann können die Leute dort ihre Hunde Gassi führen.«

»Das klingt netter. Irgendwie respektvoll gegen den Toten. Wird die Wohnanlage wahrscheinlich attraktiver machen.«

Sie waren beim ersten Ziegelhaufen angelangt, und Markby blieb stehen. »Da drüben ist das Baubüro. Auf dem Platz mit dem Drahtzaun drumherum schließen sie über Nacht und am Wochenende ihre wertvolle Ausrüstung ein. Das ist das Verkaufsbüro, in den Fertighäusern sind die Büros des Bauunternehmers und des Bauleiters, und irgendwo dort drüben ist das Musterhaus. Das ist das ganze Wochenende über geöffnet, solange es taghell ist, und im Verkaufsbüro hat immer jemand Dienst, um die Leute herumzuführen.«

»Also können die Mörder ihn nicht bei Tag begraben haben. Dann wären sie möglicherweise gesehen worden.«

»Das Verkaufsbüro ist von zehn Uhr morgens bis gegen siebzehn Uhr dreißig besetzt. Bei schlechtem Wetter geht die Firmenvertreterin früher, so gegen vier, nach Hause. Bei Regen waten die Leute nicht gern durch den Schlamm. An dem bewußten Wochenende hat es geregnet, aber nicht ununterbrochen. Die Frau war am Samstag bis nach fünf hier und am Sonntag bis etwa sechzehn Uhr fünfzehn. Und natürlich kommen auch ganz zufällig Spaziergänger heraus, wie wir zum Beispiel. Doch sie haben ihn ganz bestimmt sehr früh am Morgen oder spätabends begraben. Ich denke, es war eher frühmorgens. Das ist die von mir bevorzugte Zeit, nicht zuletzt deshalb, weil dann die Totenstarre noch nicht eingesetzt hätte.«

»Wäre es bei schlechtem Licht nicht noch schwieriger gewesen? In einen Graben zu steigen und ein Loch zu graben, den Leichnam hineinzulegen und mit Erde so zuzudecken, daß keiner etwas merkt – dazu muß man sehen, was man tut, und man braucht Zeit.«

»Man braucht mehr als einen Totengräber. Doch wenn sie wußten, was sie wollten, und einigermaßen geschickt waren, dürfte es nicht allzu schwierig gewesen sein. Exhumierungen müssen in den frühen Morgenstunden stattfinden. Ich habe im Lauf der Zeit schon oft genug bei Tagesanbruch fröstelnd an offenen Gräbern gestanden.«

»Vielen Dank für die grausigen Einzelheiten, Dr. Frankenstein. ›Wenn sie wußten, was sie wollten‹, sagen Sie. Heißt das, Sie sind der Meinung, daß sie's schon früher getan haben? Denken Sie an Bandenmord? Hier draußen?«

»Die Leiche könnte von weither gekommen sein, und dank unserer modernen Autobahnen in verhältnismäßig kurzer Zeit. Wenn der Mann hier aus der Gegend stammte, wäre er inzwischen identifiziert worden. Ich schließe keine Möglichkeit aus.«

Sie standen jetzt direkt an der Stelle. Die Bänder und Schilder der polizeilichen Absperrung waren noch nicht entfernt worden und flatterten traurig im Wind. Ein verwelkter Strauß Schlüsselblumen lag mitten zwischen Geröll und Lehmhaufen und betonte, wie Meredith fand, die Trostlosigkeit der Szene. Der Boden des Grabens war da, wo Sean Daley frisch zu baggern begonnen und dann jäh angehalten hatte, stark aufgewühlt. Meredith fröstelte. »Gruselig.«

Stirnrunzelnd blickte Markby in den Graben hinunter. »Ich finde es äußerst ärgerlich. Er hätte genausogut vom Himmel gefallen sein können. Wir wissen noch nicht das geringste über ihn, haben noch nicht einmal seine Kleidung gefunden. Wir haben uns an die Öffentlichkeit gewandt, an Hundebesitzer und Wanderer insbesondere, damit sie die Augen offenhalten. Nichts.«

Sie gingen ein Stückchen weiter und setzten sich auf

eine niedrige Mauer. Noch zwei Leute waren auf der Baustelle aufgetaucht, ein sehr junges Paar, das Markby und Meredith beim Grüßen nervös anlächelte. Das Mädchen trug völlig unpassende hohe Absätze und wankte, die Hand des jungen Mannes umklammernd, unsicher über den unebenen Boden.

»Potentielle Käufer, die sich den Platz ansehen«, sagte Markby, als das junge Paar weitergegangen war. »Jung verheiratet, darauf wette ich.«

»Ja«, sagte Meredith plötzlich. »Ich kann verstehen, daß man sich kein Haus mit einem Gespenst im Fundament kaufen möchte, besonders nicht als erstes gemeinsames Heim.«

»Erstes gemeinsames Heim«, wiederholte ihr Begleiter und verstummte.

Sie sah ihn neugierig an. »Haben Sie während Ihrer Ehe mit Rachel in Bamford gewohnt?«

Damit, das wußte sie, wagte sie sich weit vor, ließ sich auf ein gefährliches Spiel ein. Er erwähnte seine Ehe kaum einmal. Und sie war schon oft von Neugier geplagt gewesen.

Er schüttelte den Kopf. »Nein. Rachel und ich haben uns ein riesiges, völlig unzweckmäßiges weißes Haus in Westengland gekauft. Ihre Idee, natürlich. Was sollten wir mit fünf Schlaf- und drei Empfangszimmern? Dabei verfiel das Ganze vor sich hin, was natürlich hieß, daß der Kaufpreis nicht sehr hoch war, relativ gesehen. Aber die Renovierung kostete ein Vermögen, ganz zu schweigen von Hitze und Innendekoration und von Möbeln. Der Dachgiebel war an einem Ende undicht, und wir verbrachten unser ganzes Eheleben mit dem Versuch, ihn zu reparieren. Es ist uns nie gelungen. Alle elektrischen Leitungen mußten erneuert werden, weil das ganze Ding in

Flammen aufzugehen drohte, sobald man einen Toaster einschaltete. Und dann gab es Fledermäuse.« Ein Augenblick mürrischen Schweigens und dann mit erneuter Begeisterung: »Aber es hatte einen wunderschönen alten Garten mit einem von einer Ziegelmauer umgebenen richtigen Küchengarten und Spalierobstbäumen.«

»Aha!« sagte Meredith. »Dann hat es also nicht nur an Rachel gelegen, daß Sie sich für dieses Haus entschieden.«

»Ich gebe zu, mir hat der Garten gefallen, nur hatte ich nie Zeit, mich darum zu kümmern, weil ich meine ganze Zeit damit verbrachte, mit Eimern in der Hand und Fledermäusen im Haar auf dem Dachboden herumzukriechen. Nachdem wir uns getrennt hatten, bin ich hierher zurückgekommen. Laura und Paul hatten gerade geheiratet, sich hier niedergelassen, und mir wurde ein Job bei der Polizei von Bamford angeboten. Da hab ich mir gedacht, warum nicht dahin zurückgehen, wo du aufgewachsen bist? Aber sehen Sie sich doch an, was man damit angestellt hat«, fügte er bitter hinzu und schwenkte mit einer großen Geste den Arm im Kreis. »Übrigens werden Sie wahrscheinlich Steve Wetherall, dem Architekten, begegnen. Er ist im Moment ein ziemlich unglücklicher Mann. Er war hier, als die Leiche ausgegraben wurde, und jetzt verzögern sich die Bauarbeiten. Armer alter Steve.«

Markby kickte ein Stück Ziegel vor sich her und zog die Schultern hoch. »Genug von mir und der Vergangenheit. Was ist mit Ihnen und der Zukunft? Keine Hoffnung auf einen Auslandsposten, wie ich vermute?«

»Keine Chance, nicht in vorhersehbarer Zukunft.« Sie zögerte und setzte mit wenig überzeugender Nonchalance hinzu: »Ich warte ungefähr anderthalb Jahre, und wenn sich dann noch nichts ergeben hat, werde ich mich vielleicht nach etwas anderem umsehen.«

Er sah sie ungläubig an. »Das Foreign Office aufgeben? Ich hätte nie geglaubt, einmal diese Worte von Ihnen zu hören, Miss Mitchell.«

»Das gleiche habe ich auch gedacht«, gab sie reumütig zu. »Aber Sie wissen ja, wie das ist. Alle guten Zeiten haben einmal ein Ende, und ich habe sie genossen. Vielleicht ist es jetzt an der Zeit, mich nach etwas anderem außerhalb des Foreign Office umzusehen. Fragen Sie mich nicht, wo und wonach. Ich weiß es nicht.«

Er schwieg so lange, daß sie meinte: »Sagen Sie mir, was Sie denken. Sie wissen, daß ich es hören möchte.«

Das junge Paar kam, noch immer engumschlungen wie siamesische Zwillinge, aus dem Verkaufsbüro; beide hatten ein Bündel Papiere in der Hand. Es wurde von einer adretten jungen Frau in einem blauen Kostüm begleitet. Alle drei verschwanden in einem der fertigen Häuser, über dem eine Fahne mit dem Namen und dem Logo der Baugesellschaft flatterte.

»Besuchen das Musterhaus«, sagte Markby düster. »Hören Sie, wenn ich ganz ehrlich und ganz selbstsüchtig sein soll, dann muß ich natürlich sagen, Sie sollen aufhören, im Ausland umherzureisen, und im Land bleiben. Aber ich weiß auch, daß ein solcher Entschluß Sie vielleicht schrecklich unglücklich machen und Ihr unruhiger Geist sich weiterhin nach einem exotischen Ort sehnen würde, deshalb wäre es gar nicht gut, wenn ich das sagte.«

Meredith schüttelte den Kopf. Der Knoten ihres Kopftuchs hatte sich gelöst, und sie nahm es ab. Der Wind griff ihr ins Haar und wehte es ihr ins Gesicht. Sie wischte es sich aus den Augen. »Vielleicht habe ich Zigeunerblut in den Adern«, sagte sie seufzend. »Ob ich unglücklich wäre, hinge von der neuen Aufgabe ab, die sich mir bieten würde.«

Als er diesmal nicht antwortete, bat sie ihn nicht zu sagen, was er dachte. Endlich brach er das verlegene Schweigen, indem er aufstand und die Hand ausstreckte, um ihr aufzuhelfen. »Kommen Sie, Sie bekommen ein taubes Hinterteil, wenn Sie noch länger auf dieser Mauer sitzen. Sehen wir uns um, wo wir einen anständigen Lunch herkriegen.«

Es war Montagmorgen, und Meredith hatte sich inzwischen daran gewöhnt, in Lauras Haus zu wohnen. Sie hatte nicht mehr den Drang, sich nur auf Fußspitzen zu bewegen und jedes Kissen aufzuschütteln, nachdem sie fünf Minuten in einem Sessel gesessen hatte. Das Haus sah allmählich auch so aus, als habe es sich an sie gewöhnt. Die Küche war noch immer ein furchteinflößender Raum, denn sie war für Pauls Bedürfnisse mit allen nur erdenklichen modernen Geräten ausgestattet. Von der Hälfte dieser Geräte und Utensilien ahnte Meredith nicht einmal, wozu sie dienten, denn sie gehörte strikt zu den Grill- und Büchsenöffner-Köchinnen. Sie bereitete sich gerade Rühreier zum Frühstück, was ungefähr der Gipfel ihrer Kochkünste war, als es an der Hintertür klopfte.

»Jemand zu Hause?« rief eine Frauenstimme.

»Warten Sie!« antwortete Meredith und tat die Eier rasch in eine Schüssel. Sie wischte sich die Hände ab und öffnete. Vor der Tür stand eine junge Frau in einem pinkfarbenen Jogginganzug; in der Hand hielt sie eine Schachtel. Ihr weißblondes Haar hatte sie mit farbigen Plastikspangen zu zwei Büscheln zusammengerafft, die ihr über den Ohren wie Flachsstränge vom Kopf abstanden.

»Hallo«, sagte sie fröhlich. »Ich bin Susie Hayman, Ihre Nachbarin von nebenan.«

Hayman ... Meredith wühlte in ihrem Gedächtnis. In dem Brief, den Laura ihr mit allgemeinen Informationen zurückgelassen hatte, wurden die Haymans erwähnt. Sie waren Amerikaner; Ken Hayman war auf dem etwa zehn Meilen entfernten Stützpunkt der US-Airforce stationiert. »Kommen Sie herein«, forderte Meredith die Nachbarin auf. »Ich wollte mir eben Kaffee machen.«

Susie spazierte herein und stellte die Schachtel auf den Tisch. »Ein paar kleine Rührkuchen. Ich hab mir gedacht, nun ja, Sie hätten vielleicht noch keine Zeit gehabt, selbst zu backen.«

»Nicht nur keine Zeit, auch kein Talent«, sagte Meredith prompt. »Danke. Das ist sehr freundlich.«

»Nun, ich habe irgendwie ein schlechtes Gewissen, weil wir am Wochenende nicht hier waren, um Sie zu begrüßen. Wir waren«, verkündete sie atemlos, »in Stratford-upon-Avon. Aber ich hatte Laura versprochen, mich ein bißchen um Sie zu kümmern. Haben Sie sich schon eingewöhnt?«

»Ja, bestens.« Meredith schaltete die Kaffeemaschine ein. »Ihr Mann ist bei der Airforce, hab ich recht? Auf dem amerikanischen Luftstützpunkt?«

»Ja, aber er ist Zahnarzt, gehört weder zum Flug- noch zum Bodenpersonal. Die Leute scheinen immer irgendwie überrascht, wenn ich ihnen das sage. Ich arbeite an drei Vormittagen ebenfalls dort und erledige den Papierkram, halte Kens Krankenblätter in Ordnung, obwohl ich, bevor ich Ken heiratete, Zahnarzthelferin war. Montags arbeite ich nicht, also hier bin ich.« Die pinkfarbenen Knie zusammengepreßt, balancierte Susie auf einem Barhocker. Sie sah ungefähr wie sechzehn aus, doch Meredith vermutete, daß sie mindestens zehn Jahre älter war. Sie hatte ein rundes, fröhliches Gesicht, eine Stupsnase und war ungeschminkt. »Wir hoffen, daß Sie eines Tages zu uns zum Abendessen kommen.«

Die Kaffeemaschine zischte, und Meredith goß Kaffee ein. »Hat Laura Ihnen erzählt, daß ich früher in einem Cottage in der Nähe von Bamford gewohnt habe? Nur kurze Zeit. Ich arbeite in London, und die Fahrerei wurde mir zuviel.«

»Sie hat mir alles erzählt. Sie hat sich wirklich gefreut, daß Sie kommen und im Haus wohnen wollten. Ich hätte ja darauf aufgepaßt, doch ich bin nicht immer hier. In der Nachbarschaft wurde kürzlich ein paarmal eingebrochen, ziemlich oft sogar. Nichts Großes, nur kleine Einbrüche. Ken hat gemeint, daß es wahrscheinlich Jugendliche waren.«

»Wurde auch in Ihrem Haus eingebrochen?«

»O nein, und es ist nicht unser Haus, wir haben nur gemietet. Wir haben uns vom Makler Sicherheitsschlösser einbauen lassen, bevor wir eingezogen sind. Aber zwei Häuser weiter sind die Diebe eingedrungen, haben ein Radio und einen Videorecorder gestohlen. Aus dem Haus direkt gegenüber haben sie einen Fernseher geholt. Ken sagt, sie verkaufen die Sachen in Pubs und Bars.«

Interessiert stützte Meredith die Ellenbogen auf den Tisch. »Haben Sie gehört, ob in der Zeit auch Antiquitäten gestohlen wurden?«

»Antiquitäten, nein.« Susies runde blaue Augen blinzelten. »Warum?«

»Eine alte Dame, mit der ich mich am Samstag unterhalten habe, wurde vor etwas sechs Monaten von einem Händler aufgesucht, der sie nach Antiquitäten fragte. Er kann natürlich absolut ehrlich gewesen sein. Aber manchmal muß man sich bei Leuten, die ungerufen ins Haus kommen, nun – vorsehen.«

Susie machte ein nachdenkliches Gesicht. »Laura hat nicht erwähnt, daß jemandem Antiquitäten abhanden gekommen sind. Doch jetzt, da Sie es erwähnen, erinnere mich an einen Typen, der vor – oh – ungefähr vier Monaten hier war. Als er merkte, daß ich Amerikanerin bin, fragte er mich nicht mehr, ob ich etwas zu verkaufen hätte, sondern ob ich kaufen möchte. Er sagte, wenn ich besondere Interessen hätte, könnte er wahrscheinlich für mich auftreiben, was ich wolle. Aber ich interessiere mich nicht besonders für Antiquitäten. Ich meine, Stratford war wirklich ein Erlebnis, aber Sachen kaufen ist etwas anderes. Ich verstehe nichts davon, und Ken sagt, wenn man nicht genau weiß, was man kauft, wird man nur betrogen. Heutzutage stellen sie phantastische Fälschungen her, und man erkennt kaum den Unterschied. Also sagte ich zu dem Typen: ›Nein, ich kaufe nichts.‹ Obwohl Ken sich für alte Landkarten und Bücher interessiert. In Oxford gibt es einen Laden, in dem er, schätze ich, etwas kaufen wird, bevor wir nach Hause fahren. Doch das ist was anderes. Es ist ein reguläres Geschäft, wo sie alles mögliche haben, und der Mann dort weiß richtig Bescheid und erklärt es Ihnen. Und an den anderen Leuten dort, den anderen Kunden, meine ich, sieht man, daß es ein seriöses Geschäft ist. Jemand, der an Ihre Haustür kommt – nun, das ist nicht dasselbe, oder?«

»Nein«, sagte Meredith. »In letzter Zeit ist niemand mehr dagewesen? Und gehört haben Sie auch nichts?«

Susie schüttelte ihre Haarbüschel. »Nein, warum? Hat sich jemand beschwert?«

»Nein, ich habe mich nur gefragt. Die alte Dame, von der ich Ihnen erzählt habe, dachte, jemand sei vielleicht zurückgekommen. Ein Herumtreiber, wissen Sie, und vielleicht derselbe Mann.«

»Ein Herumtreiber?« Susie sah besorgt aus. »Das gefällt mir nicht. Ich werde es Ken erzählen. Aber wir haben ein Komitee zum Schutz der Nachbarschaft und Vorbeugung von Verbrechen gegründet. Wir treffen uns am Donnerstag im Haus direkt gegenüber. Kommen Sie doch auch, wenn Sie Lust haben.«

»Danke, vielleicht komme ich.«

Susie rutschte vom Hocker. »Jetzt muß ich gehen. Aber mit meiner Einladung zum Abendessen war es mir ernst. Danke für den Kaffee. Wir sehen uns.«

Mit wippenden Haarbüscheln ging sie davon.

Meredith runzelte die Stirn und trommelte mit den Fingern auf den Tisch. Es sah tatsächlich so aus, als habe der Antiquitätenhändler nichts mit Dollys nächtlichem Besucher zu tun. Nun, sie hatte für heute eigene Pläne, und wenn sie hier herumsaß, geschah gar nichts. Sie räumte die Eier in den Kühlschrank. Die konnte sie mittags essen. Dann spülte sie die Tassen ab, nahm Notizbuch und Kugelschreiber und brach auf.

Ihr erster Besuch führte sie in die Bibliothek. Es dauerte eine Weile, bis sie die alte Landkarte fand, auf der die Begräbnisstätte der Grauen Leute eingezeichnet war; doch die Bibliothekarin war interessiert und forschte nach weiterem Material für Meredith. Die lokalen Geschichtsbücher wußten über das Thema wenig zu sagen, außer daß das Gebetshaus anno 1842 unter mysteriösen Umständen abgebrannt war. In einem Buch war eine unscharfe Fotografie, auf der man Ausgrabungen auf einem Feld sah.

»Vor ein paar Jahren waren einige Archäologen hier

und haben ein bißchen gegraben«, sagte die Bibliothekarin. »Aber sie haben nichts gefunden. Vielleicht sollten Sie es in den Urkunden der Grafschaft oder im Heimatmuseum versuchen.«

Meredith fotokopierte die Landkarte und ging. Sie hielt beim Schreibwarenhändler, wo Sie sich eine amtliche topographische Karte der Gegend kaufte, mit der sie ihre Landkarte aus der Bibliothek vergleichen wollte. Als sie auf die Straße trat, entdeckte sie zu ihrem Erstaunen eine bekannte Gestalt – Jessica Winthrop. Sie stand vor dem Schaufenster eines Geschäfts für Damenbekleidung.

Im Eingang des Schreibwarenladens halb verborgen, beobachtete Meredith das Mädchen. Jessica trug noch immer Reithose, Stiefel und Pullover. Doch das Kleid, das sie sich ansah, war ein Partykleid, sehr schick in Schwarz, mit einem Straßgefunkel auf der linken Seite des Oberteils. Jessica sah wehmütig aus und nagte an der Unterlippe.

»Hallo«, sagte Meredith und hoffte, das Mädchen nicht zu erschrecken.

Jessica drehte sich schnell um, und ihr blasses Gesicht wurde feuerrot. Schreck fuhr ihr in die Augen, und sie wich zurück.

»Ich bin Meredith Mitchell«, sagte Meredith hastig und wünschte sich, das Mädchen würde nicht immer reagieren wie ein aufgescheuchtes Reh. »Ich war bei Dolly Carmody, als Sie vor ein paar Tagen zu ihr kamen. Sie sind Jessica, nicht wahr? Jessica Winthrop?«

»Ja, ich erinnere mich an Sie«, antwortete Jessica, mit den Füßen scharrend, leise und undeutlich. Sie sah aus, als wollte sie wieder fliehen.

Aus der Nähe gesehen, war sie ein wirklich hübsches Mädchen, aber der unveränderlich unglückliche Gesichtsausdruck ließ sie unscheinbar aussehen. Was sie braucht, dachte Meredith, sind ein paar anständige Kleider und ein anständiger Haarschnitt, ganz zu schweigen von einer riesigen Transfusion an Selbstbewußtsein. Sie blickte in das Schaufenster. Vielleicht sagte sich Jessica selbst, daß sie sich attraktiver anziehen könnte.

»Das ist ein sehr schickes Kleid. Scheinen hier hübsche Sachen zu haben. Mein Pech ist, daß ich so groß bin. Ich muß mich bei allem, was ich kaufe, sehr vorsehen, sonst sehe ich aus wie ein Maibaum«, sagte Meredith.

Jessica lächelte flüchtig wie ein Geist und sah dann so schuldbewußt aus, als sei Lächeln verboten.

»Ich glaube, Sie helfen Dolly mit den Pferden«, fuhr Meredith zielstrebig fort. Die Unterhaltung war die reinste Sisyphusarbeit.

»Ja.«

Offensichtlich war Jessica verzweifelt bemüht, wegzukommen. Langsam schob sie sich seitlich an Meredith vorbei, bereit, jeden Moment zu flüchten, und Meredith fiel nichts ein, womit sie sie aufhalten konnte. Doch plötzlich meldete sich eine neue Stimme. »Jess!«

Ein junger Mann in Pullover und Jeans war bei ihnen stehengeblieben. Er sah Jessica ungläubig an. »Ja, du bist es wirklich. Ich wollte meinen Augen nicht trauen. Was tust du hier?«

»Michael?« Jessica blinzelte und verwandelte sich vor Meredith' Augen. Ihre Wangen färbten sich rosig, ihr ganzes Gesicht glühte. »Ich – ich wohne hier in der Nähe. Und was tust du hier?«

»Hab eine Stelle an der hiesigen Grundschule, bin aber erst seit Beginn des Frühlingstrimesters hier. Aber das ist ja wunderbar.« Er wandte sich Meredith zu und sagte verspätet: »Tut mir leid, daß ich gestört habe, aber Jess und ich waren zusammen an der Pädagogischen

Hochschule, und ich hatte wirklich keine Ahnung, daß sie hier wohnt. Ich dachte, ich kenne keinen Menschen in dieser Stadt.« Er war ein nicht gerade umwerfend, aber nett aussehender junger Mann mit einem freundlichen Wesen. Er sah wirklich überrascht und begeistert aus.

»Ich wollte sowieso gerade gehen«, sagte Meredith hastig. »War nett, Sie zu treffen, Jessica. Ich nehme an, wir sehen uns auf der Witchett Farm wieder.« Sie entfernte sich rasch die Straße entlang, konnte aber nicht widerstehen, drehte sich um und blickte zurück. Jessica und der junge Mann unterhielten sich angeregt. Noch während Meredith hinsah, gingen sie weiter, der junge Mann redete wie ein Wasserfall, und Jessica nickte und sah wie ein völlig anderes Mädchen aus. Es schien, als sollte sich ihr Schicksal zum Besseren wenden. Meredith strich die Dinge von ihrer Liste, die Jessica ihrer Meinung nach gebraucht hätte – Kleider, neue Frisur – und ersetzte sie durch das Wort »Freund«. Bekam sie letzteren, würden erstere sich von selbst ergeben.

Über diese Wendung der Ereignisse sehr zufrieden, fuhr Meredith ins Pfarrhaus zu Pfarrer Holland. Sie hoffte, daß es in der Kirche Urkunden über die Grauen Leute gab. Wie Dolly ihr erzählt hatte, hatte sich der im achtzehnten Jahrhundert in Bamford tätige Pfarrer mit dem Friedensrichter und ein paar anderen einheimischen hohen Tieren zusammengetan, um in der Stadt Stimmung gegen die Sekte zu machen. In den Papieren der Kirche mußte irgendwo etwas darüber zu finden sein.

Die Pfarrei war ein weitläufiges viktorianisches Haus mit einem zugewachsenen Garten. Ein Junge mit kurzgeschorenen Haaren und pickeligem Gesicht schob unproduktiv und gelangweilt einen Motorrasenmäher auf dem Rasen hin und her. Er trug eine Jeansjacke, geschmückt mit einem handgemalten, von Blitzen umzuckten Totenschädel und der Aufschrift *Death Rock,* und einen aus Patronenhülsen gearbeiteten Gürtel. Das Gras flog in alle Richtungen und wurde von seinen Doc-Martens-Stiefeln niedergetreten. Wo er gewesen war, sah es, wenn möglich noch unordentlicher aus als der Teil des Rasens, den er noch nicht »bearbeitet« hatte. In der Nähe des Hauseingangs war ein großes schwarzes Motorrad aufgebockt, und jedesmal, wenn er in seine Nähe kam, warf der Gärtner, falls er denn einer war, einen wehmütigen Blick auf die Maschine. Als er Meredith sah, unterbrach er seine Arbeit, wie vermutlich bei jeder sich bietenden Gelegenheit, stützte sich auf den Griff des Rasenmähers und sagte freundlich: »Hallo. Suchen Sie den Pfarrer?«

»Ja. Pfarrer Holland. Ist er zu Hause?«

Der Junge rieb sich mit einer schmutzigen Hand die Nase. »Ja. Die Tür ist offen. Gehn Sie einfach rein und rufen Sie.«

Meredith war nicht ganz sicher, ob das die richtige Art war, sich anzumelden, doch die Tür stand tatsächlich offen. Sie drückte auf die Klingel, öffnete die Tür ein bißchen weiter und räusperte sich laut.

»Ich bin hier drin!« schrie eine Stimme aus dem Innern des Hauses.

Sie folgte der Stimme und geriet in ein unordentliches Arbeitszimmer.

»Ah, guten Morgen. Hab gedacht, es sei nur Barry, der etwas will. Hatte keine Ahnung, daß es richtiger Besuch ist.«

»Barry? Oh, ist das der Gärtner?«

Pfarrer Holland schnaubte verächtlich. »Der Gärtner? Barry? Er macht nur ein bißchen Gemeindedienst.« Er senkte die Stimme. »Barry gerät oft und leicht in Schwierigkeiten. Aber er ist kein schlechter Kerl. Läßt sich leicht leiten.«

»Ich verstehe. Ich bin Meredith Mitchell. Hoffentlich störe ich nicht...«

»Nein, nein...« Er winkte sie zu einem Sessel. »Machen Sie es sich bequem. Was kann ich für Sie tun?«

Meredith erklärte es ihm. Er hörte aufmerksam zu, sah zuerst leicht überrascht und dann interessiert aus.

»Die Grauen Leute, wie? Nun, ich selbst weiß nicht viel über sie und weiß auch nicht, wo Sie etwas über sie herausfinden könnten. Die meisten alten Akten wurden vor Jahren zur sicheren Aufbewahrung weggeschickt. Aber ich erinnere mich, etwas über die Sekte gelesen zu haben. Sie war wirklich sehr seltsam. Die Leute versetzten sich bei ihren Versammlungen in Trance, und wenn sie wieder zu sich kamen, hatten sie angeblich Visionen gehabt und berichteten darüber. Ziemlich gespenstische Visionen, wenn die Gerüchte stimmen. Kein Wunder, daß die Kirche und die Leute, die Recht und Ordnung vertraten, beunruhigt waren. Sublimierte sexuelle Phantasien würden wir es heute nennen, denke ich. Tatsächlich«, er hielt inne und stand auf, um seine Bücherregale zu durchforschen, »in einem der alten Geschichtsbücher steht etwas über sie. Hier haben wir's schon, ich glaube, das ist es.« Er zog einen altehrwürdigen Lederfolianten aus dem Regal und blies den Staub weg.

»Die hiesigen Geschichtsbücher haben nicht viel zu sagen.«

»Dieses Buch hat die Bibliothek wohl kaum. Es wurde achtzehnhundertachtzig gedruckt.« Der Priester blätterte in den engbedruckten Seiten. »Ah, hier ist es, und – oh – hier ist auch ein Stahlstich des Gebetshauses vor dem Brand. Und, o Gott, das ist aber interessant!«

»Ja?« fragte Meredith ungeduldig, weil Pfarrer Holland das Buch selbst zu lesen begann und alles darauf hindeutete, daß er drauf und dran war, sie zu vergessen.

Dann erinnerte er sich wieder an seinen Besuch. »Damals wurde behauptet, daß die Visionen durch Opium hervorgerufen wurden.«

»Opium!« rief Meredith.

»Oh, diese oder jene Drogen zu konsumieren ist nicht so neu.« Pfarrer Holland setzte sich und legte das Buch auf seine Knie. »Es geschah jedoch nicht in dem Ausmaß wie heute.« Er seufzte. »Mitglieder meiner Kirchengemeinde haben erst kürzlich ihre Tochter verloren. Sehr trauriger Fall. Sie war von zu Hause weggelaufen und hatte mit anderen in einem besetzten Haus gelebt. Starb an einer Überdosis Heroin. Sie war als Drogenabhängige registriert. Als sie noch jünger war, hat sie im Kirchenchor gesungen. Sie war keine Streunerin. Ich denke, wir fühlen uns alle verantwortlich, wenn ein junger Mensch auf die schiefe Bahn gerät. Wir fragen uns – warum? Was hätten wir tun können, um es zu verhindern? Was haben wir falsch gemacht? Waren wir überfordert? Warum haben wir es nicht früher gemerkt? Der junge Barry draußen war sein Leben lang in einem Kinderheim und Fürsorgezögling. Bei ihm erwartet man Schwierigkeiten. Aber Lindsay hatte ein schönes Zuhause, liebevolle Eltern, war eine gute Schülerin …« Er seufzte abermals. »Ein strahlendes, vielversprechendes junges Leben einfach ausgelöscht.«

Meredith nickte mitfühlend, aber ihre Augen ruhten auf dem Buch. »Ich nehme an, Sie würden es mir nicht leihen?« fragte sie zögernd. »Ich würde es zurückbringen und es sehr sorgfältig behandeln. Ich gebe Ihnen meine Adresse, und wenn Sie eine Empfehlung brauchen, bekommen Sie sie von Chief Inspector Markby.« Pfarrer Holland sah sie leicht bestürzt und fragend an. »Ich meine«, fügte Meredith hastig hinzu, »wir sind miteinander befreundet.«

»Oh, ich verstehe.« Er warf einen Blick auf das Buch. »Nun, ich sehe eigentlich keinen Grund, es Ihnen nicht zu leihen. Ich hätte es gern wieder. Ich denke, es hat mindestens seit einem Jahr niemand mehr hineingeschaut, aber man kann nie wissen. Heute fragen Sie nach den Grauen Leuten, und demnächst kann jemand anders kommen. Sie möchten einen Aufsatz über die Sekte schreiben, nicht wahr? Wäre nett, wenn ich ihn zu sehen bekäme.«

»Wenn ich genug Material sammeln kann.« Dankbar nahm sie das Buch, und Pfarrer Holland begleitete sie zur Tür. Während sie sich unterhalten hatten, hatte man den Motor des Rasenmähers nicht gehört, aber als der Pfarrer die Haustür öffnete, um Meredith hinauszulassen, sprang er wieder an, und Barry lief energisch, gewissermaßen unter Dampf, den Rasen hinauf und herunter, als hänge sein Leben davon ab.

»Ich wette, er hat die Gelegenheit genutzt, hinter einem Baum schnell eine Zigarette zu rauchen«, sagte Pfarrer Holland vergnügt. »Man muß Barry beaufsichtigen.«

»Ist das sein Motorrad?« Meredith betrachtete das schwarze Ungetüm.

»O nein«, sagte Pfarrer Holland. »Es gehört mir.«

## KAPITEL 9

Meredith mochte das Gefühl haben, daß sie einen guten Anfang gemacht hatte. Markby hingegen hatte das Gefühl, daß er bei seinen Ermittlungen überall ins Leere stieß.

»Ein Kollege hat sich an allen üblichen Orten umgesehen«, sagte Pearce, »aber kein Glück gehabt. Sobald es sich herumgesprochen hatte, daß das Hurst-Mädchen gestorben ist, sind alle hiesigen Kleindealer verschwunden. Jetzt lügen sie, und wenn einer einen Namen kennt, wird er ihn uns nicht nennen. Sie wissen, wie das ist. Sie haben Angst oder sind selbst abhängig und brauchen den Kontakt, um ihren Schuß zu bekommen.«

»Es sind nicht die unglückseligen kleinen Fische, die wir suchen«, sagte Markby. »Wir wollen die großen Jungs, die Dealer und die Leute, die den Stoff hereinschmuggeln.«

Pearce hob die Schultern. Sein Chef seufzte und ging zum nächsten Punkt der Ermittlungen über. Er hielt einen Ordner in die Höhe. »Nichts als leeres Papier über den Toten im Graben. Wir wissen heute noch genausowenig über ihn wie in dem Moment, als der unglückliche Daley ihn ausgrub – und auch der hat die Fliege gemacht.«

»Niemand kennt den Toten«, sagte Pearce philosophisch.

Das wurde übel vermerkt. »Natürlich kennt ihn jemand – oder hat ihn gekannt!« fauchte Markby. »Er ist nicht vom Himmel gefallen. Wir haben nur noch niemanden aufgespürt, der ihn identifizieren könnte. Dazu müßte man die Beine in Bewegung setzen. Damit muß es zu schaffen sein.«

Pierce machte den Mund auf, um darauf hinzuweisen, daß er – und auch andere – sich die Füße praktisch schon abgelaufen hatten. Doch er besann sich eines Besseren, griff nur nach dem Foto des Toten und betrachtete es verdrießlich.

»Also!« sagte Markby und schlug mit den Handflächen auf den Schreibtisch. »Fangen wir von neuem an, ganz von Anfang. So sieht Polizeiarbeit aus, man muß es noch einmal und noch einmal versuchen. Langweilig und Routine, aber am Ende bringt es Resultate, also denken wir mal nach. Entweder wurde er woanders getötet und als Leiche hierhergebracht, um begraben zu werden, oder er kam auf seinen beiden Beinen und wurde hier getötet. Sind wir uns darin einig?«

Pearce pflichtete ihm bei.

»Machen Sie also von hier aus weiter«, drängte Markby gereizt. »Zerpflücken Sie das. Nehmen Sie sich das erste Szenario vor. Haben wir etwas, das dafür spricht? Spricht etwas dagegen?«

»Nun«, sagte Pearce vorsichtig. »Die Tatsache, daß kein Einheimischer ihn identifizieren konnte oder zugegeben hat, ihn gesehen zu haben, deutet darauf hin, daß er woanders getötet und hertransportiert wurde.«

»Warum hierher? Warum auf diese Baustelle? Warum in diesen Graben?«

Pearce sagte, das wisse er nicht.

»Und ich weiß es ebensowenig. Aber es läßt auf Ortskenntnis schließen, und vergessen Sie unsere Blumen nicht, den Bund Himmelschlüssel, den Sie dort gesehen haben, als Sie hinausfuhren, um mit Riordan zu sprechen. Ich kann mir nicht vorstellen, daß einer der dort beschäftigten Männer die Blumen hingelegt hat. Für mich sagt es etwas anderes aus – das hat jemand getan, der den Mann gekannt hat oder zumindest etwas über ihn wußte. Aus beidem schließe ich, daß er aus freien Stücken herkam, um jemanden zu besuchen, und hier in der Gegend von einem Ortsansässigen getötet wurde. Wir wissen nicht, warum er herkam oder warum er getötet wurde. Aber irgend etwas hat ihn hierhergeführt. Also verwerfen wir Szenario eins zugunsten von Szenario zwei.«

»Wenn er herkam, um irgend jemand oder etwas zu suchen«, sagte Pearce, »dann könnte er der Mann gewesen sein, den Mrs. Carmody Donnerstag nachts verscheucht hat.«

»Ja. Ich wünschte, wir könnten uns endgültig darauf festlegen. Der Eindringling könnte trotzdem der Kerl gewesen sein, der daran interessiert war, das alte Zaumzeug und die anderen Sachen zu kaufen. Wenn wir unsere Leiche nicht zuordnen können, dann finden wir vielleicht unseren Antiquitätenhändler. Ja, gehen wir's doch von dieser Seite an. Durchstöbern Sie die Gelben Seiten, notieren Sie sich alle hiesigen Antiquitätenhändler und Trödler, besonders die kleineren Läden, weil es wahrscheinlicher ist, daß sie es sind, die sich nach Sachen umsehen, die sie billig erwerben können.«

Pearce nahm das Firmenverzeichnis der Telecom und blätterte in den ockergelben Seiten. »Das sind ja Dutzende!« sagte er aufstöhnend.

Er erntete kein Mitgefühl. »Dann fangen Sie am besten gleich an.«

»Gelb«, sagte Pearce und tippte auf die aufgeschlagene Buchseite. »Ich habe nachgedacht, Sir. Wegen dieser

Himmelschlüssel, die ich auf der Baustelle gesehen habe. Sie sagten, kein Bauarbeiter würde dort einen Blumenstrauß hinlegen. Doch meiner Meinung nach tut überhaupt kein Mann so etwas – das ist Frauensache.«

Markby rieb sich das Kinn. »Sie könnten recht haben, doch das würde bedeuten, daß er nicht einfach auf gut Glück in der Gegend war, sondern eine Freundin hier hatte. Verflixt noch mal! Kaum haben wir eine Theorie herausgearbeitet, fällt uns eine andere ein, die ihr widerspricht. Nein, bleiben Sie dabei, die Antiquitätenhändler zu überprüfen, besonders die, die mehr mit Memorabilien als mit hochklassiger Kunst und wertvollen Sammlerstücken handeln. Ich gehe zum Bahnhof hinunter.«

Pearce hob fragend die Brauen.

»Wenn er aus freien Stücken hergekommen ist«, erklärte Markby geduldig, »dann muß er es mit einem Fahrzeug getan haben. Bisher hat aber niemand einen herrenlosen Wagen oder einen Wagen gemeldet, der auf einem Parkplatz seine Parkdauer um mehrere Tage überschritten hat. Doch überprüfen Sie das, um ganz sicherzugehen, auch noch einmal. Ich wette jedoch, er hat kein Auto gehabt. Er ist mit dem Bus oder mit dem Zug gekommen, und von beiden ist der Zug der wahrscheinlichere. Ich fahre mit unserer Fotografie zum Bahnhof von Bamford.«

Der Bahnhof von Bamford hatte sich seit den dreißiger Jahren nicht sehr verändert. Er lag an einer Hauptstrecke, aber tagsüber war deshalb trotzdem nicht besonders viel los. Am frühen Morgen, wenn die Pendler nach London fuhren, herrschte reger Betrieb, und dann noch einmal am Vormittag, wenn die Leute, die zum Einkaufen fuhren, und die Touristen sich in den Zügen drängten, die in die Hauptstadt fuhren. Am Spätnachmittag und am frühen Abend, wenn alle zurückkamen, wurde es wieder lebhaft. Am frühen Nachmittag hatte der Hauptbahnsteig das verschlafene, verlassene Aussehen eines altmodischen Westernfilm-Sets. Fast erwartete man, den Helden am Gleis entlang langsam aus der Wüste in die Sonne reiten zu sehen.

Markby erschrak zuerst, als er auf dem Bahnsteig eine Neuerwerbung entdeckte – einen automatischen Fahrkartenautomaten –, und er fragte sich, ob der Bahnhof nicht mehr besetzt oder, wie er es bei sich nannte, entmenschlicht worden war. Hinter dem Fahrkartenschalter und hinter dem Gepäckschalter war jedenfalls niemand. Im Taxibüro saß eine Frau mittleren Alters, die eine Zeitschrift las. Sie sagte, Harry müsse irgendwo sein. Markby war erleichtert, als er das hörte. Seit er denken konnte, war Harry ein Bestandteil des Bahnhofs von Bamford, und der Gedanke, Harry sei durch einen Metallkasten ersetzt worden, gefiel ihm nicht.

Als er das Taxibüro verließ, kam ihm auf dem Bahnsteig tatsächlich eine uniformierte Gestalt mit einer Gießkanne entgegen. Er begrüßte Harry, der ein ebenso begeisterter Gärtner war wie er selbst, und erklärte, warum er gekommen war. Dann holte er seine Fotografie heraus.

Harry stellte die Gießkanne ab und nahm das kleine Rechteck vorsichtig in die Hand. »Hallo, Mr. Markby, ich habe letzten Herbst Goldlacksämlinge gepflanzt, aber man kann sie von hier aus nicht sehen. Zwischen dem Bahnsteig und dem Parkplatz gibt es am Geländer einen schmalen Streifen Erde. Sie sind alle angegangen und kommen jetzt langsam heraus. Gehn Sie nur hin, und sehn Sie sich sie an, riecht wunderbar, der Goldlack. Es ist gelber und rostroter. Ich hab ihn gepflanzt, damit die

Leute ihn vom Zug aus sehen. Ein Jammer, daß sie ihn nicht riechen können.« Harry legte das Gesicht in Falten und studierte das Foto.

»Er ist möglicherweise mit dem Zug aus London gekommen«, sagte Markby.«

»Ah«, sagte Harry. »Das wäre möglich.«

»Heißt das, Sie erkennen ihn?« War er endlich auf Öl gestoßen?

Harry kratzte sich den Kopf. »Lassen Sie mich sehen. Ich habe an der Sperre die Fahrkarten eingesammelt, lassen Sie mich überlegen – am vorletzten Mittwoch oder Donnerstag. Nein, es war am Mittwoch in der Woche vorher, am Vormittag. Langsam erinnere ich mich, weil am Vormittag sehr wenige Leute aus London hier aussteigen – und an einem Mittwoch sogar noch weniger. Ziemlich viele fahren in die andere Richtung, von hier nach London, aber kein Mensch kommt aus London. Ich kenne alle Regelmäßigen. Dieser Kerl hat mich gefragt, wie er von hier in die Stadt kommt. Muß ein Fremder gewesen sein, weil man nur über den Parkplatz und dann nach links gehen kann. Wenn man nach rechts abbiegt, endet man im Bauhof von Newman. Ja, ich bin ziemlich sicher, das war der Mann.«

»Können Sie sich noch an etwas anderes erinnern? Hatte er einen Koffer?«

»Nein, ich glaube nicht. Eine Tragetasche aus Plastik, ja, die hatte er dabei.«

»Sie wissen nicht, ob sie einen Aufdruck hatte?«

Harry grinste breit. »Doch, und ich kann Ihnen auch sagen, warum. Ich hab die gleiche zu Hause. Habe sie letzten Sommer aus dem Urlaub mitgebracht. Die haben mir auf dem Schiff meine zollfreien Sachen reingepackt.«

Markbys Herz machte einen Freudensprung. »Sie

meinen, es war eine Tasche aus dem Duty-free-Shop einer Kanalfähre?«

»Stimmt … Meine Frau hat sie als Souvenir aufgehoben. Damit sie in der Stadt damit angeben kann.«

»Wie war er angezogen?«

»Ganz gewöhnlich«, sagte Harry vage. »Unauffällig. Lässig. Sauber und ordentlich.« Harry unterbrach sich kurz; dann: »Irgendwie hatte er eine komische Stimme.«

»Wie komisch?«

»Gespenstisch komisch. Er hat mich nur gefragt, wie er von hier in die Stadt kommt, dann hat er danke gesagt, sehr höflich. Er hat irgendwie sorgfältig und durch die Nase gesprochen. Hat jedes Wort vom anderen getrennt. Könnte ein Ausländer gewesen sein. Sie sprechen Englisch imma besser als wir, nich?«

Großartig, Harry, dachte Markby, als er den Bahnhof verließ. Kein Fahrkartenautomat könnte dich jemals ersetzen.

Pfarrer Hollands altes Geschichtsbuch war wirklich ein Fund. Meredith überlegte, ob sie nach Hause fahren und es lesen sollte, bevor sie weitere Ermittlungen anstellte. Doch es hatte zweihundert engbedruckte Seiten und begann zur Zeit der Angeln und Sachsen. Ein so gewaltiges wissenschaftliches Werk erforderte Zeit und respektvolle Lektüre. Trotzdem hatte sie Appetit auf eine Tasse Kaffee, suchte und fand ein Café und las, während sie ihr zweites Frühstück verzehrte, rasch das Kapitel über die Grauen Leute.

Der Stahlstich des Gebetshauses zeigte ein schlichtes, beinahe düsteres Gebäude mit vor dem Eingang weidenden Schafen. Der Autor verbrachte einige Zeit damit, über die Ursache des letzten vernichtenden Feuers zu spekulieren. Brandstiftung war nicht ausgeschlossen worden, aber es gab unheilvolle Hinweise darauf, daß bedeutende einheimische Namen dahintersteckten. Es hatte keine Untersuchung stattgefunden.

Ein Geheimnis damals und ein Geheimnis heute, dachte Meredith. Ihr Anorak hatte vernünftig tiefe Taschen mit Klappen, in denen das Buch gerade noch ausreichend Platz fand, und sie schob es mit einiger Mühe hinein. Beinahe Mittag und wahrscheinlich eine gute Zeit, um die Baustelle aufzusuchen.

Von der Stadtmitte brauchte sie eine halbe Stunde zu Fuß bis hinaus. An verschiedenen Stellen wurde noch gearbeitet. Meredith ging zum Büro des Bauleiters und klopfte. Drinnen hörte sie Stimmen, dann wurde die Tür aufgerissen, und ein junger Mann in Hemdsärmeln fragte verärgert: »Ja?«

»Entschuldigen Sie«, sagte Meredith bescheiden, »ich suche den verantwortlichen Leiter.«

Er starrte sie einen Augenblick an und öffnete dann die Tür weiter. »Dann kommen Sie am besten rein. Haben Sie eine Minute Zeit?«

Schnell betrat Meredith das Fertighaus. Es waren noch zwei Personen anwesend. Eine junge Frau in einem blauen Hosenanzug, entweder dieselbe, die sie am Sonntag aus der Ferne gesehen hatte, oder eine andere, ebenfalls angestellt, um die Vorzüge des Musterhauses anzupreisen. Die zweite Person war ein hochgewachsener, schlaksiger, sehniger Mann in schmutziger Arbeitskleidung und flacher Mütze. Er war unrasiert, und seine Augen blickten verdrießlich durch eine Hornbrille. Er sah aus wie ein Weltverächter.

»In Ordnung, Jerry«, sagte die junge Frau beschwichtigend.

Sie hatte nicht viel Erfolg. »Es ist alles andere als in Ordnung, verdammt«, stieß der Mann in Arbeitskleidung hervor. »Das ist die verflucht schlechteste Baustelle, auf der ich je gearbeitet habe. Kein verdammtes Ding hat hier funktioniert, seit ich …«

»Schon gut, schon gut, Jerry«, unterbrach ihn der junge Mann mit einem gehetzten Blick auf Meredith. »Wir klären das später.«

»Dauernd heißt es später, verdammt!« Jerry Hersey – vorausgesetzt, er war es – wandte den paranoiden Blick Meredith zu. »Wer ist sie?«

»Meredith Mitchell«, sagte Meredith strahlend. »Ich beschäftige mich mit historischer Forschung.«

Jetzt starrten alle drei sie an. Das Mädchen sah verständnislos, der junge Mann bestürzt aus. Hersey war wütend.

»Schnüffeln. Noch eine Schnüfflerin. Ich habe diese Arschlöcher satt. Zuerst einer, dann ein anderer. Polizei …«

»Ja, ja, Jerry.« Der junge Mann hob die Stimme und schaffte es vorübergehend, den aufsässigen Polier zu übertönen. »Ich glaube, ich verstehe nicht ganz, Miss Mitchell.«

Sie erklärte so kurz wie möglich. »Ich habe hier die Fotokopie einer alten Landkarte, schauen Sie.« Sie schlug ihren Schnellhefter auf und breitete hastig die Landkarte, die sie in der Bibliothek kopiert hatte, auf dem Tisch aus. »Hier ist die Begräbnisstätte deutlich eingezeichnet. Und da …« Sie fummelte an ihrer amtlichen topographischen Karte herum. »Wie Sie sehen, scheint sie mit diesem Gebiet übereinzustimmen, und das ist mehr oder weniger hier.«

»Noch mehr verdammte Leichen!« brüllte Hersey. Die Wände des nicht besonders stabilen Büros schienen zu wackeln. »Als ob's nicht genug wäre, ein totes Arschloch auszubuddeln, kommt dieses verdammte Frauenzimmer daher und möchte, daß wir noch einmal ein halbes Dutzend ausgraben.«

»Nein, das will ich nicht«, widersprach Meredith laut. »Es wird keine Leichen geben. Nun, vielleicht ab und zu einen Knochen. Aber man wird ihnen ganz deutlich ansehen, daß sie sehr alt sind. Vielleicht sind auch noch ein paar Überreste von Lederschuhen oder -gürteln vorhanden, Metallschnallen, Bein- oder Metallknöpfe … Solche Dinge. Hat einer Ihrer Männer vielleicht solche Gegenstände gefunden?«

»Ich weiß nicht –«, begann der junge Mann voller Unbehagen. »Selbstverständlich wurden sie darauf hingewiesen, jeden ungewöhnlichen Fund sofort zu melden. Ich meine, wenn wir etwas finden würden, das von archäologischem Interesse ist, würden wir die Arbeiten sofort einstellen …«

»Ha!« brüllte Hersey und hielt Meredith im wahrsten Sinn des Wortes drohend die Faust unter die Nase. »Ein Haufen Quatsch. Wir graben dauernd irgendwelchen Trödel aus. Wertloses Zeug. Denken Sie denn, wir können jedesmal, wenn einer von den Jungs eine verdammte Gürtelschnalle ausbuddelt, mit der Arbeit aufhören und das Werkzeug wegschmeißen?«

»Also, Jerry«, begann der junge Mann, wurde aber von Herseys Wut hinweggefegt.

»Sie«, sagte der Polier und stach mit dem schmutzigen Finger nach Meredith, »hauen am besten gleich ab. Wenn ich Sie noch einmal hier sehe, kriegen Sie kein Bein mehr auf den Boden. Darauf geb ich Ihnen mein Wort.«

»Also, Jerry, es ist nicht nötig …«

»Sie halten gefälligst den Mund!« fauchte Hersey. »Die Männer sind mir unterstellt. Ich will Sie mit Ihren

Geschichten von Gespenstern und begrabenen Leichen nicht da draußen haben … Bis fünf Uhr heut abend würde kein einziger Mann mehr dort arbeiten. Sie würden alle abhauen wie dieser andere.«

Es folgte ein unbehagliches Schweigen.

»Da hat Jerry nicht so unrecht«, sagte der junge Mann, um Entschuldigung bittend. »Und da ist auch noch die Frage der Versicherung. Eine Baustelle ist ein ziemlich gefährlicher Ort. Wenn Sie über etwas stürzen oder in ein Loch fallen, sich einen Knöchel verrenken, zum Beispiel … Ich denke, es wäre besser, wenn Sie Ihre Forschungen woanders fortsetzen.«

»Ich bin sehr vorsichtig«, sagte Meredith. »Könnte ich nicht ganz einfach fragen, ob jemand etwas gefunden hat? Ich würde ganz bestimmt keine Leichen erwähnen.«

»Das wär gar nicht nötig«, knurrte Hersey. »Und wer will schon was über Friedhöfe wissen? Haufen Quatsch. Die will doch nur schnüffeln, sonst nix. Is 'ne Journalistin, genau das … Aber wahrscheinlich nicht vom hiesigen Käseblatt.«

»Ich bin keine Journalistin«, sagte Meredith entrüstet. »Ich gehöre dem Diplomatischen Dienst Ihrer Majestät an und arbeite im Außenministerium in London, wenn Sie's unbedingt wissen wollen. Und meine Hobbys sind – sind religiöse Minoritäten des achtzehnten Jahrhunderts. Ich schreibe eine Abhandlung darüber.«

»Wenn Sie was schreiben, sind Sie Journalistin«, entgegnete Hersey eigensinnig. »Also versuchen Sie erst gar nicht, uns was anderes vorzumachen.«

»Ich denke, Miss Mitchell«, sagte der junge Mann nervös mit leiser Stimme zu ihr, »daß wir auf dieser Baustelle schon genug Schwierigkeiten haben.« Er sah Hersey bedeutungsvoll an, der im Hintergrund stand und in dem es sichtlich gärte. »Sie haben wahrscheinlich von unserem Mordfall gehört – ich meine von dem Mordopfer, das hier gefunden wurde. Ein paar Männer sind noch immer sehr aufgeregt, mußten endlose Fragen der Polizei über sich ergehen lassen. Wir alle. Tut mir leid, daß wir Ihnen nicht helfen können. Ich bezweifle ohnehin, daß jemand etwas gefunden hat, wie von Ihnen beschrieben. Das hätte Aufmerksamkeit erregt.«

Meredith hatte keine Wahl, mußte ihre Niederlage hinnehmen. Sie entschuldigte sich und trat den Rückzug an. Vor dem Büro blieb sie stehen und hörte den grollenden Stimmen zu, die ihre dreiseitige Auseinandersetzung wieder aufgenommen hatten. Dann preßte sie die Lippen zusammen, warf das Haar zurück und überlegte, daß sie eigentlich jetzt ein paar Fragen stellen könnte, solange der unangenehme Hersey im Büro beschäftigt war. Zielstrebig machte sie sich auf den Weg.

Sie bog um die Ecke zweier halbfertiger Häuser, um vom Büro aus nicht mehr gesehen zu werden. Dort fand sie zwei Männer, die auf einer provisorischen Bank saßen – einem Brett, das links und rechts je auf einem Stapel Ziegel auflag. Sie aßen mit Fleisch, Kartoffeln und Zwiebeln gefülltes Blätterteiggebäck, sogenannte Cornish Pasties, die sie mit Lagerbier aus Dosen hinunterspülten.

»Guten – guten Tag«, sagte Meredith vergnügt mit einem raschen Blick auf ihre Uhr.

»Hallo, Schätzchen«, erwiderten die Männer freundlich.

»Schöner Tag heute.« Sie überlegte, wie sie in kürzester Zeit auf das zu sprechen kommen konnte, was sie hergeführt hatte. »Ich bin Amateurhistorikerin von der hiesigen Historischen Gesellschaft.« Meredith war selbst überrascht, wie leicht ihr diese Worte über die Lippen gingen. »Es ist jammerschade, daß die Bauarbeiten so schnell fortschreiten und keine Zeit bleibt, nachzusehen, ob hier etwas zu finden wäre, was für uns einheimische Historiker von Interesse sein könnte. Die Häuser scheinen ja über Nacht aus dem Boden zu schießen.«

»Nicht auf dieser Baustelle«, sagten sie. »Gibt andauernd Unterbrechungen. Wir haben viel Pech hier.« Sie wechselten bedeutsame Blicke und verstummten.

»Wofür ich – wofür wir von der Historischen Gesellschaft uns interessieren, sind Dinge, die Sie vielleicht nicht einmal bemerken würden. Einfache Sachen, die Sie achtlos wegwerfen würden. Aber ich nehme an, niemand hat so etwas ausgegraben, oder?«

Sie musterten sie mißtrauisch. Wechselten wieder einen Blick. »Nein«, sagten sie im Chor.

»Eine Gürtelschnalle, ein Stück Stoff oder ein Lederschuh wäre mir einen Fünfer wert«, sagte Meredith. »Solche Sachen bleiben oft erhalten.«

Sie sahen jetzt zwar interessiert, aber auch bedauernd aus. »Haben nichts gefunden, Schätzchen. Aber wir werden uns umhören. Wenn jemand was findet, soll er's beiseite tun, und wenn Sie in ein, zwei Tagen wieder vorbeikommen …«

Wütendes und Meredith wohlbekanntes Gebrüll wurde laut. »Oh! Sie!«

Die schlaksige Gestalt des Poliers tauchte auf, wild schwenkte er die Arme, sein Gesicht war vor Zorn verzerrt.

Es gibt Zeiten, in denen das alte Sprichwort »Wer kämpft und flieht, bleibt am Leben, um am nächsten Tag wieder zu kämpfen« durchaus seine Berechtigung hat.

Meredith floh.

Da es nur vernünftig schien, sich von der Baustelle so schnell wie möglich zu entfernen, zog sie sich in das dahinterliegende offene Farmland zurück. Herseys Flüche und Verwünschungen wurden ihr vom Wind nachgetragen und wurden schwächer, je weiter sie ging. Alan hatte recht gehabt, als er sie vor dem Polier gewarnt hatte. Hersey, dachte Meredith, kann bestimmt gut mit einer Schaufel umgehen, und er hat sicherlich auch genau gewußt, wann die Gräben des Fundaments mit Beton ausgegossen werden sollten. Es wäre wirklich überaus befriedigend, Hersey mit der Beerdigung des Unbekannten in Verbindung bringen zu können.

Sie kletterte über einen Zauntritt und überquerte ein Feld, auf dem Schafe weideten. Sie wußte nicht mehr genau, wo sie war. Bamford lag hinter ihr, die Witchett Farm irgendwo zur Linken und Greyladies wahrscheinlich rechts von ihr. Das Land, über das sie ging, mußte zu einer der Farmen gehören, und die Schafe ließen auf Greyladies schließen. Aber Mrs. Carmody verpachtete Weideland, und es war absolut möglich, daß sie auch den Winthrops etwas abgegeben hatte. Meredith blieb stehen und breitete ihre topographische Karte aus, um festzustellen, wo sie war. Der Bach, der die Baustelle säumte, mündete ungefähr eine Meile von ihrem augenblicklichen Standort entfernt in einen Fluß. Sie faltete die Karte, steckte sie weg und ging weiter.

Der Boden war uneben geworden. Es waren keine Tiere zu sehen, und kleinere Baumgruppen tauchten auf. Das Farmland schien in Heide überzugehen. Sie öffnete ein wackeliges Gatter und dachte daran, es zu schließen, bevor sie einen überwucherten, verlassen aussehenden Feldweg überquerte und dann über einen anderen Zaun kletterte. Eine Baumreihe, so ordentlich ausgerichtet wie paradierende Soldaten, wies darauf hin, daß sie sich einem Flußufer näherte, das sie auch nach wenigen Minuten erreichte.

Hier war es still und einsam. Der Fluß hatte es ziemlich eilig. Grüne Kräuter schwammen mit der Strömung auf der Oberfläche und sahen aus wie das Haar einer ertrunkenen Ophelia. An den tiefen Dellen im Uferschlamm sah man, daß hier irgendwann einmal Vieh getrunken haben mußte, aber es schien schon lange her zu sein. Die Eindrücke waren getrocknet. Der Wind flüsterte in den Wipfeln, und mit einem blauen Flirren flog plötzlich ein Eisvogel vom Ufer auf, über den Fluß und zurück in die Sträucher, die das andere Ufer abschirmten. Meredith drehte sich um und schaute hinter sich. Die Baustelle war weit weg, unsichtbar. Wenn Alan so weit hinausgegangen wäre, hätte er keinen Grund gehabt, sich zu beklagen. Hier sah die Landschaft so unberührt aus wie vor fünfzig Jahren.

Sie ging an dem leise plätschernden Fluß entlang. Aber erste Eindrücke waren schließlich trügerisch, und sogar hier war vor kurzem der Mensch gewesen. Und wo der Mensch vorüberkam, ließ er Abfall zurück. Tiere markierten mit ihrem Geruch, die Menschen mit alten Einkaufswagen aus dem Supermarkt und Laufstühlchen für Kleinkinder. Hier gab es eine ziemliche Anhäufung solcher »Schätze«, doch sie waren meist von Disteln und dornigem Gestrüpp überwachsen. Dicht daneben jedoch hatte in letzter Zeit jemand ein Feuer gemacht und den Abfall verbrennen wollen, den bis hierherzubringen er sich die Mühe gemacht hatte. Meredith blieb stehen und schnalzte abfällig mit der Zunge. Es konnten natürlich Zigeuner gewesen sein. Aber das Feuer war ziemlich groß gewesen. Ein paar halbverbrannte Äste lagen im Umkreis der grauschwarzen Asche herum, und in der Mitte war ein verkohlter, formloser Klumpen von dem übriggebliebenen, was verbrannt worden war. Meredith griff nach einem Ast, der länger war als die anderen, und stocherte neugierig in dem Haufen herum.

Er löste sich in einer weißen Staubwolke auf. Sie kratzte in der Asche und der angesengten Oberfläche des Bodens, zog den Ast zurück und betrachtete etwas, das am Ende hängengeblieben war. Grau, dünn und faserig, war es ein Stück Stoff – oder war es vielmehr früher gewesen.

Meredith spürte ein merkwürdiges Prickeln im Rücken. Vorsichtig trat sie in die Asche und begann langsam und methodisch in der Mitte des Häufchens zu scharren. Plötzlich funkelte etwas, im Dreck halb verborgen. Sie bückte sich, bürstete behutsam Asche und Erde weg und enthüllte einen langen, dünnen schlangenähnlichen metallischen Gegenstand, der die Flammen unbeschädigt überstanden hatte – einen Reißverschluß.

In ihren alten Fußspuren zog Meredith sich zurück und breitete ihre topographische Landkarte auf dem Boden aus. Nach ein paar Minuten wußte sie genau, wo sie war, und kreiste die Stelle mit dem Bleistift ein. Sie mußte Alan direkt hierherführen können, denn sie hatte das merkwürdige Gefühl, daß sie über das gestolpert war, was das Feuer von den Kleidungsstücken des Toten übriggelassen hatte.

Sie stand auf, faltete die Karte zusammen und schaute sich nach allen Seiten um. Eines konnte die Karte ihr nicht verraten – auf wessen Land sie stand. »Witchett?« murmelte sie vor sich hin. »Oder Greyladies?«

Sie hatte Glückwünsche und höchstes Lob erwartet, als sie Markby ihren Fund meldete. Enttäuscht und verärgert mußte sie sich jedoch mit einem höflichen Dankeschön und der Bemerkung zufriedengeben, die Polizei werde sich darum kümmern.

»Nun, denken Sie nicht, es könnte alles sein, was von der Kleidung des Toten – den Sachen, nach denen Sie gesucht haben – noch übrig ist?« fragte sie ungeduldig.

»Das ist duchaus möglich«, antwortete Markby mit aufreizender Gelassenheit.

»Dann könnten Sie wenigstens den Anstand haben, erfreut dreinzuschauen.«

»In Ordnung, ich – wir sind erfreut.«

»Aber… Es gibt ein Aber, nicht wahr? Etwas geht Ihnen gegen den Strich. Sie haben diesen *We-are-not-amused*-Blick, der unserer Königin Viktoria diesen dummen Beinamen eingebracht hat.«

»Aber die Sache muß sorgfältig überprüft werden. Wir vermuten nicht, wir beweisen – oder tun unser Bestes.« Er unterbrach sich und platzte dann heraus: »Und ich habe meine Leute ausgeschickt, damit sie etwas Derartiges aufstöbern, und sie hätten es finden müssen, nicht Sie.«

»Aha!« sagte Meredith selbstgefällig und ließ ihn mit dem schwergeprüften Pearce allein.

## KAPITEL 10

Der nächste Morgen war genauso, wie ein Frühlingstag sein soll. Die Sonne schien. Leuchtend gelbe Narzissen mit nickenden Köpfen blühten im Überfluß auf den Straßenböschungen. Das Grün an Sträuchern und Bäumen schien während der letzten Tage üppiger geworden. An den Zweigen der Haselsträucher baumelten helle grüngelbe Kätzchen, und an den Palmweiden trieben die samtigen hellgrauen Palmkätzchen aus. Unbeschwert und optimistisch fuhr Meredith die schmale Straße zur Greyladies Farm entlang.

Und das trotz eines gewissen Unbehagens, das sie überkam, wenn sie daran dachte, daß sie Alwyn Winthrop wiedersehen würde. Natürlich hatte sie, als sie sich das erste Mal getroffen hatten, nicht gewußt, wer er war. Daß sie es jetzt wußte, erleichterte es ihr einerseits, nach Greyladies zu fahren, machte es andererseits aber auch ein bißchen heikler. Vielleicht war Alwyn gar nicht da, dann war jede Verlegenheit überflüssig. Vielleicht war er bei seinen Schafen draußen. Aber trotz aller Vorbehalte stellte sie fest, daß sie sich darauf freute, Alwyn wiederzusehen, und hoffte, daß er da war – wenn auch nur, um heimlich darüber zu lächeln, wie überrascht er sein würde, weil sie plötzlich auf seiner Schwelle stand.

Als sie die Farm erreichte, legte sich ein leichter Schatten auf ihre heitere Stimmung. Greyladies schien verlassen. Anders als Alan es ihr geschildert hatte, stand nicht einmal ein einziges Schaf in der Scheune. Wahrscheinlich hatte man alle auf den Markt gebracht. Meredith stieg aus dem Wagen und klopfte nach einem kurzen Blick in die Nebengebäude an die Haustür. Das Geräusch widerhallte im Innern wie immer in leeren Häusern. Das Haus war so verlassen wie die legendäre »Marie Celeste«. Kein Alwyn. Niemand. Wo waren alle?

Meredith warf einen letzten enttäuschten Blick auf die Fassade. Das Haus war alt. Im ersten Stock hing zwischen den Mittelfenstern eine verwitterte Tafel mit primitiv ineinander verschlungenen Buchstaben, die sie zuerst als »MW 1692« las, wobei sie voraussetzte, daß das W für Winthrop stand. Dann jedoch wurde ihr klar, daß MW vermutlich Mary und William hieß, während deren Regierungszeit das Haus erbaut worden war. Das machte aus dem Gebäude etwas mehr als ein schlichtes Farmhaus. Nur vier Jahre nach der ruhmreichen Revolution von 1688 gebaut, als Wilhelm von Oranien im Westen des Landes gelandet war und den Katholiken James vertrieben hatte, war dieses festgefügte alte Gebäude nicht nur mit dem Datum geschmückt, die Besitzer hatten auch manifestiert, daß sie die Sache der Protestanten unterstützten. In diesen unruhigen Zeiten war es weise gewesen zu zeigen, daß man auf der richtigen, das hieß, der siegreichen Seite stand.

Meredith wandte sich ab, um zum Wagen zurückzugehen. Als sie ihn erreichte, hörte sie jemanden pfeifen und rufen und sah Alwyn, den verschlagen aussehenden Hund an der Seite, über eine Koppel auf sich zukommen.

»Guten Morgen«, begrüßte er sie. »Kann ich etwas für Sie tun?«

Er trug eine schlammbespritzte Cordhose, Gummistiefel und einen Fair-Isle-Pullover, der bessere Tage gesehen hatte, jenem ähnlich, den er bei ihrer ersten Begegnung angehabt hatte. Die Sonne schien aus seinen roten Haaren Funken zu schlagen. In seinen Augen stand zwar Überraschung, aber nicht die geringste Freude, und Meredith war irgendwie enttäuscht, denn sie hatte aus einem absolut unerfindlichen Grund erwartet, er werde sich freuen, sie zu sehen. Er war, das konnte niemand leugnen, ein großer, kräftiger, gutaussehender Bursche, und sie fragte sich flüchtig, wie ihm seine einsame Arbeit gefiel und ob er Frauen überhaupt mochte.

Ziemlich niedergeschlagen fragte sie: »Erinnern Sie sich an mich?«

Jetzt bildete sie sich ein, in den grauen Augen den Hauch eines Lächelns entdeckt zu haben. »Und ob ich mich an Sie erinnere. Sitzen Sie wieder irgendwo fest und wollen von mir befreit werden?«

»Nein!« Sie merkte selbst, daß sie auf die Bemerkung hereinfiel.

»Was ist es denn dann?«

Irgendwie klang seine Stimme überhaupt nicht freundlich. Hatte er sich bei ihrer letzten Begegnung wirklich so sehr aufgeregt? Oder war seither etwas passiert, worüber er sich ärgerte, das aber nichts mit ihr zu tun hatte? Sie beeilte sich, ihre Anwesenheit zu erklären.

»Mrs. Carmody von der Witchett Farmn hat mir erzählt, daß es auf Ihrem Land die Überreste des Gebetshauses aus dem achtzehnten Jahrhundert gibt, und ich habe mich gefragt, ob ich sie mir ansehen dürfte.« Meredith holte das Geschichtsbuch von Pfarrer Holland heraus und schlug es bei der Abbildung des Gebetshauses auf.

Alwyn betrachtete das Bild offensichtlich unbeeindruckt. »Nichts dergleichen ist jetzt noch zu sehen. Nur ein paar Steine und ein bis zwei Meter Mauer. Vor ein paar

Jahren waren ein paar Typen aus Oxford hier, haben etwas ausgemessen und ein oder zwei Gräben gezogen. Gefunden haben sie nichts.«

»Aber dürfte ich es mir ansehen? Ich würde nichts beschädigen, keine Löcher graben oder Zäune einreißen. Ich bin eine Freundin von Alan Markby. Er hat mir gesagt, ich soll seinen Namen erwähnen.«

Etwas flackerte in den Tiefen der kühlen grauen Augen, die sie beobachteten. Alwyn zögerte, schien sich dann zu entspannen. »Dagegen ist nichts einzuwenden. Ich zeige Ihnen, wo es ist. Da drüben, auf der alten Koppel.« Er wies auf das Weideland hinter ihm.

Der Hund hatte Meredith inzwischen umkreist, als sei sie ein widerspenstiges Mutterschaf. Jetzt kam er mit einem mißtrauischen Blick näher.

»Hallo, alter Junge«, sagte sie aufmunternd.

Der Hund wedelte mit dem buschigen Schwanz, wich aber beim Klang ihrer Stimme zurück.

»Er scheint nicht sehr freundlich zu sein«, stellte sie fest.

»Arbeitshund«, sagte Alwyn und sah leicht überrascht aus. Offensichtlich fand er die Bemerkung extrem belanglos.

Und das mit Recht, dachte sie. Farmer halten sich keine Schoßhunde; ihre Tiere müssen arbeiten. Das Land ist nicht sentimental. Es ist ein Ort harter Arbeit, harter Entscheidungen, ein Ort von Leben und Tod. Der Hund war ein guter Hütehund und verdiente sein Brot. Nur das zählte.

In flottem Tempo ging Alwyn den Weg zurück, den er gekommen war; der Hund lief vor ihm her. Meredith mußte fast rennen, um mit Alwyn Schritt halten zu können. Er führte sie über eine kleine Weide, vorbei an einem grün schimmernden Weiher mit stehendem Wasser in ein größeres Feld, das von uralten Bäumen gesäumt und auf einer Seite von dem Feldweg begrenzt wurde, auf dem sie zur Farm gefahren war. In der Mitte sah man im Rasen ein paar Buckel und Höcker neben ein paar gemauerten Überresten.

»Dort drüben ist es also.«

In der Koppel weidete ein zottiges Pony, das den Kopf zurückwarf, als es sie kommen sah, und hoffnungsvoll wieherte.

»Ist das nicht das Pony Ihrer Schwester?« fragte Meredith.

»Woher kennen Sie Jess?« antwortete Alwyn schnell mit einem argwöhnischen Blick.

»Wir haben uns auf der Witchett Farm kennengelernt.«

»Oh. Ja, sie hilft der alten Dolly.« Er zuckte mit den kräftigen Schultern.

Meredith fiel auf, daß Alwyn und der Hund, der ihm zu Füßen lag und darauf wartete, daß er weiterging, sich in gewisser Weise ähnlich sahen. Beide hegten gegen Fremde eine Mischung aus Mißtrauen und sporadischen Anfällen von Freundschaft. Der Unterschied zwischen ihnen war, daß die Bewegungen des Hundes Unterwürfigkeit ausdrückten. Alwyn war stark und unabhängig, ein schwieriger Bursche, wie manche sagen mochten. Sie fragte sich voller Unbehagen, ob er sie aufgefordert hätte, die Farm zu verlassen, hätte sie nicht Markbys Namen erwähnt. Doch vielleicht hatte er Probleme und war nicht ganz er selbst.

»Jessica heute nicht zu Hause?« erkundigte sie sich.

»Ist mit Ma in die Stadt gefahren.« Alwyn scharrte mit den Füßen, und der Hund blickte erwartungsvoll auf.

»Ma behält sie ein bißchen im Auge. Sie – sie war krank, meine Schwester, falls Sie das noch nicht wissen sollten.«

»Ich weiß, Dolly hat es mir erzählt.«

»Also wissen es schon Hinz und Kunz«, brummte er vor sich hin.

Es hat mit Jessica zu tun, dachte Meredith. Worüber er auch brüten mag, es hat mit seiner Schwester zu tun. Hat Jessica ihnen von dem netten jungen Mann erzählt, der uns gestern vor dem Kleiderladen begrüßt hat? Ist es den Winthrops nicht recht? Doch sie war nicht hier, um nach Jessica zu fragen.

»Da hier so viele Häuser gebaut werden, wird sich für Sie wohl einiges verändern«, sagte sie ganz beiläufig.

Seine grauen Augen ruhten feindselig auf ihr. »Für uns? Ja, wieso denn das?«

»Ich meine, weil es hier herum keine Farmen mehr gibt.« Meredith war merkwürdig nervös. Sie begann Alans Problem mit den Winthrops zu verstehen. Egal, worüber man sich mit ihnen unterhielt, am Ende hatte man immer das Gefühl, man schnüffle auf ungezogene und verletzende Weise in ihren Privatangelegenheiten, stochere in einer offenen Wunde herum.

»Uns berührt es nicht im geringsten«, sagte Alwyn mürrisch. »Wir machen weiter wie bisher. Dad will es nicht anders.« Wieder schwelte Bitterkeit hinter seinen Worten.

»Ich verstehe. Gehört alles Land hinter der Baustelle Ihnen? Oder gehört es zur Witchett Farm. Ich habe dort Schafe gesehen.«

»Der Fluß bildet die Grenze zwischen Witchett und Greyladies. Aber wir haben von Dolly ein bißchen Weideland gepachtet.«

»Sie würden also kein Land an die Wohnbaugesellschaft verkaufen?«

Er schnaubte. »Wenn ich nur könnte. Dad würde schon bei dem Gedanken daran einen Anfall kriegen.« Alwyn wandte sich abrupt ab und pfiff dem Hund, der aufsprang. »Ich hoffe, Sie finden hier, was Sie wollten.« Er nickte zum Gebetshaus hinüber, aber seine Stimme klang spöttisch. »Ich habe zu arbeiten, also überlasse ich Sie sich selbst. Komm, Whisky.«

Den Hund an der Seite, entfernte er sich, und Meredith überlegte, ob seine Bemerkung »was Sie wollten« einfach ein Kommentar war oder eine Spitze sein sollte. Alwyn war schließlich kein Narr. Er beantwortete Fragen nur sehr ungern, und sie hatte zu viele gestellt. Er würde vermutlich zurückschauen, um zu sehen, ob sie sich tatsächlich für die Ruinen interessierte. Meredith ging hinüber und begann sich gründlich umzusehen.

Die Fundamente der vier Außenmauern waren noch sichtbar, doch nur die hintere Mauer hatte eine gewisse Höhe. Die Steine waren geschwärzt. Das Feuer hatte das Gebäude völlig zerstört. Wer es auch gelegt haben mochte – wenn es denn Brandstiftung gewesen war –, hatte gründliche Arbeit geleistet. Aber das ist merkwürdig, dachte Meredith. Ihr war nach Dollys Beschreibung nicht klar gewesen, wie nahe der Farm das Gebetshaus gewesen war. Als das Feuer in dieser Nacht anno 1842 ausgebrochen war, mußte es von Anfang an im Haus zu sehen gewesen sein. Wasser wäre im Hof von Greyladies ausreichend vorhanden gewesen, und den alten Ententeich in der benachbarten Koppel hatte es bestimmt auch schon damals gegeben. Der Abschied von den schweren Pferden war auch ein Abschied von Fuhrmann, Pflüger, seinem Jungen und ihren Familien gewesen, und heute bewirtschafteten die Winthrops das Land allein. Aber 1842, in den Tagen arbeitsintensiver Landwirtschaft, hätten viele tüchtige Hände für die Löscharbeiten zur Verfügung gestanden. Und doch war das Gebetshaus völlig abgebrannt. Hatte man vorher verabredet, daß man es brennen lassen wollte? Oder hatte die Hand, die das Feuer gelegt hatte, dort gewohnt, auf Greyladies?

Meredith setzte sich auf den Mauerrest und skizzierte sorgfältig einen Grundplan der Ruinen in ihr Notizbuch, zeichnete mit Pfeilen die Richtung zum Teich und zur Farm und die ungefähren Entfernungen ein. Während sie arbeitete, kam Wind auf. Er wehte ihr das Haar in die Augen und raschelte mit den Blättern ihres Notizbuchs, als wolle er ihre Aufmerksamkeit auf etwas Besonderes lenken. Sie hatte auch irgendwie das Gefühl, beobachtet zu werden. Alwyn war längst verschwunden. Sie versuchte sich einzureden, daß es seine mürrische Art und die seltsame Atmosphäre schwelenden Unglücks waren, die auf Greyladies lasteten und ihr dieses Unbehagen einflößten. Aber die Stille hier war – unirdisch. Ja, das war das richtige Wort. Das Gras war grün, Bäume und Hecken belaubt, der Himmel blau mit fliegenden weißen Wölkchen. Und dennoch war der Frühling hier irgendwie nicht vorhanden. Es war, als fingen die Dinge hier nicht an, sondern als endeten sie. Endeten in Gewalt, Flammen und Zerstörung, aus Bigotterie geboren.

Sie klappte ihr Notizbuch zu und verstaute es in ihrer Tasche. Sie wünschte jetzt, Alwyn wäre geblieben. Selbst sein Hund mit dem undurchsichtigen Temperament wäre ihr jetzt ein willkommener Gefährte gewesen. Im selben Augenblick spürte sie warmen Atem im Nacken, und etwas Weiches und Lebendiges berührte ihr Ohr.

Meredith schrie und sprang auf. Jessicas Pony war auf dem Rasen unhörbar herübergetrottet und wich jetzt erschrocken zurück. »Du meine Güte, du bist es«, sagte Meredith erleichtert. »Dich hatte ich ja völlig vergessen.«

Das Pony stellte die Ohren auf, wieherte vorwurfsvoll und kam wieder näher. Es stieß mit dem weichen Maul an ihre Tasche.

»Ich hab nichts für dich.« Sie tätschelte ihm die Nase. »Aber du bist wenigstens freundlich.« Sie schickte sich an, über die Koppel zur Farm zurückzugehen. Das Pony folgte ihr bis zum Tor.

Wieder im Hof, konnte sie Alwyn zwar nicht sehen, hörte jedoch metallische Geräusche aus der Scheune. Alwyn kam heraus und trug zwei starke und schwere Metallhürden, als seien sie federleicht. Er ließ sie mit einem gewaltigen, hallenden Krach auf den Boden fallen.

Als er Meredith' ansichtig wurde, fragte er: »Alles in Ordnung?« Er schien seine schlechte Laune überwunden zu haben und sprach freundlich, ähnlich wie damals, als sie sich auf der Straße begegnet waren. Vielleicht hatte er sich durch Arbeit von seiner Mißstimmung befreit, wie das manche Menschen tun, die schlechte Laune wie Fieber aus sich herausschwitzen.

»Ja, danke, aber es ist ein bißchen unheimlich dort. Jessicas Pony hat sich an mich angeschlichen und zu Tode erschreckt.«

Alwyn lachte unerwartet. Er hatte ein anziehendes Lachen. »Warum interessieren Sie sich eigentlich für die alten Grauen Leute?«

»Als Dolly sie mir erzählte, schien mir die Geschichte romantisch und geheimnisvoll. Wer hat um achtzehnhundertvierzig herum die Farm bewirtschaftet? Ihre Familie?«

Er nickte. »Die war schon seit siebzehnhundert und irgendwas hier. Die Farm hieß zuerst Manor Farm. Später wurde der Name wegen der Grauen Leute geändert.«

»Gott, das ist eine lange Zeit.« Ihr Interesse nahm zu.

»Sie haben nicht zufällig alte Familienchroniken, Briefe oder Tagebücher?«

Alwyn warf ihr einen mißbilligenden Blick zu. »Arbeitende Menschen haben keine Zeit, sich hinzusetzen und Tagebücher zu schreiben wie Schulmädchen.«

Er sagte das in ungefähr dem gleichen Ton, in dem er auf ihre andere Bemerkung »Arbeitshund« geantwortet hatte. Damit wollte er ausdrücken, sie verstehe eben nichts vom Leben auf dem Land.

»Sie haben alle wichtigen Dinge in die Familienbibel geschrieben.« Sie sagte es, um sich zu rechtfertigen, sah jedoch in Alwyns Augen sofort das Begreifen aufflackern. »Sie haben eine solche Bibel!« rief sie. »Sie haben eine, nicht wahr?«

Er seufzte. »Im Haus. Sie möchten sie wahrscheinlich sehen.«

»O ja, bitte.«

Ihre ungezwungene Begeisterung schien ihn völlig zu entwaffnen und die letzten Spuren seiner Zurückhaltung hinwegzufegen. »Na schön«, sagte er und wischte sich die schmutzigen Hände an seinem Pullover ab. »Ich will ja alles tun, um Sie glücklich zu machen, und ich kann auch eine Pause brauchen. Kommen Sie. Und vergessen Sie nicht, Alan zu erzählen, daß Sie mich zu Tode genervt haben.«

Er ging ins Haus voraus, zog an der Tür mit Hilfe eines uralten hölzernen Stiefelknechts die Stiefel aus und wusch sich am Ausguß in der Küche die Hände. Während er sich abtrocknete, drehte er sich um und sagte mit einer Art unterschwelliger Ungeduld wie jemand, der einen Faulpelz antreibt, sich nützlich zu machen: »Setzen Sie den Kessel auf, hätten Sie doch längst tun können. Ich gehe die alte Bibel suchen. Der braune Becher da drüben gehört mir.«

Sie hatte den Tee fertig, als er zurückkam. Er mußte auf dem Speicher gewesen sein, weil sie seine Schritte mehr als ein Stockwerk herunterkommen hörte. Und er mußte sich tief bücken, um unter der niedrigen Tür durchzukommen. Er trug eine abgeschabte Holzkassette mit einer Metallschließe; in den Deckel war die Jahreszahl 1768 eingebrannt.

»Das«, sagte Meredith zaghaft, »ist eine Bibelkassette. Sie ist ziemlich wertvoll.«

»Ich nehme es an.« Er schien nicht beeindruckt. Er machte die Kassette auf und nahm einen ehrwürdigen Folianten heraus. »Hier haben Sie sie, und seien Sie bitte vorsichtig, das Papier ist brüchig.« Hinter dem vorderen Buchdeckel hatte jemand sorgfältig ein gelbliches Pergament eingeklebt. In winziger Schönschrift standen da Geburten, Eheschließungen und Sterbedaten, folgte Winthrop auf Winthrop. Eingefügt waren ein oder zwei bemerkenswerte Ereignisse. 1820 sei der »alte König« gestorben hieß es; 1833 habe ein Sturm das halbe Dach weggerissen. Und hier: Am 21. Januar 1842 hatte ein Feuer das Gebetshaus der Dissenter vernichtet. »Eine Vergeltung Gottes«, hatte der Chronist fromm und wahrscheinlich mit einer Spur von Trotz hinzugefügt.

»Finden Sie es nicht merkwürdig, daß das Gebetshaus im Januar bei feuchtem Nieselwetter so völlig abgebrannt ist?« fragte Meredith.

Alwyn zuckte mit den Schultern und legte die Bibel in die Kassette zurück. »Im Winter haben sie große Feuer gemacht, um die Häuser trocken- und warmzuhalten. Es würde mich nicht überraschen, wenn die Glut in einem Kohlebecken weitergeschwelt hätte, herausgefallen wäre und sich wieder entzündet hätte.« Er hielt inne und blickte auf die Bibel hinunter, bevor er die Kassette zumachte. »Ma hat unsere Geburtsdaten hier eingetragen, meins, das von Jamie und zuletzt das von Jess. Sieht nicht so aus, als würden noch weitere hinzukommen.« Er sprach zu sich selbst, und Meredith spürte wieder das Unbehagen, das auch Alan hier überkommen hatte.

Mit der Fingerspitze berührte sie die Metallschließe der Kassette. »Alwyn, waren jemals Antiquitäten- oder andere Händler auf der Farm? Oder irgendwelche Fremde, die hier herumlungerten? Bei Mrs. Carmody war das der Fall.«

Über den Rand des Bechers hinweg, aus dem er trank, musterten sie Alwyns kühle graue Augen. Dann nickte er. »Sie hat mir davon erzählt. Ich habe ihr gesagt, sie soll sich einen Wachhund anschaffen. Der alte taube Spaniel ist zu nichts nütze. Ich habe ihr auch gesagt, wenn noch einmal irgendein Kerl bei ihr auftaucht, soll sie sofort bei uns anrufen, und entweder Dad oder ich würden rüberfahren und uns den Burschen vornehmen.«

»Aber hier war niemand?« fragte Meredith hartnäckig.

Er lächelte leicht. »Wir sehen nicht gern Fremde hier auf Greyladies.« Sein roter Schopf beugte sich über den Becher, und sie konnte sein Gesicht nicht sehen. »Anwesende natürlich ausgeschlossen«, fügte er höflich hinzu.

Sie ließ sich nicht täuschen. Sie hatte die Ruinen gesehen, und er hatte ihr die Bibel gezeigt. Es gab für sie keinen Grund mehr, noch einmal hierherzukommen. Das wollte er ihr damit unmißverständlich klarmachen.

Susie Hayman nahm sich an diesem schönen Frühlingsmorgen die Zeit, neue Vorhänge anzubringen. Zwar waren Vorhänge dagewesen, als sie das Haus übernommen hatten, doch sie waren nicht nach ihrem Geschmack und die im Schlafzimmer bei weitem die schlimmsten. Sie hatte

Ken erklärt, sie könne sie nicht länger ertragen. An jedem Morgen aufzuwachen, die Augen aufzuschlagen und die Sonne durch diese scheußlichen Muster und Farben scheinen zu sehen… Dann hatte sie in Oxford im Ausverkauf genau die richtigen Vorhangstoffe zu einem sehr günstigen Preis entdeckt. Sie hatte die Vorhänge im Handumdrehen auf ihrer elektrischen Nähmaschine genäht und war wirklich stolz auf sie. Susie schwankte leicht auf dem Stuhl, auf dem sie stand; die Zungenspitze zwischen die zusammengepreßten Lippen geklemmt vor lauter Konzentration, schob sie den letzten Haken in die Vorhangschiene. Sie zupfte ein bißchen an dem Vorhang herum, damit er geradehing und dachte: Ich muß in den Garten hinausgehen und nachsehen, wie er sich von der Straße aus macht.

Beim Gedanken an die Straße warf sie hinter den Falten des schimmernden Satins hervor einen Blick hinaus in den Sonnenschein. Von hier oben sah sie über die Hecke, die den Garten des großen, alten Hauses gegenüber zu Straße hin abgrenzte. Vor den Fenstern dieses Hauses stand ein Mann. Ein Mann, der dort nichts zu suchen hatte, weil die beiden Leute, die das Haus bewohnten, den ganzen Tag in ihrem Laden in der Stadt arbeiteten. Sie kamen nie vor halb sieben nach Hause. Aber davon abgesehen, benahm sich der Mann auch sehr merkwürdig.

Susie erschrak. Sie zog den Vorhang ein wenig zu und spähte verstohlen in den Nachbarsgarten. Was machte er? Hatte er an der Haustür geklingelt und wartete kurz, um sicherzugehen, daß niemand öffnete? Jetzt war er zum Wohnzimmerfenster gegangen und schaute hinein. Wäre sie nicht hier oben gewesen, hätte sie ihn wegen der Hecke nicht sehen können, und er fühlte sich offensichtlich unbeobachtet. Jetzt machte er etwas am Fenstersims. »O du lieber Gott!« stieß sie lautlos hervor. »Er versucht, das Fenster zu öffnen.«

Jetzt fiel ihr ein, was Meredith ihr von einem verdächtigen Typen erzählt hatte, der in der Gegend gesehen worden war. Er war zurückgekommen. Ja, es mußte derselbe sein. Dank der Informationsabende beim Komitee zum Schutz der Nachbarschaft wußte Susie genau, was sie zu tun hatte. Sie sprang vom Stuhl, lief zum Telefon und wählte aufgeregt 999.

## KAPITEL 11

Als Markby an diesem Vormittag kurz vor der Mittagszeit ins Revier zurückkehrte, hatte er das Gefühl, in ein Irrenhaus geraten zu sein. Stimmen heulten, schimpften und fluchten, und Körper wogten hin und her.

Blinzelnd blieb er in der Tür stehen. Zu früh am Tag für Betrunkene. Eine häusliche Auseinandersetzung, wie man es gewöhnlich nannte? Ehemann und Ehefrau, die ihre Streitigkeiten im Polizeirevier austrugen, anstatt vor dem Scheidungsrichter? Doch keine weibliche Stimme war zu hören, außer ab und zu die leise und vergebliche Aufforderung von Wpc Jones, doch endlich still zu sein. Alles, den Hilfspolizisten eingeschlossen, schien in der Rezeption um den Schreibtisch herumzuwimmeln. Markby erkannte, daß es nur eine einzige Stimme war, die heulte und schimpfte und fluchte; die andere laute Stimme gehörte dem Diensthabenden, der von einem Streifenwagenbeamten erfahren wollte, was passiert war, während der Streifenwagenbeamte wütend auf jemanden zeigte und seinen Bericht herausbellte; sein Partner bemühte sich geradezu verzweifelt zu bestätigen, was er sagte, kam aber nicht zu Wort. Bei alledem versuchte ein hübsches Mädchen mit blonden Haarbüscheln und einem zitronengelben Trainingsanzug vergeblich, Wpc Jones etwas in das zwar bereitwillige, aber von dem Krach ertaubte Ohr zu flüstern. Das Mädchen kam ihm irgendwie bekannt vor, doch konnte er es im Augenblick nirgends unterbringen.

Endlich erkannte Markby, daß Mittelpunkt des Aufruhrs ein kleiner Mann war, den er wegen der vielen eng gedrängten Körper nicht richtig sehen konnte. Da im Moment aber der Diensthabende und die beiden Streifenbeamten verstummten, entweder aus Frust oder weil sie Atem holen wollten, konnte er wenigstens den kleinen Mann laut und deutlich hören.

»Gesetzestreuer, ehrlicher Geschäftsmann!« rief der kleine Mann heiser. »Ich werde meinen Anwalt hinzuziehen! Sie werden noch von mir hören! Schikane! In einem Streifenwagen hierhergebracht zu werden, so daß jeder es sehen konnte! Wie, glauben Sie, wird sich das auf meinen Ruf auswirken?«

Markby hatte keine Ahnung, um was es sich handelte, und auch nicht den Wunsch, es zu erfahren. Es ging ihn nichts an. Damit sollte sich jemand anders befassen. Es hörte sich nicht an wie ein Fall für die Kriminalabteilung. Doch irgendwie kam ihm die Stimme bekannt vor, so daß er stehenblieb und in die Gruppe spähte, um das Gesicht des verärgerten Gentleman zu sehen. Im selben Moment trat der Hilfspolizist, der unbeteiligt und nur interessierter Zuschauer zu sein schien, einen Schritt zur Seite.

»So, so«, sagte Markby vor sich hin. »Ferdy Lee! Haben wir schon länger nicht gesehen. Was der wohl zur Zeit so treibt?«

Seine Neugier reichte aber nicht aus, um das festzustellen, daher verzog er sich, ehe Mr. Ferdy Lee, der gesetzestreue, ehrliche Geschäftsmann, ihn entdeckte, und lief hastig hinauf in sein Büro.

Ein paar Minuten später kam Pearce mit einem merkwürdigen Ausdruck im Gesicht herein. »Sie haben Ferdy Lee unten, Sir.«

»Hab ich gesehen. Halten Sie ihn mir vom Leib.«

»Nun«, sagte Pearce zögernd, »eigentlich hab ich mir gedacht, Sie würden vielleicht gern mit ihm reden. Nur sind sie eben drauf und dran, ihn mit einer Verwarnung laufenzulassen, wenn Sie also …«

Markby hob die Brauen. »Um was für Schwindeleien geht es diesmal?«

»Keine – laut Ferdy. Das heißt, um keinen Schwindel. Er sagt, er sei ein …«

»Gesetzestreuer, ehrlicher Geschäftsmann, das habe ich gehört.«

»Antiquitäten«, sagte Pearce unbeweglichen Gesichts. »Er ist ins Antiquitätengeschäft eingestiegen.«

Markby sah ihn ungläubig an. »Ferdy? Was, in aller Welt, versteht Ferdy von Antiquitäten? Er könnte Regency von Woolworth nicht unterscheiden.«

»Davon weiß ich nichts.« Pearce scharrte mit den Füßen. »Aber wie es scheint, ist er Geschäftspartner eines anderen Burschen, und dieser andere kennt sich aus. Er kann sagen, was gut ist, und setzt die Preise fest, ich meine, er macht die Schätzungen. Ferdy selbst fährt mit dem Wagen umher oder geht in vielversprechenden Wohngebieten zu Fuß durch die Straßen und schaut den Leuten auf der Suche nach Antiquitäten in die Fenster. Sie wissen schon, nach Sachen, von denen die Leute nicht wissen, daß sie was wert sind, besonders ältere Leute. Der andere Kerl hat ihm gesagt, wonach er Ausschau halten muß, und im Wagen hat er einen Antiquitätenführer. Wenn ihm etwas interessant vorkommt, verständigt er seinen Partner. Der erscheint dann später bei den Leuten und versucht, ihnen die Sachen billig abzuschwatzen.«

»Holen Sie ihn her!« rief Markby. »Machen Sie schnell! Bevor er aus dem Revier verschwindet!«

Pearce sauste zur Tür hinaus.

Mr. Lee war klein und drahtig und hatte welliges dunkelrotes Haar. Sein Teint ließ darauf schließen, daß er nur mit Hilfe von einem oder zwei Schluck bernsteinfarbener Flüssigkeit durch den Tag kam. Er trug einen eleganten hellgrauen Anzug und ein Hemd, das nach Seide aussah.

»Wie geht das Geschäft heutzutage, Ferdy?« erkundigte sich Markby.

»Sie sind genau der Mann, den ich sehen wollte«, sagte Mr. Lee heiser und stieß mit dem Zeigefinger nach ihm. »Sie sind ein vernünftiger Mensch, das sind Sie. Das da unten ist ein Haufen Verrückter. Belästigung nenne ich das. Hindern mich daran, meinen ehrlichen Geschäften nachzugehen. Ich werde mir einen Anwalt nehmen, genau das.«

»Setzen Sie sich, Ferdy«, sagte Markby beschwichtigend. »Und berichten Sie.«

Begeistert folgte Mr. Lee der Aufforderung. Er sei, sagte er, seit etwa einem Jahr im Antiquitätenhandel tätig, gemeinsam mit einem Partner namens Smith.

»Smith?« sagte Markby resigniert. »Hat er vielleicht auch einen Vornamen?«

»Jack. Jackie Smith.«

»John Smith«, sagte Markby. »Nicht sehr originell, aber fahren Sie fort.«

»Jackie«, sagte Ferdy streng, »ist seit fünfundzwanzig Jahren im Geschäft.«

Mr. Smith, erfuhr Markby, zählte nicht weniger als drei Läden sein eigen, an strategisch günstigen Punkten, an denen durchreisende Touristen gute Umsätze versprachen. Doch Antiquitäten waren, wie es schien, heutzutage nicht so leicht aufzutreiben wie früher, nicht vom Standpunkt eines ehrlichen Händlers aus. Die Schuld lag bei verschiedenen Fernsehprogrammen, die den Leuten über den möglichen Wert ihres Familientrödels Flausen in den Kopf gesetzt hatten. Es sei, meinte Ferdy, vom Fernsehen äußerst verantwortungslos, sich da einzumischen. Die Leute erwarteten jetzt Phantasiepreise für ihren alten Kram. Selbst wenn man ihnen versichere, sagte Ferdy trübe, das Zeug sei fast wertlos, glaubten sie einem nicht. Das gefährde den Profit des Händlers, und wen interessierte schon ein Geschäft, das keinen Profit abwarf? Man denke nur an die Gemeinkosten …

Markby brachte ihn wieder auf den Kern der Sache. Nun ja, Ferdy und Mr. Smith bewältigten dieses Problem auf einfache Weise. Ferdy schaute sich im Land um und bemühte sich, in Privathaushalten geeignete Gegenstände zu entdecken, die scheinbar völlig wertlos waren. Viele Leute waren überrascht und entzückt, wenn sie hörten, daß sie etwas besaßen, das von einigem Wert war, und trennten sich bereitwillig davon.

»Wir tun ihnen einen Gefallen«, erklärte Ferdy tugendhaft. »Viele Leute brauchen dringend ein bißchen zusätzliches Bargeld, und dann kommen wir und bezahlen ihnen einen fairen Preis. Sie sind sehr froh darüber. Froh, das alte Sideboard oder Teeservice loszuwerden, und das bißchen Geld bedeutet, daß sie in Urlaub fahren, in der Sonne liegen und sich ein bißchen Luxus leisten können.«

»Sie sind ja die reinsten Sozialarbeiter, Sie und Mr. Smith«, sagte Markby.

»Ja«, pflichtete Ferdy ihm heiter bei. »Hab ja gewußt, daß Sie ein vernünftiger Mensch sind und begreifen werden, was Sache ist. Die da unten, ich sag's ja nicht gern, sind dumm, schweinedumm. Ich hab versucht, es ihnen zu erklären, aber ich hätte genausogut Russisch sprechen können. Der Standard bei der Polizei ist auch nicht mehr das, was er früher war, und ich bedaure zutiefst, daß ich erleben muß, wie es mit unseren Gesetzeshütern bergab geht.«

»Also, was machen Sie heute hier?« fragte Markby mit leichter Schärfe in der Stimme.

Ferdy beugte sich vor. »Was ich hier tue? Das ist eine gute Frage.«

Es erwies sich, daß Ferdy ganz legal in einem der wohlhabenderen Stadtviertel, wo es entsprechend große Häuser gab, einen seiner Erkundungsgänge absolviert hatte. Unglücklicherweise waren gerade dort in letzter Zeit kleinere Einbrüche und Diebstähle vorgekommen. Mißbilligend schnalzte Ferdy mit der Zunge und tat seine Meinung dazu kund – die Schulen seien schuld, die den Kindern und Jugendlichen keine Disziplin mehr beibrächten. Als Folge der Mini-Kriminalität hatten die Einwohner eine Art Schutztruppe gegründet, und eine dieser alten Wichtigtuerinnen (Verzeihung, dieser verantwortungsbewußten Bürgerinnen, das Wort Wichtigtuerin war Ferdy nur so herausgerutscht) hatte aus dem Fenster geschaut und gesehen, wie Ferdy scheinbar versuchte, in das Erdgeschoß des Hauses gegenüber einzubrechen. Da sie das Haus leer wußte, hatte sie zum Telefon gegriffen und die Polizei angerufen. Wäre sie nur hinübergekommen und hätte ihn gefragt, hätte Ferdy ihr alles erklären können.

Die Polizei, die Ferdys Erfahrung nach nie in der Nähe war, wenn man sie brauchte, sei diesmal mit geradezu unziemlicher Eile erschienen.

»Ich hab mich umgedreht, und da waren die beiden. Sie haben mich gefragt, was ich da tu, und das nicht sehr freundlich, muß ich sagen. Ich hab es ihnen erklärt. Hab ihnen gesagt, natürlich hab ich nicht versucht, das Fenster zu öffnen, wer würde das am hellichten Tag schon tun? Der gesunde Menschenverstand hätte ihnen sagen müssen, daß ich's nicht wollte. Ich hab versucht durch das Fenster ins Zimmer zu schauen, und das ist nicht ungesetzlich, soviel ich weiß. Was soll ich denn machen, wenn die Leute nicht da sind? Und klar sind meine Fingerabdrücke auf dem Fenstersims. Ich bin nicht sehr groß, wie Sie selbst sehen, und hab mich am Fenstersims festgehalten und hinaufgezogen, um einen Blick reinwerfen zu können.«

»Und war etwas Interessantes in dem Zimmer?«

»Ein Satz viktorianischer Eßstühle, sehr schön. Auch das hätte Ihren Jungs sagen müssen, daß ich nicht einbrechen wollte. Wie sollte ich wohl sechs Stühle wegtragen? Auf dem Kopf aufgestapelt? Ich wollte es nur Jackie melden, und heute abend oder morgen wär er zu den Leuten gegangen und hätt ihnen ein faires Angebot gemacht. Aber hab ich das Ihren Jungs begreiflich machen können? Nee. Sie haben mich hergeschleppt. Das«, sagte Mr. Lee mit viel Gefühl, »hat mich sehr aufgeregt, ich zittere jetzt noch. Meine alte Pumpe ist nicht mehr die beste und hat das nicht besonders gut verkraftet.«

»Sie sind vorbestraft, Ferdy, Sie können es ihnen nicht übelnehmen«, erwiderte Markby.

»Seit Jahren hab ich mir nix mehr zuschulden kommen lassen. Wie ich schon gesagt hab, die alte Pumpe hält den Streß nicht aus. Sie können mit meinem Doktor reden. Sie können ja in Ihren Computern nachschauen und werden sehen, daß ich seit Jahren ein gesetzestreuer Bürger bin. Und Jackie ist nicht vorbestraft. Sehen Sie doch nach, los, machen Sie schon.«

»Ich kann Ihnen versprechen, daß das jemand tun wird. Tatsächlich, Ferdy, möchte ich über etwas anderes mit Ihnen sprechen, nicht über den heutigen Wirbel. Warten Sie!« Mr. Lee hatte den Mund aufgemacht, um einen wütenden Protest loszulassen. »Ich möchte nur einen Punkt klären, der mich in einem anderen Fall beunruhigt. Wenn Sie mir ein paar Fragen beantworten könnten, wäre ich sehr froh, und Sie könnten nach Hause gehen. Ich wäre Ihnen für Ihre Hilfe sehr dankbar.«

Mr. Lee saugte an den Zähnen und musterte Markby nachdenklich. »Auf dieser Ebene? Dann fragen Sie.«

»In Ordnung. Haben Sie vor etwa sechs Monaten in dieser Gegend nach Antiquitäten gesucht?«

»Durchaus möglich.«

»Geben Sie sich mehr Mühe, Ferdy.«

»Um was geht's?« erkundigte der gesetzestreue Bürger sich mißtrauisch.

»Waren Sie auf der Witchett Farm und haben Mrs. Carmody nach alten landwirtschaftlichen Geräten gefragt?«

»O ja, das hab ich.« Das klang erleichtert. »Nette alte Dame, die das Haar in einem komischen Knoten trägt? Ja, dort war ich. Aber sie wollte nicht verkaufen. Schade. Ich meine, für sie sind die Sachen doch nichts mehr nütze. Manchmal fällt es den Leuten eben schwer, sich von dem alten Zeug zu trennen.«

»Waren Sie noch einmal da?«

Ferdy schüttelte den Kopf. »Nein, hab's doch gesagt. Sie wollte nicht verkaufen, und ihr war's ernst damit. Hätte nur meine Zeit verschwendet.«

»Sie waren also in der vorletzten Woche nicht noch einmal dort? Sagen wir an einem Donnerstagabend nach Einbruch der Dunkelheit?«

»Am Abend? Aber ich bitte Sie!« rief Mr. Lee. »Bei meinem Gesundheitszustand? Natürlich war ich nicht da.«

Markby unterdrückte ein Lachen. Ferdys aufrichtige Bestürzung ließ keinen Zweifel an der Wahrheit seiner Behauptung. »Okay, Ferdy, doch sehen Sie sich vor. Lungern Sie nie wieder bei leeren Häusern herum. Und ich setze voraus, daß Sie und Mr. Smith ältere Hauseigentümer nie gemeinsam aufsuchen. Zwei fremde Männer könnten einem älteren Menschen Angst einjagen. Ich bin sicher, Sie verstehen mich richtig.«

»Man könnte glauben, daß mich niemand meinen Lebensunterhalt ehrlich verdienen lassen will«, sagte Mr. Lee bitter.

»So viel für die Theorie, daß Mrs. Carmodys nächtlicher Herumtreiber der Händler war, der sich noch einmal umsehen wollte«, sagte Markby zu Pearce. »Ich habe ohnehin nie viel davon gehalten. Ich bin aber froh, daß sie ausgeräumt ist, denn das bedeutet, daß derjenige, der auf Dollys Dachboden war, nicht nach Antiquitäten gesucht hat.«

»Was könnte sie denn sonst noch dort draußen auf der Farm haben, das für jemanden von Interesse sein könnte?« fragte Pearce. »Das Ganze ist so was wie'n Museum, alles stillgelegt, nichts arbeitet. In den Ställen stehen zwar ein paar Gäule, aber das sind nur gewöhnliche Klepper, keine Rennpferde. Er hat bestimmt nicht versucht, sie durch Spritzen langsam zu machen.«

»Ja, was war es wohl?« Markby klopfte mit dem Ende seines Kugelschreibers auf den Schreibtisch. »Was kann er ausgerechnet auf der Witchett Farm gesucht haben? Und wer war es?«

»Und war es vielleicht unser Leichnam zu seinen Lebzeiten, oder hat er etwas mit unserem Leichnam zu tun?«

»Genau.« Markby fuhr sich mit der Hand über den

Mund und drehte den Stuhl so, daß er aus dem Fenster schauen konnte. Ein schöner Tag. Alle Bäume schlugen aus, und er saß hier drinnen fest. Glückliche Meredith, sie war nach Greyladies hinausgefahren, war daußen auf dem Land. »Wenn der Herumtreiber und unser Leichnam ein und derselbe sind, dann haben mehr als nur eine Person etwas gesucht, was immer es war.«

»Glauben Sie, derjenige hat es gefunden?« fragte Pearce.

»Sie meinen, ob er getötet wurde, weil man verhindern wollte, daß er es fand, oder weil er es gefunden hatte?«

»Was immer es war«, wiederholte Pearce.

Markby stand auf. »Ich gehe zum Lunch.«

»Ist die Lady noch in Bamford?« fragte Pearce arglos.

»Ja.« Markby hielt kurz inne. »Aber sie ist zur Greyladies Farm rausgefahren, beschäftigt sich mit historischen Forschungen.«

Pearce sah angemessen beeindruckt aus.

Meredith war mit den Ergebnissen ihrer Forschung nicht besonders zufrieden. Bisher war ihr Erfolg gleich Null, und das war sehr ärgerlich. Sie mußte bessere Ergebnisse erzielen. Die Begegnung mit Alwyn hatte sie in ihrer ursprünglich unklaren Absicht bestärkt, das Rätsel des Gebetshausbrandes zu lösen.

Sie hatte, bevor sie Greyladies verließ, bei Alwyn ein letztes Zugeständnis erreicht. Er ist ein merkwürdiger Mensch, dachte sie. Schwankt verwirrend zwischen Ablehnung und Ausbrüchen von Vertraulichkeit. Als sie aufbrechen wollte, hatte er ganz unerwartet und beiläufig gesagt:

»Die Kerle aus Oxford, die vor ungefähr zehn Jahren hier waren, die müßten Sie fragen.«

»Ja«, antwortete sie, blieb unter der Küchentür stehen

und wußte, daß es unwillig klang, was sie sagte. Schlimm genug, daß er sie, wenn auch höflich, aber unmißverständlich, hinausgeworfen hatte, ohne daß er ihr zuletzt noch diesen völlig unpraktikablen Rat gab, damit sie sich ja beeilte, von hier wegzukommen. »Aber ich kann sie nicht fragen, nicht wahr?«

Alwyn hatte die Nase gerümpft und sich den roten Schopf gekratzt. »Ich kann Ihnen die Adresse des Mannes geben, der die Ausgrabungen geleitet hat.« Wenn er ihr Erstaunen merkte, zeigte er es nicht und fuhr gelassen fort: »Er hat Dad geschrieben, bevor sie kamen, und um Erlaubnis gefragt. Dad hebt alle Korrespondenz auf, die mit der Farm zu tun hat. Aber bedenken Sie, es ist zehn Jahre her. Vielleicht ist er weggezogen oder so.«

»Danke«, hatte sie leise gesagt.

Und Alwyn darauf grinsend: »Ah, es war also kein so verdammt idiotischer Vorschlag, wie Sie dachten, wie?«

Meredith hielt an einer Ausweichstelle den Wagen an und studierte die Adresse, die Alwyn ihr gegeben hatte. Sie fragte sich, ob sie das einem seiner Ausbrüche von Gutmütigkeit zu verdanken hatte oder ob er nur ihr Interesse von Greyladies ab- und auf etwas anderes lenken wollte. Vielleicht amüsierte es ihn, sie zu überrumpeln. Wenn sie jetzt seinem Hinweis nicht folgte, würde er mit Recht sehr argwöhnisch werden. Sie konnte auch nicht mit Sicherheit annehmen, daß er es nicht erfahren würde. Bei Alwyn war es klug, nichts vorauszusetzen, soviel hatte sie inzwischen begriffen. Ob es ihr nun gefiel oder nicht, sie würde zumindest versuchen müssen, bei der Adresse vorzusprechen. Auf jeden Fall war es ein schöner Tag und Oxford eine Stadt, die sie liebte, in der sie aber schon seit längerem nicht mehr gewesen war.

Sie kannte jedoch die einzelnen Wohnviertel nicht

und auch nicht die Verkehrsprobleme in den Seitenstraßen. Daher dauerte es eine Zeitlang, bis sie das Haus entdeckte, eine spätviktorianische Villa in Park Town. Meredith quetschte ihren Wagen in eine Lücke am Straßenrand und stieg aus, um das Gebäude zu betrachten. Es wirkte hinter der akkurat beschnittenen Lorbeerhecke erschreckend respektabel und strahlte akademische Würde aus. Es hatte eine jener Haustüren, bei denen man instinktiv erwartete, daß sie von einem Stubenmädchen mit Rüschenhäubchen geöffnet werden würde. Es gab sogar einen polierten Schuhabkratzer aus Messing neben dem Eingang, damit Besucher sich die Schuhe vom Straßenkot säubern konnten, bevor sie eintraten.

Tatsächlich wurde die Tür aber von einem etwa elfjährigen, an einem Apfel kauenden Mädchen in Jeans und pinkfarbenem Sweatshirt geöffnet. Es starrte Meredith mit dem bösen Blick an, den Kinder manchmal an sich haben.

»Ah«, sagte Meredith irritiert, »sind deine …«

Doch hier stand sie vor einem Problem. Wenn sie fragte »Ist deine Mutter oder dein Vater zu Hause?«, riskierte sie, daß ihr die Tür vor der Nase zugeschlagen wurde. Der Brief an Alwyns Vater war mit »Matthew Gretton« unterschrieben gewesen, daher fragte sie ohne Umschweife: »Wohnt Mr. Matthew Gretton hier?«

»Ja«, sagte das Kind geräuschvoll kauend, »aber er ist in der Schweiz.« Das letzte Wort wurde mit vollem Mund gesprochen.

Verdammt! dachte Meredith und mußte sehr enttäuscht aussehen, denn das Kind sagte: »Aber Dr. Gretton ist zu Hause.« Es schluckte ein erschreckend großes und nur halb zerkautes Apfelstück hinunter, erstickte aber wie durch ein Wunder nicht daran.

»Oh.« Eine weitere Komplikation. Vielleicht hätte sie nach Dr. Gretton fragen sollen? Dr. Gretton hörte sich an wie eine Person, die in Feldern nach obskuren Artefakten grub. »Könnte ich Dr. Gretton sprechen. Mein Name ist Mitchell.«

»Warten Sie«, sagte das Kind und verschwand, rief dann irgendwo im Innern des Hauses hoch und schrill: »Tantchen Ursie!«

Meredith wartete voller Unbehagen und bereitete sich darauf vor, in ein Allerheiligstes geführt zu werden, das von einer professoralen Gestalt mit Schnupftabakspuren auf der Weste bewohnt wurde. Er würde wahrscheinlich sehr ungehalten sein, weil eine Fremde es wagte, ihn zu stören. Sie hoffte nur, daß ihr Wagen niemanden blockierte oder in einer Parkverbotszone stand.

Schritte näherten sich, und eine junge Frau, etwa im gleichen Alter wie Meredith selbst, erschien. Sie hatte üppiges dunkles Haar, das mit einem Band zurückgebunden war, und unglaublich kornblumenblaue Augen. Sie trug eine farbverschmierte Kittelschürze und hatte in einer Hand eine Dose Dulux und in der anderen einen grünfleckigen Pinsel.

»Hallo«, sagte sie, »Sie wollten mich sprechen?«

»Dr. Gretton?« fragte Meredith verblüfft.

»Ja, ich streiche grade den Gartenschuppen. Kommen Sie rein, aber eine Sekunde werden Sie schon warten müssen. Ich muß den Pinsel in Terpentin stellen und den Deckel auf die Dose tun.«

»Tut mir leid, daß ich so ungelegen komme –«, begann Meredith leicht verlegen, als sie Dr. Gretton durch die Halle folgte.

»Macht nichts«, kam die Antwort. »Hör zu, Enid, faß mir ja den Schuppen nicht an, verstanden? Er ist feucht.«

Sie waren jetzt im Hintergarten. Von einer hohen Ziegelmauer umgeben, war es ein von Natur aus sonniger Platz mit Spalierbäumen, und das Kind Enid saß auf einer Schaukel unter einem großen Kastanienbaum, und sein düsterer Blick ließ nicht von ihnen ab.

»Meine Nichte«, sagte Dr. Gretton, während sie geschickt den Deckel auf die Farbdose hämmerte. Sie stellte den Pinsel in ein Marmeladenglas, das stark nach Terpentin roch. »Okay, wir können reden. Möchten Sie hier draußen sitzen?« Sie zeigte auf zwei Gartenstühle und zog beim Reden die Kittelschürze aus. Darunter trug sie eine leuchtend königsblaue Bluse; und sie hatte eine sehr gute Figur.

»Hören Sie, Dr. Gretton«, sagte Meredith verlegen, »ich schneie da so einfach bei Ihnen herein. Ich hätte vorher schreiben sollen …« So gut sie konnte, schilderte sie ihre bisher vergebliche Suche und erklärte, daß sie die Privatadresse der Grettons von Alwyn bekommen hatte.

»Es ist natürlich mein Vater, den Sie sprechen wollen«, sagte Dr. Gretton. »Ich heiße übrigens Ursula. Er hat diese Grabung geleitet. Es war eine absolut vergebliche Liebesmüh, doch er hatte das Gefühl, der Versuch könnte sich lohnen. Wie schade, daß er nicht hier ist, er hätte sich sehr gefreut, Sie kennenzulernen. Die Grauen Leute sind nicht mein Thema, daher kann ich Ihnen nicht viel sagen. Ich selbst bin Paläontologin, Ihnen also überhaupt nicht nütze.«

Meredith seufzte.

»Ich weiß was«, sagte Ursula plötzlich. »Er hat eine Kopie von Elias Lintons Tagebuch.« Sie sah Meredith' Ratlosigkeit. »Nie von ihm gehört?« Ursula sagte das so, als könne man ihm noch immer irgendwo begegnen. »Er ist um achtzehnhundertfünfzig herum gestorben. War

Lehrer in Bamford und hat über einen Zeitraum von dreißig Jahren ein Tagebuch geführt. Es wurde nie veröffentlicht, und das Original ist in der Bodleian Library. Aber mein Vater hat eine Fotokopie vom größten Teil. Es steht was über den Brand des Gebetshauses drin. Ich erinnere mich, daß er es mir vorgelesen hat, weil es ziemlich aufregend war. Gehen wir in sein Arbeitszimmer, und ich suche es Ihnen heraus.«

Matthew Grettons Arbeitszimmer war entsprechend eindrucksvoll, ausgestattet mit Ledersesseln und einem riesigen viktorianischen Schreibtisch. Die Wände waren mit Bücherregalen bedeckt. Ursula kramte in einem Schrank und tauchte mit einem Stapel loser Blätter auf, die von einer Kordel zusammengehalten wurden. »Hier haben wir's.«

»Das ist wirklich schrecklich freundlich von Ihnen«, sagte Meredith. »Ich hoffe nur, Ihr Vater hat nichts dagegen.«

»Mein Vater würde Ihnen gern helfen. Ich wünschte, ich könnte es.« Sorgfältig begann sie die Seiten umzublättern. »Ich hoffe nur, das verflixte Kind läßt die Finger von der Farbe. Hier ist es. Kann ich Sie mit der Lektüre allein lassen, während ich kurz rausspringe und nachsehe, was Enid treibt?«

Sie verschwand, und Meredith nahm die Blätter zu einem Sessel in einem Erkerfenster mit, setzte sich in einen Sonnenstrahl und begann Elias Lintons Bericht über die Zerstörung des Gebetshauses zu lesen. Er war mit einer kritzeligen, regelmäßigen Schrift geschrieben, und sie wußte sofort, daß sie das Original sehen mußte. Aber selbst diese mit modernen Mitteln erstellte Kopie konnte die Jahre auslöschen.

*Heute morgen habe ich erfahren, daß in der Nacht das*

*Gebetshaus der Kongregation, die von den Bürgern der Stadt die Grauen Leute genannt wird, in Flammen aufgegangen und völlig niedergebrannt ist. Wie es scheint, begann das Feuer gegen zehn Uhr abends. Mary Anne Winthrop* – Meredith zuckte zusammen –, *die das Feuer von ihrem Fenster aus gesehen hatte, aber ihr Zimmer nicht verlassen konnte, weil die Tür versperrt war, kletterte aus demselben Fenster auf einen Bergahornbaum, der dicht am Hause steht. Nur mit dem Unterrock bekleidet und einer Decke, die sie vom Bett gerafft hatte, rannte sie über die Felder (die zur Zeit leicht verschneit sind) zum Haus von Mr. Phillips und weckte das ganze Haus, um Alarm zu geben. Mein Informant hat mir erzählt, daß Mary Anne sehr aufgeregt war und den Rest der Nacht unter Mr. Phillips' Dach verbrachte, wo seine Frau sich um sie kümmerte. Heute morgen seien jedoch zwei ihrer Brüder gekommen und hätten Mary Anne, die noch weinte und sehr aufgeregt war, schon vor Tagesanbruch abgeholt. Vom Gebetshaus, sagt man mir, ist nichts mehr übrig, außer ein paar geschwärzten Steinen und noch schwelenden Bohlen. Heute nachmittag werde ich mit meinem treuen Hund hinausgehen, um mir alles anzusehen, vorausgesetzt, es schneit nicht wieder.*

Leider mußte es geschneit haben, oder etwas anderes hatte Elias abgehalten, denn es folgte keine Augenzeugenbeschreibung.

So fasziniert war Meredith von diesem spärlichen Bericht, der mehr Fragen aufwarf als beantwortete, daß sie nicht merkte, daß Ursula zurückgekommen war und sie von der Tür her lächelnd beobachtete.

»Wundervoll, nicht wahr?« sagte Ursula.

»Und ob«, pflichtete Meredith ihr mit großem Nachdruck bei. »Dürfte ich mir eine Kopie machen?«

Sie wollte sich durch diese faszinierende alte Geschichte

nicht von ihren gegenwärtigen Ermittlungen ablenken oder ihr Urteilsvermögen trüben lassen, aber wenn man an ererbte Anlagen glaubte, warf sie ein interessantes Licht auf die Winthrops.

»Warum, glauben Sie«, fragte sie impulsiv, »war Mary Anne Winthrop wohl in ihrem Zimmer eingesperrt und mußte, um hinauszukommen, ihren Hals riskieren und dann halb angezogen über die Felder zum Haus dieses Mr. Phillips' rennen, um Alarm zu schlagen? Wo waren die übrigen Winthrops und die Farmarbeiter?«

»Keine Ahnung«, sagte Ursula offen. »Aber man fragt sich unwillkürlich, was auf dieser Farm vorgegangen sein mag, nicht wahr?«

Es wurde Abend. Der Parkplatz war schon dunkel und verlassen. Der alte Ford Capri, der in einer Ecke parkte, glich in Zustand und Alter fast jedem anderen Wagen dort und erregte keine Aufmerksamkeit, obwohl er einem Fremden gehörte. In einer Wohnung im obersten Stockwerk des grauen Hauses mit Sozialwohnungen setzte sich Sean Daley an den Tisch vor einen gehäuften Teller mit Braten und Kartoffeln.

»Das ist so lieb von dir, Tante Bridie. Weißt du, daß dies das erste Essen ist, das ich ansehen kann, seit – seit es passiert ist?«

»Eine schreckliche Sache«, sagte Tante Bridie. »Möge seine Seele in Frieden ruhen, wer immer er war. Aber ein Mann muß bei Kräften bleiben, Sean. Willst du ein bißchen Tomatenketchup?«

»Und dann ist die Polizei gekommen und hat uns allen Fragen gestellt.«

»Ah, die Polizei –«, sagte Tante Bridie rätselhaft. »Du willst doch nicht auf die falsche Seite geraten, Sean?«

»Es war nicht meine Schuld, daß ich ihn ausgegraben habe.«

»Natürlich nicht – ich mache nur schnell eine Kanne Tee. Wir waren immer eine respektable Familie. Ich hab nichts gegen die Polizei, wenn auch der Vandalismus in dieser Siedlung schrecklich ist und die Cops nichts dagegen tun. Zufällig hab ich gestern einen Obstkuchen gebacken. Ich muß gewußt haben, daß du kommst.«

»Ich möchte dir keine Mühe machen, Tante Bridie. Ich bleib nur über Nacht. Hab im Auto geschlafen und nur jemanden gebraucht, mit dem ich darüber reden kann.«

»Es macht mir keine Mühe. Bist du nicht der Sohn meiner Schwester? Im Auto schlafen, also wirklich. Du wirst hier im Bett schlafen wie ein Christenmensch. Ich hab übrigens einen Brief von deiner Ma bekommen, liegt da drüben auf der Anrichte.« Sie ging zu einem Möbelstück, das unter Plastikstatuen aus Lourdes, Muschelgrotten, Andenken und einem gerahmten Bild seiner Heiligkeit halb begraben war. »Hier ist er. Sie schreibt sehr gut. Man würde nie vermuten, daß sie ab und zu einen Tropfen trinkt.«

»Hör zu, Tante Bridie, mich bedrückt etwas, und ich muß es jemandem erzählen.«

Den Brief an die Brust pressend, hielt seine Tante inne. »Geht es um ein Mädchen, Sean? Hast du etwa ein Mädchen in Schwierigkeiten gebracht? Es war schon schlimm genug, als deine Schwester Cathy …«

»Nein, es geht um den Kerl – um den, den ich ausgegraben habe.«

»Ach ja?« Sie setzte sich und fixierte ihn mit einem stählernen Blick. »Red schon, Sean. Und mach mir kein X für ein U vor.«

»Das will ich ja gar nicht. Es ist nur so, daß die Polizei mit einem Foto von dem Kerl zu uns gekommen ist – nachdem ich ihn ausgegraben und sie ihn weggebracht hatten. Ich habe gesagt, ich hätte ihn nie gesehen, bevor meine Schaufel ihn aus dem Graben geholt hatte. Sie haben mich nicht allzusehr geplagt, waren sogar ziemlich rücksichtsvoll.«

»Das war auch richtig so. Du hast einen schrecklichen Schock gehabt. Da könnte einer ja verrückt von werden.«

»Aber weißt du, Tante Bridie, ich bin fast sicher, daß ich ihn gesehen hab. Als ich ihn ausgrub, hab ich nicht gedacht, weißt du – ich meine, da hab ich ihn mir nicht richtig angesehen. Ich bin nur gerannt. Aber als sie mir das Foto zeigten, ist er mir irgendwie bekannt vorgekommen. Ich hab darüber nachgedacht. Und dann hab ich mich erinnert, wo ich ihn schon gesehen hatte. Ich will keine Schwierigkeiten, Tante Bridie. Ich will nicht mehr dorthin zurück. Und ich möchte nicht mit dem Finger auf jemanden zeigen. Schließlich läuft dort noch immer ein Mörder frei herum, und ich möchte nicht, daß er mich sucht. Aber dann hat die Polizei gesagt, ich muß mich zur Verfügung halten, so drücken sie es aus. Sie haben von einer Leichenschau gesprochen, und dort sollte ich aussagen, wie ich ihn gefunden hab. Ich hätte Fragen beantworten müssen. Und das kann ich nicht, weil ich Schwierigkeiten bekommen tät. Aber jetzt stecke ich sowieso mittendrin, weil ich weggelaufen und nicht dort geblieben bin. Vielleicht suchen sie mich sogar. Was, glaubst du, soll ich machen?«

»Du hast nichts Unrechtes getan, Sean. Niemand wird dir übelnehmen, daß du Angst hattest. Aber vielleicht sollten wir mit Pfarrer Brady von St. Dominic sprechen.«

»Ich will nicht, daß es jemand weiß, Tante.«

Sie stand auf und griff nach der Teekanne. »Trink deinen Tee, iß ein Stück Kuchen und lies den Brief deiner Ma.« Sie unterbrach sich kurz. »Morgen denken wir dann weiter darüber nach.«

## KAPITEL 12

»Wie sind Sie auf der Farm zurechtgekommen?« fragte Markby, als Meredith ihm am Abend die Haustür öffnete.

Ihr Anblick stimmte ihn fröhlich. Sie trug ein rotes Hemdblusenkleid, das ihm besonders gut gefiel, und er vermutete, daß sie sich eben die Haare gewaschen und geföhnt hatte, weil sie ihr so locker ums Gesicht wehten und im Glanz des Dielenlichts schimmerten. Er gab sich dem kurzen Traum hin, daß sie ihn am Ende eines Tages immer so erwartete.

»Es hat im Hinblick auf die Grauen Leute ein paar Dinge gegeben, die nachdenkenswert sind, aber bei den Winthrops selbst habe ich keine großen Fortschritte gemacht. Alwyn hat mir die Familienbibel gezeigt, die sehr interessant war. Doch ein Plappermaul ist er nicht gerade, oder? Über die Baustelle will er nicht sprechen, und er mag keine Fremden. Er sagt, sie sind nicht sehr gastfreundlich, und das glaube ich ihm. Was für ein seltsamer Ort. Wußten Sie, daß das Farmhaus sechzehnhundertzweiundneunzig erbaut wurde?«

»Nein, und ebensowenig habe ich gewußt, daß die Winthrops eine Familienbibel haben. Sie haben offensichtlich mehr erreicht als ich, Meredith.«

»Nun, vielleicht bin ich nur auf ein weiteres Geheimnis gestoßen.« Sie erzählte ihm von Dr. Gretton und Elias Lintons Bericht über den Brand des Gebetshauses.

»Alwyn hat mir Grettons Adresse gegeben, aber nur um

mich loszuwerden, vermute ich. Die Winthrops mögen einfach keine Fragen. Was ist das nur mit Greyladies? Dort herrscht eine ganz merkwürdige Atmosphäre. Bei diesen Steinen, zum Beispiel, ich bin wirklich nicht überspannt, aber ich hatte dort irgendwie das Gefühl einer Anwesenheit, keiner sehr glücklichen übrigens. Diese Familie hat wirklich eine merkwürdige Geschichte. Glauben Sie, die Winthrops von achtzehnhundertvierzig haben den Brand selbst gelegt?«

»Warum denn, in aller Welt?«

»Das weiß ich bisher noch nicht, aber ich arbeite daran. Ursula meint, sie müssen achtzehnhundertzweiundvierzig ein seltsamer Haufen gewesen sein. Wenn Sie bedenken, daß die heutigen Winthrops die genetischen Abkömmlinge der viktorianischen sind, kommt man wirklich ins Grübeln.«

»Wir alle haben in unserem Stammbaum den einen oder anderen sonderbaren Vorfahren«, wandte Markby ein. »Früher, als die Markbys noch das Geld für kostspielige Exzentrizitäten hatten, hielt sich einer meiner Großonkel einen zahmen Geparden, von dem er behauptete, er sei die irdische Gestalt der Seele seiner verstorbenen Frau.«

»Der war doch einfach verrückt, wobei ich nicht respektlos sein möchte. Die Winthrops sind geistig gesund, aber anders. Ursulas Vater Matthew Gretton, der die Ausgrabungen leitete, interessiert sich weniger für den Brand als für die religiösen Riten der Grauen Leute und die Innenausstattung des Gebetshauses. Aber er macht sich so seine eigenen Gedanken darüber, und was mehr ist, er weiß sehr viel über die allgemeinen Schikanen, denen die Sekte ausgesetzt war. Deshalb muß ich mich mit ihm treffen. Ursula sagt, sie wird das einfädeln, und damit ich eine Lesekarte bekomme, will sie mir auch einen Brief für die Bodleian Library geben, in dem sie mir bestätigt, daß ich mich für das Thema aufrichtig interessiere. Dann kann ich Elias Lintons Tagebuch im Original lesen.«

»Scheint mir, Sie haben im Lauf eines Tages eine ganze Menge geschafft«, sagte er.

»Nun ja, gewissermaßen nach dem System einen Schritt vorwärts und zwei Schritte zurück. Keine Ahnung, wie wichtig das alles für Ihren bedauernswerten Toten ist. Wenn wir schon von Fortschritten sprechen – haben Sie etwas über die verbrannte Kleidung erfahren, die ich gefunden habe? Irgendwelche Erkenntnisse?«

»Sie ist ein Teil unserer Ermittlungen.«

Er erwartete gar nicht, daß er damit davonkam. Sie rebellierte sofort. »Reden Sie bloß nicht so hochtrabend daher. Ich hab das Zeug gefunden.«

»Das berechtigt Sie noch lange nicht, bevorzugt Auskünfte zu bekommen.«

»Sie spielen nicht fair. Ich habe Ihnen von meinen Fortschritten erzählt.«

»Ihre Sache ist nicht Polizeiangelegenheit.« Markby sah die Kampfeslust in ihren braunen Augen und gab nach, möglicherweise wegen der Augen selbst. Doch auch, weil er wußte, sie würde ihm keine Ruhe geben, bis er ihr etwas sagte. »Wir wissen nicht, ob es die Sachen des Toten sind, aber es ist möglich. Der Reißverschluß, das einzige intakte Stück, ist ausländischer Herkunft, und zwar von der Art, wie er in schwere Jeansjacken oder Lederblousons eingenäht wird.«

»Ich habe Ihnen gesagt, er ist ein Ausländer, mit diesen vielen Goldzähnen.« Sie nickte triumphierend, und das Haar tanzte wieder um ihr Gesicht.

»O Gott!« sagte er hilflos.

»Was?« Sie sah ihn verblüfft an.

Markby riß sich zusammen und drängte die wilderen Bilder seiner Phantasie in sein Unterbewußtsein zurück. »Bilden Sie sich ja nichts ein«, sagte er streng. »Zufällig hat mir noch jemand gesagt, daß er Ausländer gewesen sein könnte. Der Sprache nach.«

»Ah, Sie haben jemanden entdeckt, der mit ihm gesprochen hat?«

Er seufzte tief. »Es gibt, nehme ich an, keinen Grund, warum ich es Ihnen nicht sagen sollte, da ich auf dem Bahnhof von Bamford ein Plakat mit der Information aufhängen ließ. Der Bahnsteigschaffner glaubt, den Mann auf dem Foto erkannt zu haben. Es ist möglich, daß er an dem Mittwoch, bevor er ermordet wurde, mit dem Vormittagszug gekommen ist. Harry, der Bahnsteigschaffner, sagt, der Mann habe irgendwie fremdartig geredet und einen Plastikbeutel bei sich gehabt, wie man ihn auf einer Kanalfähre im Duty-free-Shop bekommt. Harry ist zuverlässig. Also habe ich ein Plakat mit dem Foto des Toten aufhängen lassen; dazu die Frage, ob Reisende aus London, die vorletzten Mittwoch mit dem Zug um elf Uhr zehn in Bamford eingetroffen sind, diesen Mann gesehen haben. Ein Exemplar haben wir auch nach London an Scotland Yard geschickt und gebeten, es auf dem zuständigen Bahnsteig aufzuhängen. Außerdem sind Plakate an alle Kanalhäfen gegangen, in der vagen Hoffnung, daß jemand den Mann erkennt. Vielleicht ist er erst ein oder zwei Tage bevor er nach Bamford weitergefahren ist, in England eingetroffen. Ich glaube aber nicht, daß sich jetzt noch jemand an ihn erinnern wird. Es ist zu lange her.«

»Wußte der Bahnsteigschaffner noch, wie er angezogen war?«

Markby schüttelte den Kopf. »Leger, das war alles.

Gut, gut, das könnte eine Verbindung zu dem Reißverschluß herstellen, den Sie gefunden haben, aber zwingend ist es nicht. Ausländische Kleidung bedeutet nicht unbedingt einen ausländischen Träger. Es werden Unmengen von modischen Dingen importiert. Eine Menge Kurzwaren, Knöpfe, Reißverschlüsse, Besätze. Die Jacke, zu der dieser Reißverschluß gehörte, könnte hier hergestellt und von einem Schotten im Kilt getragen worden sein. Man kann sie nicht automatisch unserem Mann zuordnen.« Energisch wechselte er das Thema. »Gehen wir etwas trinken? Ich habe keine Lust, den ganzen Abend zu fachsimpeln. Ich habe den ganzen Tag mit dem Fall zu tun, das reicht.«

Aber eigentlich wollte er nur fort aus Lauras Haus und der häuslichen Intimität, die es vortäuschte. Es war Zeit, ein Tête-à-tête zu beenden, in das er sich immer tiefer zu verstricken drohte. Wieder tauchten aus seinem Unterbewußtsein die Bilder auf, flatternd wie Schmetterlinge in der Sonne. »Los, kommen Sie schon«, sagte er energisch. »Steve erwartet uns.«

Es war viel sicherer, irgendwo anders und in Gesellschaft zu sein, denn dann geriet er nicht in Gefahr, unkluge Erklärungen von sich zu geben. Der vernünftige Entschluß überlebte gerade noch den Augenblick, in dem sie das Gesicht verzog, die Nase rümpfte und eine braune Haarsträhne zurückwarf.

Ins Fox and Hounds war es nicht weit. Es lag außerhalb der Stadt, nur einen Steinwurf von der Großbaustelle entfernt. Das Lokal war klein, hervorgegangen aus der Herberge einer Poststation, mit winzigen Räumen, die durch offene Türöffnungen ineinander übergingen, nachdem die Türen selbst entfernt worden waren. Wie alle Gasthöfe dieser Art hatte es einen großen ehemaligen Stallhof und zahlreiche Nebengebäude; in einem von ihnen war heute die Küche untergebracht. Es roch streng nach Gebratenem.

Die winzige Bar, in die sie sich hineinquetschten, war bereits überfüllt. Ein paar Leute sahen wie Einheimische aus und ein paar andere wie Arbeiter von der Baustelle. Die unterschiedlichsten Stimmen und Akzente bildeten die Hintergrundgeräusche. Markby berührte Meredith' Arm.

»Steve ist schon hier.«

Er zeigte in eine Ecke, in der ein jüngerer Mann mit lockigem Haar und einem Pullover mit rundem Halsausschnitt vor einem Pint saß und in einer Zeitung ein Kreuzworträtsel löste, obwohl es fast unmöglich sein mußte, sich bei diesem Krach zu konzentrieren. Markby bahnte sich einen Weg zu ihm und rief seinen Namen.

Der Rätselrater blickte auf, lächelte, legte die Zeitung weg, stand, als er Meredith erblickte, halb auf und streckte die Hand aus.

»Sie sind Meredith. Endlich! Er hält Sie vor uns allen versteckt.«

»Nicht seine Schuld«, sagte Meredith. »Ich wohne derzeit in London.«

Zu ihren Füßen begann ein Scharren und Kratzen, und ein Stuhl bewegte sich von selbst. Erschrocken schaute Meredith hinunter und sah einen kleinen Hund, der mit der Leine an einem Stuhlbein festgebunden war. Er drängte vorwärts, entschlossen, die Neuankömmlinge zu begrüßen, und zerrte den Stuhl mit.

»Das ist Patch«, sagte Steve Wetherall. »Wartet, ich mache ihn los. Der Jammer ist, wenn ich ihn nicht anbinde, haut er ab und wird getreten. Da er ein bißchen klein geraten ist, passiert das häufig, wenn er den Leuten unter die Füße kommt.« Er zog den Hund auf seine Tischseite und wickelte sich das Ende der Leine ums Handgelenk. Meredith quetschte sich neben ihm in die Ecke, und Patch legte ihr die Pfoten auf die Knie und grinste sie glücklich an.

»Es macht mir nichts aus«, versicherte sie Steve, der anfing, sich für seinen übereifrigen Liebling zu entschuldigen. Sie tätschelte dem kleinen Hund den Kopf. »Ich habe nicht erwartet, daß es heute abend hier so voll ist.«

»Gut die Hälfte der Gäste kommt von der Baustelle.« Wie zur Bekräftigung seiner Worte wurde er gleich darauf von ein paar Männern gegrüßt und antwortete mit einem Nicken. »Sie kennen mich alle«, fügte er überflüssigerweise hinzu.

Markby unterbrach ihn, fragte, was sie trinken wollten, und machte sich auf den Weg zur Bar.

»Vor ein paar Tagen habe ich Ihre Baustelle besucht«, sagte Meredith. »Das hätte ich wahrscheinlich nicht tun sollen. Ich habe herumgeschnüffelt. Das heißt, ich hatte die Absicht herumzuschnüffeln, aber aus einem guten Grund, ich wollte Alan helfen, bin aber nicht dazu gekommen. Der Polier hat mich hinausgeworfen.«

Steve schnitt eine Grimasse. »Jerry Hersey ist ein Nagel zu meinem Sarg. Unter uns gesagt, er ist ein durch und durch unangenehmer Mensch. Und er bellt nicht nur, er beißt auch. Ich gebe zu, daß auf dieser Baustelle von Anfang an so ziemlich alles schiefgegangen ist. Wir hatten Probleme mit dem Grundwasser und dann mit einer Ladung Ziegel, und ganz offen gesagt, daß wir eine Leiche im Fundament gefunden haben, war auch höchst überflüssig.«

»Das muß ein schlimmer Schock gewesen sein. Alan

hat mir erzählt, daß Sie dabei waren, als der Tote gefunden wurde.«

»Als Daley ihn ausgegraben hat. Ja, es war unerfreulich. Daley ist seither verschwunden, und ich muß sagen, ich nehme es ihm nicht übel. Ich habe erwartet, daß noch mehr Männer kündigen. Keiner geht auch nur in die Nähe der Fundstelle, müssen Sie wissen. Sie weigern sich sogar, den Graben aufzufüllen. Hersey ist auch keine Hilfe. Aber ist er das überhaupt einmal? Wenn mir der Gedanke gekommen wäre, hätte ich ihm auch eins über den Schädel gezogen und ihn in einem Fundament verbuddelt.« Steve machte ein verlegenes Gesicht. »Das war ein schlechter Scherz. Aber er beschwert sich dauernd darüber, daß alles schiefgeht, und gibt allen anderen die Schuld, nur nicht sich selbst. Wenn er seine Arbeit gemacht hätte …« Er unterbrach sich. »Tut mir leid, nicht Ihr Problem.«

»Sind Sie der einzige Architekt für dieses Projekt?«

»Meine Firma hat den Kontrakt. Nun, es ist praktisch ein Einmann-Unternehmen, also bin ich's in gewisser Weise, ja. Ich habe verdammt viel Arbeit in diese Baupläne gesteckt, das ist kein Geheimnis. Habe auf einen künftigen kommerziellen Durchbruch gehofft. Wenn Sie sich in dieser Branche einmal einen guten Ruf geschaffen haben, dann bleibt er. Die Leute kommen das nächste Mal zu Ihnen. Aber genauso kann Sie eine schlechte Aura fertigmachen. Das ist es, was uns der Tote antut. Er hat nichts mit mir zu tun, nichts mit dem Bauvorhaben, dem Bauunternehmer, mit keinem von uns. Aber er hängt uns wie ein verdammter Albatros am Hals.«

Sie drückte ihr Mitgefühl aus, und Steve seufzte. Patch kläffte leise und ungeduldig. »Er will seine Crisps«, sagte sein Herrchen und griff nach dem Paket, das auf dem

Tisch lag. »Entschuldigen Sie. Ich habe immer ein Paket Crisps mit Speckgeschmack für ihn dabei.« Er riß das Paket auf und begann den Hund zu füttern. »In diesem Pub kann man das«, sagte er. »Das ist einer der Gründe, warum ich herkomme. Zu viele andere Lokale hier herum sind zu exklusiv geworden, und manche mögen überhaupt keine Hunde.«

»Ist das nicht Alwyn Winthrop?« fragte Meredith plötzlich, als die Menge beim Eingang sich teilte. »Ihn kann man nicht übersehen, nicht wahr?«

»Alwyn?« Steve warf einen flüchtigen Blick hinüber und nickte. »Ja, er ist fast jeden Abend hier. Es ist für ihn die einzige Möglichkeit, von der Farm wegzukommen, nehme ich an. Wenn ich manchmal denke, daß mein Leben allmählich zu schwierig wird, sehe ich mir Alwyn an und fasse wieder Mut. Armer Teufel. Er hat die Hölle auf Erden, wissen Sie?« Er zerknüllte die leere Crisps-Tüte zu einem Ball und ließ sie in den Aschenbecher fallen.

»Das wußte ich nicht, aber ich bin neugierig«, gab Meredith offen zu.

Doch Alwyn hatte sie gesehen. Er nickte ihnen kurz zu und stellte sich neben Markby, der noch immer ungeduldig an der Bar darauf wartete, bedient zu werden.

»Erzähl ich Ihnen ein andermal«, sagte Steve.

Die Bedienung tauchte endlich auf, nachdem sie in anderen Räumen dieses Kaninchenbaus von einem Pub Getränke serviert hatte, und begrüßte Alwyn mit lärmender Fröhlichkeit. »'n Abend, Alwyn, das Übliche? Mum und Dad wohlauf?«

»Es geht ihnen gut, danke.« Alwyn kramte in der Tasche seines Tweedjacketts und legte mehrere Münzen auf die Bar. Die meisten Männer gingen abends mit Brieftaschen aus. Alwyn hatte Kleingeld lose in der Tasche.

Das erzählte eine ganz eigene Geschichte. Alwyn hatte der Bedienung automatisch geantwortet, doch Meredith bildete sich ein, hinter seinen Worten eine unterdrückte Spannung zu spüren. In seinem Alter würde man die meisten Männer fragen, wie es Frau und Kindern gehe. Alwyn war mit über vierzig Jahren noch zu Hause, noch unverheiratet, und die Leute fragten ihn nach seinen Eltern. Egal wie alt er war, Alwyn wurde behandelt, als sei er noch und für immer und ewig minderjährig. Das mußte äußerst unangenehm sein, und vielleicht mehr als das. Alwyn hatte etwas an sich, das von geheimer, quälender, sehr realer Verzweiflung sprach.

Er wechselte jetzt einen Gruß mit Markby, der von Alwyns Seite aus ein wenig aggressiv ausfiel und darin gipfelte, daß er sagte: »Ich wünschte, du würdest verdammt noch mal aufhören, auf unserm Land rumzuschnüffeln.«

»Tut mir leid«, sagte Markby vergnügt. »Es mußte sein.«

»Dieses verdammte Feuer kann nur von Zigeunern stammen, muß von ihnen stammen. Dad läßt immer wieder fahrendes Volk auf unserem Land kampieren. Er meint, wenn man sie fair behandelt, behandeln sie einen auch fair. Wir haben mit dem fahrenden Volk nie Schwierigkeiten gehabt.« Alwyn nahm sein Pint und nickte der Bedienung zu. »Anders als mit den hiesigen Kids. Vielleicht haben sie das Feuer angezündet. Junge Lümmel, die allen möglichen Schaden anrichten, Hecken niederreißen, Feuer anzünden, mit ihren verflixten Motorrädern rumfahren und die Schafe nervös machen. Ich hab sie schon früher wegjagen müssen.«

»Wir werden sehen. Von uns wird dir niemand in die Quere kommen, Alwyn, wir werden die Schafe nicht stören.« Markby grinste.

Alwyn fand es nicht komisch. »Es geht nicht um die Schafe, und es geht nicht um mich. Es geht um Jess. Du weißt, wie sie ist. Ein Nervenbündel. Sie hat sich aufgeregt. Sie mag keine Fremden auf der Farm und keine Cops, die in allen Büschen rumkriechen und überall ihre verdammten Streifenwagen parken …« Alwyn schien sich an Markbys Beruf zu erinnern. »Nichts für ungut, Alan. Aber du weißt, was ich meine.«

»Ja, das weiß ich. Viele Leute sind der gleichen Meinung, man mag uns nicht. Willst du dich nicht zu uns setzen?« Markby hatte das Tablett mit den Drinks aufgenommen und zeigte auf Meredith und Steve.

Alwyn zögerte, folgte dann aber Markby an den Tisch. Es wurde sehr eng, als sie sich auf ihre Stühle zwängten. Patch, der auf dem Fußboden am meisten unter dem Gedränge zu leiden hatte, löste das Problem, indem er mit einem Satz auf Alwyns Schoß landete. Alwyn schien nicht überrascht und kraulte dem kleinen Hund die Ohren.

»Alte Freunde«, sagte Meredith lächelnd.

Alwyn warf ihr ganz unerwartet ein scheues Lächeln zu und schaute dann hastig weg.

»Warum bringen Sie Ihren Hund nicht mit?« fragte sie. Sie sah den Ausdruck leichten Erstaunens in seinem Gesicht und beantwortete ihre Frage selbst, noch bevor er es tun konnte: »Ich weiß, Arbeitshund.«

»Whisky mag keine Menschenmengen«, sagte Alwyn. »Ist es gewohnt, auf den Feldern zu sein. Wie ich«, fügte er hinzu.

»Hier ist es wirklich sehr eng«, stellte sie fest.

»War früher nicht so, damals, bevor sie angefangen haben zu bauen. An manchen Abenden war ich der einzige Gast.«

»Nichts wird hier jemals wieder so sein wie früher«,

sagte Markby düster. »Nicht, seit man angefangen hat, die Landschaft mit Ziegelsteinen zuzumauern.«

»Erklären Sie ihm bitte«, sagte Steve zu Meredith und zeigte mit seinem Bierglas auf Markby, »daß er eine vorsintflutliche Trantüte ist und es Zeit wird, daß er anfängt modern zu denken.«

»Warum ich?«

»Weil ich es ihm schon gesagt habe und er nicht auf mich hört. Vielleicht hört er auf Sie.«

»Das bezweifle ich«, sagte Meredith.

»Jetzt hört ihr beide mal mir zu«, sagte Markby bockig. »Für mich ist es kein Segen, wenn man noch mehr gutes Bauernland für noch mehr Häuser aufwühlt, Hecken niederreißt, den Tieren ihren Lebensraum nimmt, Wildblumen vernichtet, die gesamte Ökologie dieses ganzen Gebietes auf den Kopf stellt.« Er wandte sich an Alwyn. »Was sagst du dazu?«

»Ich?« Alwyn zuckte mit den Schultern. »Das Land ist so gut wie das, was es hervorbringt. Auf unserem wächst Gras. Ich habe keine Zeit, Blumen zu pflücken.«

»Wildblumen darf man nicht pflücken«, sagte Meredith. »Das ist verboten.«

»Und warum?« fragte Markby triumphierend. »Weil es nur noch wenige Gegenden gibt, in denen sie wachsen. Komm schon, Alwyn – und du auch, Steve. Als Kinder sind wir unten am Fluß stundenlang durch den Wald gestreift. Ich kann mich noch gut erinnern, daß es da im Frühling ganze Teppiche aus blauen Glockenblumen gab und gelbe Schlüsselblumen …«

»Es sind noch viele Plätze übrig«, sagte der Architekt. »Natürlich hat es mir leid getan, daß die Lonely Farm abgerissen wurde. Aber sie war baufällig. Land ist wertvoll. Man kann es nicht einfach brachliegen lassen.«

Alwyn beobachtete Steve scharf, horchte, wie es schien, merkwürdig aufmerksam auf jede Silbe. Jetzt wandte er den Blick ab und betrachtete dann gedankenvoll den Hund auf seinem Schoß. Leise sprach er auf das Tier ein, und Patch wedelte so heftig mit seinem Stummelschwänzchen, daß er Alwyn beinahe von den Knien rutschte.

»O nein!« rief Steve plötzlich stöhnend. »Nicht dieser verdammte Hersey! Nicht ausgerechnet an dem Abend, an dem ich ausgehe. Ich weigere mich – weigere mich strikt, ihn zu einem Drink einzuladen.«

Eine laute, aggressive Stimme übertönte jetzt alle anderen. Die Menge teilte sich bereitwillig, und Jerry Hersey schritt in seiner ganzen Größe zur Bar. Er war jetzt ein bißchen besser angezogen, aber nicht viel. Er behielt die Mütze auf dem Kopf, und die Augen hinter der Hornbrille hatten noch immer den starren Blick eines Wüterichs.

»Guten Abend, Jerry«, sagte Steve resigniert.

Hersey blieb an ihrem Tisch stehen und blickte finster auf sie hinunter. »Soso, Sie stecken also tatsächlich mit den Cops unter einer Decke?« sagte er mürrisch. »Plaudern ein bißchen aus der Schule, wie? Und was macht die hier?«

»Ich trinke etwas, wenn Sie nichts dagegen haben«, sagte Meredith scharf. Sich von Hersey auf der Baustelle beleidigen zu lassen, war eines. Hier war es etwas anderes. Hier zu sein hatte sie unbestreitbar dasselbe Recht wie er.

»Hab gedacht, daß Sie vielleicht den Holzfußboden aufreißen«, sagte Hersey sarkastisch. »Vielleicht hoffen, historisches Kramzeug zu finden. Und noch eine Leiche.« Er wandte seinen bösen Blick Alwyn zu. »Guten Abend, Alwyn«, sagte er beinahe höflich.

Alwyn nickte. »Guten Abend, Jerry. Wie geht's?«

»Immer schlechter. Frag ihn.« Herseys schmutziger Finger zeigte auf Steve. »Oder ihn.« Der Finger stach nach Markby. »Nichts wird fertig.«

»Ich nehme an, Sie haben noch nichts von Daley gehört?« fragte Markby gelassen.

»'türlich nicht. Ihre Truppe hat ihn verschreckt. Ein Wunder, daß überhaupt noch jemand bei uns arbeitet.«

»Ja, das ist es wirklich!« fauchte Steve mit einem bedeutsamen Blick auf Hersey.

Er prallte von Hersey ab. »Ich werde mir ein Bier holen und es in einer anderen Bar trinken«, sagte er.

»Gott sei Dank«, sagte Steve aus tiefstem Herzen, als Hersey davonschlenderte.

»Ein wirklich unangenehmer Mensch«, sagte Meredith. »Sie sind zu bedauern, weil Sie mit ihm arbeiten müssen.«

»Jerry ist in Ordnung«, sagte Alwyn zur größten Überraschung aller. Sie starrten ihn an. Alwyn errötete. »Nun, er ist kein Schönredner, aber auf seine Art ist er in Ordnung.«

»Will verdammt sein, wenn ich das je gemerkt habe«, sagte Steve.

»Sie arbeiten in einem Büro«, sagte Alwyn, und diesmal wurde Steve rot.

Markby sprang als Friedensstifter ein. »Spielst du noch immer für das Dart-Team hier im Pub?«

»Nein, mußte es aufgeben, wegen des Lammens und so. Konnte die Zeit nicht aufbringen, zu auswärtigen Matchs mitzufahren.«

»Da ist ja noch ein bekanntes Gesicht«, sagte Meredith plötzlich. »Ihre Schwester, Alwyn.«

Alwyn blieb der Mund offenstehen. Er starrte sie an und drehte sich dann so heftig auf dem Stuhl um, daß er

Patch geradezu rüde von seinem sicheren Plätzchen vertrieb.

Jessica hatte eben die Bar betreten, und hinter ihr sah Meredith Michael Denton. Zwischen den beiden und dem Tisch standen noch mehrere andere Gäste, aber Jessica hatte sie bereits gesehen, drehte sich zu Michael um, sagte etwas zu ihm, und er neigte den Kopf, um sie zu verstehen. Er nickte, und das Paar kam auf den Tisch zu. Doch bevor jemand etwas sagen oder irgendwie reagieren konnte, war Alwyn aufgesprungen und brüllte so laut, daß alle anderen Gespräche in der Bar verstummten und sich alle Köpfe ihnen zuwandten:

»Was zum Teufel tust du hier, Jess?«

In der Stille, umgeben von beobachtenden, neugierigen Gesichtern, sagte Jessica verhältnismäßig ruhig, so daß Meredith sie bewundern mußte: »Wir sind hier, um etwas zu trinken, genau wie du. Das ist Mike, Alwyn, ich habe dir von ihm erzählt und daß ich ihn in der Stadt getroffen habe. Wir waren zusammen auf der Pädagogischen Hochschule. Hallo, Meredith.«

»Hallo«, sagte Meredith besorgt. Neben ihr dampfte Alwyn wie ein feuerspeiender Vulkan. Steve hatte seinen Hund vorsichtig aus der Gefahrenzone gebracht.

»Ach, warst du das tatsächlich? Nun, zu Ihrer Information –« Alwyn wandte sich Michael zu, der näher gekommen war und grüßend die Hand ausstreckte. Alwyn ignorierte sie. »Ich wünsche nicht, daß meine Schwester sich in Pubs herumtreibt.«

Die riesigen Hände geballt, beugte er sich drohend vor. Sein Gesicht hatte sich gerötet, und er bot mit feurigem Haarschopf und dem vorspringenden Kinn einen eindrucksvollen Anblick. Mehrere Zuschauer rückten ein Stück ab. Völlig irrelevant dachte Meredith: Vor hundert

Jahren oder so hätte er sich sein Biergeld auf Jahrmärkten bei Boxkämpfen mit bloßen Händen verdienen können. Die Bedienung war mit der offensichtlichen Absicht, den Wirt zu holen, sehr schnell in einen der anderen Barräume verschwunden. Aus dem Augenwinkel sah Meredith, wie Markby seinen Stuhl zurückschob, damit er genug Platz hatte, um, wenn nötig, aufzuspringen und vermittelnd eingreifen zu können. Sie hoffte, es würde nicht nötig sein, denn selbst mit Steve an der Seite hätte er alle Hände voll zu tun.

»Oh, sei nicht albern, Alwyn«, sagte Jessica und überraschte Meredith mit ihrem Mut. Sie schien über das aggressive Benehmen ihres Bruders nicht im geringsten betroffen. Auch Alwyn schien verblüfft. Er blinzelte, straffte sich und lockerte die Fäuste. »Es sind viele Frauen hier«, fuhr Jessica fort. »Meredith ist hier.«

»Mich schert nicht, wer hier ist. Du bist meine Schwester, und ich will dich hier nicht haben. Du gehst sofort nach Hause.« Er grollte zwar noch, sah aber nicht mehr ganz sicher und verdrießlicher aus.

»Es ist doch in Ordnung«, mischte Michael sich ein. »Dies hier ist doch ein hübsches, kleines Pub. Ich würde mit Jessica nie in ein zwielichtiges Lokal gehen.«

»Sie werden mit Jessica überhaupt nirgendwohin gehen, und damit hat es sich!« brüllte Alwyn, und seine geballte Aggression kehrte zurück. »Wer zum Teufel sind Sie überhaupt, und was gibt Ihnen das Recht, so locker und freundschaftlich mit Jess umzugehen?«

»Ich entscheide, ob ich mit Michael irgendwohin gehe«, sagte Jessica beherzt, das lange blonde Haar zurückwerfend. Sie hatte sich sehr um ihr Aussehen bemüht, stellte Meredith fest, hatte Make-up aufgelegt und trug zwei oder drei Goldketten. Der kirschrote Pullover stand ihr gut, sogar ihre blassen Wangen waren rosig überhaucht, gerötet von Gefühl und so etwas wie Erregung. »Oder mit jemand anders, wenn wir schon dabei sind. Ich bin kein Baby und brauche deine Erlaubnis nicht. Ich finde, du bist sehr unhöflich zu Mike. Ich schäme mich für dich, Alwyn. Ich habe gedacht, daß du wenigstens Manieren hast. Benimmst dich wie ein Irrer, und noch dazu hier drin, vor unseren Freunden.« Sie machte kehrt und nahm Michaels Arm. »Komm, Mike, wir gehen.«

»Warte noch ein bißchen«, sagte Michael und stellte sich – bildlich gesprochen – auf die Hinterbeine. »Ich möchte es nicht dabei belassen. Wirklich, Alwyn, Sie haben mißverstanden ...«

»Komm schon«, sagte sie und wollte ihn wegziehen. »Wenn er in einer solchen Stimmung ist, ist mit ihm nicht zu reden.«

Die beiden verschwanden durch die Tür. Nach einem kurzen, unbehaglichen Schweigen begann man sich in der Bar wieder zu unterhalten, doch noch immer warfen ein paar Gäste neugierige Blicke auf die Gruppe in der Ecke. Der Wirt, der sehr schnell dagewesen war, wechselte einen Blick mit Markby, nickte und zog sich wieder zurück. Alwyn, noch immer mit rotem Gesicht und innerlich kochend, ließ sich auf seinen Stuhl sinken.

»Es wird ihr nichts passieren«, sagte Markby beschwichtigend. »Er sieht nett und anständig aus.«

»Jess ist nicht wie andere Mädchen«, sagte Alwyn murrend. Meredith sah jetzt, daß er schwitzte. Es war warm im Raum, aber nicht so warm. »Sie war krank. Vielleicht ist er ja in Ordnung, dieser Junge, aber vielleicht auch nicht, ich weiß es nicht. Aber er versteht nichts von Jess.« Er sah beschämt und bockig zugleich aus.

Meredith, die sich den Aufruhr in seinem Innern vorstellen konnte, versuchte zu helfen, und warf ein: »Wenn sie zusammen studiert haben, kennt er sie schon lange. Ich bin sicher, daß er versteht. Er muß von Jessicas Schwierigkeiten wissen.«

Sie wußte nicht, ob Alwyn sie überhaupt gehört hatte. Verlegen rutschte er auf dem Stuhl herum und stand dann schwerfällig auf. »Ich geh wohl am besten.« Er zögerte, sagte dann leise: »Tut mir leid, daß ich mich so aufgeführt habe.« Er drängte sich zwischen den anderen Gästen durch und verließ rasch die Bar.

»Er wird ihnen doch nicht nachgegangen sein?« fragte Meredith besorgt.

»Glaub ich nicht. Er bedauert seinen Ausbruch.« Markby griff zu seinem Glas. »Alwyn hat das Temperament der Rothaarigen. Aber er liebt Jess, und ich denke, sie wird mit ihm schon fertig.«

»Alwyn müßte unbedingt weg von der Farm«, sagte Steve heftig. »Er ist ein kluger Kerl. Könnte sich etwas anderes suchen.«

»Er versteht doch nur etwas von der Farmarbeit«, sagte Markby zweifelnd. »Und er ist es gewohnt, an der frischen Luft und sein eigener Herr zu sein.«

»Eigener Herr?« Steve schnaubte geringschätzig. »Er ist alles andere als das. Er ist an diese verdammte Farm gekettet wie ein Leibeigener im Mittelalter. Du hast ja gehört, er hat nicht einmal mehr die Zeit, beim Dart-Team mitzumachen. Die Farm kommt immer zuerst, und das ist nicht wie in einem Geschäft, das um sechs Uhr abends dichtmacht. Er arbeitet rund um die Uhr, tagein, tagaus, an den Wochenenden und an Feiertagen. Urlaub hat er wahrscheinlich noch nie gemacht. Das ist die Schuld der beiden Alten.«

»Ich glaube, es ist schwierig für sie«, sagte Markby.

»Jamie ist von zu Hause weggegangen, und sie sorgen sich bestimmt, daß auch Alwyn eines Tages geht. Ohne ihn wären sie am Ende.«

»Sie brauchen dir nicht leid zu tun«, wandte Steve ein. »Oh, ich weiß, der alte Winthrop gilt als bäuerliches Musterbeispiel, und seine Frau ist als Landfrau das Salz der Erde ... Aber ich weiß, daß sie bigott, eigensinnig und tyrannisch sind. Kein Wunder, daß das Mädchen so geworden ist, ein Nervenbündel. Um sich gegen die Winthrops zu behaupten, braucht man eine Haut wie ein Nashorn. Ich hoffe, der junge Mann holt Jess von hier weg und heiratet sie. Alwyn sollte es besser wissen und sich nicht einmischen. Aber er verändert sich allmählich, gerät immer mehr dem Alten nach. War immer schnell aufbrausend, doch jetzt wird er mürrisch und grob. So war er früher nicht.«

Markby nahm einen Schluck aus seinem Glas und stellte es sorgfältig auf den Tisch zurück. »Hat das einen besonderen Grund?«

Steve zog die Schultern hoch. »Nun, vielleicht irre ich mich, aber ich denke, es hat etwas mit dem Bau der Wohnanlage zu tun. Ich bin nicht der Meinung, daß er sie so übelnimmt wie du. Im Gegenteil. Hätte er auch nur die geringste Möglichkeit, würde er Greyladies an die Baugesellschaft verkaufen, das Geld nehmen und ein neues Leben anfangen. Aber er weiß, er wird es nie tun können. Er kommt ziemlich oft auf die Baustelle. Ich denke, deshalb hat er sich auch mit Hersey angefreundet. Die Bauarbeiten scheinen Alwyn zu faszinieren. Für ihn muß es sein, als sehe er Zehnpfundnoten beim Wachsen zu. Es ist eine Abwechslung von den Schafen. Manchmal habe ich ein ganz komisches Gefühl, wenn ich ihn in seinen Gummistiefeln dort stehen sehe, seinen Hund an der Seite, während er zuschaut, wie die Mauern wachsen. Hast du als Kind jemals Eisenbahnlokomotiven beobachtet, Alan?«

Markby nickte.

»So beobachtet Alwyn die Maurerarbeiten. Kann die Augen nicht losreißen. Armer Teufel.« Steve hob sein Pint an die Lippen, setzte es dann aber wieder ab und rief: »Hallo, Dudley! Wir sehen Sie nicht oft im Fox and Hounds.«

Ein stämmiger Mann, der sich zur Bar durchkämpfte, blieb stehen und sah alle mit einem verlegenen Lächeln an. »Hallo, Steve – Chief Inspector. Nein, ich trinke nicht oft in Pubs. Aber heut abend gibt es nichts im Fernsehen, und da hab ich zu meiner Frau gesagt, warum gehen wir nicht zur Abwechslung einen trinken?« Er nickte ihnen zu und ging weiter, zu einem längeren Gespräch offenbar nicht bereit.

»Dudley Newman, der Bauunternehmer«, sagte Steve heiser mit gedämpfter Stimme. »Der reichste Mann von Bamford, wenn ihr mich fragt. Man ertappt ihn selten dabei, daß er sich unter uns gemeines Volk mischt.«

»Wo ist seine Frau?« Meredith schaute sich neugierig um.

Steve spähte in die Menge und zuckte mit den Schultern. »Kann sie nicht sehen. Muß in einem der anderen Räume sein. Will jemand noch einen Drink?«

»Ich muß schon sagen, dieses Pub ist wirklich sehr beliebt«, meinte Meredith, als Steve unterwegs zur Bar war.

»Viel zu sehr«, erwiderte Markby irgendwie geistesabwesend, trommelte mit den Fingern auf die fleckige Tischplatte und starrte ins Leere. »Ich hab's lieber ruhiger. Hier komme ich mir vor wie mitten auf einem Marktplatz.«

Meredith betrachtete ihn nachdenklich.

»Wissen Sie, ich finde, Steve hat recht, und es wäre am besten, wenn der junge Mann mit Jessica von hier fortginge«, sagte sie viel später, als sie und Markby in Lauras Küche beim Kaffee saßen.

»Ich war erstaunt, daß Alwyn sich so aufgeführt hat«, gestand Markby. »Besonders weil er mir vor nicht allzulanger Zeit erklärt hat, seine Schwester müßte mehr junge Freunde haben und nicht die Hälfte ihrer Zeit mit der alten Dolly Carmody verbringen.«

»Junge Freunde im allgemeinen sind nicht das gleiche wie ein einzelner junger Mann«, sagte Meredith weise. »Er ist schon ein ziemlich schwieriger Typ, dieser Alwyn, nicht wahr? Es war ihm nicht einmal recht, daß ich mir die Ruine des Gebetshauses ansehen wollte. Sie scheinen auf dieser Farm niemanden außer der engsten Familie zu dulden. Kein Wunder, daß sie so abweisend und unfreundlich wirkt.«

»Ich bin froh, daß Sie das auch so empfunden haben, hab schon geglaubt, das sei nur eine Einbildung von mir. Nein, Steve hat ganz recht, und das nicht nur im Hinblick auf Jessica. Alwyn müßte auch weg. Er ist unglücklich, und das macht ihn verbittert. Wie Steve gesagt hat, war er nicht immer so. Er war ein fröhlicher Kerl. Wahrscheinlich hat Steve auch mit den Eltern Winthrop recht, auch wenn er ein bißchen schroff war. Die Winthrops sitzen seit Generationen auf Greyladies, und für sie ist es natürlich der Mittelpunkt der Welt.«

Er beobachtete sie, als sie Kaffee einschenkte, und fügte hinzu: »Es ist seltsam, Sie hier mit Lauras Kaffeetasse in Lauras Sessel sitzen zu sehen.«

»Wie sie wohl in Frankreich zurechtkommen?« fragte Meredith hastig.

»Im Zelt mit vier Kindern? Es muß ein Alptraum sein.«

»Ich bewundere Laura«, sagte Meredith aufrichtig.

»Um mit Karriere, Kindern und einem Haus fertig zu werden, dazu braucht man Kraft.«

»Und Sie glauben nicht, daß Sie's versuchen möchten?« Seine Augen begegneten den ihren über das Kaffeegeschirr hinweg.

Es folgte eine kleine, peinliche Pause. »Nein, nicht wirklich.« Meredith lächelte schief. »Ehrlich, Alan, mir muß der häusliche Instinkt fehlen.«

»Es geht nicht nur darum, Hausfrau zu spielen.« Sie antwortete nicht, und er beugte sich über den Tisch und küßte sie ohne Vorwarnung auf den Mund.

Verdammt! dachte sie. Das war der Augenblick, von dem sie immer gewußt hatte, daß er kommen würde, und sie war nicht bereit, sich damit auseinanderzusetzen; noch nicht. »Es ist nicht genug, Alan«, sagte sie zurückweichend. »Ich mag Sie sehr. Ich würde sogar gern mit Ihnen schlafen. Es wäre sehr schön. Aber ein ganzes gemeinsames Leben zu planen, das muß etwas anderes sein, als nur das Bett miteinander zu teilen.«

»Ich habe gedacht, wir teilen auch noch andere Dinge miteinander.«

»Ja, aber letztlich haben wir unterschieliche Vorstellungen vom Leben. Ich wäre eine miserable Hausfrau.«

Er leerte seine Tasse und nahm seine Schlüssel vom Tisch. »Wenn ich nur jemanden wollte, der mein Haus in Ordnung hält, hätte ich mir längst jemanden gesucht. Aber vielleicht haben Sie recht. Ich war früher ein lausiger Ehemann, das haben meine Exfrau und ihr Anwalt mir zumindest zu verstehen gegeben, und ich würde wieder genauso lausig sein.« Er stand auf. »Zeit zu gehen. Morgen früh haben wir Fallbesprechung.«

»Es ist nicht Ihre Schuld, Alan!« protestierte sie heftig. »Es liegt an mir.«

»Sicher, wir alle sind, was wir sind. Gute Nacht.«

Traurig hörte sie, wie er draußen den Wagen anließ und davonfuhr. Sie verabscheute sich selbst, weil sie ihn unglücklich machte, doch etwas vorzutäuschen, endete immer böse.

Bei uns ist alles durcheinandergeraten, wie Kraut und Rüben, dachte sie reumütig; bei mir und Alan, Jessica und Alwyn, dem widerlichen Hersey, dem armen Steve Wetherall, dessen Ruf durch einen rätselhaften Mord geschädigt wird… Irgendwie waren diese großen gelben Bagger, die die Landschaft aufrissen, nur ein Symbol für die unaufhörlichen Störungen und Hindernisse in ihrer aller Leben.

# KAPITEL 13

Auch Jerry Hersey hatte an jenem Abend das Fox and Hounds in zwiespältiger Stimmung verlassen. Nicht, daß er sich je mit der Welt besonders in Frieden fühlte. Das beunruhigte ihn nicht. Er war es gewohnt, mit allen anderen auf Kriegsfuß zu stehen. Obwohl er es heftig abgestritten hätte, hätte es ihm jemand vorgeworfen, die Wahrheit war, daß ihm seine Widerborstigkeit Spaß machte. Das war seine Art, sich zu amüsieren.

An diesem Abend jedoch war Hersey griesgrämiger denn je. Etwas war geschehen, das ihn über seine üblichen Mißlichkeiten hinaus aufgebracht hatte, und es nagte an ihm. Mit der Selbstsicherheit eines Mannes, der denselben Weg nachts schon Hunderte von Malen gegangen war, marschierte er, die Hände in den Taschen und vor sich hin summend, den unbeleuchteten Grünstreifen entlang. Die Lichter von Bamford und die vom Fox and Hounds lagen weit hinter ihm, und in dem abgelegenen Cottage, das sein Ziel war, brannte kein Licht. Die Einsamkeit störte ihn nicht, doch ihm war der kühle Wind unangenehm, der zu beiden Seiten über die offenen Felder strich. Er würde es nicht bedauern, endlich im Haus zu sein. Regen kündigte sich an. Er roch ihn im Wind. Aber dem Garten würde er guttun. Der Gedanke an eine warme Küche ließ ihn schneller ausschreiten. Betty würde längst im Bett liegen und die Hintertür nur mit dem Schnappschloß gesichert haben. Sie fürchtete sich nicht vor Eindringlingen. Nicht hier draußen.

»Aber heutzutage darf man keinem mehr trauen, und das ist die Wahrheit«, sagte er grollend vor sich hin. »Die ganze Bande. Alle verdammt gleich. Und sie sind so fröhlich und so unschuldig, daß sie kein Wässerchen trüben könnten. Ich weiß es besser. Gott, wenn ich nur die Hälfte von dem weitererzählen würden, was ich weiß, was ich gesehn hab… Ein paar Leute hier haben verdammtes Glück!« Er hielt inne, holte aus seinem Gedächtnis eine bruchstückhafte Erinnerung aus dem Sonntagsschulkatechismus hervor. »Pharisäer!« verkündete er tugendhaft der offenen Landschaft um ihn herum.

Zu seiner Überraschung antwortete eine Stimme aus der Finsternis. »Jerry Hersey? Bist du das?«

»Tod und Teufel!« Hersey spähte in die Dunkelheit. »Wer ist da?«

Gehorsam glitt der Mond hinter einer Wolke hervor, und das silberne Licht beschien kurz die Gestalt bei der Hecke.

Hersey knurrte, daß er den anderen erkannt hatte, fragte aber: »Was tust du denn um diese Nachtzeit hier draußen?«

Der andere murmelte eine Antwort.

»Nun, also ich bin auf dem Heimweg, kapier nicht, warum du dich bei der Kälte hier rumtreibst.« Hersey ging weiter, wandte jedoch nichts ein, als der andere sich ihm anschloß. Er schwang sich sogar zu einer grollenden Einladung auf. »Ich mache mir gewöhnlich eine Tasse Tee, wenn ich nach Hause komme. Betty hört nichts, sie schläft fest. Kannst mitkommen, wenn du willst, ich geb dir 'ne Tasse ab. Ich hab dir ohnehin einiges zu sagen.«

»Oh!« Der andere blieb stehen. »Was denn zum Beispiel, Jerry?«

Hersey spähte in die Dunkelheit, vielleicht weil die

leichte Veränderung im Ton des anderen flüchtig einen warnenden Instinkt in ihm geweckt hatte. Doch schwere Wolken verdeckten jetzt den freundlichen Mond, und er konnte verdammt nichts sehen. In den hohen Quecken neben dem Graben raschelte es, was bedeutete, daß dort irgendein Nachttier unterwegs war, und von weither, vom Wind getragen, kam das Rauschen der Autobahn, auf der es nie still wurde. Das Geräusch ließ Hersey an die schwierige Baustelle denken, und die Unzufriedenheit, die in ihm geschwelt hatte, brach aus ihm heraus.

Er verdrängte das warnende Gefühl und begann mürrisch: »Also zuerst mal ...«

Am nächsten Morgen brach Meredith früh in die Pfarrei auf, um Pfarrer Holland das Buch zurückzubringen. Obwohl sie schon kurz nach dem Frühstück dort ankam, öffnete ihr niemand auf ihr Klingeln. Noch während sie überlegte, ob sie das Buch durch den Briefschlitz schieben sollte oder ob es schlimm beschädigt werden würde, wenn es hinter der Tür auf den Boden fiel, und schließlich beschloß, es wieder mitzunehmen, hörte sie hinter sich ein Motorrad. Sie drehte sich um und sah einen Yamaha-Fahrer in schwarzem Leder im Freilauf auf sich zukommen. Er hielt an, nahm den Helm ab, und vor sich sah sie das bärtige Gesicht von Pfarrer Holland.

»Guten Morgen, Meredith!« rief er dröhnend.

»Ich bringe Ihnen das Buch zurück.« Sie hielt es in die Höhe. »Aber weil keiner da war, wollte ich's wieder mitnehmen.«

»Niemand hier, wie?« sagte der Pfarrer, stieg von seinem Metallroß und fischte seinen Haustürschlüssel aus der Tasche seiner ledernen Motorradjacke. »Kommen Sie rein, und trinken Sie eine Tasse Kaffee mit mir. Barry sollte längst hier sein und im Garten arbeiten. Im Garten arbeiten!« Der Pfarrer schnaubte. »Wenn entweder Barry oder der Garten Anzeichen einer Besserung aufwiesen, wäre ich glücklich. Erfolg bei einem wäre besser als gar kein Erfolg. Leider ändert sich bei beiden nichts. Ich habe Ihnen gesagt, man muß ihn beaufsichtigen. Er hat gewußt, daß ich nicht zu Hause bin, weil ich in der Stadt an ihm vorbeifuhr. Er sollte« – Pfarrer Holland betonte das Wort »sollte« – »auf dem Weg hierher sein. Der Lümmel winkte mir fröhlich zu und hat, nachdem er mich gesehen hatte, einfach seine Pflichten sausen lassen und ist irgendwohin abgehauen. Hat gedacht, ich würde es nicht merken, wenn er zu spät kommt. Aber ich bin vor ihm wieder hier, und er kann sich auf etwas gefaßt machen, der liebe Barry.«

Während Pfarrer Holland sprach, hatten sie das Pfarrhaus betreten und gingen in die Küche. Sie war sehr unordentlich, und auf dem Tisch lag ein Berg Morgenpost.

»Die Putzfrau kommt später«, sagte der Pfarrer, im Küchenschrank mit Tassen klirrend. »Mögen Sie Pulver-Kaffee? Es geht schneller.«

»Es ist mir egal. Wie nett von Ihnen, mir einen Kaffee anzubieten. Das Buch hat mir übrigens sehr gut gefallen. Bei der alten Ruine habe ich leider nichts Interessantes entdeckt.«

»Das überrascht mich nicht, aber ich hoffe, Sie machen mit Ihren Untersuchungen weiter. Ich freue mich schon darauf, Ihre Abhandlung zu lesen.« Er unterbrach sich und goß kochendes Wasser in zwei Henkelbecher. »So, das wär's.« Sie ließen sich am Tisch nieder, und Pfarrer Holland warf der ungeöffneten Post einen finsteren und mißtrauischen Blick zu. »Die nehme ich mir später vor. Habe nämlich einen schmerzlichen und unangenehmen Besuch hinter mir. Lindsays Mutter – Sie erinnern sich? Ich habe Ihnen von Lindsay erzählt. Sie ist an einer Überdosis gestorben.«

»Ja, ich erinnere mich. Was ist mit ihrer Mutter?«

Er seufzte tief auf. »Sie wird damit nicht fertig. Ihr Mann weiß nicht, was tun. Der Doktor hat ihr Tranquilizer verschrieben. Heut morgen habe ich von dem armen Mann – ich meine den Ehemann – einen Hilferuf bekommen und mußte hin. Es gibt wirklich nichts, was irgend jemand tun könnte, das ist der Jammer. Sie müssen beide damit leben, fürchte ich. Wir alle müssen es.«

Dazu gab es nichts zu sagen. Nach einer kurzen Pause begann Pfarrer Holland über Bamford im allgemeinen zu sprechen und fragte Meredith nach ihrer Arbeit im Ausland. »Schade, daß Sie nicht länger bleiben, Sie hätten vor dem Jugendclub einen Vortrag halten können.«

»Das tu ich gern, wenn ich das nächste Mal hier bin.«

Als Meredith kurz darauf ging, kam Barry lässig den Gartenweg entlang. »Morgen, Herr Pfarrer«, grüßte er unbekümmert. »Morgen, Schätzchen!«

»Ich geb dir einen guten Morgen, du Wicht!« brüllte Pfarrer Holland. »Du hättest schon vor einer Stunde hier sein sollen.«

»Hab in der Stadt einen Kumpel getroffen und ein bißchen mit ihm geschwatzt.«

»Füg deinen anderen Sünden nicht auch noch die Sünde der Lüge hinzu. Du hast mich in der Stadt gesehen, angenommen, ich würde den halben Vormittag unterwegs sein, und hast im nächstbesten Pub schnell ein Glas getrunken.«

»Gartenarbeit macht durstig«, sagte Barry unverfroren. »Aber jetzt fang ich doch lieber an. Muß den alten Rasenmäher reparieren. Sie brauchen einen neuen, Herr Pfarrer.«

Er verschwand in einem windschiefen Schuppen und begann anscheinend, mit Sachen um sich zu werfen – jedenfalls hörte es sich so an.

»Wir sollen aus diesem Lärm schließen, daß Barry den Rasenmäher repariert«, sagte Pfarrer Holland. »Wenn er will, kann Barry nämlich tatsächlich alles mögliche reparieren.«

»Könnte er nicht Mechaniker oder so was Ähnliches lernen?« fragte Meredith.

»Er hat eine Zeitlang in einer Garage gearbeitet, sich aber immer wieder Wagen für Spazierfahrten ›ausgeliehen‹. Barry ist ein Problem.« Pfarrer Holland musterte sein Motorrad. »Wenn er das auch nur anfaßt, mach ich ihn zur Schnecke.«

Die Schuppentür flog auf, und ratternd tauchte der Rasenmäher, von Barry in Richtung der Blumenbeete gelenkt, in einer Wolke von Staub und Grasschnipseln auf.

Meredith verließ Pfarrer Holland, während er über den Motorlärm hinweg Warnungen und Anweisungen brüllte. Sie hatte nicht den Eindruck, daß Gartenarbeit und Barry irgendwie zusammenpaßten. Andererseits wiederum paßten jedoch Pfarrer Holland und Barry zusammen.

Als Alan Markby morgens ins Revier kam, stand Pearce, einen Zettel schwenkend, in der Tür seines Büros.

»Guten Morgen, Sir. Eine Mrs. Chivers hat eben angerufen.«

»Wer ist sie? Was will sie, und hat es etwas mit unserem Fall zu tun?« fragte Markby unterwegs zu seinem Schreibtisch. »Wenn die Antwort auf den letzten Teil der Frage nein ist, dann will ich die Antworten auf die beiden ersten Teile gar nicht wissen. Ich muß zu Superintendent

McVeigh, um ihm zu erklären, warum wir keine Fortschritte machen. Nicht einmal den Namen unseres Leichnams kennen wir. Am Kreisverkehr ist alles dicht. Warum ist niemand dort, der den Verkehr regelt?«

»Sie ist die verheiratete Schwester von Jerry Hersey, dem Polier der Baustelle«, sagte Pearce, unberührt von der Bemerkung über das Verkehrschaos. Das ging ihn nichts an. Dies hier schon.

Markby, der sich eben setzen wollte, hielt mitten in der Bewegung inne, erstarrte, mit den Händen auf den Armlehnen seines Sessels, und sah seinen Sergeant finster an.

»Sie ist Witwe«, sagte Pearce vergnügt, weil er endlich die Aufmerksamkeit seines Chefs gewonnen hatte. »Hersey wohnt bei ihr. Sie hat ein Cottage, ungefähr eine Meile entfernt vom Fox and Hounds, in entgegengesetzter Richtung von Bamford. Buchstäblich in der Mitte von nirgendwo.«

»Und?«

»Und Hersey ist letzte Nacht nicht nach Hause gekommen.«

Markby ließ sich in den Sessel fallen und schaute verdrießlich vor sich hin. »Ich habe ihn gestern abend im Fox and Hounds gesehen. Habe mit ihm gesprochen, verdammt.«

»Ja – sie sagt, er ist gestern abend zwischen halb und dreiviertel acht ins Pub aufgebrochen. Sie geht früh zu Bett und schläft sehr fest, daher war sie nicht besorgt, weil er noch nicht zu Hause war, als sie sich zurückzog, und auch nicht, daß sie ihn nicht nach Hause kommen hörte. Doch heute morgen hat sie festgestellt, daß er überhaupt nicht nach Hause gekommen ist, und das hat es noch nie gegeben. Sie macht sich Sorgen.«

»Hat sie sich schon mit der Baustelle in Verbindung gesetzt?«

»Ja, und dort ist er auch nicht erschienen. Sie wundern sich, weil er zwar nicht der beste Polier der Welt ist, aber er kommt jeden Tag pünktlich zur Arbeit.«

»Verdammt«, sagte Markby leise, »das gefällt mir nicht. Aber ich kann beim besten willen nicht sehen, was das mit unserem Fall zu tun haben könnte, außer daß er zufällig auf der Baustelle arbeitet. Hersey? Vielleicht ist er ...« Er unterbrach sich.

»Eine Frau?« schlug Pearce halbherzig vor.

»Nur wenn sie blind, taub und verzweifelt wäre. Nein.«

»Ein Unfall?«

Markby seufzte. »Die Wahrscheinlichkeit ist leider ziemlich hoch. Ich habe ein höchst ungutes Gefühl. Rufen Sie alle hiesigen Krankenhäuser an. Und die in Chipping Norton. Das ist ein bißchen weit hergeholt, aber wir müssen uns vergewissern. Wenn Sie kein Glück haben, gehen Sie zu Mrs. Chivers und ins Pub und versuchen Sie festzustellen, wann Hersey gestern abend gegangen ist und ob er allein war. Oh, und fragen Sie, mit wem man ihn im Lauf des Abends sprechen gesehen hat – außer mit mir und meinen Begleitern, natürlich. Er ist in eine andere Bar des Pubs gegangen, daher habe ich ihn später nicht mehr gesehen.«

»Warum kann er nicht einfach abgehauen sein wie Daley.«

»Warum? Oder wenn ja, warum jetzt erst? Natürlich ist es möglich, daß er irgendwo betrunken rumliegt. Los, los, machen Sie, daß Sie vorankommen. Hier finden Sie ihn ganz bestimmt nicht. Ich habe um elf eine Fallbesprechung und komme schon jetzt zu spät.«

Steve Wetherall erfuhr von Herseys Verschwinden, als er gegen zehn Uhr vormittags auf die Baustelle kam. Der junge

Mann, mit dem Meredith gesprochen hatte, telefonierte mit Newman, dem Bauunternehmer, und das Mädchen im blauen Kostüm versorgte ihn mit Tee und moralischer Unterstützung.

Der junge Mann legte den Hörer auf, zog ein Gesicht und informierte Steve kurz über die Situation.

»Verdammter Hersey!« stieß Steve verärgert hervor.

»Das sagen wir alle. Mr. Newman ist nicht sehr glücklich. Er sagt, wenn Hersey auftaucht, sollen wir ihm sagen, daß er gefeuert ist.«

»Sie hätten ihn schon vor Wochen hinauswerfen sollen. Ich habe ihn gestern abend gesehen. Schien mir ganz in Ordnung. War charmant und liebenswürdig wie immer. Er drückt sich nur. Zehn zu eins, daß er irgendwo seinen Rausch ausschläft.«

Und damit ging Steve an die Arbeit. Um zwölf Uhr stieg er in den Wagen und fuhr zum Fox and Hounds, um sich zum Lunch eine Fleischpastete mit Chips einzuverleiben. Als er, Patch an der Seite, das Pub betrat, kam Sergeant Pearce gerade heraus.

»Habt ihr ihn gefunden?« fragte Steve direkt.

»Nein«, sagte Pearce. »Und es hat keinen Sinn, Sie zu fragen, ob er auf der Baustelle aufgetaucht ist, nehme ich an. Sie haben ihn gestern abend gesehen, oder, Sir?«

»Ja, ich war mit Ihrem Boß und noch ein paar anderen da. Ich habe ihn nicht weggehen sehen.«

»Sind Sie sicher? Die Bedienung sagt, sie glaubt, daß er zwischen halb zehn und zehn gegangen ist. Als der Wirt die Sperrstunde ansagte, war er ganz bestimmt nicht mehr da. Das Mädchen denkt, sie hat ihm um halb neun ein Bier verkauft, aber später nichts mehr. Unglücklicherweise hatten sie sehr viel zu tun.«

Steve schüttelte den Kopf. »Nein, ich habe ihn ganz

bestimmt nicht mehr gesehen, nachdem er unseren Tisch verlassen hatte. Ich wollte ihn nicht sehen. Er gehört nicht gerade zu meinen Lieblingspersonen.«

»Haben Sie gesehen, ob er jemanden gegrüßt hat, Sir?«

»Außer den Leuten, mit denen ich zusammengesessen habe, nein. Ich fürchte, ich kann Ihnen nicht helfen.«

»Trotzdem vielen Dank«, sagte Pearce.

Nachdem Steve gegessen hatte, stand er, die Hände in den Taschen, vor dem Fox and Hounds und dachte, wenn auch widerwillig, an Hersey. Hersey, der seiner Arbeit unerlaubt fernblieb, war ein Ärgernis. Ohne den Polier würden sie noch mehr Probleme haben, und einen Ersatz zu finden, den neuen Mann einzuarbeiten, sich mit Hersey auseinanderzusetzen, wenn er wieder auftauchte – all das warf Schatten auf eine bereits düstere Zukunft. Steve begann seinen Job zu verabscheuen. Daß er ursprünglich so große Hoffnungen hineingesetzt hatte, machte alles nur noch schlimmer. Die ganze Wohnanlage schien wirklich verhext.

Zu seinen Füßen jaulte Patch ungeduldig.

»Na schön«, sagte sein Herrchen, nahm ein Stöckchen und warf es quer über den Parkplatz. Patch rannte dem Stöckchen nach, nahm es auf und lief damit weiter. Steve folgte ihm. Das war ihr übliches Training. Sie gingen ein Stück den Grünstreifen entlang, damit Patch den Straßengraben erkunden und sich ein bißchen austoben konnte. Steve wurde dabei wieder ein paar Kalorien von der Fleischpastete los.

Dieses Straßenstück war sehr ruhig. Der meiste Verkehr spielte sich jetzt auf der neuen Straße ab. Es war wieder ein schöner Frühlingstag, und Steve begann sich wohler zu fühlen. Das Fox and Hounds war hinter der Kurve außer Sicht, und vor sich sah er nur, aber noch sehr weit entfernt, ein Cottage. Patch hatte sein Stöckchen fallen lassen, das ihm langweilig geworden war, und bellte und knurrte etwas viel Interessanteres im Graben an.

»Laß sein!« rief Steve automatisch.

In ein Grasbüschel eingegraben, zog Patch sich ein paar Schritte zurück. Er trug etwas in der Schnauze, das er stolz seinem Herrchen präsentierte.

Was es auch war, es glitzerte in der Sonne. »Was hast du denn da?« Steve bückte sich und streckte die Hand aus. Patch ließ seinen Fund fallen und wedelte mit dem Stummelschwänzchen.

Sein Fund war eine zerbrochene Hornbrille.

»O Gott!« stieß Steve hervor. »Die gehört Hersey!« Zögernd hob er die Brille auf und sah sich um. Hersey trug seine Brille immer. Sie konnte ihm nicht einfach heruntergefallen sein, ohne daß er es bemerkt hätte. Widerstrebend schaute Steve zu der Stelle im Graben, an der Patch geknurrt und herumgestöbert hatte. Steve schluckte und ging darauf zu.

Patch lief vor ihm her, begeistert, weil sein Herrchen sich ansehen wollte, was er gefunden hatte. Seitlich der flachen Rinne blieb er stehen und bellte schrill. Steve faßte ihn am Halsband und zog ihn zurück. Er kniete zwischen hohem Gras und Disteln nieder, schob sie auseinander, ohne darauf zu achten, daß er sich die Hände zerstach, und schaute in den Graben.

Umrahmt von einem Kranz aus dunkelgrüner Quecke, starrten Jerry Herseys blicklose Augen ihn an. Eine schwielige Arbeiterhand lag auf seinem Herzen, als habe er im Tod einen makabren Eid geleistet. Über die Hand lief eine ganze Prozession fleißiger kleiner Ameisen.

Steve fuhr herum und wich vor dem entsetzlichen Anblick zurück. Er stolperte den Grünstreifen entlang, rannte zum Fox and Hounds zurück, außer sich, wie ein Mann in einem Alptraum, der nicht schnell genug laufen kann, um dem zu entkommen, das ihn verfolgt, was immer es ist. Das Blut hämmerte ihm in den Ohren, und er glaubte, sich übergeben zu müssen. Die Hecken um ihn herum strotzten von neuem Leben, doch er war sich nur des Lebensendes bewußt.

Auf dem Parkplatz sah er sich nach Pearce' Wagen um, aber der Sergeant war nicht mehr da. Steve riß die Tür seines Wagens auf und versuchte Markby über sein Autotelefon zu erreichen, aber man sagte ihm, der Chief Inspector sei in einer Konferenz. Also erzählte er seine Geschichte stockend und unzusammenhängend dem Diensthabenden, und als Pearce mittendrin zurückkam, schilderte er ihm alles noch einmal, schon ein bißchen zusammenhängender. Dann stieg er aus und nahm Patch auf, der ihm zu Füßen winselte, setzte ihn in den Wagen und warf die Tür zu. Jetzt konnte er sich gegen die Übelkeit nicht mehr wehren und entledigte sich seiner Fleischpastete.

Dann ging er unglücklich zum Graben zurück und wartete zitternd neben Herseys Leiche auf die Polizei.

## KAPITEL 14

Als Markby zum Kreisverkehr kam, bewegte der Verkehr sich zwar wieder vorwärts, aber noch immer nur im Schneckentempo. Das lag an den Straßenarbeitern, die ohne jeden ersichtlichen Grund die eine Straßenseite aufrissen, so daß nur eine Fahrbahn zur Verfügung stand. Geregelt wurde der Verkehr von einem Arbeiter in gelber Jacke mit einem »Halten/Fahren«-Schild, das aussah wie ein überdimensionaler Dauerlutscher; der Mann bildete ein desinteressiertes Duo mit einem seiner Kollegen, der am anderen Ende der kurzen Strecke stand. Als Markby den Dauerlutscher erreichte, schaltete der auf »Stop«. Gehorsam hielt er an, legte den Ellenbogen auf das offene Wagenfenster und dachte, während er wartete, über das nach, was er von Pearce erfahren hatte.

Daß Hersey einfach verschwand, war unwahrscheinlich. Er war kein umherziehender Arbeiter wie der wurzellose Daley, der von Baustelle zu Baustelle wanderte. Daley hatte beim ersten Anzeichen von Schwierigkeiten die Fliege gemacht, und obwohl sie noch immer nach ihm suchten, war es nicht überraschend, daß er sich versteckt hielt.

Hersey andererseits war hier zu Hause und wohnte bei seiner Schwester in der Nähe der Baustelle. Vielleicht hatte er seinen Job als Polier bekommen, weil er einen festen Wohnsitz hatte und sich in der Gegend auskannte. Warum hätte der Bauunternehmer ihn sonst einstellen sollen, so unangenehm und unkooperativ, wie er war. Hersey wußte über den Hausbau vermutlich alles, was es zu wissen gab. Markby schätzte ihn auf ungefähr vierzig und hielt ihn für einen Mann, der sein Leben lang am Bau gearbeitet hatte. Jemand wie er verfügte ausschließlich über einheimische Kontakte, hatte festgefahrene Gewohnheiten und würde sich deshalb kaum heimlich davonmachen – es sei denn, er hätte einen zwingenden Grund dazu. In diesem Fall, überlegte Markby, muß ein solcher Grund gestern am späten Abend aufgetaucht sein. Bis dahin, und dazu gehörte auch Herseys unfreundliche Begrüßung im Pub, war der Polier genauso ungesellig gewesen wie sonst, und nichts hatte darauf hingewiesen, daß er drauf und dran war, abzuhauen.

Markbys Gedanken wandten sich seinem anderen und jetzt dringenderen Problem zu – dem Problem der noch immer nicht identifizierten Leiche und den mangelnden Fortschritten in diesem Fall, über den er bald dem Superintendent Bericht erstatten mußte. Die Plakataktion hatte bisher nichts erbracht. Aber wer hatte in den Haupthäfen Zeit, ein Gesicht zu bemerken? Natürlich gab es noch den Bahnsteig in London, wo der Mann den Zug bestiegen hatte. Bisher hatte er aber von der Metropolitan Police nichts gehört. Aber was bedeutete dort schon eine vermißte Person? Und dazu noch eine, die irgendwo auf dem Land vermißt wurde, weit außerhalb ihres Interessenbereichs.

Ungeduldig schaute er auf die Uhr. Wie bestellt drehte sich der Dauerlutscher auf »Fahren«. Doch die Euphorie war kurzlebig. Obwohl er das Hindernis hinter sich hatte, begann der Verkehr wieder zu kriechen. Markby hatte sich, als er losfuhr, viel Spielraum gelassen, würde aber trotzdem zu spät kommen, wenn es so weiterging. Er schaltete das Radio ein und wurde mit einer Verkehrsmeldung belohnt, die vor Stockungen auf diesem Straßenabschnitt warnte und den Autofahrern riet, auf eine andere Route auszuweichen. Tatsächlich gab es nur eine Viertelmeile weiter eine Abzweigung, und wenn er die nahm – normalerweise eine längere Strecke, die über Land führte –, wäre er vielleicht schneller am Ziel. Der Verkehr rückte wieder Meter für Meter vorwärts. Er mußte sich entschließen. Er entschied sich für den Umweg, und als er die Abzweigung erreichte, verließ er die verstopfte Hauptstraße und fuhr dankbar zwischen Feldern und Wiesen weiter.

Überraschend wenige Autofahrer waren seinem Beispiel gefolgt. Vielleicht wußten sie nicht, daß es diese Umgehung gab. Sie bot nicht nur eine freie Fahrbahn, sondern auch Aussichten wie die auf einen Sperber, der sich wie ein Stein fallen ließ, um sich, nur ein paar Meter entfernt, vom Grünstreifen ein kleines Beutetier zu holen; man bekam auch Pferde zu sehen, die in einer Koppel fröhlich umhertrabten, und ein herrliches langes Feld gelber Narzissen, die für Ostern gezogen wurden. Die Versuchung, anzuhalten und sich alles genau anzusehen, war groß, doch er widerstand ihr.

Seine Entscheidung und seine Entschlossenheit machten sich bezahlt. Er erreichte sein Ziel drei Minuten vor der verabredeten Zeit und mit der absoluten Gewißheit, daß er, wenn er in der Schlange geblieben wäre, noch irgendwo auf der Hauptstraße festsäße. Als er das Gebäude betrat, schlug eine nahe Kirchturmuhr elf; noch war seine Freude darüber, daß er es rechtzeitig geschafft hatte, ungetrübt, noch ahnte er nicht, daß ihn an diesem ereignisreichen Vormittag eine Reihe von bösen Überraschungen erwartete.

»Ah, Markby, setzen Sie sich doch«, forderte Superintendent McVeigh ihn mit täuschender Liebenswürdigkeit auf. »Der Verkehr nicht allzu schlimm? Sie sind ja unglaublich pünktlich.«

»Tatsächlich geht auf der Hauptstraße nichts mehr«, sagte Markby. »Ich bin auf die Landstraße ausgewichen.«

»Die Straßenarbeiten, nehme ich an«, sagte McVeigh. »Eigentlich sollten sie schon fertig sein. Aber das ist weder meine noch Ihre Sorge.«

Markby wandte nicht ein, daß es sehr wohl seine Sorge war, wenn er die bewußte Route nehmen mußte, um den Termin mit McVeigh einzuhalten. Er ließ sich auf dem angebotenen Stuhl nieder und stürzte sich ohne lange Vorrede auf das Thema, das ihn hergeführt hatte.

»Seit heute morgen besteht die entfernte Möglichkeit einer neuen Entwicklung im Baustellenmord, Sir. Sie steht noch nicht in den Akten, weil sie sich eben erst ergeben hat. Wahrscheinlich hat sie ohnehin mit dem Fall überhaupt nichts zu tun.« Kurz schilderte er die Umstände von Herseys Verschwinden. »Es gibt aber noch keinen Grund, ein Verbrechen zu vermuten. Doch Hersey scheint feste Gewohnheiten zu haben, und seine Schwester macht sich Sorgen. Andererseits ist natürlich alles interessant, was mit der Baustelle zu tun hat. Hersey wird zweifellos wieder auftauchen. Ich wüßte jedoch gern, wo er ist und was er macht.«

»Das ist gewiß merkwürdig«, sagte McVeigh und rutschte ein wenig unbehaglich in seinem Sessel herum. Er war ein großer Mann, nicht fett, aber kräftig und maß in Schuhen, Größe siebenundvierzig, über einen Meter neunzig. Er klagte häufig, die Sessel seien nicht groß genug, zumindest seien es die Sessel nicht, die man ihm zur Verfügung stelle. »Hersey – Ihrer Meinung nach ein unangenehmer Kerl, nicht wahr? Unkooperativ.«

»Sehr, doch das finden auch andere.«

»Mhm. Halten Sie es im Licht dieses scheinbaren Verschwindens für möglich – und bisher haben wir keinen Anlaß anzunehmen, daß es nicht freiwillig erfolgte –, daß er vielleicht Beweise zurückhält?«

»Ich bin fast überzeugt, daß Hersey mehr weiß, als er sagt. Ich habe keinen Beweis dafür, es ist nur ein Gefühl. Wenn es so ist, wird er uns aus reiner Bosheit nichts sagen. Doch wieder kann ich nicht beschwören, daß er etwas Relevantes weiß oder daß er, wenn er es weiß, auch weiß, daß er es weiß. Wenn Sie verstehen, was ich meine.«

»Ich verstehe Sie sehr gut. Würden Sie sagen, daß er nicht sehr intelligent ist?«

»Im Gegenteil, innerhalb der Grenzen seiner Welt ist er durchaus intelligent. Vielleicht sogar eher gerissen als intelligent, aber er hat eine gute Beobachtungsgabe und ein gutes Gedächtnis. Doch er ist stur wie ein Ochse, wie man auf dem Land sagt.«

»Wie steht es mit seiner Ehrlichkeit?«

»Er ist ehrlich genug, auf seine Art, aber seine Art mag weder die Ihre noch die meine sein. Ich halte ihn keines schweren Verbrechens für fähig, und er würde immer in eigenem Interesse handeln. Bei kleineren Diebstählen drückt er vielleicht ein Auge zu, wenn es sich für ihn lohnt. Aber da man ihm auf der Baustelle vermutlich die Schuld geben würde, wenn die Diebereien nicht aufhören, würde er wohl einschreiten. Das meine ich, wenn ich sage, ehrlich in seinem eigenen Interesse.«

McVeigh setzte sich wieder anders zurecht und murmelte etwas wenig Schmeichelhaftes über den Mann, der die Büromöbel entworfen hatte. »Und Sie haben gestern abend noch selbst mit ihm gesprochen?«

»Ja, aber danach habe ich ihn nicht mehr gesehen. Pearce ist jetzt unterwegs, um Herseys Spuren zu folgen.«

»Nun, dann lassen wir das für den Augenblick.« MvVeighs massige Hand griff nach einem Ordner, der vor ihm auf dem Schreibtisch lag. »Alles wird warten müssen, weil es etwas anderes gibt. Ich habe eine Nachricht, die für Sie so etwas wie ein Durchbruch sein könnte. Aber ich weiß nicht, wie Sie es aufnehmen werden.«

»So?« Mißtrauisch beäugte Markby den Ordner. Ein Sonnenstrahl fiel durchs Fenster und irrlichterte darauf herum. Sie brauchten dringend einen Durchbruch, aber wenn McVeigh so auf schüchtern machte, hieß das, daß etwas Unangenehmes damit zusammenhing. Und das konnte er ganz und gar nicht brauchen.

»Sehen Sie sich das an«, sagte McVeigh und klappte den Ordner endlich auf. Er reichte Markby eine Fotografie über den Schreibtisch.

Markby nahm und betrachtete sie. »He!« rief er. »Das ist der Tote! Ich meine, das ist er, als er noch am Leben war.«

»Ja, das stimmt. Sieht ein bißchen anders aus, wie?«

»Würde ich auch sagen«, entgegnete Markby leise. Wäre er in diesen Dingen unerfahren gewesen, hätte er den Mann auf dem Foto vermutlich nicht identifiziert. Das Gesicht war voller, er sah gutgelaunt aus, der Mund war zu einem Lächeln verzogen, und er hatte Lachfältchen in den Augenwinkeln. Ein lebendiger Mensch, keine Totenmaske. Hätte er dieses Foto zum Herumzeigen gehabt … Dann meldete sich das Mißtrauen.

Er blickte auf. »Woher haben Sie das?«

»Aus Frankreich. Ihre Vermutung, daß er Ausländer war, hat sich bezahlt gemacht. Er ist – war Franzose.«

Markby schossen gleichzeitig zwei Fragen durch den

Kopf, und in dem Bemühen, beide auf einmal loszuwerden, verhaspelte er sich. »Warum habe ich nicht – Sie meinen, er war ein Krimineller? Ich habe nicht – wo haben Sie das erfahren?« schloß er ungehalten.

»Warten Sie, ich erkläre es Ihnen«, sagte McVeigh beschwichtigend und wedelte mit seiner Pranke. »Nein, er war kein Krimineller. Er war Polizeibeamter.«

»Was?« Es riß Markby fast aus dem Sessel.

»Und als Antwort auf die andere Frage, die Sie, wie ich glaube, stellen wollten: Der Grund, warum die Antwort auf ihre Anfrage zuerst zu mir und nicht direkt zu Ihnen kam, ist der, daß er ein verdeckt arbeitender Drogenfahnder war. Und verdeckt bedeutet genau das. Niemand weiß etwas.«

»Man hätte es uns mitteilen müssen«, sagte Markby wütend. »Wenn wir Bescheid gewußt hätten, hätten wir ihn vielleicht schützen können. Vielleicht wäre er noch am Leben. Oder wenn er tot wäre, hätten wir wenigstens den richtigen Leuten Bescheid sagen können. Auf jeden Fall hätten wir gewußt, wer er war, und nicht mehr als eine Woche damit vergeudet, uns im Kreis zu drehen.«

»Ich gebe zu«, sagte McVeigh widerstrebend, »es hat zwischen den Abteilungen ein Defizit an Kommunikation, um nicht zu sagen, zuviel Verwirrung gegeben. Es scheint, daß es höheren Orts deshalb zu einer kleinen Unstimmigkeit gekommen ist, und die Franzosen sind sehr verärgert – wenn Ihnen das ein Trost ist. Sie haben einen ihrer besten Männer verloren und sind mit heftigen Beschuldigungen sehr schnell bei der Hand. Aber frei heraus gesagt, betrifft Sie das nicht. Das ist Politik, wenn Sie so wollen. Ihre Aufgabe ist es, seinen Mörder zu finden.«

»Ohne eine der hilfreichen Informationen, über die sie alle verfügen«, fauchte Markby zornig.

Es klopfte an der Tür. »Ah, das könnte die Hilfe sein, die Sie brauchen.« Das klang nicht so, als sei McVeigh selbst sehr überzeugt von dem, was er sagte.

Der Mann, der, energische Zuversicht ausstrahlend, hereinmarschierte, hatte einen schicken Maßanzug an, der die Wirkung des blassen, kompromißlosen Gesichts und des streng autoritären Gehabes unterstrich, das er zur Schau trug.

»Das ist Detective Chief Inspector Laxton von Scotland Yard, von den Drogenjungs«, sagte McVeigh mit der entschlossenen Herzlichkeit einer Gastgeberin, die ihre sich vorzeitig auflösende Party retten möchte. »Er ist von jetzt an auch mit dem Fall befaßt. Sie werden mit ihm zusammen arbeiten.«

»Bis zu einem gewissen Punkt«, sagte Laxton und streckte Markby die Hand entgegen, der sie nicht sehr begeistert nahm.

»Stimmt«, sagte McVeigh gereizt. »Laxton wird sich um die Drogen kümmern, denen der Franzose vermutlich auf der Spur war, und Sie leiten die Morduntersuchung. Das wird sich natürlich überschneiden.«

Markby schaffte es gerade noch, nicht zu sagen, das sei alles, was er brauche. Er fragte sich, ob McVeigh je das Sprichwort von den zu vielen Köchen gehört hatte. Aber McVeigh war nicht schuld. Eine Leiche in seinem Bezirk war Markbys Sache, doch die Drogenfährte, die der Franzose verfolgt hatte, fiel in Laxtons Zuständigkeitsbereich. Aber es war vorauszusehen, daß der gesamte Ruhm nur einem zufallen würde, wenn der Fall aufgeklärt wurde; nicht aber der Tadel, wenn es nicht gelang. Ein Fehlschlag würde nach wie vor der Untüchtigkeit der einheimischen Polizei zugeschrieben werden. Hatten sie Erfolg, würde Laxton nach Hause fahren und mit stolzgeschwellter Brust verkünden, er habe ihnen auf die Sprünge geholfen. Blieben sie erfolglos, würde er in seine Dienststelle zurückkehren, wehmütig den Kopf schütteln und spitze Bemerkungen über Landpolizisten loslassen.

»Vielleicht können Sie also für Laxton einen Schreibtisch finden, an dem er arbeiten kann, und geben Sie ihm Einsicht in Ihre Akten.«

»Aber gewiß doch«, sagte Markby grimmig. »Und bekomme ich auch seine Akten zu sehen?«

»Sie können alles sehen, was Sie wissen müssen«, sagte Laxton.

»Ich habe es für Sie zusammengestellt«, sagte McVeigh hastig und reichte ihm den dünnen Ordner vom Schreibtisch.

Nachdem Laxton als erster den Raum verlassen hatte, flüsterte der Superintendent Markby zu: »Tut mir leid, Alan, aber das liegt nicht mehr in meiner Hand.«

Bamford hatte ein kleines Polizeirevier, und es stand von Anfang an fest, daß der Schreibtisch, den Laxton benutzen sollte, in Markbys eigenes nicht allzu geräumiges Büro hineingequetscht werden mußte.

»Dann lassen Sie mal sehen, was Sie über den Fall haben«, sagte Laxton vergnügt. Er war offensichtlich keine empfindsame Seele. Die engstehenden Augen in seinem blassen Gesicht waren ständig in Bewegung, ihnen entging nichts. Er hatte kurzgeschorene Haare und lange, blasse Hände. Er erinnerte Markby an einen Croupier in einem zwielichtigen Spielclub. Markby reichte ihm seine Akte über den Toten und zog sich hinter seinen Schreibtisch zurück, um zu lesen, was McVeigh ihm gegeben hatte.

Er brauchte nicht lange, weil der Ordner nicht viel

enthielt. Das Foto. Eine kurze Aufzählung der Personalien des Franzosen. Sein Name war Maurice Rochet. Als er starb, war er zweiunddreißig Jahre alt und unverheiratet; er kam aus Pas de Calais. Er hatte fließend Englisch gesprochen und schon häufiger im Ausland ähnliche Fälle bearbeitet. Diesmal war er einer Schiffsladung Heroin auf der Spur gewesen, die, wie man glaubte, an der Südküste von einer Privatjacht angelandet worden war. Man hatte sie bis London verfolgt, wo sie, das vermutete man jedenfalls, geteilt und neu verpackt worden war. Eine Razzia in dem verdächtigen Lagerhaus kam geringfügig zu spät. Die Sendungen waren schon in verschiedene Richtungen hinausgegangen, und diejenigen, die Rochet verfolgt hatte, waren bereits in den South Midlands eingetroffen. Rochet war ihnen stehenden Fußes gefolgt.

Das Drogendezernat der Metropolitan Police, das zweifellos noch unter der stümperhaft durchgeführten Lagerhausrazzia litt, war durch den Verlust des französischen Beamten in noch größere Verlegenheit geraten. Kein Wunder, daß sie Laxton geschickt hatten, der entweder die verlorengegangenen Drogen herbeischaffen oder, wenn ihm das nicht gelang, zumindest für eine gewisse Schadensbegrenzung sorgen sollte. Wenn nötig, dachte Markby grimmig, auf Kosten der einheimischen Polizei, wenn auch dieser unfreundliche Gedanke nicht ausgesprochen werden durfte und böser Verdacht bleiben mußte. Ihm war bewußt, daß er sehr unwillig reagierte, weil man ihm jemanden aufgezwungen hatte, und daß er sich vorsehen mußte, um das Verhältnis zu dem neuen Kollegen nicht von vornherein zu verderben. Laxton gehörte nicht zu den Leuten, die auf Anhieb sympathisch wirkten, und er schien auch kein Mensch zu sein, der sich einer Situation mit dem erforderlichen Takt näherte.

Dickhäutig, dachte Markby verdrießlich, und scharfsinnig. Die übelste Kombination, die man sich vorstellen kann. Aber Scotland Yard hielt ihn für einen guten Mann und für hervorragend geeignet, abgestellt zu werden. Hätte Markby vor der Aufgabe gestanden, hätte er vermutlich auch Laxton geschickt.

»Haben Sie Rochet gekannt?« fragte er.

»Persönlich? Nein. Ich hatte von ihm gehört. Angeblich ein kluger Kopf. Arbeitete gern allein. Er war in die Peripherie der Gang eingedrungen, doch wie es scheint, haben sie es am Ende doch spitzgekriegt.«

»Aber er muß doch jemandem Bericht erstattet haben. Wurde er nicht vermißt?«

»Bei einem solchen Job kommt es schon vor, daß man sich eine ziemlich lange Zeit nicht meldet. Jeder Bericht wird zum Risiko. Vielleicht wußte er, daß er beobachtet wurde. Nach dem, was Sie hier haben« – Laxton tippte auf den Ordner, der vor ihm lag –, »war er wahrscheinlich der Mann, den die alte Dame in der Donnerstagnacht im Hof ihrer Farm ertappte. Haben Sie diese Farm durchsucht?«

»Witchett? Wir haben uns umgesehen. Aber nur, weil sie uns gerufen hatte. Da wir jetzt wissen, was wir suchen, werden wir es gründlicher tun. Doch diesmal werde ich einen Durchsuchungsbefehl beantragen müssen.«

»Man wird die Ware inzwischen weggebracht haben«, sagte Laxton vorwurfsvoll.

»Falls sie jemals dort war«, fauchte Markby. »Außerdem ist die Sache heiß, seit Rochets Leiche gefunden wurde, und sie haben es möglicherweise nicht gewagt, das Zeug wegzuschaffen.«

»Vielleicht sollten Sie einen Drogenhund einsetzen«, sagte Laxton.

Draußen wurde Pearce' Stimme laut, und Markby, der nicht wußte, was er auf die letzte Bemerkung antworten sollte, seufzte erleichtert. »Hier kommt mein Sergeant. Er sucht eine vermißte Person. Einen gewissen Jerry Hersey, Sie werden seinen Namen in den Akten finden.«

»O ja.« Laxtons lange, dünne Finger blätterten in den Seiten. »Polier auf der Baustelle, wo Rochets Leiche gefunden wurde. Irgendeine andere Verbindung?«

Pearce erschien in der Tür, sein Gesicht war gerötet, und offensichtlich brachte er eine wichtige Neuigkeit mit. Als er Laxton erblickte, blieb er mit zum Sprechen halb geöffnetem Mund wie angewurzelt stehen.

»Detective Chief Inspector Laxton, Scotland Yard, Drogendezernat«, sagte Markby ausdruckslos. »Er arbeitet jetzt auch an dem Fall, also lassen Sie hören, was immer es ist.«

»Nun gut«, sagte Pearce und beäugte Laxton nervös, »sie – eh – haben Hersey gefunden.«

»Gut«, sagte Markby, sofort besserer Laune. »Wenigstens diese Sache ist abgehakt.«

»Nun, nicht so richtig«, sagte Pearce vorsichtig. »Ich glaube, es wird Ihnen nicht gefallen, Sir.«

## KAPITEL 15

Die Hände in den Taschen, das blonde Haar vom Wind zerzaust, stand Markby auf dem Grünstreifen und sah zu, wie die übliche Routine ablief. Der Leichenwagen stand direkt hinter einem geparkten Polizeiauto. Die unmittelbare Umgebung war abgesperrt und Leitkegel aufgestellt worden, so daß die Straße nur einspurig befahrbar war. Unten im Graben war Fuller zu sehen, der sich zweifellos freute, wieder einen der »Gummistiefel-Jobs« bekommen zu haben, die er so interessant fand. Laxton, in Straßenanzug und leichten Straßenschuhen, beobachtete wie benommen über eine Hecke hinweg ein paar Schafe. Er sah absolut und völlig fehl am Platz aus. Seiner Miene nach zu schließen, hatte er das Gefühl, unter die schlimmsten Hinterwäldler geraten zu sein, die noch lebten wie im finstersten Mittelalter. Eines der Schafe, die er betrachtete, starrte zurück und blökte laut. Laxton suchte in seinen Taschen nach einer Zigarette und wanderte dann mürrisch den Grünstreifen entlang.

Fuller kletterte aus dem Graben und verkündete fröhlich: »Nach der ersten Untersuchung würde ich sagen, Genickbruch durch einen heftigen, gutgezielten Schlag von jemandem, der hinter ihm stand. Allgemein bekannt als Genickschlag.«

»Danke«, sagte Markby tonlos.

»Können wir ihn jetzt mitnehmen? Ihr Fotograf hat seine Bilder im Kasten. Je früher ich ihn auf den Tisch bekomme, um so früher kann ich Ihnen Einzelheiten mitteilen.«

»Aber gewiß, bedienen Sie sich«, sagte Markby verärgert.

Er sah zu, wie Herseys Leichnam in den Leichenwagen geschoben wurde. Pearce stellte sich mit Verschwörermiene neben ihn und sagte leise: »Mr. Wetherall nimmt es sehr schwer.«

Markby schaute in die andere Richtung, wo der Architekt wie ein Häufchen Elend, den Kopf in die Hände gestützt, auf der Böschung saß.

»Ich rede mit ihm. Sie bleiben hier und gehen mit Mr. Laxton, wenn er Sie braucht. Wenn wir den Haussuchungsbefehl durchkriegen, wird er die Witchett Farm durchsuchen wollen, und mir wäre es lieb, wenn Sie mit ihm gingen. Die alte Dolly kennt Sie. Ich kümmere mich um die Sache hier.«

Er ging zu Steve, bückte sich und berührte seine Schulter. »Alles in Ordnung?«

»Nein«, sagte Steve und blickte wie gehetzt auf. »Es geht mir verdammt schlecht. Das ist jetzt das zweite Mal in nicht ganz zwei Wochen, daß mir das passiert. Dir macht es wahrscheinlich nichts aus, du kennst es ja. Aber ich bin es nicht gewöhnt, daß mir ständig Leichen gewissermaßen vor die Füße fallen.«

»Gewöhnt bin ich es auch nicht«, sagte Markby mild. »An Mord gewöhnt man sich nie. Warum gehen wir nicht ins Fox and Hounds und reden dort?«

Wetherall stand auf und trottete, Markby hinter sich, unglücklich in Richtung des Pubs. Auf dem Parkplatz sah Patch, der noch im Auto eingesperrt war, sie kommen und begann laut bellend wie verrückt auf dem Rücksitz hin- und herzuspringen, sichtlich empört, weil er nicht dabeisein durfte. Markby setzte Steve auf eine Holzbank und ging nachsehen, ob er einen Whisky bekommen konnte, obwohl das Pub am Nachmittag theoretisch geschlossen hatte.

Er hatte Erfolg. »Hier hast du«, sagte er, als er zurückkam. »Das wird dir helfen.«

»Ich hab den Mann nicht gemocht«, sagte Wetherall heftig. »Aber daß er stirbt, wollte ich nicht.« Er nahm das Glas und fügte düster hinzu: »Prost.«

»Natürlich wolltest du das nicht.«

»Es war Fahrerflucht, nicht wahr?«

»Wieso kommst du denn darauf?«

»Es muß Fahrerflucht gewesen sein.« Streitsüchtig streckte Steve das Kinn vor. »Was sonst? Das Straßenstück ist unbeleuchtet. Es war spät abends. Wahrscheinlich hat der Fahrer nicht einmal gemerkt, daß er jemanden umgefahren hat.«

»Keine Schleuderspur auf der Fahrbahn, keine entsprechenden Prellungen oder Blutergüsse am Körper. Tut mir leid, aber ich denke, einen Zusammenstoß zwischen Fußgänger und Auto können wir ausschließen. Jemand scheint Hersey sehr effizient den Hals gebrochen zu haben.«

»Gut, dann war es eben ein Straßenräuber«, sagte Steve trotzig.

»Da draußen? Auf einer Landstraße? Er hätte die ganze Nacht warten können, ohne einem Opfer zu begegnen. Außerdem hat Hersey gestern nicht mit Geld um sich geworfen, wie die Bedienung ausgesagt hat. Hersey war anscheinend sehr sparsam, hat nie jemanden zu einem Drink eingeladen. Abgesehen davon läßt ein gebrochenes Genick auch nicht auf Straßenräuber schließen. Tut mir leid, auch das kommt nicht in Frage.«

»Dann sprichst du von einem zweiten verdammten Mord!« schrie Steve. »Wer in aller Welt sollte Jerry Hersey umbringen wollen?«

»Nach allem, was ich über ihn weiß, praktisch jeder, der mit ihm zu tun hatte«, sagte Markby trocken.

Es folgte ein langes, bedeutungsschweres Schweigen. »Na schön«, sagte Steve ruhig. »Ich habe ihn verabscheut. Gestern abend habe ich vor Meredith sogar einen sehr schlimmen und geschmacklosen Witz gemacht. Ich habe gesagt, wenn es mir früher eingefallen wäre, hätte ich Hersey eins auf den Schädel gegeben und ihn in Beton gegossen. Aber ich hab's nicht ernst gemeint. Das heißt, ich hätte es nicht getan. Und ich habe es auch nicht getan.«

»Ich unterstelle doch nicht, daß du es getan hast.«

Steve griff zum Whisky und trank ausgiebig. »Hör zu, Alan, ich bin sicher, du hast auch so alles getan, aber ich wünschte mir, daß du die Sache aufklärst. Auf der Baustelle wird die Hölle los sein, sobald das bekannt wird. Die Arbeiter werden geschlossen abmarschieren. Newman bekommt einen Herzinfarkt. Ich wünschte bei Gott, ich hätte mit diesem Projekt nie etwas zu tun gehabt. Es ist verflucht. Das meine ich ernst. Es ist wirklich so, als habe eine böse Macht es verhext.«

Er erhaschte den Anflug eines Lächelns in Markbys Gesicht und platzte wütend heraus: »Und das ist verdammt nicht komisch. Ich mache keine Witze, und ich habe auch keine allzu lebhafte Phantasie. Weißt du, daß man sich erzählt, an der Stelle, wo wir jetzt bauen, sei vor langer Zeit eine alte Begräbnisstätte gewesen?«

»Ja, der Friedhof der Grauen Leute. Aber wo der wirklich war, steht nicht fest. Meredith ist sehr daran interessiert, ihn zu finden.«

»Ich weiß. Sie war da und hat Fragen gestellt. Lucy,

die Verkaufsrepräsentantin, war damals auch da und sagt, Hersey sei fast in die Luft gegangen bei dem Gedanken, es könnten noch mehr Leichen oder Überreste auftauchen.«

»Es wurden doch keine gefunden, oder? Gebeine, meine ich.«

»Nein – und falls jemand etwas gefunden hat, hat er es nicht gesagt. Oder sie haben gedacht, es seien Tierknochen, weil dort, wie wir alle wissen, früher eine Farm war.«

»Das klingt für mich, als wärt ihr nicht auf dem Grundstück der alten Begräbnisstätte. Hör zu, Steve, ich will dir wirklich nichts einreden, aber es ist sehr leicht, sich aufgrund einer alten Legende einzubilden, daß jedes Mißgeschick mit Hexerei oder einem Fluch oder ähnlichem zu tun hat. Es wäre verrückt, einen Mord in die Kategorie Fluch oder Hexerei einzuordnen. Morde passieren an den unwahrscheinlichsten Orten, und eine Leiche in einem Graben bedeutet nicht, daß der Ort verhext ist.«

Steve sah leicht beschämt, aber noch immer bockig aus. »Nun, es war auf der Baustelle einfach von Anfang an irgendwie seltsam. Mehrere Arbeiter haben die eigenartige Atmosphäre erwähnt – und das, bevor der Bagger den Toten ausgegraben hat.«

Markby sagte beschwichtigend: »Ich bezweifle, daß es sich als Werk einer übernatürlichen Macht herausstellen wird. Es ist leider ein nur allzu menschliches Übel.«

Es folgte eine Pause; dann fragte Steve: »Wer ist der andere Typ? Der in dem schicken Anzug.«

»Ein Kollege aus London, der heruntergekommen ist, um eigene Ermittlungen anzustellen.«

Steve war zwar durcheinander, erkannte jedoch sofort, was diese Erklärung zu bedeuten hatte. »So wichtig ist die Sache also?«

»Vielleicht«, antwortete Markby unverbindlich.

Wieder eine Pause. »In was könnte Hersey verwickelt gewesen sein?« fragte Steve gereizt.

»Hast du einen Vorschlag?«

»Nein. Es sei denn, er hat unter der Hand ein paar Ziegel oder Säcke Zement verkauft. Doch dafür wird man nicht umgebracht.«

»Gewöhnlich nicht.«

»Ich wünschte mir nur«, sagte Steve mißmutig, »er hätte sich anderswo erschlagen lassen und ein anderer armer Teufel hätte ihn gefunden.«

»Ja, das war Pech.«

»Pech?« Steve starrte Markby ungläubig an. »Pech? Glaub mir, ich werde noch paranoid deswegen. Allmählich habe ich das Gefühl, daß jemand hinter mir her ist.«

»O ja«, sagte Markby bedächtig, »ich habe mich schon gefragt, wie ich darauf zu sprechen kommen könnte. Es wäre klug, wenn du ein paar Vorsichtsmaßnahmen treffen würdest. Park deinen Wagen auf gut beleuchteten Plätzen. Geh mit deinem Hund nicht auf einsamen Feldern spazieren. Laß deine Fenster geschlossen, und schließ die Türen ab.« Steve sah ihn entsetzt an. »Schon gut«, sagte Markby beschwichtigend, »ich glaube nicht, daß du in Gefahr bist. Aber wir wissen schließlich nicht, was der Mörder im Sinn hat. Er könnte denken, daß du etwas weißt, etwas gesehen hast... Vielleicht hat er das auch von Hersey gedacht, und Hersey wurde ermordet. Also sei vernünftig.« Er stand auf. »Du kannst jetzt nach Hause fahren, wenn du willst. Wir wissen ja, wo du zu finden bist. Und sprich mit niemandem darüber. Ich muß jetzt zu Herseys Schwester. Man hat es ihr schon gesagt. Kennst du sie eigentlich?«

Wetherall schüttelte den Kopf. »Kann mir gar nicht

vorstellen, daß Hersey eine Schwester hatte – oder eine Mutter, armer Teufel.«

Mrs. Chivers war eine magere Frau Ende Fünfzig mit einer Haut, die sehr fein und papierähnlich war und mit den Jahren wie altes Waschleder zerknittert war. Das kurzgeschnittene ergrauende Haar trug sie in der Mitte gescheitelt und an den Schläfen von je einer Haarklammer gehalten. Obwohl ihre Augen vom Weinen gerötet waren, sah man noch immer, daß sie früher ein hübsches Mädchen gewesen war.

Die abgearbeiteten Hände ringend, flüsterte sie kaum hörbar: »Jerry war ein guter Mann.«

Das hatten weder Markby noch Steve oder Meredith, noch irgend jemand sonst gefunden, der mit dem Polier zu tun gehabt hatte. Als einziger hatte Alwyn ein gutes Wort für ihn gehabt. Dennoch sagte Markby fest: »Davon bin ich überzeugt, Mrs. Chivers.«

Sie schien Mut und Kraft zu sammeln, und ihre Stimme wurde ein wenig lauter. »Deshalb hab ich gewußt, daß ihm etwas passiert sein mußte, als ich sah, daß er nicht nach Hause gekommen war. Er wäre nie weggeblieben, so daß ich mir Sorgen um ihn machen mußte. Wenn er die Absicht gehabt hätte, nachts auszubleiben, hätte er es mir gesagt.«

»Ja. Hatte Jerry Probleme, Mrs. Chivers?«

Sie sah ihn ratlos an. »Probleme?«

»Ja, persönliche Schwierigkeiten irgendwelcher Art.«

»O nein. Auf der Arbeit hatten sie ein paar Schwierigkeiten.«

»Was für Schwierigkeiten waren das? Hat er mit Ihnen darüber gesprochen?«

Sie schüttelte den Kopf. »Die üblichen eben. Außer als

sie den Leichnam gefunden haben. Jerry hat sich sehr darüber aufgeregt. Das haben sie alle. Die Polizei hat Fragen gestellt.«

»Ich weiß. Hat Jerry sich darüber Gedanken gemacht, wer der Tote war oder was er hier getan haben mag?«

Sie schüttelte den Kopf. »Jerry hatte ein paar Schwierigkeiten mit Kids, jungen Hooligans. Doch das ist schon ein paar Wochen her.«

»Erzählen Sie mir davon.«

»Sie haben ihn auf Motorrädern gejagt. Junge Teufel!« Ihre blassen Wangen röteten sich, und ihre Stimme wurde lauter. »Sie haben ihn in den Fluß gejagt, und er mußte nach Hause gehen und trockene Sachen anziehen. War tropfnaß. Hätte sich den Tod holen können.« Bei der unglücklichen Formulierung kam sie ins Stocken und unterbrach sich mit einem unterdrückten Schluchzen.

»Aber er hat den Zwischenfall nicht der Polizei gemeldet?«

Unsicher sah sie vor sich hin. »O nein – es waren ja nur Kids. Trugen Helme mit Visieren aus Rauchquarzglas, da sieht man ihre Gesichter nicht.«

Das war ein neuer Gedanke, der es möglicherweise wert war, verfolgt zu werden. Doch ganz offensichtlich wußte sie nicht mehr darüber oder konnte sich im Moment nicht daran erinnern. Er schnitt ein anderes Thema an. »Was hat Jerry in seiner Freizeit gemacht?«

»Ist nur ab und zu ins Fox and Hounds gegangen. Am Wochenende hat er in meinem Garten gearbeitet.«

Markby war überrascht. Er hatte Hersey, der sich immer und überall quergelegt hatte, nicht gemocht. Doch anscheinend war der Mann, ohne daß er selbst es geahnt hatte, ein ebenso eifriger Gärtner gewesen wie er. Wenn er es gewußt, Hersey in diesem Licht gesehen und sein

Vertrauen mit ein paar Worten über Ungeziefervertilgung im Garten oder eine neue Art von Gartenwicken gewonnen hätte, egal womit, wäre ihre Beziehung eine ganz andere gewesen. Zu spät, um dieses Wissen zu verwerten. Er hatte Hersey viel zu vorschnell beurteilt. Vielleicht hatte Alwyn recht gehabt.

»Wie steht es mit Besuchen?« fragte er. Wieder schien sie verwirrt, also formulierte er die Frage neu. »Ist jemand zu Ihnen ins Haus gekommen, um mit Jerry zu sprechen?«

Sie schüttelte den Kopf. Ihre Augen füllten sich langsam mit Tränen. »Nein. Ich weiß nicht, wie ich ohne Jerry fertig werden soll. Seit Fred – mein Mann – gestorben ist, hat Jerry alle Reparaturen erledigt, hat gestrichen und tapeziert, den Garten gepflegt, ein neues Bad eingebaut ...«

»Es tut mir sehr leid«, sagte Markby lahm, aber er meinte es ernst. »Später kommt eine Polizistin zu Ihnen und wird noch einmal mit Ihnen sprechen. Haben Sie eine Freundin, die herauskommen und eine Weile bei Ihnen bleiben könnte?«

»Vielleicht Elsie«, sagte sie kaum verständlich und fügte hinzu, sie sei wirklich ganz in Ordnung, es sei nur der Schock.

»Elsie? Wo wohnt sie? Können wir ihr einen Wagen schicken, um sie zu holen?«

»Elsie Winthrop von der Farm, von Greyladies. Aber wahrscheinlich hat sie zuviel zu tun.«

»Mrs. Winthrop!« Markby blinzelte. »Sie sind mit ihr befreundet?«

»Ja, wir besuchen zusammen die Versammlungen des Frauenverbandes. Sie holt mich mit dem Auto ab.«

»Deshalb war Alwyn nett zu Jerry.« Markby dachte laut.

Es war keine Frage, doch sie nahm es als solche. »Er hat Alwyn natürlich gekannt. Aber befreundet waren sie eigentlich nicht. Ich wohne hier außerhalb der Stadt. Greyladies Farm ist unser nächster Nachbar. Außer Fox and Hounds, natürlich, aber mit Pubs habe ich nichts zu tun.«

Markby versuchte dieses winzige Stückchen Wissen in ein Gesamtbild einzufügen, legte es am Ende jedoch zu dem Durcheinander, das er in einer Art geistiger Sammelschachtel im Kopf hatte. Es schien keine große Hilfe zu sein, doch es war ein Hinweis darauf, was für erstaunliche Tatsachen man erfuhr, wenn man mit den Leuten redete. »Wenn Ihnen etwas einfallen sollte, egal was, das Jerry gesagt oder getan hat, etwas Ungewöhnliches, das sonst nicht seine Art war, oder wenn er in den letzten zwei, drei Wochen irgend etwas bemerkt hat, das er merkwürdig fand, dann lassen Sie es mich wissen. Rufen Sie nur im Revier an, und fragen Sie nach mir, Chief Inspector Markby, oder, wenn ich nicht da bin, nach Sergeant Pearce.«

Vor dem Cottage blieb er stehen und schaute sich um. Das Haus selbst war aus roten Ziegeln, ungefähr zur Zeit des Ersten Weltkriegs gebaut; der Garten ordentlich, aber phantasielos. In den Gemüsebeeten Frühlingspflanzen in sauberen Reihen. Die Forsythien, die vor wenigen Wochen üppig gelb an den roten Mauern geblüht hatten, welkten und waren schon sorgfältig beschnitten worden. Jerrys Arbeit, vermutlich. Ein Leben wie Millionen anderer ohne jeden Hinweis darauf, warum es jemand auslöschen sollte.

»Es sieht so aus, als ob ihm jemand aus dem Pub gefolgt wär«, sagte Pearce später. »Außer er hat, als er nach Hause ging, jemanden auf der Straße aufgescheucht. Doch seit der Hauptverkehr über die Autobahn rollt, ist es hier sehr still. Er hat bestimmt nicht erwartet, zwischen dem Pub und dem Cottage jemanden zu treffen.«

»Es sei denn, jemand hat auf ihn gewartet – jemand, der wußte, daß das sein Heimweg war.« Markby seufzte tief auf. »Verdammt, verdammt, verdammt! Was geht auf dieser Baustelle vor? Vielleicht hatte er Streit mit einem Arbeiter, hat gedroht, ihn zu entlassen? Niemand mochte ihn. Ein Rachemotiv? Der andere, wer es auch war, hat zwischen den Hecken auf ihn gewartet. Er kannte Herseys Trinkgewohnheiten, und im Schutz der Dunkelheit – wum!«

»Es hat etwas mit der Schiffsladung Drogen zu tun«, sagte Laxton laut und streitsüchtig. »Sie werden sehen. Ich werde mir diesen Haussuchungsbefehl besorgen und lasse diese Farm durchsuchen – wie heißt sie noch? Witchett?«

»Ja, tun Sie das«, sagte Markby zerstreut. »Ich fahre zu Newman, dem Bauunternehmer. Pearce, Sie fahren auf die Baustelle und vernehmen die Leute noch einmal. Alle.«

»Damit werde ich mich dort aber beliebt machen«, sagte Pearce sarkastisch. »Der nächste, den sie in einem Graben einbetoniert finden werden, bin ich.«

Markby sah ihn finster an. »Tatsächlich ist das weder lustig noch ausgeschlossen. Ich muß Sie genauso warnen wie Wetherall. Passen Sie auf. Jemand dort unten ist ein Killer.«

## KAPITEL 16

Nachdem er Dudley Newman angerufen und informiert hatte, daß es im »Baustellenmord« – unter diesem Namen war der Mord an Rochet allgemein bekannt geworden – eine neue, unheilvolle Entwicklung gab, hatte der Bauunternehmer vorgeschlagen, Markby solle sich bei ihm zu Hause mit ihm treffen. Er wohnte außerhalb von Bamford am Rand eines der umliegenden Dörfer. Das Haus war groß, ebenso wie der Garten, in dem es lag, und von einer hohen Mauer mit einem eindrucksvollen schmiedeeisernen Tor umgeben. Das Tor stand offen, vermutlich um Markby einzulassen. Nur nicht einschüchtern lassen, dachte Markby, als er es passierte. Andererseits konnte er sich des Gefühls nicht erwehren, daß irgendwie und irgendwo irgend jemand ein wenig übertrieb.

Der Chief Inspector nahm die linke Hälfte zweier geharkter Halbkreise, die um beide Seiten eines Mittelrasens herumführten und vor der Haustür zusammentrafen, eine Art privates Verkehrssystem. Unterwegs kam er an einer diskret hinter Sträuchern verborgenen, abseitsstehenden Doppelgarage vorüber. Das Haus selbst sieht neu aus, dachte Markby, als er aus dem Wagen stieg, ein schöner, luxuriöser Bau. Ein Haus eben, wie es ein erfolgreicher und wohlhabender Bauunternehmer leicht für sich bauen konnte. Die Haustür wurde durch eine große, pseudopalladianische Vorhalle geschützt, und hinter den bis zum Fußboden reichenden Fenstern zu beiden Seiten sah man Samtvorhänge, die mit Seidenkordeln zurückgehalten wurden. Nichts von alledem konnte man sich vom Gehalt eines Polizeibeamten leisten.

Er wandte sich vom Haus ab und überblickte den Garten. Was für ein Unterschied zu den winzigen Stückchen Land, die man in der Wohnanlage widerwillig den neuen Häusern zubilligte und die sich »Garten« nannten. Newmans Haus sah aus, als sei es in die Mitte eines Feldes hineingestellt und das umliegende, nicht verbaute Grundstück von einem Landschaftsgärtner sorgfältig angelegt worden. Koniferen und andere Sträucher und Bäume säumten es. Neugierig spähte Markby um die Ecke. Weit entfernt sah er eine weiße Mauer, die von einem zweiten, aber schmäleren schmiedeeisernen Tor durchbrochen wurde, das in irgendeinen umfriedeten Teil des Gartens führte. Es wirkte irgendwie spanisch, und er war überzeugt, daß sich hinter der Mauer ein privater Swimmingpool befand. Für ihn schrie dieses so ordentliche Stück Land laut, daß hier niemand ein Gärtnerherz hatte. Es war so angelegt, daß es nur ein Minimum an Pflege brauchte, mit viel Rasen, der von einem leistungsfähigen Motorrasenmäher geschnitten werden mußte, ohne Blumenbeete, die gejätet werden mußten, und ohne Design. Für Markby eine jämmerliche Verschwendung von Potential. Seufzend wandte er sich wieder der klassizistischen Haustür zu.

Auf sein Klingeln meldete sich laut bellend ein Hund. Es klang nach einem großen Wachhund. Markby hatte für Hunde nichts übrig, besonders nicht für große. Mit kleinen wie Steves Patch kam er zurecht, doch jetzt hatte er die erschreckende Vision, gleich einem großen, muskulösen Dobermann oder einem anderen Tier mit bösartig gefletschten Fangzähnen gegenüberzustehen. Glücklicherweise mußte jemand das Tier eingesperrt haben, denn das Bellen klang zu seiner größten Erleichterung jetzt leiser. Die Tür wurde von einer adretten Blondine Anfang Vierzig in einem pinkfarbenen Seidenhemd und marineblauen Slacks geöffnet. Sie lächelte unsicher, als sie ihn ins Haus bat.

»Dudley erwartet Sie. Ich hoffe, Sie bringen keine schlechten Nachrichten. Er ist jetzt schon aufgeregt genug. Ich meine, er ist nervös, seit der Tote in den Fundamenten gefunden wurde. Wir – wir mußten unseren Urlaub absagen, wollten eine Kreuzfahrt durch die Karibik machen und bedauern sehr, daß wir verzichten müssen. Wir hatten uns so darauf gefreut. Aber Dudley hat gemeint, wir sollten in der Nähe bleiben, bis alles geklärt ist, diese ganze unangenehme Geschichte, meine ich. Dudley ist ein so ordentlicher Mensch. Lose Enden mag er gar nicht.«

»Mrs. Newman?« fragte Markby höflich.

»Ja – entschuldigen Sie. Ich hätte mich vorstellen sollen.«

»Ich glaube, wir haben uns gestern abend nur um ein Haar verpaßt. War mit ein paar Freunden im Fox and Hounds und habe Ihren Mann gesehen. Er war auf dem Weg zur Bar, um Ihre Drinks zu holen.«

Sie sah ihn verständnislos an, zuckte dann mit den Schultern, als habe man sie gestoßen, und sagte: »Ach ja, wir gehen nicht oft in Pubs. Dudley dachte, es könnte eine nette Abwechslung sein. Er ist im Wohnzimmer. Kommen Sie bitte.«

Sie machte kehrt und eilte mit klappernden Absätzen durch die Halle. Als er ihr folgte, stellte er fest, daß der Hund hinter einer Tür am anderen Ende eingeschlossen sein mußte. Markby hörte das Tier scharren und schwer atmen, als es schnüffelnd die Nase in einen Türspalt steckte, weil es den Fremden roch. Er hoffte, daß man es erst wieder herausließ, wenn er über alle Berge war.

Sie führte ihn in ein großes Zimmer mit Ausblick auf den Garten hinter dem Haus, noch mehr Rasen und die Swimmingpool-Hazienda.

Newman schien seinen Besuch, auf dem farbenfrohen indianischen Teppich auf und ab gehend, erwartet zu haben. Als Markby eintrat, ging er mit jener Mischung aus Vorsicht und Zuversicht auf ihn zu, an die Markby sich von ihrer letzten Begegnung erinnerte.

»Chief Inspector!« Newman streckte die Hand aus. »Nett von Ihnen, sich die Zeit zu nehmen und zu mir herauszukommen. Darf ich Ihnen etwas zu trinken anbieten?« Er zeigte auf eine gut ausgestattete Hausbar. »Nein? Wie wäre es dann mit Tee? Nancy wird uns liebend gern einen brauen.«

»Nichts für mich, besten Dank«, sagte Markby und ließ sich in einen gutgepolsterten Sessel mit einem bunten Paradiesvogelbezug sinken. Die Polsterung gab unter ihm immer weiter nach, er sank immer tiefer ein und wußte, es würde extrem schwierig werden, einigermaßen elegant wieder in die Höhe zu kommen. Er saß viel näher am Fußboden, als er erwartet hatte, seine Knie stachen in die Luft, und er hatte die Wahl, die Ellenbogen entweder fest an seine Seiten zu pressen oder sie fast bis in Schulterhöhe zu heben, um sie auf die Armlehnen zu stützen.

Newman hatte den Sessel ihm gegenüber genommen, war aber an die Eigenschaften seine Mobiliars gewöhnt und kam natürlich viel besser damit zurecht als Markby, ohne auf so lächerliche Weise abzutauchen.

»Hat es Ihnen gestern abend im Fox and Hounds gefallen, Mr. Newman?« fragte Markby unverbindlich.

»Was? Nein, ich – wir waren recht enttäuscht.« Entschlossen legte Newman die Hände auf die Knie und beugte sich vor. »Hören Sie, Chief Inspector, ich wollte mich mit Ihnen nicht auf der Baustelle treffen, weil die Männer neugierig werden würden – und ich wollte nicht zu Ihnen aufs Revier kommen, weil es sich herumsprechen könnte, daß ich ein zweites Mal vorgeladen worden sei, und die bösen Zungen weiß der Himmel was dahinter vermuten würden.«

»Oh – welche bösen Zungen denn?« erkundigte sich Markby.

»Sie wären überrascht«, sagte Newman mit Nachdruck. »Nancy würde es ihrer Mutter erzählen und die wiederum allen ihren Busenfreundinnen. Die Frau hat mich nie gemocht. Ich meine meine Schwiegermutter, nicht Nancy.«

»Das habe ich angenommen. Nun, es tut mir leid, Sie noch einmal stören und der Überbringer schlechter Nachrichten sein zu müssen.«

»Haben Sie inzwischen die Identität des Toten festgestellt?« fragte Newman besorgt. »Ich hoffe, es ist niemand, der etwas mit der Baubranche zu tun hatte.«

»Der Mann im Graben? Wir glauben jetzt zu wissen, wer er ist. Er hat mit der Baubranche nichts zu tun. Wir geben seinen Namen nur noch nicht an die Öffentlichkeit.«

»Ich verstehe. Wahrscheinlich wollen Sie zuerst die Angehörigen informieren.«

Markby murmelte etwas Unverbindliches und nickte. »Es gibt aber einen zweiten Toten, Mr. Newman. Deshalb bin ich hier.«

Es war interessant zu beobachten, welche Reaktion eine so direkt ausgesprochene Nachricht dieser Art auslöste. Newman saß zuerst wie erstarrt da, lässig hingegossen in seinen federweichen Sessel, und sah Markby dümmlich an. Dann wurde er feuerrot und flüsterte: »Auf der Baustelle?«

»Nein, nicht direkt auf der Baustelle …«

»Gott sei Dank!« stieß Newman hervor und fügte dann hastig hinzu: »Tut mir leid, wenn das herzlos klingt, aber wir hatten schon so viele Schwierigkeiten – und ich hatte Angst, Sie würden sagen, es habe einen Unfall auf der Baustelle gegeben. Die Leute von der Gewerbeaufsicht hätten mir gerade noch gefehlt.«

»Leider ist es diesmal jemand von der Baustelle«, fuhr Markby fort.

»Der Bauleiter hat mich heute schon angerufen. Er hat mir aber nur gesagt, daß jemand nicht zur Arbeit erschienen ist. Jetzt sagen Sie, es hat einen Toten gegeben? Wer ist es?«

»Hersey, Ihr Polier.«

»Das kann nicht sein!« Newman schrie es fast und fuhr halb aus seinem Sessel in die Höhe. »Er kann nicht tot sein.«

»Leider ist er's. Das bedeutet natürlich weitere Ermittlungen und zusätzliche Unannehmlichkeiten und zusätzliche Vernehmungen Ihrer Arbeiter, aber sie sind leider unumgänglich.«

In Newmans Gesicht arbeitete es erschreckend. »Sie meinen – es ist kein natürlicher Tod, kein Herzinfarkt oder so was? Jerry Hersey war kein so junger Mann mehr, nun ja, vierzig eben. Ich weiß, das ist nicht alt, aber hören Sie, sind Sie sicher, daß er nicht krank war und wir nur nichts davon wußten?«

»Ich hätte Ihnen sagen müssen, wie er gestorben ist«, sagte Markby. »Er wurde das Opfer eines sehr effizienten tätlichen Angriffs mit tödlichem Ausgang.«

Newman hatte begonnen, heftig zu schwitzen. Taumelnd stand er auf und schlurfte zur Hausbar. »Ich brauche jetzt einen Whisky«, sagte er mit heiserer Stimme. Markby sah zu, als er einschenkte und die Flüssigkeit auf den Tisch schwappte. »Wollen Sie wirklich keinen?« Newman hielt die Flasche in die Höhe. »Okay, sagen Sie's, wenn Sie es sich anders überlegen.« Er goß Soda in seinen Drink und kehrte zu seinem Sessel zurück.

»Was Sie da sagen, ist ein Schock, und ich gebe gern zu, daß es mich umgehauen hat«, sagte er, nachdem er ausgiebig getrunken hatte. »Jerry Hersey?« Er runzelte die Stirn. »Warum zum Teufel Jerry? Wie ist es passiert? Sind Sie absolut sicher, daß es kein Unfall gewesen sein kann?« Seine Stimme bekam einen flehenden Unterton.

»Definitiv kein Unfall. Jemand hat ihn mit voller Absicht ermordet.« Newman zuckte bei dem Wort zusammen, und Markby fuhr fort: »Er war gestern abend auch im Pub, haben Sie ihn zufällig gesehen? Ich habe selbst ein paar Worte mit ihm gewechselt.«

»Ich – ich denke nicht«, nuschelte Newman. »Das Lokal ist der reinste Kaninchenbau und war gestern abend ganz besonders voll. Außerdem wäre Hersey wahrscheinlich in einen anderen Raum verschwunden, wenn er mich zuerst gesehen hätte. Aus keinem bestimmten Grund, verstehen Sie, aber er war von Natur aus nicht gesellig, wie Sie wohl selbst wissen.«

»Er hätte Sie nicht in der Hoffnung begrüßt, von Ihnen zu einem Drink eingeladen zu werden?«

Newman zögerte. »Möglicherweise, wenn ich allein gewesen wäre. Aber Nancy war auch da.« Der Bauunternehmer rieb sich mit der Hand die schweißbedeckte Stirn. »In meinem Kopf dreht sich alles. Erzählen Sie, ich muß alle Einzelheiten wissen.«

Markby berichtete, daß Mrs. Chivers angerufen und ihren Bruder als vermißt gemeldet hatte und Hersey später unweit des Pubs tot im Straßengraben gefunden worden war. Während er sprach, merkte er, daß Newman sich langsam wieder faßte; sein Gehirn arbeitete fieberhaft, als er versuchte, das Erfahrene irgendwie einzuordnen, und nach einer Erklärung suchte, die Herseys Tod nicht mit der Baustelle in Zusammenhang brachte.

Als Markby geendet hatte, sagte der Bauunternehmer aggressiv: »Ich verstehe es nicht. Hersey war nicht beliebt. Aber ihn töten? Wer sollte das getan haben? Es wäre Unfug zu denken, daß einer von den Männern so etwas tun würde. Unvereinbare Charaktere auf einer Baustelle, das ist alltäglich. Das geht aber nicht bis zu Mord. Die Männer, die dort arbeiten, würden alles tun, um Schwierigkeiten zu vermeiden.«

»Wer hat Hersey als Polier eingestellt?« fragte Markby.

»Das war ich.« Newman hob die Hand, um weiteren Fragen zuvorzukommen. »Oh, ich weiß, er ist – war schwierig und mürrisch und meckerte ständig, aber die Baubranche kannte er in- und auswendig. Er hat viele Jahre für mich gearbeitet, und ich wollte ihn nicht entlassen, da er so schnell keinen anderen Job gefunden hätte.« Newmans Blick duldete keinen Widerspruch.

»Ich weiß, daß ihm vieles nicht gepaßt hat«, begann Markby taktvoll. »Aber hat er sich über etwas Besonderes beschwert?«

»Über alles«, sagte Newman einfach. »Ununterbrochen. Immer. Jerry änderte sich nie, war immer derslbe. Das beachtet man gar nicht mehr. Beachtete man nicht mehr. Zum Teufel, immer diese Vergangenheitsform …«

»Ja, daran muß man sich erst gewöhnen.«

»Jerrys Schwester«, sagte Newman plötzlich. »Haben

Sie nicht gesagt, sie habe ihn als vermißt gemeldet? Sie – weiß Bescheid, nehme ich an.« Markby nickte, und Newman fuhr fort: »Ich werde sie besuchen müssen. Bin ihr einmal begegnet, vor langer Zeit. Nette Frau. Muß sie fragen, ob sie etwas braucht.«

»Danke«, sagte Markby, und Newman stieg in seiner Wertschätzung eine Stufe höher. »Mir ist klar, daß Sie dadurch auf der Baustelle noch mehr Schwierigkeiten bekommen – im Hinblick auf Ihre Termine.«

Newman zuckte resigniert mit den Schultern. »Dagegen kann ich nichts tun. Das ganze Projekt ist verhext.«

»Ja, ich glaube, Mr. Wetherall, der Architekt, neigt ebenfalls zu dieser Vermutung. Zufällig hat er Herseys Leiche gefunden, als er in der Mittagspause mit seinem Hund spazierenging.«

»Steve hat ihn gefunden?« Newman sah bestürzt aus. »Armer Kerl. Steve ist ein guter Mann. Wie scheußlich für ihn. Er hat Hersey zwar nicht gemocht, aber ...« Newman unterbrach sich, über sich selbst entsetzt. »Hören Sie, Chief Inspector, damit wollte ich nicht andeuten, daß – es ist mir einfach rausgerutscht. Ich wollte Steve nicht verdächtigen.«

»Nein, natürlich nicht. Uns ist klar, daß Hersey unbeliebt war. Obwohl er auch Freunde hatte. Ich habe selbst gehört, wie einer der einheimischen Farmer ihn verteidigte.«

»Doch nicht zufällig der rothaarige Bursche?« Newman hob die Brauen. »Ich weiß, daß er öfter auf der Baustelle war und mit Hersey geschwatzt hat.« Newman stellte das leere Glas ab und beugte sich vor. »Sagen Sie, Chief Inspector, was halten Sie eigentlich von den ortsansässigen Farmern? Haben Sie viel mit ihnen zu tun? Ich finde sie, nun, wenig entgegenkommend.«

»Tatsächlich? In welcher Beziehung?«

Newmans Verhalten war jetzt das eines Mannes, der über Dinge sprechen wollte, von denen er etwas verstand. Sein Selbstvertrauen nahm zu, und seine Sorgen verpufften, als er sich, fast mit Erleichterung, in seine Geschichte stürzte. »Die Baugesellschaft, die für dieses Bauvorhaben verantwortlich zeichnet, wollte schon seit längerer Zeit in der Gegend von Bamford bauen. Es ging darum, ein passendes Stück Land und, natürlich, die Baugenehmigung zu bekommen. Durch reines Glück kam die fast verfallene Lonely Farm auf den Markt. Die Gesellschaft hat sich sie geschnappt. Die Schwierigkeit war, daß sie gern ein bißchen mehr Land gewollt hätte, hätte sie es nur bekommen. Sie wandte sich an die Besitzer der beiden umliegenden Farmen.«

»Witchett und Greyladies?«

»Ja.« Newman nickte. »Ich begleitete den Repräsentanten der Baugesellschaft auf beide Farmen, um Landkäufe mit ihnen zu besprechen. Die Gesellschaft dachte, das sei eine gute Idee, da ich in der Gegend zu Hause bin. Ich kenne die hiesige Topographie, und mein Name ist hier bekannt. Sie wissen doch, wie das ist. Einheimische ziehen es manchmal vor, mit einer einheimischen Firma zu verhandeln. Doch wir bekamen von beiden Seiten unmißverständliche Absagen. Im Fall der Witchett Farm schien es lächerlich. Sie wird nicht einmal mehr bewirtschaftet. Aber die alte Dame dort ließ sich auf nichts ein. Wollte nicht einmal ein paar Äcker verkaufen.«

Newman schüttelte den Kopf. »Richtig unheimlich war es da. Alles noch so, wie es war, als der letzte Farmarbeiter sein Werkzeug aus der Hand legte, vor inzwischen mehr als fünfzehn Jahren. Kam mir fast ein bißchen so vor wie in *Große Erwartungen* von Charles Dickens, Sie wissen doch – Miss Havisham. Alles in einem Augenblick für alle Zeit erstarrt.«

»Ja, ich weiß.« Markby versuchte erfolglos, sein Erstaunen zu verbergen, Newman war ihm nicht wie ein literarisch gebildeter Mann vorgekommen.

»Ich bin ein Filmfan«, sagte der Bauunternehmer. »Nur für den Fall, daß Sie sich wundern. Ich liebe die alten klassischen Filme. Haben Sie *Große Erwartungen* gesehen? Die Szene, in der das Kind Pip auf der Flucht über den Sträfling stolpert. Wunderbar!« Er sah ein wenig verlegen aus. »In einem Film ist so was ganz in Ordnung, oder? Da gefriert einem das Blut in den Adern. Im realen Leben ist es kein Spaß. Das alles ist mir wirklich nahegegangen, das dürfen Sie ruhig wissen. Aber darüber habe ich gar nicht gesprochen. Ich habe Ihnen von den Besuchen auf den beiden Farmen berichtet. Die andere, Greyladies – o Gott!« Newman schnaubte. »Der alte Bursche dort, Winthrop, wurde ausfallend. Man kann es nicht anders nennen. Er war verdammt grob.«

»Und sein Sohn?«

»Ah.« Newman blinzelte vielsagend. »Der Rotschopf, von dem wir eben noch gesprochen haben. Er sagte nicht viel, aber er hörte sich an, was wir zu sagen hatten, und das ist mehr, als sein Vater getan hat. Ich schätze, wenn es an ihm und nicht am Alten gelegen hätte, wären wir zu einem Ergebnis gekommen. Tatsächlich ...« Newman senkte die Stimme, als säße er nicht in seinem Wohnzimmer und könnte von jemandem belauscht werden. »Ganz unter uns – und das darf auf keinen Fall ins Protokoll, Chief Inspector –, ich hatte einmal Gelegenheit, allein mit ihm zu sprechen, als er auf der Baustelle herumwanderte. Ich sagte ihm, wenn sich die Situation einmal ändern, sein Vater sich zurückziehen oder etwas anderes Unvorhergesehenes eintreten sollte... Nun, ich habe auf den Busch geklopft, bin aber nicht direkt geworden. Jedenfalls hab ich dem jungen Winthrop gesagt, er soll einfach zum Telefonhörer greifen und mich anrufen. Auch wenn diese Wohnanlage längst steht. Hätte nichts dagegen, auf eigene Rechnung ein bißchen Land zu erschließen. Ich war, wie Sie sehen, nicht allzu traurig, daß Mr. Winthrop senior nicht an die Gesellschaft verkaufen wollte, die jetzt baut. Wenn ich, sagen wir, in drei, vier Jahren Greyladies in die Hände bekäme, wäre ich hochzufrieden. Ein schönes Stück Land und von der neuen Autobahn nicht zu weit entfernt.«

Markby sagte plötzlich: »Auch ganz unter uns und nicht fürs Protokoll bestimmt – kommt Ihnen nie in den Sinn, daß sie das Gesicht dieser ganzen Landschaft verändern? Daß Sie gutes Bauernland mit Steinen zupflastern?«

»Das ist Business, Chief Inspector, da ist kein Platz für Sentimentalitäten. Aber ich bin kein Banause. Sehen Sie sich doch dieses Haus an!« Stolz wies Newman auf seine private Burg aus Ziegelsteinen und Mörtel, die sie umgab. »Ich baue Qualitätshäuser, keinen Schund. Ich bin stolz auf meine Firma und die Arbeit, die wir leisten.«

»Das glaube ich Ihnen«, sagte Markby niedergeschlagen. »Nun, ich danke Ihnen für Ihre Zeit. Wir werden unser Bestes tun, um die Angelegenheit so schnell wie möglich aufzuklären. Leider müssen wir aber wieder mit Ihren Angestellten und Arbeitern sprechen. Mein Sergeant Pearce ist wahrscheinlich jetzt schon auf der Baustelle.«

Newmans düstere Stimmung kehrte zurück. »Kann nicht behaupten, daß mich das glücklich macht, Chief Inspector. Aber ich verstehe natürlich, daß Sie Ihre Arbeit tun müssen. Ich hoffe nur – nun ja, ich hoffe nur, daß nicht noch mehr Leichen auftauchen.«

Auf der Rückfahrt nach Bamford ließ Markby sich Zeit und fuhr gemütlich über Landstraßen. Um die Wahrheit zu sagen, mied er sein eigenes Büro, das jetzt von Laxton besetzt war. Er mußte nachdenken und konnte es besser, ohne daß das Frettchengesicht seines unerwünschten Kollegen ihn beobachtete.

Bisher gab es noch nicht den geringsten Hinweis darauf, daß der Mord an Hersey irgendwie mit dem ersten zusammenhing. Doch Markby hätte seinen letzten Penny darauf verwettet, daß es so war. Was hatte Hersey gesehen oder entdeckt, und warum, zum Teufel, war dieser Mensch so störrisch gewesen und hatte sich geweigert, sein Wissen der Polizei anzuvertrauen? Hätte er es getan, wäre er vielleicht noch am Leben.

Hinter ihm wurde laut und ungeduldig gehupt, und Markby erschrak. Er schaute in den Rückspiegel und sah, daß die schmale Straße, eben noch leer, fast in ihrer ganzen Breite von einem eindrucksvollen dunkelblauen BMW eingenommen wurde, der überholen wollte.

Markby machte sich Vorwürfe wegen seiner Tagträumerei und fuhr entgegenkommenderweise an den Straßenrand. Der BMW schnurrte vorbei, geriet auf der anderen Seite auf den Grünstreifen und raste, eine Sandwolke hinter sich aufwirbelnd, davon. Markby hatte eben noch Zeit, festzustellen, daß er getönte Scheiben und ein ausländisches Kennzeichen hatte.

Ein ausländisches Kennzeichen? Markby wachte endgültig auf und preßte den Fuß aufs Gaspedal. Bamford lag an keiner Touristenroute. Der einzige Ausländer, der in letzter Zeit hier aufgetaucht war, war der französische Drogenfahnder gewesen, das erste Mordopfer. Jetzt ein ausländischer Wagen? Wahrscheinlich ein Zufall. Aber ein merkwürdiger und wert, untersucht zu werden.

Unglücklicherweise war es nicht leicht, den BMW mit seinem Wagen einzuholen, besonders da die schmale, kurvenreiche Straße mit einiger Vorsicht befahren werden mußte, die der andere Fahrer allerdings völlig außer acht gelassen hatte. Wohin wollte er wohl? Für einen ausländischen Wagen wie diesen wäre Oxford ein Ziel gewesen, doch er fuhr in die falsche Richtung. Dann nach Bamford? Wenn er dahin wollte, mußte Markby ihn nach einiger Zeit wieder sichten, sobald die Straße gerader verlief. Und nach ein paar Minuten sah er ihn auch.

Der BMW war ein dunkler Fleck auf der Straße, und er wollte wahrscheinlich tatsächlich nach Bamford. Markby fuhr schneller, aber der Abstand zwischen ihm und dem anderen Wagen wurde nicht kleiner. Wenn überhaupt, wurde er nur noch größer. Es wurde immer seltsamer. Vermutete der andere, daß er verfolgt wurde? Wenn ja, warum sollte es ihn nervös machen?

Markby versuchte es mit einem Experiment. Er bog in einen kleinen Feldweg ein, eine Abkürzung, die, wie er wußte, nach ungefähr einer Meile wieder auf die ursprüngliche Straße stieß. Als er wieder auftauchte, war der BMW keine ganze Viertelmeile vor ihm. Der Fahrer war langsamer geworden, hatte geglaubt, er habe Markby abgeschüttelt. Jetzt schoß der dunkelblaue Wagen plötzlich wieder davon. Der Fahrer hatte Markby im Rückspiegel gesehen und versuchte abermals zu entkommen. Einem Polizisten ist ein solches Verhalten immer verdächtig. Manche Fahrer von großen, schweren Wagen mochten es natürlich nicht, wenn man sich an sie hängte. Aber dieser Kerl war alarmiert, das spürte Markby bis in die Knochen. Er wußte nicht, wer Markby war, rechnete aber aus irgendeinem Grund damit, verfolgt zu werden, und wollte entkommen.

Vor ihnen machte die Straße eine Linkskurve, und der BMW verschwand wieder. Noch zweimal erhaschte Markby einen flüchtigen Blick auf ihn, aber als die Straße schließlich gerade verlief, war sie leer. Der BMW hatte sich in Luft aufgelöst.

Markby ging vom Gas. Es gab, soweit er sich erinnerte, bis zu den Außenbezirken von Bamford keine Abzweigungen mehr, außer man zählte ein paar Feldwege dazu, die zu Farmen und einem Steinbruch führten. Er begann, die Straße entlangzubummeln, blickte von Zeit zu Zeit in den Rückspiegel und hielt zugleich scharf Ausschau nach beiden Seiten.

Dennoch übersah er den BMW beinahe. Er stand seitlich der Straße hinter einer Hecke versteckt und parkte an der Einmündung eines schlammigen Feldwegs, der zu einem Wäldchen führte. Nur das Sonnengeglitzer auf poliertem Metall hatte Markby aufmerksam gemacht, und das im letzten Moment. Er hielt an und stieg aus.

Als er über den Grünstreifen zu der Einmündung ging, fiel ihm auf, wie still es hier war. Es gab keinen Verkehr und weit und breit keine menschliche Behausung. Die Bäume des Wäldchens raschelten geheimnisvoll. Das einzige deutliche Geräusch war hin und wieder ein weit entfernter Knall. Jemand schoß Tauben im Wald. Vorsichtig näherte er sich dem geparkten Wagen. Seine Nackenhaare stellten sich auf, und er hatte das unangenehme Gefühl naher Gefahr.

Der BMW war leer. Markby ging um den Wagen herum und spähte durch die dunkelgetönten Scheiben. Ein leichter Herrenregenmantel lag auf dem Rücksitz. Markby versuchte nicht, die Türen zu öffnen, das war immer riskant. Im besten Fall ging ein Alarm los, und er mußte peinliche Erklärungen abgeben. Im schlimmsten

Fall war vielleicht eine Bombe in dem Wagen versteckt. Statt dessen rief er laut: »Hallo! Jemand da?« Doch der Fahrer war nicht zu sehen. Einzige Antwort auf seinen Ruf war ein Flügelgeflatter im Wäldchen; dann war es wieder still.

Die natürlichste Erklärung war, daß der Fahrer sich ins Wäldchen verzogen hatte, um dem Ruf der Natur zu folgen. Grollend betrachtete Markby den schimmernden Wagen. Woher kam er? Wohin fuhr er? Wem gehörte er? Und wo, verdammt, war der Besitzer?

Aufmerksam horchend ging Markby den Feldweg zum Wäldchen entlang. Im Gras lagen ein paar alte Patronenhülsen. Offensichtlich wurde hier häufig geschossen. Vielleicht war auch der Fahrer des BMW hergekommen, um Tauben zu schießen. In einen Wald einzudringen, in dem ein Mann mit einem Gewehr unterwegs war – ein Mann, der nichts von Markbys Anwesenheit wußte, war nicht ratsam. Markby konnte kaum etwas anderes tun als kehrtzumachen, die Suche aufzugeben und die Fahrt nach Bamford fortzusetzen.

Langsam und vorsichtig ging er, sich dicht am Waldrand haltend, zurück. Einmal glaubte er, unter den Bäumen zu seiner Rechten einen Zweig knacken zu hören, und blieb stehen, um noch einmal zu rufen, weil er glaubte, jemand bewege sich, von ihm ungesehen, parallel zu ihm. Doch wie vorher blieb sein Ruf ohne Antwort. Aber so weit konnte der Fahrer nicht entfernt sein. Er mußte Markby hören können. Er versteckte sich, muckste sich nicht, und dagegen konnte der Chief Inspector kaum etwas tun.

Er zuckte mit den Schultern. Schließlich war kein Verbrechen begangen worden. Der Fahrer des BMW war auf einer Landstraße ein bißchen zu schnell, aber nicht allzu schnell gefahren. Wäre Markby ihm begegnet, hätte er eine milde Warnung wegen überhöhter Geschwindigkeit ausgesprochen, mehr nicht. Und was sein anscheinend befremdliches Verhalten betraf – wenn der Fahrer Ausländer war, hatte er vielleicht selbst Angst bekommen, als er sich auf dieser einsamen Straße verfolgt glaubte. Straßenraub war nicht ganz unbekannt.

Markby erreichte den BMW und blieb stehen. Die Sonne schien auf den Wagen und auf Markbys Nacken herunter. In diesem geschützten Waldgebiet war es ziemlich heiß. Markby ging ein letztes Mal um den geheimnisvollen Wagen herum und stellte tief zufrieden fest, daß ein großer Vogel das glänzende Dach verziert hatte. Das Kennzeichen war doch nicht französisch, wie er geglaubt hatte, sondern spanisch. Dadurch wurde das Rätsel noch größer. Bestimmt war seit einer langen, langen Zeit kein Wagen mit spanischem Kennzeichen in der Gegend gesehen worden, und auch in Zukunft würde wohl kaum einer auftauchen. Automatisch, mit dem Instinkt des ausgebildeten Polizeibeamten, zückte Markby sein Notizbuch und fing an, die Nummer des Kennzeichens zu notieren.

Er fing nur an, aber er kam nicht weit. Zu spät bemerkte er, daß sich hinter ihm etwas bewegte, spürte zu spät die Anwesenheit eines anderen. Notizbuch und Kugelschreiber in der Hand, den Mund halb geöffnet, um zu erklären, was er tat, begann er sich umzudrehen. Dann explodierten Sterne vor seinen Augen, er spürte einen heftigen Schmerz an der Schläfe, und Dunkelheit hüllte ihn ein.

## KAPITEL 17

Die Hintertür des Cottages stand offen, und Dudley Newman, der die Hand halb erhoben hatte, um anzuklopfen, hörte Frauenstimmen. Nachdem er einen Augenblick gezögert hatte, klopfte er laut und ging gleich hinein.

Sie saßen sich an dem Küchentisch mit Resopalplatte gegenüber – Betty Chivers und Elsie Winthrop. Ihre Teetassen waren leer. Betty hatte geweint, ihre Augen waren rot und geschwollen, und ihre Nase glühte, so oft hatte sie mit dem Taschentuch daran herumgerieben. Wie ist es nur möglich, daß ein hübsches, lebhaftes Mädchen so enden kann, dachte er.

Mrs. Winthrop blickte auf, und als sie sah, wer es war, fragte sie aggressiv: »Oh, du bist's, was willst du hier?«

»Mrs. Chivers besuchen«, antwortete er steif. »Jerry war bei mir angestellt. Habe es eben – eben erfahren. Die Polizei war bei mir.«

Mrs. Chivers flüsterte: »Es ist schon gut, Elsie.«

Mrs. Winthrop erhob sich majestätisch. »Dann geh ich für eine Weile nach Hause und sag Jess, sie soll den Tee für die Männer vorbereiten. Später komm ich wieder, Betty.«

Als sie fort war, ließ Newman sich auf dem frei gewordenen Stuhl nieder und sagte freundlich: »Es tut mir so leid, Betty.« Sie antwortete nicht, und er fuhr ein wenig verlegen fort: »Wenn es etwas gibt …«

»Nein.« Sie streckte die Hand aus und berührte leicht

seinen Ärmel, riß die Hand aber gleich darauf wieder zurück, als habe sie sich eine unerhörte Freiheit erlaubt.

»Alles in Ordnung, Dudley. Elsie kümmert sich ein bißchen um mich – und ich schaff es schon.«

»Trotzdem, wenn du was brauchst, kannst du auf der Baustelle eine Nachricht für mich hinterlassen. Ist nicht nötig, daß du mich zu Hause anrufst.«

Sie nickte. Gleich darauf blickte sie auf und sagte mit einem schwachen, rührenden Unterton von Bewunderung in der Stimme: »Du hast es weit gebracht, Dudley.«

»Ja, ziemlich weit«, sagte er ausdruckslos.

»Ich weiß es zu schätzen, daß du für Jerry dein Bestes getan, ihm all die Jahre einen Job gegeben hast. Ich weiß sehr gut, wie er sich gegenüber anderen benommen hat. Die Menschen haben ihn nicht verstanden, und er ist mit ihnen nicht zurechtgekommen.«

»Etwas anderes hätte ich doch nicht tun können, oder?« brach es ärgerlich aus ihm heraus, dann seufzte er, hob die Hände, als wollte er jede eventuelle Zurechtweisung wegschieben. »Ich meine es nicht so, wie es geklungen hat, Betty. Ich war froh, daß ich helfen konnte.« Er sah sich in der Küche um und stieß, ohne sich zurückhalten zu können, hervor: »Guter Gott, Betty, ich hätte nie gedacht, daß du so enden würdest.«

»So schlecht geht es mir gar nicht«, antwortete sie mit einer Spur von Trotz.

»Ich – ich fühle mich verantwortlich ...«

»Das bist du natürlich nicht, Dudley. Rede keinen Unsinn. Worauf du anspielst – nun, wir waren damals noch Kinder. Ich sechzehn und du ...«

»Neunzehn«, sagte er schwer. »Betty, ich möchte die Kosten für Jerrys Beerdigung übernehmen. Er war mein Angestellter und soll einen anständigen Abschied bekommen. Widersprich jetzt nicht. Wir reden später darüber, wenn dir danach ist.«

Er stand auf und ging zur Tür. Als er zurückblickte, saß sie noch immer da, wie er sie verlassen hatte, in dieser schäbigen Küche. Er holte seine Brieftasche heraus und schob zwei Zwanzigpfundnoten hinter eine Keramikhenne auf der Anrichte. »Als erste Überbrückung. Ich komme später noch einmal, Betty, wegen der Beerdigung.«

Zu seinem Wagen zurückeilend, sah er erst, als er ihn schon fast erreicht hatte, daß Elsie Winthrop ihn mit unerbittlich grimmiger Miene erwartete.

»Ich habe gewartet, bis du rauskommst«, sagte sie, »weil ich sehr gut weiß, warum du hier bist, und es ist nur recht und billig, daß du was für sie tust. Aber paß bloß auf. Ich kann mir nämlich vorstellen, daß es dir nicht recht wäre, wenn die Leute es erfahren würden, oder?«

»Kümmere dich um deine eigenen Angelegenheiten«, sagte er zornig.

Sie warf ihm einen boshaften Blick zu. »Genau das hab ich vor. Deshalb sag ich dir jetzt, laß unseren Alwyn in Ruhe. Ich weiß, daß du mit ihm gesprochen hast, weil du Greyladies kaufen möchtest. Nun, die Farm wird jetzt nicht verkauft und wird nie verkauft werden. Du kannst Alwyn in Ruhe lassen – laß gefälligst meine ganze Familie in Ruhe!«

»Du dummes Frauenzimmer, ist dir nicht klar –«, begann er und legte seine ganzen Gefühle in seine Worte.

Sie unterbrach ihn. »Ich weiß genau, was für ein Spiel du spielst, meine Junge. Schließlich bin ich nicht von gestern. Bleib nur von meinen Männern weg. Ruf auch nicht bei uns zu Hause an. Dein Leben lang, wohin du auch gegangen bist, hast du den Leuten nur Kummer und

Sorgen gebracht, Dudley Newman. Also denk dran! Ich lasse nicht zu, daß du meiner Familie was antust. Vergiß es nicht!«

Als Markby zu sich kam, lag er noch immer an der Stelle, wo er gestürzt war, im Gras. Der BMW war verschwunden. Markby setzte sich auf, zuckte zusammen und betastete vorsichtig den Kopf. Er tat weh, und hinter der Schläfe hämmerte es scheußlich. Der Schmerz kam in Wellen, die über ihm zusammenschlugen, und vor seinen Augen kam und ging wirbelnder Nebel. Er bemühte sich, ganz zu sich zu kommen, wartete, bis der letzte Nebel, die letzten Sterne verschwanden, die vor seinen Augen tanzten.

Es schien eine Ewigkeit zu dauern, und als er einmal ungeduldig versuchte, zu früh aufzustehen, fuhr ihm wieder ein stechender Schmerz nicht nur durch den Schädel, sondern auch durch den Nacken bis in die Wirbelsäule, und er war gezwungen, sich wieder ins Gras zu legen. Es war Jahre her, seit er so fachmännisch zusammengeschlagen worden war. Aus einem Winkel seines Gedächtnisses tauchte der Satz »erhielt einen schweren Schlag« auf, und er sah ein verschwommenes Bild eines viel jüngeren Selbst, das, in einem Zeugenstand stehend, eine Aussage machte. Er konnte sich an den Fall jetzt nicht erinnern, es war eine Ewigkeit her.

»Krasse Blödheit«, murrte er. »In deinem Alter und mit deiner Erfahrung. Läßt es zu, daß jemand sich an dich anschleicht – es war ja nicht so, als hättest du nicht gewußt, daß er da drüben im Wald lauerte.«

Verlegenheit und Demütigung waren viel schlimmer als Schmerz, Schwindelgefühl und Unannehmlichkeit. Er saß in letzter Zeit zuviel am Schreibtisch, soviel war klar. Er vergaß, wie es war, ganz dicht am Geschehen zu sein. Der blutigste Anfänger hätte nach dem ersten Blick auf den verdächtigen BMW über Funktelefon Verstärkung angefordert.

Aber körperlich ging es ihm besser. Er schaute auf die Uhr. Er war nicht lange bewußtlos gewesen – hatte alles in allem etwa zwanzig Minuten hier gelegen, obwohl er das Gefühl hatte, es müsse viel länger gewesen sein. Der Schlag war nicht so heftig gewesen, nur eben hart genug, und er war bestimmt von einem Profi geführt worden.

Bedauernd sah er, daß die Knie seiner Hose und die Ellenbogen seines Jacketts Grasflecke hatten. Als er den Stoff zu säubern versuchte, fiel sein Blick auf einen Kugelschreiber, der in der Nähe lag. Er griff danach, und ihm fiel sein Notizbuch ein. Es war nicht mehr da.

Markby suchte es eine Weile, doch der Fahrer des BMW hatte es mitgenommen. Außerdem konnte er sich verflucht an keine Zahl des Kennzeichens erinnern, das er sich notieren wollte. Normalerweise hätte sein trainiertes Gehirn sich die Zahlen gemerkt, doch der Schlag hatte sie erfolgreich ausgelöscht.

Er stand auf und ging zu seinem Wagen zurück. Mit einem raschen Blick stellte er fest, daß ihn jemand gründlich und fachmännisch durchsucht hatte. Doch nichts war gestohlen oder beschädigt worden. Der Fahrer des BMW hatte nur nachgesehen. Wahrscheinlich hatte er auch – Markby griff in die Innenbrusttasche seines Jacketts. Ja, seine Brieftasche war herausgenommen und wieder zurückgetan worden. Alles war noch da, aber unordentlich hineingestopft. Der Fahrer des BMW hatte seinen Polizeiausweis entdeckt und genau untersucht. Was würde er jetzt tun? Sich so schnell und so weit wie möglich aus dem Staub machen, vermutlich.

Markby setzte sich mit dem Revier in Verbindung, meldete, was passiert war, und gab Order, den dunkelblauen

BMW mit getönten Scheiben und spanischem Kennzeichen zur Fahndung auszuschreiben. Gereizt lehnte er das Angebot ab, sich abholen zu lassen, und fuhr langsam nach Bamford zurück, wo er die Jungs von der Spurensicherung bat, die Türgriffe seines Wagens und seine Brieftasche auf Fingerabdrücke zu untersuchen. Doch der Fahrer des BMW würde keinen so elementaren Fehler begangen und Fingerabdrücke hinterlassen haben. Der Mann war ein Profi. Aber wer war er?

Markby war erleichtert, sein Büro bei seiner Rückkehr leer vorzufinden. Pearce war noch nicht von der Baustelle zurück, und Laxton sei vor einer halben Stunde in die Stadt gegangen, berichtete Wpc Jones, die ihm heißen Kaffee und Aspirin brachte – und außerdem Mitleidsbezeugungen vom ganzen Haus.

»Warum fahren Sie nicht schnell ins Cottage Hospital rüber, Sir? Die sollten sich Ihren Kopf ansehen.«

»Ich bin in Ordnung«, knurrte er wütend.

»Sie könnten eine Gehirnerschütterung haben«, sagte sie sachkundig.

Er starrte sie wütend an. »Ich habe keine Gehirnerschütterung.«

»Sein aufbrausendes Temperament ist jedenfalls davon nicht besser geworden«, sagte Wpc Jones zum Diensthabenden, als sie wieder unten war.

Pearce kehrte ein wenig später ins Revier zurück und fand seinen Chef beim Schreiben eines Berichts über den Zwischenfall vor. »Legen Sie das auf Mr. Laxtons Schreibtisch«, bat Markby und reichte Pearce den Bericht.

Pearce tat es und drückte sein Bedauern über das aus, was Markby zugestoßen war. Sein Chef knurrte und winkte ungehalten ab. »Was haben Sie erreicht?«

Pearce berichtete, er sei auf der Baustelle wenig erfolgreich gewesen, wo, wie er sagte, beinahe Meuterei herrschte.

»Sie sind alle halb verrückt vor Angst, seit sie von dem Mord an Hersey erfahren haben. Sie denken, daß ein Irrer frei rumläuft, der sie einen nach dem anderen umbringen wird. Ein paar haben sogar gefragt, ob Daley wirklich auf und davon oder vielleicht längst in einem Graben verbuddelt ist.«

»Um Himmels willen!« sagte Markby bestürzt. »Das ist ein Gedanke. Aber wir haben ihn nicht gedacht. Vielleicht hätten wir es tun sollen.«

»Riordan, das ist der Mann, der mit Daley einen Wohnwagen bewohnt hat, wurde vorübergehend zum Polier ernannt, aber es wird sehr wenig gearbeitet.«

»Leute haben schon früher gemordet, um befördert zu werden«, stellte Markby fest. »Haben Sie Riordan und Hersey nicht bei einem Streit überrascht? Was für ein Typ ist Riordan Ihrer Meinung nach?«

»Raffiniert. Spielt sehr geschickt den einfachen Arbeiter, ist aber unglaublich gerissen. Der Bauleiter hat mich mehr oder weniger gewarnt, auf der Hut zu sein. Riordan ist freundlich. Dreht sich im Kreis, während er Ihnen gleichzeitig Tee anbietet. Er ist ein großer Kerl, aber ob er gewalttätig ist... Er hat mir ganz offen gesagt, daß er Hersey nicht mochte. Er hat mir, als ich das erste Mal bei ihm war, sogar erklärt, eines Tages würde jemand Hersey den Hals brechen.«

»Das hat er tatsächlich gesagt?«

»Ja, aber da er's gesagt hat, hätte er es wohl kaum getan, oder? Ich denke, er hat es nur bildlich gemeint, wollte mir begreiflich machen, wie unbeliebt Hersey war. Keiner hat Hersey gemocht, und das haben sie auch sehr deutlich gesagt, aber mehr geben sie nicht zu. Etwas anderes habe ich nicht aus ihnen rausbekommen. Keiner hat privat mit ihm verkehrt, und keiner weiß etwas über sein Privatleben. Als ich ging, hockten sie alle um ein Kohlebecken herum und diskutierten, ob sie die Baustelle geschlossen verlassen sollten oder nicht. Riordan will übrigens, daß sie bleiben. Aber wessen Vorgesetzter sollte er auch sein, wenn sie alle gehen?«

»Ob wir morgen noch jemanden vorfinden, wenn wir rauskommen?« sagte Markby resigniert. »Allmählich beginnt Newman mir leid zu tun.«

Später waren es jedoch weder Hersey noch Daley, noch Newmans Schwierigkeiten mit den Arbeitern, die Markby beschäftigten. Es war nicht einmal sein schmerzender Kopf. Es war DCI Laxton.

»Er hat uns eingeladen, im Crossed Keys ein Glas mit ihm zu trinken«, sagte er zögernd zu Meredith. »Das hat mich ein bißchen in Verlegenheit gebracht. Ich meine, ich kann nicht behaupten, daß er mein Fall wäre, aber er ist ein Kollege, er ist fort von daheim, und er wohnt im Crossed Keys – kein sehr angenehmes Haus, um allein zu sein. Deshalb hab ich mir gedacht, wir könnten gegen acht dort vorbeischauen und ganz schnell etwas mit ihm trinken.«

»In Ordnung«, sagte sie.

Meredith hoffte, daß man ihrer Stimme nicht anmerkte, wie erleichtert sie war, weil es sich um eine so alltägliche Bitte handelte. Sie hatte befürchtet, er könnte sich zurückgewiesen fühlen, seit sie auf seinen Kuß nach ihrem Besuch im Fox and Hounds so kühl reagiert hatte. Oder daß er die vertrackte Auseinandersetzung über den künftigen Verlauf ihrer Beziehung von neuem vom Zaun brechen könnte. Doch entweder war er derzeit zu sehr damit beschäftigt, darüber nachzubrüten, oder er hatte sich ganz bewußt entschlossen, die Angelegenheit vorläufig auf die lange Bank zu schieben. Egal, was es war, er sprach jedenfalls erfreulich sachlich. Und das war ihr recht.

»Wie heißt Ihr Kollege von Scotland Yard?« fragte sie. »Laxton?«

»Richtig.«

»Was macht er überhaupt hier?«

»Oh, Sie wissen doch, wie das ist«, sagte Markby vage. »Sie schicken diese Leute manchmal aufs Land, um zu sehen, was wir machen.«

Als sie Laxton in der Lounge-Bar des Crossed Keys trafen, trug er keinen Straßenanzug mehr, sondern Slacks und einen flotten italienischen Pullover. Die Lounge-Bar war nicht gerade Bamfords beliebtester Treffpunkt, und sie hatten sie mehr oder weniger für sich allein, abgesehen von ein paar Handelsvertretern, die in einer Ecke über Geschäfte redeten, und einem Mann mittleren Alters, der Zeitung las und sich gleichzeitig mit dem Barmann unterhielt.

»Was trinken Sie?« fragte Laxton vergnügt.

Markby dachte an seinen Kopf und bat um ein Glas Tomatensaft. Meredith, die von seinem Erlebnis nichts wußte, sah leicht verblüfft aus, bestellte aber, um nicht zurückzustehen, einen Ananassaft.

»Oh, zwei Antialkoholiker, wie?« sagte Laxton. »Oder ist es wegen« – er begegnete Markbys Blick und sagte entgegen seiner ursprünglichen Absicht – »wegen einer Diät?«

»Nein«, sagte Markby mit Grabesstimme.

»Ist alles in Ordnung?« flüsterte Meredith, als Laxton zielstrebig zur Bar ging.

»Alles bestens.« Markby versuchte sich lässig zu geben. »Hab nur keine Lust zu trinken.«

»Sehr ruhig hier, nicht wahr?« stellte Laxton fest, als er mit einem Tablett zurückkam. Er warf einen mißbilligenden Blick in die Runde. Die Sessel in der Lounge hatten bessere Tage gesehen, und der Teppich war verblichen. Der einzige sehr schlechte Druck einer in einer tiefen Schneewehe steckenden Postkutsche wie aus einer Dickensschen Szene wirkte auch nicht besonders aufheiternd.

»Es gibt andere Pubs in der Nähe, die meisten viel lebendiger«, meinte Markby.

»Ich liebe das Land nicht besonders«, sagte Laxton. »Geht mir, offen gesagt, auf die Nerven. Diese Stadt ist mausetot. Was, um Himmels willen, macht man hier, um sich zu unterhalten?«

»Wir kommen zurecht«, sagte Markby verärgert. Der Kopf fing ihm wieder an, weh zu tun.

»Ich lebe in London«, sagte Meredith. »Eine Zeitlang habe ich hier gewohnt, in der Nähe von Bamford. Ich war gern hier, es war nur die Fahrerei, das tägliche Pendeln zwischen hier und London, das mir zuviel wurde. Sonst wäre ich geblieben.«

Markby sah sie über seinen Tomatensaft hinweg an. »Wären Sie wirklich?«

»Ja«, sagte sie herausfordernd und wurde rot.

Laxton merkte nichts von den Untertönen und war nur an seinem Thema interessiert. »Haben Sie nie versucht, sich versetzen zu lassen?« fragte er Markby. »Ich meine, Ihre Karriere ist hier auf einem toten Gleis.«

»Mir gefällt es hier.« Es fiel Markby schwer, seine Gereiztheit zu unterdrücken. »Außerdem bin ich so was wie ein Einheimischer. Meine Familie hat seit Generationen hier gelebt, und meine Schwester wohnt mit ihrer Familie in der Stadt.«

»Ich bin ein waschechter Cockney«, sagte Laxton fröhlich. »Sie können Ihre Schafe gern behalten. Es gibt verdammt viele hier herum, nicht wahr? Da, wo wir heute waren, waren alle Felder voll von diesen Biestern.«

»Morgen ist Markttag«, teilte Markby ihm mit. »Dann werden Sie massenhaft Schafe und andere Tiere zu sehen kriegen. In der Stadt wird es den ganzen Tag lebhaft zugehen, Viehtransporter werden die Straßen verstopfen, und wenn der Wind in die richtige Richtung weht, werden Sie auch riechen, daß eine Menge los ist.«

Laxton machte ein entsprechend entsetztes Gesicht.

»Morgen ist Gründonnerstag«, sagte Meredith. »Wird der Viehmarkt trotzdem abgehalten?«

»O ja. Das Leben auf dem Land geht weiter, da mag kommen, was will.«

»Sind Sie verheiratet, Mr. Laxton?« erkundigte sich Meredith, die das Gefühl hatte, das andere Thema enthalte zu viele Stolpersteine.

»Ja, zwei Kinder. Meine Frau ist ein Stadtkind, ist aber ganz gern mal für einen Tag auf dem Land. In Teddington Lock gefällt es ihr. Und wir fahren gern für einen Tag über den Kanal zum Shopping. Im Verbrauchermarkt außerhalb von Boulogne kauft man gut. Kennen Sie ihn? Sie sollten mal rüberfahren. Das ist ein schöner Tagesausflug. Aber sie ist wie ich, mit ganzem Herzen Londonerin.«

»Dann kann ich nur hoffen, Sie werden nicht allzulange bei uns festgehalten«, sagte Markby sanft und zuckte zusammen, als Meredith ihm auf den Fuß trat.

»Er ist in Ordnung«, sagte sie später, als sie das The Crossed Keys verlassen hatten.

»Er sitzt ja auch nicht in einer Ecke Ihres Büros.«

»Tut er nicht, das stimmt. Aber im privaten Umgang ist er in Ordnung. Kommt sich hier vor wie ein Fisch auf dem Trockenen, doch das ist nicht seine Schuld. Er sagt es nur ehrlich, das ist alles. Armer Kerl, die Osterfeiertage kommen, und ich nehme an, er wäre gern bei seiner Familie, statt dessen hat man ihn hergeschickt.«

»Ja«, sagte Markby nachdenklich. »Laura kommt nächsten Dienstag zurück.«

»Und mein Aufenthalt ist dann zu Ende.«

»Ich wünschte, Sie gingen nicht wieder nach London«, gestand er.

»Irgendwie wünsche ich mir das auch. Laxton findet es hier ruhig, aber ich finde es friedlich. Obwohl so unangenehme Dinge passieren wie Herseys Tod. Ich habe ihn nicht gemocht, aber daß er stirbt, habe ich mir nicht gewünscht.«

»Steve hat ungefähr das gleiche gesagt. Und was Ihre Abreise aus Bamford betrifft ...«

Sie sah ihm in die Augen und sagte fest: »Es ist am besten, daß ich gehe, wirklich.«

Markbys Blick fiel auf eine grelle Auslage von Ostereiern in bunter Folie und flaumig gelben Küken in einem nahen Schaufenster.

»Wollen wir hoffen, daß wir alle frohe Ostern verbringen können«, sagte er mürrisch.

Dabei dachte er: Zwei unaufgeklärte Morde, eine verlorengegangene Schiffsladung Heroin, eine Gang, ein Mörder, der frei herumläuft, ein geheimnisvoller Autofahrer, der einen Totschläger bei sich hat, Steve Wetherall am Rand eines Nervenzusammenbruchs, dazu Laxton, der drauf und dran ist, mit einem Suchhund auf der Witchett Farm das Oberste zuunterst zu kehren. Was für Osterfeiertage. Er zuckte zusammen, als er die Hand gedankenlos an seinen Kopf legte.

»Ist mit Ihnen auch wirklich alles in Ordnung, Alan?« fragte Meredith besorgt.

»Absolut. Hab mir nur den Kopf angestoßen, als ich morgens aus dem Wagen stieg. Es ist nichts.«

Es hatte keinen Sinn, ihr von dem BMW zu erzählen. Er wollte, daß sie ihn für einen guten Polizeibeamten hielt, nicht für einen inkompetenten Vollidioten, der sich bewußtlos schlagen ließ. Außerdem machten Frauen immer einen unnötigen Wirbel.

## KAPITEL 18

»Fünf!« rief der Mann in dem schmutzigen Jackett. »Fünf. Fünfundfünfzig, fünffünfzig, sechs! Sechsundzwanzig sind geboten! Sechsfünfzig, sechsfünfzig, siebenundzwanzig sind geboten!« Es folgte ein fester Schlag auf eine harte Oberfläche. Der Mann beugte sich von seinem Podium vor. »Der nächste.«

Ein frischer Pulk Schafe wurde aus einer nahegelegenen Hürde befreit und zum Auktionator getrieben. Sie liefen verwirrt durcheinander, von den Farmarbeitern gestoßen und gezogen, und ein schlanker Hund wie der von Alwyn knabberte an ihren Fersen und drängte sie in die gewünschte Richtung. Fast ohne Unterbrechung begann der Auktionator mit monotoner Stimme seine Litanei von neuem. »Sechsundzwanzig sind geboten, sechsundzwanzigfünfzig, sieben!«

Hinter der kleinen Menge interessierter Zuschauer, versuchte Meredith über die feste Phalanx aus Dunkelblau, Grün oder Khaki, den Lieblingsfarben der Landbewohner, oder seitlich an ihnen vorbeizuspähen; diese Farben gaben der Szene das Aussehen einer alten Sepiafotografie, die hier und da von Hand nachkoloriert worden war. In der Luft hing warmer Düngergeruch. Schlammbespritzte Rinder in einem nahen Pferch warteten darauf, daß sie an die Reihe kamen, und beobachteten den Auktionator von weitem, als interessiere es sie, wie am heutigen Tag die Preise waren.

Alwyn stand hinter den Leuten, die Hände in den Taschen, die Mütze auf dem roten Haar. Heute trug er eine schäbige gewachste Jacke und grüne Stiefel, die kleinen Schnüre am oberen Rand hingen unordentlich hinunter. Seine Jeans waren jedoch sauber, er war frisch rasiert, und er schaffte es auf lässige Art, wie ein Gentleman auszusehen. Alwyn hat jedenfalls Stil, dachte Meredith spöttisch. Sein Gesicht war ausdruckslos. Sie wußte nicht, ob er sie entdeckt hatte. Er ließ sich nichts anmerken, schien aber auch nicht besonders überrascht, als sie seinen Arm berührte und ihm einen guten Morgen wünschte.

»Aber hallo«, sagte er. »Wie geht es Ihnen? Schwänzen Sie heute vormittag Ihre historischen Forschungen?«

»Es geht mir gut. Wie sind die Preise? Er- oder versteigern Sie heute etwas?«

Er schüttelte den Kopf und schaute auf sie hinunter, nahm die Hände aus den Taschen. »Ich wußte nicht, daß Sie sich für Schafe interessieren.« Er hatte wieder jenen ironischen Augenausdruck. Nicht, daß er über sie lachte, eher über etwas anderes, irgendeinen obskuren Witz, den nur er verstand.

»Der Markt ist sehr interessant. Schließlich lebe ich in London. Ich hab mir gedacht, ich sollte diesmal nicht aus Bamford abreisen, ohne ihn gesehen zu haben. Ich war noch nie hier.«

»Viel gibt es ja auch nicht zu sehen.« Er trat ein Stückchen zurück, um jemanden vorbeizulassen. »Haufenweise Schafe und Kühe, und von denen hab ich schon so viele gesehen, daß es mir ein Leben lang reicht. Ist ja ganz in Ordnung für Sie, kommt Ihnen gemütlich und altväterlich vor, nehme ich an. Aber Farmarbeit ist nicht so. Es ist eine verdammt harte Plackerei und bringt wenig ein. Schafzucht lohnt sich kaum. Der Preis für Heu allein, zur Zeit des Lammens eingebracht, bringt uns schon um den Gewinn, kostet zur Zeit drei Pfund pro Ballen. Und für die Vliese kriegt man auch keinen anständigen Preis. Keiner will die Dinger kaufen, und man muß die Scherer bezahlen. Die arbeiten nicht umsonst, wie Sie sich vorstellen können. Ich bin der einzige Idiot, der das tut.«

»Achtfünfzig, neun, neunundzwanzig sind geboten.« Zuschlag. »Der nächste.«

»Ich idealisiere das Landleben nicht«, antwortete Meredith streitlustig. »Ich weiß, es ist hart und unsicher, und Sie müssen bei Wind und Wetter und bei Tag und Nacht heraus. Mir ist klar, daß im Vergleich für die Zeit und Mühe, die Sie investieren, der Gewinn kaum nennenswert ist. Aber bei den meisten Jobs ist es doch so, wir bekommen nie soviel dafür, wie wir gern hätten. Auch die interessanten Jobs sind nicht immer interessant. Sogar mein Job, den ich normalerweise sehr gern habe, macht mir im Moment nicht viel Spaß, weil ich in London an einem Schreibtisch sitze. Ich möchte wieder ins Ausland, aber man läßt mich nicht. Jeder hat seine Arbeit manchmal satt. Und alle wären wir gern reich.«

Alwyn knurrte etwas.

»Ach, vielen Dank übrigens, daß Sie mich zu Dr. Gretton geschickt haben«, fuhr Meredith fort. »Sie will mir ein Treffen mit ihrem Vater vermitteln, sobald er zurück ist. Er ist derjenige, der vor zehn Jahren hier die Ausgrabungen geleitet hat.«

»Komische Art, sich seinen Lebensunterhalt zu verdienen«, sagte Alwyn nachdenklich. »Ist aber wahrscheinlich sinnvoller als Farmarbeit. Und wer ist Dr. Gretton? Nicht derjenige, der auf unserer Koppel gebuddelt hat?«

»Nein, sie ist seine Tochter. Eine reizende Paläontologin.«

»Knochen«, sagte Alwyn wegwerfend. »Nichts als verdammte Knochen. Hätten Sie gern eine Tasse Kaffee?«

»Gern«, sagte sie überrascht. So war Alwyn nun einmal. Eben noch glaubte man, er wolle andeuten, daß man im Weg sei und ein völliger Idiot obendrein, und gleich darauf war er nett und freundlich.

»Ein paar Ehefrauen«, erklärte er, »betreiben dort drüben so was wie einen Kaffeekiosk.« Mit dem Kopf zeigte er in eine entlegene Ecke des Marktes. »Sie wechseln sich dabei ab. Ma und Jess sollten heute da sein, aber sie mußten absagen.«

»Oh, warum denn?«

»Wegen Betty Chivers, Jerry Herseys Schwester. Sie ist noch immer schwer erschüttert, und Ma hat sie heute zu uns auf die Farm geholt. Betty kann sich an ihrer Schulter ausweinen.«

Meredith konnte darauf nicht antworten, denn er marschierte mit großen Schritten vor ihr her und sprach über die Schulter. In einer Ecke unter einem Wellblechdach, wo zwei robuste Frauen in Steppjacken Kaffee und Tee in Plastikbechern austeilten, holte Meredith ihn endlich ein. Die Gesichter der Frauen glühten in der frischen Luft, und sie empfingen Alwyn mit fröhlichen Neckereien.

»Und wer ist die junge Dame, Alwyn?«

»Die Freundin eines Freundes. Hat nichts mit mir zu tun«, antwortete Alwyn nicht sehr galant.

»Bringen Sie ihm Manieren bei«, riet eine der beiden Frauen Meredith, die verlegen lächelte und nicht wußte, was sie antworten sollte.

»Ich weiß nicht, ob Sie Zucker nehmen?« Alwyn reichte ihr den Becher.

»Nein, vielen Dank. Der Kaffee tut gut, der Wind ist heute kühl.«

»Das Wetter schlägt um. Von der Sonne müssen wir uns für eine Weile verabschieden. Sie werden sehen, daß sich ein Sturm zusammenbraut.« Alwyn nippte an dem dunklen Gebräu in seinem Plastikbecher.

Meredith wärmte sich die Finger an dem kleinen weißen Gefäß und sagte nachdenklich: »Ich bin sehr erschrocken, als ich das von Jerry Hersey erfuhr. Wahrscheinlich weil ich ihn gekannt habe. Wenn jemand stirbt, den man gekannt hat, ist der Tod immer schwer zu akzeptieren, obwohl ich Hersey nicht besonders gemocht habe. Die Wahrheit ist, ich habe ihn überhaupt nicht gemocht. Er war unglaublich grob zu mir, und ich fand ihn höchst unangenehm. Doch deshalb wünscht man niemandem den Tod.«

Alwyn sagte nichts.

»Für Sie war er so etwas wie ein Freund, nicht wahr?« fügte sie hinzu. »Deshalb will ich ihn nicht mehr kritisieren. Außerdem soll man Toten ohnehin nichts Übles nachsagen.«

»Eher ein Nachbar. Ich hatte nichts gegen Jerry. Wir sind gut miteinander ausgekommen. Auf das, was er gesagt hat, durfte man nichts geben. Betty war er ein guter Bruder. Hat sich nach dem Tod ihres Mannes um sie gekümmert.«

»Das hat man mir erzählt. Arme Frau. Er wird ihr sehr fehlen.« Meredith wählte ihre nächsten Worte sehr sorgfältig, da sie in seiner letzten Bemerkung eine Möglichkeit witterte, ihn auf etwas anzusprechen, über das sie gern reden wollte. »Wir alle brauchen jemanden, der sich um uns kümmert, wenn es uns schlecht geht. Warum haben Sie etwas dagegen, daß Michael Denton mit Jessica befreundet ist? Er scheint ein wirklich netter Kerl zu sein. Sie kennen sich von früher.«

»Sie braucht niemanden, der sich um sie kümmert«, sagte Alwyn kurz. »Sie hat uns.«

»Natürlich hat sie Sie. Das weiß sie. Aber nun ...« O verdammt, dachte Meredith, hier helfen nur offene Worte. »Vielleicht will Jessica den Rest ihres Lebens nicht auf der Farm verbringen. Schließlich ist sie erst Anfang Zwanzig.«

Alwyn rollte den leeren Plastikbecher zwischen den Händen. »Wenn Dad aufhört zu arbeiten ...« Er unterbrach sich und setzte dann energisch hinzu: »Wenn Dad aufhört, will ich Greyladies verkaufen. Dann haben wir Geld. Jess kann ihren Anteil nehmen und damit machen, was sie will. Das habe ich ihr gesagt. Sie braucht nur noch eine kleine Weile zu warten.«

»Alan haben Sie gesagt, Ihr Vater würde nie dulden, daß Sie Greyladies verkaufen«, wandte sie ein.

»Er ist fast siebzig«, sagte Alwyn gelassen.

»Manche Leute werden neunzig.«

»Ich weiß«, antwortete er verdrießlich. Gleich darauf setzte er hinzu: »Ich habe nicht die Absicht zu warten, bis Dad stirbt. Er ist halsstarrig, der Alte, aber ein Narr ist er nicht. In ein paar Jahren wird ihm klarwerden, daß er nicht weitermachen kann und ich an der Reihe bin. Ich denke, er weiß im Innersten – wenn er es auch nie laut aussprechen würde –, daß ich beabsichtige zu verkaufen. Es ist schwer für ihn.« Alwyns Stimme hatte bei den letzten Worten einen Unterton aufrichtigen Bedauerns. »Aber ich kann nicht anders.« Jetzt klang sie eigensinnig.

»Ja«, sagte Meredith, »es wird schwer für Ihren Vater. Sich vorzustellen, daß Sie nach so vielen Generationen auf Greyladies der letzte Winthrop sein werden. Es ist traurig.«

»Mum wird sich wahrscheinlich heftiger dagegen wehren als Dad«, fuhr er unerwartet fort. »Sie redet unaufhörlich davon, daß ich heiraten und meine Kinder auf der Farm großziehen soll.« Alwyn lachte kurz und spöttisch auf. »Welche Frau, die noch bei Verstand ist, würde auf Greyladies leben wollen? Die Farm ist heruntergekommen, das Haus – es sieht aus, als wäre es in Ordnung, aber alles, vom Dach abwärts, ist reparaturbedürftig. Und nie hat man Geld übrig oder kann in Urlaub fahren. Keine moderne Frau würde ein solches Leben führen wollen, und ich nehme es ihnen nicht übel. Aber Ma sieht das anders.«

»Viele moderne Frauen wollen anders leben«, gab Meredith zu. »Aber es gibt noch einige, die weder erspartes Geld noch eine Küche mit allem modernen Schnickschnack haben wollen, sie suchen etwas anderes. Sie haben eben die Richtige noch nicht getroffen, Alwyn.«

»Und das wird auch kaum passieren. Hier in der Gegend jedenfalls nicht.«

»Ach, kommen Sie! Warum denn nicht?«

»Na schön«, sagte er in seiner irritierenden Art, »wie wär's mit Ihnen? Sie sehen kräftig und gesund aus. Reizt es Sie nicht, auf der Farm zu leben? Viel frische Luft. Und Sie brauchen keine elegante Garderobe. Wir haben natürlich keine Zentralheizung, aber ich wette, Sie hätten nichts dagegen, an kalten Wintermorgen den Kaminrost zu reinigen.«

»Schon gut, Sie brauchen hier nicht den Schlaumeier zu spielen«, fauchte Meredith. »Sie wollen mich zur Närrin machen, nicht wahr?«

»Sie sind keine Närrin, sind ein kluges Mädchen. Alan hat Glück.«

»Nun«, sagte sie nach einem Augenblick benommenen Schweigens, »das ist ein Kompliment, das ich nicht erwartet habe.«

Seine grauen Augen ruhten auf ihrem Gesicht. »Aber Sie würden Ihr Leben nicht auf Greyladies verbringen wollen«, sagte er leise. »Warum also sollte es ein anderes kluges Mädchen tun? Frauen haben heutzutage eigene Karrieren.«

»Was ist mit Ihrem Bruder? Ist er verheiratet?«

Alwyn sah sie mit einem scharfen Blick an. »Jamie? Wer hat Ihnen von ihm erzählt?«

»Ich glaube, Steve – aber vielleicht war es auch Alan. Nein, ich denke, es war doch Steve Wetherall. Er hat gesagt, Ihr Bruder arbeite irgendwo im Ausland.«

»Jamie hat das richtige getan.« Alwyn warf den leeren Becher in einen Abfallkorb. »Er ist nicht für die Ehe geschaffen. Scheint immer irgendeine Freundin im Schlepptau zu haben, schreibt er jedenfalls.«

»Wo lebt er eigentlich? In welchem Land. Ich habe selbst lange im Ausland gelebt.«

»Er ist mal da, mal dort«, sagte Alwyn. »Zuletzt in Spanien, wie ich gehört habe.«

»Was macht er?« fragte Meredith neugierig.

»Weiß ich nicht. Irgendwelche Geschäfte. Er hat eine besondere Begabung fürs Geschäftemachen. Im Moment hat er mit Immobilien zu tun, Ferienwohnungen und so. Hab keine Zeit, mir den Kopf darüber zu zerbrechen, was er macht.« Alwyn entfernte sich ein paar Schritte vom Kaffeekiosk. »Ich habe eben jemanden gesehen, der mich sucht, wie ich glaube. Grüßen Sie Alan von mir, wenn Sie ihn sehen.«

»Gern, und danke für den Kaffee. Ich wollte Ihnen nicht die Zeit stehlen.« Aber er war schon fort, seine große Gestalt drängte sich durch die Menge.

Wäre sie ihm gefolgt, hätte sie – vielleicht überrascht – gesehen, daß die Person, die Alwyn auf der anderen Seite des belebten Platzes erspäht hatte, Dudley Newman war, der sich in dieser Umgebung offensichtlich nicht wohl fühlte und sich ängstlich von Schmutz und Tieren fernhielt. Er begrüßte Alwyn gereizt. »Ich bin hergekommen, wie Sie vorgeschlagen haben, da ich Sie ja nicht mehr anrufen darf. Aber wir hätten uns woanders treffen können, es wäre mir lieber gewesen.«

»Mir nicht«, sagte Alwyn gelassen. »Sie hätten mich gern in einem Büro getroffen, denke ich, wo ich mir vor der Tür die Stiefel abkratzen und vor den Sekretärinnen die Mütze ziehen müßte. Nun, hier ist meine Welt, und wenn Sie mit mir reden wollen, müssen Sie schon herkommen. Dad ist heute nicht hier, also geht es in Ordnung.«

Newman rümpfte die Nase, als ihnen ein Schwall frischer Düngerluft entgegenschlug, protestierte aber nicht weiter, wollte lieber das Gespräch so schnell wie möglich hinter sich bringen, damit er gehen konnte.

»Hören Sie, Alwyn, ich habe Ihnen gesagt, ich bin bereit zu warten. Aber nicht bis in alle Ewigkeit. In der Baubranche muß man die Dinge zur richtigen Zeit tun. Ich würde Ihnen gern innerhalb der nächsten achtzehn Monate oder so ein Angebot für Greyladies machen. Das wäre mir am liebsten.«

Alwyn machte ein finsteres Gesicht. »Mir nicht. Ma hat gesagt, sie hat Sie bei Betty Chivers getroffen, daher weiß ich, daß Sie ihren Standpunkt kennen, und mein Vater denkt genauso. Sie werden nicht nachgeben.«

»Nun, Alwyn«, sagte Newman beschwichtigend, »ich weiß, was Sie empfinden und wo Sie stehen. Und ich kann es Ihnen nachfühlen. Ich weiß auch, daß Sie ein vernünftiger Kerl sind und begreifen, wo ich stehe. Ihre Mutter ist eine gute Frau – aber sie versteht nichts von

Geschäften. Lassen wir sie aus der Sache raus, ja? Ihren Vater müssen Sie angehen. Erklären Sie ihm energisch, daß Sie nicht bereit sind, weiterzumachen. Er kann die Farm allein nicht bewirtschaften. Er wird einsehen, daß er verkaufen muß – und wenn er es einsieht, dann kommt es nicht darauf an, ob Ihre Mutter so oder so denkt. Man kann sie übergehen.«

Alwyn warf ihm einen merkwürdig boshaften Blick zu und grinste dann schief. »Sie kennen Ma nicht«, sagte er.

Nie dämmerte ein Donnerstagmorgen, ohne daß Dolly Carmody erwachte und dachte: Heute ist Markttag. Und erst dann erinnerte sie sich, daß das für die Witchett Farm nicht mehr galt.

Sie fuhr jetzt an den Donnerstagen nicht einmal mehr nach Bamford zum Einkaufen, weil der Anblick, die Geräusche und Gerüche des Viehs, die in jeden Winkel der Stadt drangen, zu viele Erinnerungen in ihr wachriefen. Dadurch, daß sie nicht mehr kam, hatte sie sich vielen ihrer alten Farmerfreunde entfremdet, weil sie sie nur noch selten sah. Sie dachte jedoch oft an sie, so daß, alles in allem, der Donnerstag auf Witchett ein schlechter Tag war.

Nur mit einer Gewohnheit konnte sie nicht brechen – sie stand auch heute noch in aller Herrgottsfrühe auf. An diesem Morgen kam sie hinunter und öffnete die Hintertür für die Katzen, was sie immer zuallererst tat. Laut miauend stürmten sie herein, denn sie wollten gefüttert werden. Sie hätten nachts eifrig auf Mäusejagd gehen sollen, aber Dolly wußte, daß sie die Nacht zusammengerollt im Schuppen verbracht hatten, wo das Heu für die Pferde lag. Dennoch spielten sie ihr regelmäßig und mit Erfolg Katzen vor, die sich ihren Lebensunterhalt verdient hatten, und schliefen nach dem Frühstück so prompt, als wären sie die ganze Nacht wach gewesen.

Während die Katzen hereinkamen, trottete der alte Spaniel hinaus und recherchierte schnüffelnd, ob sich über Nacht etwas geändert hatte. Und Dolly setzte den Kessel auf und holte den Speck heraus, um sich Frühstück zu machen. Aber als sie das heute morgen tat, hörte sie den alten Hund bellen.

Neugierig stellte sie die Bratpfanne weg und ging zur Tür. Sie hörte einen Automotor, nein, es waren mindestens zwei Wagen, und sie kamen näher, kamen zur Farm. Einzelne Autofahrer bogen manchmal falsch ab und tauchten hier auf, aber noch nie waren es zwei zugleich gewesen, und die Pferdebesitzer kamen auch nie so früh.

Die Wagen fuhren auf den Hof. Der eine war ein Van; ein junger Mann in Uniform sprang heraus und holte aus dem Laderaum einen Labrador, den er an die Leine nahm. Aus dem ersten Wagen waren zwei Männer ausgestiegen und kamen auf Dolly Carmody zu. Und eben fuhr ein drittes Fahrzeug auf den Hof. Mehrere Männer und eine Frau in Uniform stiegen aus. Plötzlich war der Hof voller Leute.

Dolly hielt den Spaniel fest und rief: »Was ist los? Das ist meine Farm!«

»Guten Morgen, Madam«, sagte der Anführer, ein scharfgesichtiger Mensch in einem städtischen Anzug und mit städtischen Allüren. »Polizei. Sind Sie Mrs. Dorothy Carmody? Ich habe hier einen Haussuchungsbefehl für Ihr Anwesen.«

»Einen Haussuchungsbefehl?« Sie starrte ihn an. »Witchett durchsuchen? Wozu?«

»Nun, das wird sich zeigen, Madam, nicht wahr? Also, wir fangen in den Nebengebäuden an.« Während er sprach, drehte er sich um, um den anderen Befehle zu geben. Dolly fiel ihm ins Wort.

»Das dürfen Sie nicht.« Er hatte ihr ein Papier in die Hand gedrückt, und sie starrte es ungläubig an. »Ich habe nichts, was die Polizei interessieren könnte. Wie sollte ich auch? Das ist ein Irrtum, ein schrecklicher Irrtum.«

»Leider nein, Madam. Vielleicht sollten Sie lieber ins Haus gehen. Die Polizeibeamtin wird …«

»Passen Sie auf, Sir!« rief einer der Männer und stürzte vorwärts. »Das alte Mädchen kippt uns um!«

Als Meredith den Markt verlassen wollte, wurde sie in der verstopften Einfahrt um ein Haar von einem Laster überrollt. Durch die Schlitze in den hohen Seitenwänden beäugten sie sanfte Tieraugen. Noch mehr Schafe. Arme Biester. Aber so war es nun einmal. Lebendes Vieh. Totes Vieh.

In der High Street herrschte ein lebhaftes Durcheinander. Meredith mußte sich durch die Gegenströmung kämpfen, die die Oberhand hatte, mußte nach allen Seiten ausweichen und sich durchschlängeln. Am Ende prallte sie gegen einen Guernseypullover, und eine Stimme sagte überrascht: »O hallo! Sie sind doch Jessicas Freundin, nicht wahr?«

»Michael!« Meredith starrte ihn verblüfft an. »Eben habe ich noch über – ich meine, habe ich mit Jessicas Bruder Alwyn gesprochen.«

Michaels Miene wurde finster. »Was für ein Glück! Mit Schafen kann man vermutlich vernünftiger sprechen.«

»Du meine Güte«, sagte Meredith, das Gesicht verziehend. »Darf ich raten? Die Winthrops sind schwierig.«

»Schwierig?« Sein junges Gesicht schien plötzlich in

Blut getaucht. »Sie sind unmöglich.« Er seufzte. »Darf ich Sie zu einem Pint einladen?«

Er wollte ihr sein kummervolles Herz ausschütten. Fein. So langsam trank sie sich auf Kosten anderer Leute durch den Vormittag.

Sie tranken ihr Bier im Bunch of Grapes, einem Hotel, das Meredith schon von früher her kannte. Ihr Pint nahm sie schließlich in Form von Ananassaft zu sich. Michael liebte »echtes Ale«, was sie nicht sonderlich überraschte.

»Sind sie normal?« fragte er streitlustig, als sie in der Kaminecke einen Platz gefunden hatten. »Die Winthrops, meine ich. Sind sie richtig im Kopf? Oder sind sie alle bescheuert – außer Jessica?«

»Dickköpfig, würde ich sagen. Alwyn benimmt sich merkwürdig, aber hinter dieser Fassade ist er in Ordnung, denke ich. Er liebt seine Schwester sehr.«

»Sie kennen doch das Sprichwort: Wenn man solche Freunde hat, braucht man keine Feinde?« sagte Michael Denton, wild mit den Augen rollend.

Sie saßen eine Weile schweigend da, während die Bar sich langsam füllte. Viele der Männer sahen aus, als kämen sie vom Markt. Meredith hoffte nur, daß nicht auch Alwyn hereinspazierte und sie beide entdeckte. Sie hatte das Gefühl, allmählich Alwyns Vertrauen zu gewinnen, aber der kleine Fortschritt wäre schnell wieder dahin. Mit einem Auge die Tür beobachtend, wartete sie darauf, daß Michael mit seiner jammervollen Geschichte begann, und gleich darauf tat er es auch, nachdem er mit einer entschlossenen Geste sein Glas abgesetzt hatte.

»Kennen Sie sie gut?«

»Nein, nicht sehr gut, nein. Ich war einmal draußen auf der Farm. Wollte ein bißchen in historischer Forschung machen. Alwyn war bis zu einem bestimmten

Punkt hilfsbereit, aber ich habe gespürt, daß ich unerwünscht war.«

»Da sind Sie weiter gekommen als ich. Mir ist es nicht gestattet, einen Fuß auf die Farm zu setzen. Ich hab's gestern versucht, und der alte Winthrop – haben Sie ihn gesehen? Er muß an die zweihundertdreißig Pfund wiegen, und das meiste davon sind Muskeln. Nur nicht der Kopf, der besteht aus Knochen. Nun, ich hab gedacht, er hetzt den Hund auf mich. Er hat gesagt, ich soll unverzüglich verschwinden oder ›abhauen‹, wie er es ausgedrückt hat. Reizendes Alterchen.«

»Eine verzwickte Situation.«

»Ich kann Jess nicht anrufen, sie ist nie als erste am Telefon, ihre Mutter ist immer vor ihr dran. Oder Alwyn. Man würde glauben, daß man mit Alwyn vernünftiger reden kann, nicht wahr? Aber genausogut könnte ich mit einer Backsteinmauer reden. Ich bin Volksschullehrer, nicht der Anführer der hiesigen Hell's Angels. Ich lauf nicht rum und schlage die Fensterscheiben der Pubs ein oder leere volle Mülltonnen in Vorgärten. Ich habe keine meldepflichtige Krankheit und keine besonderen Laster. Jessica kenne ich schon seit langem. Wir haben viel gemeinsam. Ich habe gehofft, sie heute vormittag in der Stadt zu treffen, aber wie Sie sehen, haben sie es geschafft, sie daran zu hindern, daß sie herkommt.«

Meredith sagte vorsichtig: »Ich weiß nicht, ob es ganz so ist.« Sie erklärte ihm die Sache mit Mrs. Chivers.

»Es müssen sich doch nicht Jessica und ihre Mutter um eine einzige verzweifelte Frau kümmern«, sagte er eigensinnig. »Was soll Jessica dort? Diese Mrs. Chivers ist Mrs. Winthrops und nicht Jessicas Freundin. Nein, sie haben das als Vorwand benutzt, um zu verhindern, daß Jess sich mit mir trifft.«

»Ich glaube, sie sorgen sich ernstlich um Jessicas Gesundheit. Sie hatte einen Nervenzusammenbruch, und jetzt sind in nächster Umgebung zwei Morde geschehen.«

»Ja.« Er nickte. »Der letzte ist ziemlich schlimm. Ich meine, Jessica hat diesen Hersey gekannt. Nicht sehr gut, aber er war so was wie ein Nachbar. Ein weiterer Grund, warum sie heute vormittag nicht auf der Farm sein sollte, um sich anzuhören, wie Mrs. Chivers ununterbrochen darüber spricht. Wenn die Winthrops einen Funken Verstand hätten, hätten sie Jess mit Alwyn in die Stadt geschickt. Ist Ihnen klar, daß sie Jess auf Greyladies gewissermaßen hinter Schloß und Riegel halten?«

»Es scheint bei den Winthrops üblich, so mit Töchtern umzugehen«, sagte Meredith, die an Mary Anne dachte.

»Nun, ich sag Ihnen was«, erklärte er, kriegerisch das Kinn vorstreckend. »Mich werden sie nicht vergraulen. Verdammt will ich sein, wenn ich dulde, daß man mich beschimpft und hinauswirft. Jessica möchte mich sehen, und ich möchte Jessica sehen, und ich werde eine Möglichkeit finden. Lassen Sie mir nur ein bißchen Zeit.«

Meredith hatte ihren Ananassaft ausgetrunken. »Man braucht eine Haut wie ein Nashorn, wenn man mit den Winthrops fertig werden will«, hatte Steve Wetherall gesagt. Sie glaubte nicht, daß Michael die hatte. Er schien ihr ein in vielen Dingen ziemlich empfindsamer junger Mann zu sein. In anderen jedoch, das bezweifelte sie nicht, hatte er die nötige Zähigkeit, um es mit der Familie aufzunehmen, und er verdiente ein bißchen Hilfe und Ermutigung. Der gesunde Menschenverstand sagte ihr, sie solle sich nicht einmischen. Es konnte nichts Gutes dabei herauskommen. Wenn Alwyn es erfuhr, würde er explodieren. Doch wenn sie sich an Jessicas sonst so blasses Gesicht erinnerte und daran, wie hübsch und lebhaft sie im Gegensatz dazu im Fox and Hounds ausgesehen hatte, war ihr über jeden Zweifel hinaus klar, daß sie sich einmischen mußte.

»Ich könnte Ihnen vielleicht helfen«, sagte sie vorsichtig. »Das heißt, ich habe eine Idee.«

Leise, für den Fall, daß jemand sie belauschte und es Alwyn weitererzählte – zu viele Gummistiefel und zerknitterte gewachste Jacken standen an der Bar –, berichtete sie ihm, daß Jessica fast jeden Tag zur Witchett Farm ritt, um Dolly Carmody zu helfen.

»Sie sehen also«, schloß sie mit Verschwörermiene, den Kopf über zwei leeren Gläsern dem seinen zuneigend, als planten sie die nächste Pulververschwörung, »Sie könnten sich mit Jessica auf der Witchett Farm treffen. Die Winthrops wüßten nichts davon, würden es nicht einmal vermuten.«

Michael dachte darüber nach und suchte nach Einwänden. »Ich kenne die alte Dame ja nicht, doch sie ist immerhin ihr Leben lang mit den Winthrops befreundet. Sie würde nicht mitmachen.«

»Sie hat Jess sehr, sehr gern und wünscht sich genausosehr, daß Jess ein normales Leben führt. Außerdem hat sie ein romantisches Herz. Sie war es, die mir von den Grauen Leuten erzählt hat.«

Michael hatte noch nie von den Grauen Leuten gehört, daher schweifte Meredith fünf Minuten lang vom Thema ab und erzählte ihm von ihnen. Dann kehrten sie zu ihrem eigentlichen Thema zurück. Er sah ein wenig hoffnungsvoller, zugleich aber auch zweifelnd drein, wobei die beiden Empfindungen in seinem sommersprossigen Gesicht ständig wechselten.

»Und wie soll ich es anstellen?«

»Überlassen Sie es mir. Ich nehme Sie nach Witchett mit und stelle Sie Dolly vor, dann sehen wir weiter.«

Michael hatte seine Zweifel überwunden. »Okay. Wann?«

»Jetzt gleich, wenn Sie wollen. Dolly ist bestimmt zu Hause. Die Fahrt wäre nicht vergeblich, auch wenn sie nicht da ist. Dann sehen Sie wenigstens, wo Witchett liegt. Wir gehen jetzt zu dem Haus, das ich derzeit hüte, und holen meinen Wagen. Von dort dauert die Fahrt zur Farm nicht länger als fünfzehn Minuten, selbst wenn wir durch den Verkehr auf dem Markt aufgehalten werden sollten.«

»Worauf warten wir noch?«, sagte er begeistert.

## KAPITEL 19

Michael saß in heller Aufregung auf dem Beifahrersitz, während sie die alte Landstraße entlangfuhr und nach der Abzweigung zur Witchett Farm Ausschau hielt. Meredith hatte Angst, daß ihr kluger Plan mißlingen und der nette Junge enttäuscht werden könnte. Aber wer nichts versucht, kann auch nichts erreichen.

Der Wind wurde lebhafter, und die Sonne war verschwunden. Die Bäume neigten sich über die Straße, ihre Äste schwankten, und die Hecken zitterten. Von irgendwoher waren ein paar graue Wolken aufgetaucht, und es sah so aus, als werde es bald regnen. Nach ihrer ersten unglücklichen Erfahrung hätte sie es wissen und die Augen nicht von der kurvenreichen alten Straße abwenden dürfen, die zwar ruhig, aber nicht ohne Risiken war.

»Passen Sie auf!« rief ihr Begleiter plötzlich und stemmte sich gegen das Armaturenbrett, um nicht nach vorn geworfen zu werden.

Meredith riß heftig das Steuer herum und schaffte es irgendwie, nicht in dem tiefen Straßengraben zu landen. Ein großer, glänzender BMW war urplötzlich hinter der Kurve vorgeschossen, ein Verkehrsrowdy, der mit ungefähr hundertzwanzig in der Mitte der schmalen Straße dahinraste. Sie hatte keine Zeit zu sehen, wer den Wagen fuhr, aber als sie wieder auf dem richtigen Kurs waren, fragte sie Michael: »Puh! Haben Sie seine Nummer?«

»Nein. So ein Idiot! Nur weil es eine wenig befahrene

Straße ist, glaubt so einer, er kann hier rumbrettern wie auf einer Rennstrecke. Ich wünschte, ich hätte die Nummer. Wir hätten ihn anzeigen können. Ihn anzeigen müssen. Der verursacht früher oder später bestimmt einen Unfall.«

»Wer das wohl gewesen sein mag?« überlegte Meredith laut. »In und um Bamford gibt es nicht viele so protzige Wagen. Ich frage mich, woher er gekommen ist und wohin er wollte.«

»Er hatte ein komisches Kennzeichen«, sagte Michael gleich darauf. »Ausländisch, glaub ich. Ich wünschte, ich hätte Zeit gehabt ...«

»Hier!« unterbrach sie ihn. »Hier ist die Abzweigung nach Witchett.« Sie fuhr den schmalen Feldweg entlang und in den sauberen Hof der Witchett Farm. »Dollys Auto ist hier«, sagte sie, als sie ausstiegen. »Also ist sie zu Hause.«

Meredith hielt inne und sah sich um. Irgendwie sah es hier anders aus. Zwar noch immer sehr ordentlich, aber dennoch so, als habe etwas wie ein Wirbelwind hier gehaust. Die Persennings waren von den unter dem offenen Schuppen abgestellten landwirtschaftlichen Maschinen abgenommen und in einem Haufen auf dem Boden liegengelassen worden. Das Tor der Scheune, in der das Futter gelagert wurde, stand offen, schwang im Wind hin und her, und kleine Heubündel wurden durch die Öffnung in den Hof geweht. Die Teetruhe, die vom Heuboden heruntergebracht worden war, stand offen auf dem Hof, und Zeitungspapier quoll heraus. »Komisch«, sagte sie.

Michael, der Witchett noch nie zuvor gesehen hatte, war jedoch hingerissen. »Mein Gott, ist das schön!« sagte er ehrfürchtig. »Sehen Sie sich doch diese alte Egge an, sie wurde früher von Pferden gezogen. Stellen Sie sich vor, was man mit einem solchen Besitz alles anfangen könnte! Also ich wüßte es.«

»Oh?« Zerstreut wandte Meredith sich zu ihm um. »Und was würden Sie tun? Hier leben und die Farm bewirtschaften?«

»Nein, nicht die Farm. Ich bin kein Farmer, und Farmarbeit bringt heutzutage nicht genug Geld ein. Ich würde ein Gartencenter eröffnen. Ein richtig großes und als zusätzliche Attraktion ein landwirtschaftliches Museum und vielleicht ein paar alte Schafrassen züchten und ein paar schwere Pferde einstellen … Die Leute würden in Scharen hier herauspilgern. Es gäbe Interessantes für die ganze Familie. Sehen Sie sich das Land an. Platz genug für große Gewächshäuser und einen Laden, in dem Pflanzen verkauft werden. Eine Menge Land für eine Baumschule. Man könnte auch Weihnachtsbäume ziehen. Wenn ich Geld hätte, würde ich einen solchen Besitz kaufen und zu einem erfolgreichen Unternehmen machen. Aber mit dem Gehalt eines Grundschullehrers«, fügte er bedauernd hinzu, »habe ich keine Chance.«

»Und Sie würden das wirklich gern tun? Würden Ihren Beruf aufgeben?«

»Wenn ich einen solchen Besitz hätte? Etwas schaffen, etwas von Grund auf neu schaffen? Da können Sie darauf wetten, wie der Blitz wär ich dabei.«

Als seine begeisterte Stimme verstummte, hörte man im Stallgebäude zu ihrer Rechten ein Quietschen und dann Schritte. Eine Stimme rief nervös: »Wer ist da?«

»Dolly?« rief Meredith zurück. »Ich bin es nur, Meredith, und ich habe einen Freund mitgebracht.«

Eine Tür ging auf, und Mrs. Carmody erschien. Doch die Veränderung, die seit dem letzten Mal mit der alten Frau vorgegangen war, ließ Meredith bestürzt stehenbleiben und dann vorwärtsstürzen.

»Dolly? Was in aller Welt ist los? Was ist passiert?«

Mrs. Carmody suchte an der Stallwand Halt. Ihr unordentlicher Haarknoten war völlig zusammengefallen, und ihr gewöhnlich rosiges, fröhliches Gesicht war aschgrau und verzweifelt. Sie schien um zwanzig Jahre gealtert und zu einer kleinen alten Frau geschrumpft, die erschrocken und verwirrt war.

»Lassen Sie sich ins Haus führen!« rief Meredith und nahm ihren Arm.

Mrs. Carmody schob sie weg. »Wer ist das?« fragte sie und zeigte auf Michael. »Was will er?« Ihre Stimme zitterte.

»Das ist Michael Denton, ein Freund von mir und von Jessica. Dolly, was, um Himmels willen, ist geschehen?« Plötzlich fiel ihr der rasende BMW ein, und sie fügte hastig hinzu: »War jemand hier? Was hat Sie so erschreckt, Dolly?«

»Ja, sie waren schon sehr früh da, sind jetzt aber schon fast zwei Stunden weg. Wollte mir eben Frühstück machen, hatte noch keinen Bissen von meinem Speck gegessen …« Ihre weitschweifige Rede wurde immer leiser und verstummte schließlich ganz.

Sie? Meredith war nun selbst verwirrt. Dann war es nicht der Fahrer des BMW gewesen. »Wer, Dolly?«

Michael war näher gekommen, sein Gesicht war besorgt. »Wir müssen sie ins Haus bringen«, flüsterte er. »Sie bricht sonst zusammen.«

Sie nahmen Dolly Carmody in die Mitte und führten sie in ihr Wohnzimmer. Die alte Spanielhündin, die dort eingesperrt gewesen war, hörte sie kommen, begann zu jaulen und wild an der Tür zu kratzen. Sie betteten Dolly auf das Sofa, und die Hündin lief zu ihrer Herrin und leckte ihr die Hand. Es schien Mrs. Carmody zu helfen, ihre Fassung ein wenig wiederzugewinnen. Sie tätschelte dem Hund den Kopf und sagte, schon wieder mehr sie selbst: »Ich bin in Ordnung, meine Lieben. Hatte nur einen kleinen Schock. Hätte nie gedacht, daß so etwas hier draußen auf Witchett geschehen könnte. Eine solche – solche Schande!«

»Hören Sie«, sagte Michael, ein praktischer junger Mann. »Ist in dem Schrank da drüben vielleicht ein bißchen Brandy? Sie brauchen nämlich einen Schluck, Mrs. Carmody.«

»Ja, ich glaube, ich nehme einen ganz, ganz kleinen …« Sie versuchte erfolglos, ihr Haar in Ordnung zu bringen. »Ach du meine Güte, da kommt ihr beiden heraus und findet mich total durcheinander und überall diese schreckliche Unordnung. Hätten Sie auch gern etwas zu trinken?«

»Später«, sagte Meredith energisch. »Und nun, Dolly, wer war hier?«

»Die Polizei«, sagte Mrs. Carmody schlicht. »Die Polizei war hier.«

»Alan?« rief Meredith ungläubig. »Alan war hier und hat Sie so aufgeregt?«

»Aber nein, natürlich nicht, meine Liebe. Alan würde so etwas nie tun. Nein, es war ein anderer, ein Londoner mit einem Haussuchungsbefehl und ein paar anderen Kerlen. Einer hatte einen Hund dabei. Sie haben ihn überall rumschnüffeln lassen. Haben alles auf den Kopf gestellt und immerzu Fragen gestellt. Was immer sie gesucht haben, sie haben es nicht gefunden. Und dann sind sie abgezogen.«

Meredith richtete sich auf. Laxton! Natürlich. Na warte, bis wir uns wiedersehen, Alan! Es mochte Laxton gewesen sein, der das getan hatte, aber Alan hätte es nie zulassen dürfen. Und dann dachte sie noch: Ich werde

Alan nie heiraten können, und das ist der Grund. Es ist die Polizeiarbeit. Ich könnte sie nicht akzeptieren. Ich weiß, daß sie Verbrecher fangen müssen, aber trotzdem, da gibt es Dinge … Nur – warum hier?

Michael reichte Mrs. Carmody ein Glas mit einem ordentlichen Schuß Brandy. »Hier, trinken Sie das. Wo ist die Küche? Ich braue uns eine Kanne Tee.«

»Sie sind ein guter Junge«, sagte Mrs. Carmody nickend. Sie sah zu ihm auf und fragte mit einer Spur ihrer alten Lebhaftigkeit: »Jessicas Freund sind Sie, haben Sie gesagt?«

»Ja, darüber wollten wir mit Ihnen sprechen …« Meredith zögerte. »Aber ein bißchen später. Ich zeige Ihnen die Küche, Michael.«

In der Küche sahen sie sich an. »Suchhund«, flüsterte Michael. »Drogen oder Sprengstoff.«

»Hier? Das ist ja lachhaft.«

»Etwas muß sie hergeführt haben. Sie hatten einen Durchsuchungsbefehl. Sie sagt, der Einsatzleiter war ein Londoner und kein hiesiger Plattfuß.«

»Ja, ich denke, ich habe ihn kennengelernt. Damals dachte ich, er sei ganz in Ordnung, aber ich weiß gar nicht, was ich zu diesem – Wicht sagen soll!«

Kein Wunder, daß Alan über das, was Laxton hier zu tun hat, kaum ein Wort verlieren wollte, dachte sie rebellisch. Er muß von der Drogenfahndung oder der Terroristenbekämpfung sein … Aber es war wirklich lachhaft. Dolly war keine Bandenführerin aus der Unterwelt. Dann dachte sie: Banden. Sie hatte das Wort erwähnt, als sie und Alan über den Leichnam aus dem Fundament gesprochen hatten. Sie hatte ihn gefragt, ob er es für einen Bandenmord halte … Die Sache wurde immer schlimmer.

Als sie, jeder eine Tasse starken Tee vor sich, im

Wohnzimmer saßen, hatte Dolly sich wieder erholt und machte sich Sorgen um ihre Katzen. »Die beiden sind verschwunden, als sie die vielen Fremden und den komischen Schnüffelhund gesehen haben. Ich nehme an, sie werden sich am Abend wieder einfinden.«

»Es ist unglaublich«, sagte Meredith heftig. »Alan soll von mir was zu hören bekommen!«

»Es ist nicht seine Schuld, meine Liebe. Es ist ja nicht von ihm ausgegangen. Aber was wollten sie? Sie waren auf diesem Heuboden, Sie wissen schon, wo ich Ihnen und Alan die Fußabdrücke gezeigt habe. Sie haben alles herausgezogen, alle Kästchen, alles. Dann haben sie mir das Bild eines Mannes gezeigt – ich glaube, es war der gleiche, von dem mir auch schon Alan ein Foto gezeigt hatte, nur war es diesmal ein anderes, auf dem er viel besser aussah. Aber ich habe ihnen gesagt, daß ich ihn nicht kenne. Dauernd haben sie mich nach dem Eindringling gefragt, den ich Donnerstag überrascht habe. Ich konnte ihnen gar nichts sagen. Und diese Schande! Die Polizei durchsucht Witchett!« Sie begann sich wieder aufzuregen. Die Spanielhündin spürte es, wimmerte und preßte die Nase an das Knie ihrer Herrin.

»Hören Sie, Dolly«, sagte Meredith, »ich denke, ich sollte Ihren Doktor anrufen und ihn bitten, herauszukommen.«

»Es geht mir jetzt gut, meine Liebe, wirklich. Ein wahrer Segen, daß Sie beide gekommen sind. Ich fühle mich schon viel besser, seit ich mit Ihnen reden konnte.«

»Ja, aber heute abend könnte die Reaktion einsetzen. Ihr Arzt sollte lieber mal vorbeischauen. Wie heißt er?«

»Es ist Dr. Pringle, meine Liebe. Seine Nummer hab ich hier irgendwo.«

»Ich kenne Dr. Pringle und schau auf der Rückfahrt

schnell im Medizinischen Zentrum vorbei«, versprach Meredith.

»Und nun«, sagte Dolly und richtete sich plötzlich kerzengerade auf. Sie hatte wieder Farbe, und obwohl noch erschüttert, sah sie sich selbst wieder ähnlicher. »Was habt ihr beiden eigentlich gewollt?«

»Dies scheint mir kaum der Augenblick –«, begann Michael.

»Los, los, spucken Sie's aus!« kommandierte Mrs. Carmody.«

Sie erklärten ihr Michaels Dilemma. »Ich weiß«, sagte Meredith, »daß ich von Ihnen verlange, die Winthrops zu hintergehen. Aber Jessica ist kein Teenager mehr, sie ist dreiundzwanzig. Sie möchte sich mit Michael treffen, und ihre Familie ist keinem vernünftigen Argument zugänglich.«

»Sie meinen es gut«, sagte Mrs. Carmody. »Ein in einer Ehe so spät geborenes Kind ist immer ein Sorgenkind. Die Eltern wollen wissen, daß es Jess gutgeht, auch wenn sie nicht bei ihr sind, um sich um sie zu kümmern. Alwyn meint es auch nicht böse. Aber er ist eigensinnig. Ich rufe jetzt in Greyladies an. Sie sagen, Betty Chivers ist dort. Das bedeutet, daß Elsie das Haus nicht verläßt. Ich werde nach Jessica fragen. Werde erzählen, daß die Polizei hier war – das wird sich ohnehin bald herumgesprochen haben – und daß ich sehr froh wäre, wenn Jess mir eine Weile Gesellschaft leisten würde. Elsie wird sie herüberschicken, keine Angst.«

»Kommt mir ein bißchen hinterhältig vor«, räumte Meredith ein.

»Unsinn, ich brauche Jess. Die Pferdeboxen wurden noch nicht ausgemistet, und jemand muß mir beim Aufräumen helfen.«

»Das werde ich tun«, sagte Michael. »Ich hab den ganzen Tag frei. Wir haben Osterferien. Wenn ich heute nicht alles schaffe, komme ich morgen wieder und erledige den Rest. Nur keine Sorge. Sie und Jessica können keine schweren Sachen schleppen.«

»Das ist sehr nett von Ihnen«, sagte Mrs. Carmody. »Ich fahre Sie später nach Hause, bis dahin bin ich wieder ganz in Ordnung. Fühle mich jetzt schon wieder besser.«

Eine halbe Stunde später kam Jessica auf ihrem zottigen Pony auf den Hof geritten. »Michael!« rief sie erstaunt, glitt aus dem Sattel und lief auf ihn zu. Dann sah sie, in welchem Zustand die Farm war, und bekam erschrockene Augen. »Was ist passiert?«

Sie erklärten es ihr, so gut sie konnten, und verbrachten den restlichen Nachmittag damit, das Durcheinander in Ordnung zu bringen, das der übereifrige Laxton, seine Untergebenen und sein Suchhund hinterlassen hatten. Meredith' Meinung über den Mann aus London, ohnehin schon ziemlich tief gesunken, weil er ihre alte Freundin so aufgeregt hatte, wurde sehr schnell nicht mehr druckreif, als sie sich die Strumpfhose zerriß, die Fingernägel abbrach, sich den Kopf an niedrigen Balken stieß und den Rücken verrenkte, als sie mit Michael versuchte, die Teetruhe auf den Heuboden zurückzubringen. Um die Persennings zu befestigen, mußten sie zu viert Hand anlegen. Während sie arbeiteten, nahm der Wind an Stärke zu, riß ihnen das Segeltuch aus den Händen und blies ihnen Heubüschel und Staub ins Gesicht.

Jessica hatte außerdem die Pferdeboxen gesäubert, eine Arbeit, die noch zusätzlich erledigt werden mußte und mit der Mrs. Carmody sich erfolglos abgeplagt hatte, als Meredith und Michael gekommen waren. Sie sagte ihnen, daß Laxtons Team sogar die Boxen durchsucht, die Streu herumgezerrt und das Heu aus den Futterkrippen an der Wand auf den Boden geworfen hatte.

»Sie hatten Glück, daß keiner getreten wurde«, sagte sie, und man hörte ihr an, daß es ihr großes Vergnügen bereitet hätte, wenn ein Pferd oder auch alle den unglücklichen Laxton durch den Hof gejagt und getreten hätten.

Mrs. Carmody versorgte sie mit Käse- und Pickle-Sandwichs, Obstkuchen und literweise Tee. Um halb fünf ließen sich alle erschöpft im Wohnzimmer in die Sessel fallen.

»Ich dank euch, meine Lieben«, sagte Mrs. Carmody und schürte das Feuer im Herd, daß die Funken durch den Kamin davonflogen. »Oh, schaut mal, da ist ja eine von den Katzen. Dann kommt die andere auch gleich.«

Eine Tigerkatze erschien auf der Schwelle und funkelte alle böse an. Dann marschierte sie würdevoll zum Kaminvorleger und setzte sich, ihnen den Rücken zukehrend, mit zitternden Schnurrhaaren und gesträubtem Rückenfell. Ab und zu zuckte sie zusammen und schlug mit dem Schwanz auf den Teppich, als brüte sie über die Zudringlichkeit des Suchhundes.

»War ein richtig aufregender Tag«, sagte Mrs. Carmody, doch ihre Stimme klang nicht mehr so unglücklich und angespannt. Die Arbeit und die Geschäftigkeit der anderen hatten sich als beste Therapie erwiesen. »Und wie wär's, wenn ich uns jetzt zum Abendessen ein paar Pastetchen machen würde?«

»Ich muß nach Hause«, sagte Meredith hastig. »Alan hat mich zum Essen eingeladen. Aber trotzdem vielen Dank. Ich fahre beim Medizinischen Zentrum vorbei. Alan kommt nicht vor sieben, ich hab also Zeit genug.«

»Aber machen Sie ihm ja keine Vorwürfe«, sagte Mrs. Carmody streng.

»Nun, ich kann nicht versprechen, daß ich ihm nicht meine Meinung sage. Aber er wird sich auch ärgern, wenn er hört, was Laxton hier angerichtet hat.«

Als sie ging, waren die drei anderen in die Küche umgezogen. Mrs. Carmody rollte Teig aus, Michael hackte Zwiebeln, Jessica schälte Kartoffeln. Irgendwie waren sie auf Michaels Idee mit dem Gartencenter plus Bauernmuseum zu sprechen gekommen.

»Ich halte das für eine großartige Idee«, sagte Jessica. »Was du noch brauchst, ist jemand, der mit Tieren umgehen kann, während du dich um die Pflanzen kümmerst.«

»Jessica versteht viel von Vieh, Schafen und Pferden«, sagte Mrs. Carmody. »Ich hab ja gewußt, daß die alten Sachen uns eines Tages noch sehr nützlich sein würden. Jetzt bin ich froh, daß ich sie nicht an diesen Händler verkauft habe.«

Einige Dinge scheinen sich von selbst zu klären, dachte Meredith, als sie sich anschickte, nach Bamford zurückzufahren. Aber daraus hatte sich eine Fülle neuer Fragen ergeben. Aus einer Eingebung heraus bog sie in die neue Straße ein, die zur Baustelle führte.

Während der Osterfeiertage wurde nicht gearbeitet. Verlassen lag die Baustelle da, windgepeitscht, einsam und düster. Meredith parkte den Wagen, stieg aus und lief ein Stück die neue Straße entlang. Der Wind wehte hier draußen ungehindert und ging ihr durch Mark und Bein, da half nicht einmal ihr warmer Anorak; und obwohl sie die Hände in den Taschen hatte, waren ihre Finger jetzt schon taub. Sie zog sich die Kapuze über den Kopf, um die Ohren zu schützen, aber der Wind verfing sich in ihren Haaren, wehte sie ihr ins Gesicht und schleuderte ihr grobkörnigen Sand und Kieselsteine gegen die Beine.

Der graue Himmel wurde schnell schwarz. Es war noch nicht spät, aber das Licht schon schlecht.

Meredith wandte sich von der Straße ab, stieg über einen Graben zu dem bisher noch unberührten Weideland hinauf und ging vorsichtig weiter. Der Boden war weich und uneben, von derbem, büscheligem Gras bewachsen, und man konnte sich sehr leicht einen Knöchel verrenken. Es gab ganze Flecke mit Kaninchenlosung, auf die sie achten mußte, und sie scheuchte einen Hasen auf, der plötzlich in die Höhe sprang und vor ihr in die Sicherheit der Hecken flüchtete, den Zufluchtsort, den es bald nicht mehr geben würde.

Sie folgte der Fährte des Hasen und hörte, als sie zu den Hecken kam, von der anderen Seite her ein hohes, monotones Jaulen. Es kam nicht von den Bulldozern, die etwa eine halbe Meile entfernt still in dem umzäunten Hof standen. Das Geräusch schwoll an und wurde wieder leiser, als käme die Maschine, die es verursachte, näher und entfernte sich dann wieder. Meredith rutschte in einen Graben, kletterte auf der anderen Seite wieder hinauf und zwängte sich durch das verfilzte Weißdorn- und Brombeergestrüpp.

Vor ihr lag wieder ein Stück ehemaligen Weidelandes, doch dieser Teil war bereits Opfer der Baugesellschaft geworden. Hier gab es keine Ziegelmauern, aber eine neue Asphaltstraße war im Entstehen, durchzog den aufgewühlten Grasboden in einem närrischen Muster, endete vor Erdhügeln, führte weiter in flaches Grasland und dann ins Nichts, als habe die Hand eines Riesen in seinem Garten ein Labyrinth angelegt und dann, noch ehe es fertig war, das Interesse daran verloren. Hin und her in diesem Niemandsland unberührter schwarzer Fährten fuhren zwei jugendliche Motorradfahrer auf leichten Maschinen. Ab und zu verließen sie die asphaltierten Streifen und gingen Erdhügel an, übten ihre Klettertechnik, erzwangen sich mit keuchenden Motoren den Weg hinauf, in dem sie ihre Stiefel gegen den Boden stemmten. Dann ließen sie ihre Maschinen gefährlich steil hinunterholpern und -schlittern und hielten triumphierend und mit Schwung an.

Der Fahrer, der ihr am nächsten war, entdeckte Meredith unter der Hecke und fuhr auf sie zu, ließ die Maschine über die Grasbüschel hüpfen und stoppte direkt vor ihr. Er rutschte auf dem Sattel nach hinten und öffnete sein Visier wie ein Ritter, der von einem mittelalterlichen Turnier zurückkehrte, um von seiner Dame eine Gunst zu erbitten.

»Hallo«, begrüßte er sie.

Sie versuchte, durch das offene Rechteck des Visiers sein Gesicht zu erspähen. »Du bist Barry, nicht wahr?«

»Stimmt. Hab Sie beim Pfarrer gesehn. Wolln sich also 'n Haus kaufen?« Das sollte offensichtlich das sein, was Barry unter einem Scherz verstand. Er hatte den Helm abgenommen und drückte ihn an die Brust. Dann zeigte er mit einer ruckartigen Kopfbewegung in die Richtung der weit entfernten Häuser.

»Nein, besten Dank. Hat die Bauleitung nichts dagegen, daß ihr hier herumfahrt?«

Barry grinste. »Ja, der Polier kommt immer mit 'nem Höllenzahn angesaust, aber uns kriegt er nich. Wir haben 'n bißchen Spaß mit ihm. Einmal haben wir 'n in den Fluß gejagt. Hat am Ufer gestanden und uns beschimpft, also sind wir direkt auf 'n zugefahren, und er mußte springen. Is ins Wasser gefallen. Ham wir gelacht!«

»Klingt ein bißchen gefährlich«, sagte Meredith zweifelnd. Sie fragte sich, ob er von dem Mord gehört hatte.

Vielleicht brachte er den Namen Hersey nicht mit seinem alten Feind in Verbindung.

»Nö. Er is'n Idiot und 'n Mistkerl dazu.«

Wenn auch geneigt, dieser Einschätzung des Charakters von Hersey zuzustimmen, sah Meredith sich dennoch gezwungen zu sagen: »Du weißt doch, daß er tot ist, oder?«

»Was – er?« Barrys Augen flackerten vor Überraschung, dann wurde sein Blick vorsichtig. »Hat nix mit uns zu tun.«

»Das habe ich nicht behauptet. Hast du von dem Mord in der Nähe des Fox and Hounds gehört?«

»Oh, davon? Ja. War das er?« Barry überlegte eine Weile. »Also, da soll mich doch gleich«, sagte er überraschend sanft. »Muß ich gleich meinem Kumpel verklickern.«

»Als ihr ihn gejagt habt, hätte er sich die Nummern eurer Kennzeichen merken und euch anzeigen können«, sagte sie.

Barry zuckte mit den Schultern. »War doch nur 'n Spaß. Außerdem hätt er das nie getan, zu den Cops gehn. Nich er.«

»Warum nicht?«

Barry warf ihr den Blick eines Mannes zu, der einer Unschuld das Leben erklärt. »Weil er von der Sorte war, die keine Cops mag – mochte«, korrigierte er sich. »Wenn er uns erwischt hätte, hätt er uns umgebracht. Aber es gibt so 'ne, die wo zur Polizei gehn, und so 'ne, die nich hingehn.«

Das ist wohl wahr, dachte Meredith. Sie bezweifelte, daß Alan anderer Meinung gewesen wäre.

»Seid ihr oft mit euren Motorrädern hier, du und deine Freunde?«

»Ja, wenn wir schönes Wetter haben.«

Sie wählte ihre nächsten Worte sehr vorsichtig. Barry war es gewohnt, immer als einer der ersten beschuldigt zu werden, wenn etwas schiefging, und sein Instinkt für Selbstverteidigung war schnell hellwach. »Wart ihr auch an dem Wochenende, bevor man den Toten in dem Fundament gefunden hat, hier draußen? Ich meine, wenn ihr hiergewesen wärt, hättet ihr mit den Mördern zusammentreffen können, und das hätte vielleicht ein böses Ende genommen.«

Barry hauchte seinen Helm an und entfernte sorgfältig einen Schmutzstreifen. »Wir waren an dem Wochenende hier, haben aber nix gesehn.« In seiner Stimme war echtes Bedauern. »Wär cool gewesen, wenn wir was gesehn hätten. Bamford is'n Kaff, hier passiert nie was, und wenn was passiert, dann verpaß ich's, verdammt.«

»Ihr habt keine fremden Wagen gesehen?« Das brachte sie auf einen Gedanken, und sie fragte aus einem Impuls heraus: »Keinen BMW oder einen anderen Wagen mit ausländischen Kennzeichen?«

»Nö, nur'n mit Schlamm bespritzten, alten Landrover. Aber den hab ich schon oft gesehn. Gehört dem Typen, der sich um die Schafe kümmern tut. Aber dem gehn wir aus'm Weg, mein Kumpel und ich.«

»Du meinst einen großen rothaarigen Mann?«

»Genau den mein ich. Dachte, mein Kumpel und ich täten seine Schafe erschrecken. Das war, bevor sie dieses Stück Straße fertiggemacht haben und wir irgendwo auf den Feldern rumgefahren sind, sind aber den Schafen immer aus'm Weg gegangen und ham ihnen nie was getan. Aber dieser rothaarige Typ hat uns mal mit 'ner Schrotflinte bedroht. Deshalb ham wir uns später, wenn wir ihn kommen gesehen ham, hinter den Hecken versteckt, bis er wieder weg war.«

»Alwyn hat euch mit einer Waffe bedroht?« stieß Meredith hervor. Alwyn war jähzornig, das hatte sie selbst im Fox and Hounds erlebt, und wenn er auf einen anlegte, mußte das ein furchterregender Anblick sein. Farmer hatten das Recht, Hunde zu erschießen, die Schafe hetzten. Vielleicht hatten Barry und sein Freund Glück gehabt, daß Alwyn nicht einen Schritt weiter gegangen war und ihnen eine Ladung Schrot aufgebrummt hatte.

»Ja, wir hatten vielleicht Schiß, mein Kumpel und ich«, sagte Barry aus tiefstem Herzen. »Ich sag Ihnen, mit dem ham wir nix am Hut nich.«

Barrys Begleiter, der ungeduldig in der Nähe wartete, rief nach ihm.

»Wir sehn uns«, sagte Barry und setzte den Helm auf. »Vielleicht beim Pfarrer.«

»Noch immer Gartenarbeit?«

»Das'n Kinderspiel. Der Pfarrer macht kein Getu um nix. Der is in Ordnung. Ham Sie seine Yamaha gesehen? Würd ich gern mal 'ne Runde mit drehn. Ein geiles Gerät is das, keine Schwierigkeit für mich.«

»Ich denke, damit würdest du dir eine Menge Schwierigkeiten einhandeln; es wäre keine gute Idee, dir die Maschine zu ›leihen‹, Barry«, sagte Meredith energisch. »Du würdest in Pfarrer Holland einen guten Freund verlieren.«

»Schon gut, ich faß das Ding nich an! Cheers!« Grinsend befestigte er den Kinnriemen seines Helms und ratterte davon.

Meredith machte kehrt. Zu ihren Füßen kämpften die Heckenpflanzen zwischen dem aufgewühlten Lehm und den Trümmern vom Straßenbau ums Überleben; gelbes Schöllkraut, Waldanemonen, Nesseln, Klee, derbe Gräser, alles klammerte sich büschelweise an die verdammte

Erde. In der Zähigkeit der Natur steckte etwas Heroisches und zugleich etwas Rührendes. Bald genug würde der Beton kommen und sie alle unerbittlich überrollen, sie für immer begraben, begraben wie den toten Mann.

# KAPITEL 20

Wie vorauszusehen und unvermeidlich, stritten sie und Alan heftig über die Ereignisse dieses Donnerstags. Anfangs war Meredith von ihrem Zorn und der Erinnerung an Dolly Carmodys verängstigtes Gesicht und an ihre Verwirrtheit so erfüllt, daß sie sich überhaupt nicht anhören wollte, was er zu sagen hatte. Als sie sich soweit beruhigt hatte, um zuzuhören, wurde die Sache auch nicht besser.

Selbstverständlich war nicht seine Schuld, was heute morgen auf Witchett passiert war. Das mußte sie einräumen. Und sie merkte ihm auch an, daß er alles andere als erfreut war, als er erfuhr, wie sehr Dolly Carmody sich aufgeregt hatte. Er preßte die Lippen zusammen, und sie vermutete stark, daß der Mann aus London nicht sehr glimpflich davonkommen würde. Gleichzeitig war er jedoch nicht bereit, Laxtons Handlungsweise als solche zu verurteilen. Dieser Schulterschluß ärgerte sie mehr als alles andere.

»Er hat getan, was er tun mußte, es ist sein Job«, sagte er entschieden. »Ich gebe zu, ich hatte gehofft, Pearce könnte ihn begleiten, aber entweder war das Laxton nicht klar, oder es war ihm klar, und er wollte meinen Spion nicht dabeihaben ... Wie auch immer, er wollte seinen Einsatz organisieren, und dazu hatte er auch das Recht. Deshalb ist er ja hergekommen.«

»Nach Drogen suchen? Auf Witchett? Der Yard muß bescheuert sein.«

Sie sah, wie Alans Gesicht sich verhärtete. Das war eine Polizeiangelegenheit, und er war nicht bereit, mit ihr darüber zu diskutieren oder auch nur zu bestätigen, was Laxton gesucht hatte. Sie gab jedoch nicht auf.

»Ein Suchhund, da ist es doch offensichtlich, oder? Lassen Sie sich eins sagen: Laxton hat verdammtes Glück gehabt, daß Dolly Carmody keinen Herzinfarkt erlitten hat, während er da war. Sie hatte einen Schwächeanfall, war kurz ohnmächtig, und die Polizei hatte ein paar Minuten lang mächtig Fracksausen, und recht ist ihr geschehen. Aber die Polizeibeamtin hat ihr einen Schluck Brandy gegeben, und sie hat sich wieder erholt. Was, in aller Welt, hat Laxton erwartet? Eine Frau ihres Alters, die allein dort draußen lebt – und das unglaublich altmodisch und der Tradition verhaftet. Ein Rudel Fremder, das uneingeladen und unerwartet am frühen Morgen gewissermaßen über sie hereinbricht, bevor sie Zeit hat, einen Bissen zu essen. Ein ganzes Aufgebot, das in ihren Hof einfährt und Staub aufwirbelt wie – wie in einem Westernfilm. Dann kehren sie das Oberste zuunterst und lassen ein verdammt schreckliches Durcheinander zurück, das ich und noch ein paar andere aufräumen müssen. Soweit es Ihren Freund Laxton betrifft, war er wohl der Meinung, Dolly solle selbst alles wieder in Ordnung bringen. Hätte er nicht wenigstens so viel Anstand besitzen sollen, ihr vorher mitzuteilen, was er plante?«

»Seien Sie doch nicht blöd. Was hätte es für einen Sinn, anzukündigen, daß man kommt, wenn man nach etwas – etwas Illegalem sucht?«

Das war richtig. Meredith schwieg eine Weile und beruhigte sich ein wenig. »Es war trotzdem eine Gemeinheit«, sagte sie endlich. »Ob korrekt oder nicht.«

Alan beugte sich vor und sah sie grimmig an. »Wir tun

vieles, was Sie eine Gemeinheit nennen. Laxton tut es, ich tue es, alle Polizisten tun es. Es ist ein mieser Job. Sie hatten nichts dagegen, Detektiv zu spielen und die Grauen Leute als Vorwand zu nehmen, um auf Greyladies und der Baustelle herumzuschnüffeln. Aber echte Detektivarbeit ist schmutziger, und wir schleichen nicht auf Katzenpfoten um den heißen Brei herum. Wir steigen in den Dreck hinunter, rühren fleißig darin, und ja, oft kommen wir dreckig raus. Wir nehmen Eltern ins Verhör, deren Kinder verschwunden sind und die halb wahnsinnig sind vor Kummer. Wir stören die Trauer derjenigen, die einen Menschen durch den Tod verloren haben. Wir sitzen an den Krankenhausbetten von Leuten, die fürchterlich zusammengeschlagen wurden, und plagen sie, weil wir Einzelheiten über den Angreifer wissen wollen. Sie wollen nur eins, die Erinnerung verdrängen, und Leute wie ich lassen das nicht zu. Es gefällt uns nicht, keinem von uns, weder mir noch Pearce, noch Laxton, aber wir müssen es tun.«

Er lehnte sich zurück und fügte sanfter hinzu: »Es ist heute besser als vor Jahren. Jetzt haben wir Krisenzentren für vergewaltigte Frauen und speziell ausgebildete Polizeibeamtinnen, die sich um die Opfer kümmern, außerdem noch viele andere Leute mit Sonderausbildungen. Aber wenn es darauf ankommt, muß man an einem bestimmten Punkt seine Gefühle verdrängen und die Fragen stellen, die niemand hören oder beantworten will. Selbst der Skandal … Haben Sie eine Ahnung, wie viele Menschen eine Leiche im Keller haben? Wir zerren den ganzen Tag alte, verstaubte Gebeine ans Licht, all die traurigen kleinen Geheimnisse, die sie jahrelang bewahrt hatten. Natürlich versichern wir ihnen, wir würden die Information nicht weitergeben, die am Ende gar nicht relevant ist, aber allein die Tatsache, daß wir wissen, daß irgend jemand etwas weiß, reicht manchmal aus, um einen Menschen zu zerbrechen.«

»Das ist mir klar«, unterbrach Meredith ihn scharf, über seinen selbstgerechten Vortrag verärgert. »Aber wenn Sie Dolly schon nicht warnen konnten, hätten Sie wenigstens dafür sorgen können, daß sie nicht zu Hause war.«

»Laxton wollte sie dort haben. Er hat gesagt, er habe seine Gründe dafür. Vielleicht hätte ich die Sache anders gehandhabt, wenn es mein Job gewesen wäre, doch das war es nicht. Vielleicht aber hätte ich es genauso gemacht wie Laxton.«

»Es ist der Skandal«, sagte Meredith und sah ihn böse an. »Ich glaube, am meisten hat Dolly sich aufgeregt, weil es für sie eine große Schande ist, daß die Polizei Witchett durchsucht hat. Sie hat sogar zu mir gesagt, es sei ein Segen, daß ihr verstorbener Ehemann das nicht mehr erleben mußte. Wie schrecklich, wenn eine alte Frau dazu getrieben wird, so etwas zu sagen.«

»Das tut mir natürlich leid«, sagte er steif. Nach einer Weile fügte er weicher und offenbar in Erinnerungen versunken hinzu: »Ich weiß, was Angst vor Schande anrichten kann. Als junger Kerl – ich war eben in den Polizeidienst eingetreten – war ich mal bei der Durchsuchung eines Hauses dabei, in dem man die mumifizierte Leiche eines Babys gefunden hatte. Es stellte sich heraus, daß es schon vor über fünfzig Jahren gestorben war. Es war unehelich geboren und hatte, soweit man das noch feststellen konnte, nur ein paar Minuten gelebt, aber der Skandal, in diesen Tagen! Also haben sie den Leichnam über einem offenen Kamin eingemauert, und er wurde erst gefunden, als das Haus nach dem Tod der alten Dame von

Grund auf renoviert wurde. Sie hatte über fünfzig Jahre dort gelebt und nicht gewagt, auszuziehen, weil sie Angst hatte, man könnte die sterblichen Überreste finden. Fünfzig Jahre mit dem Beweis ihrer Jugendtorheit, nur durch die Breite eines Ziegelsteins von ihr entfernt, sich ständig dessen bewußt und immer in Angst, jemand könnte es erfahren. Niemand verdient es, eine Schuld sein Leben lang so mit sich herumzuschleppen. Nicht einmal das Gesetz verhängt heutzutage so strenge Strafen.«

»Aber Dolly hat nichts getan«, beharrte Meredith auf ihrem Standpunkt. »Sie wurde für nichts und wieder nichts bestraft.«

»Nicht für nichts«, sagte er ruhig. »Für das Unrecht, das ein anderer begangen hat und von dem sie vielleicht nichts weiß. Eine unschuldige Person hat gelitten, das heißt aber nicht, daß es kein Verbrechen gegeben hat.« Er verstummte, und Meredith fiel nichts mehr ein, was sie noch hätte sagen können, obwohl ihre Entrüstung noch längst nicht besänftigt war.

Beiden war nicht danach zumute, zum Abendessen zu gehen. Markby fragte halbherzig: »Noch Lust, auszugehen?«

»Nein, nicht besonders. Tut mir leid. Ich weiß, es ist nicht Ihre Schuld. Aber ich bin noch immer aufgeregt und innerlich irgendwie aufgewühlt. Ich könnte nicht dasitzen und essen, auf keinen Fall in der Öffentlichkeit.«

»Wenn Mrs. Carmody das Gefühl hat, ungerecht behandelt worden zu sein, kann sie offiziell Beschwerde einreichen.«

»Sie würde sich nie beschweren, gehört nicht dieser Generation an. Die heutige quengelt und jammert. Die ihre lebt einfach weiter.« Meredith sah zu ihm auf. »Ich weiß, daß alles stimmt, was Sie gesagt haben. Alles. Ich meine, daß Sie oft gemeine Dinge tun müssen und sich dann mies fühlen. Doch ich glaube nicht, daß ich das jemals akzeptieren könnte.« Mutig nannte sie das Problem beim Namen. »Ich meine, wenn wir versuchten, zusammen zu leben, eine feste Beziehung eingingen, würde uns das mit der Zeit voneinander entfernen. Das glaube ich wirklich.«

»Ich kann nicht aufhören, Polizist zu sein«, sagte er nüchtern.

»Und ich kann nicht aufhören, ich zu sein und zu fühlen, wie ich fühle.«

Markby verließ das Zimmer, und man hörte, daß er in der Halle seinen grünen Parka anzog. Er kam zurück und sagte: »Dann fahre ich eben nach Hause. Vielleicht können wir an einem anderen Abend essen gehen, bevor Sie nach London zurückfahren.«

»Ja, an einem anderen Abend.«

Es war der schlimmste Streit, den sie je gehabt hatten, und er hatte viel zerstört. Sie hatten schon oft Krach gehabt und heftige, aber kurzlebige Wortwechsel. Diesmal war er kälter, ging tiefer. Die Wunde würde heilen, aber die Narben blieben. Und Meredith hatte das Gefühl, daß ihre und Alans Beziehung schnell auf einen toten Punkt zusteuerte.

Tatsächlich hatte Markby schon früher als Meredith von Laxtons »Besuch« auf Witchett erfahren, aber nicht früh genug, um die Vorgehensweise beeinflussen zu können. Als er an diesem Donnerstagvormittag ins Revier gekommen war, ungefähr um die Zeit, als Meredith den Viehmarkt besuchte, war die Durchsuchung auf der Witchett Farm längst vorüber gewesen.

»Ich weiß, Sie wollten, daß ich ihn nach Witchett begleite«, hatte Pearce mit einem furchtsamen Blick gesagt. »Aber ich habe erst davon erfahren, als alles vorbei war. Er hat es selbst organisiert.«

»Schon gut, schon gut.« Markby seufzte. »Nicht Ihre Schuld.« Er warf einen Blick zu dem im Augenblick nicht besetzten Schreibtisch, der in der Ecke für Laxton aufgestellt worden war. »Wo ist er?«

»Er ist sehr bald nach der Razzia gekommen, hat endlos telefoniert und ist wieder verschwunden.« Pearce zögerte. »Hat sehr verärgert ausgesehen.«

»Er ist verärgert. Dolly Carmody muß im Dreieck gesprungen sein.«

»Er hat die Nachricht hinterlassen, daß er im Crossed Keys zu erreichen ist.«

»Fürchtet, wir könnten ihm über die Schulter schauen, wenn er seinen Bericht schreibt«, sagte Markby unliebenswürdig. »Oder will uns keine Gelegenheit geben, über seinen Mißerfolg hämisch zu grinsen. Als ob es auf Witchett je Drogen gegeben hätte! Wofür hält er Dolly Carmody, für eine Art Patin?«

»Das weiß ich nicht«, sagte Pearce diplomatisch.

Als er im Lauf des Tages noch mehr Einzelheiten über die Razzia erfuhr, wurde Markbys Stimmung immer aggressiver. Er hatte natürlich gewußt, daß Laxton eine Durchsuchung beabsichtigte, und war darauf vorbereitet gewesen, daß Mrs. Carmody verärgert sein würde. Aber nicht so sehr, daß sie beinahe einen Zusammenbruch erlitt. Als er sich am Abend mit Meredith getroffen hatte und aus erster Hand erfuhr, wie verzweifelt Dolly gewesen war, und er außerdem mit Meredith in Streit geriet, war er nahe daran zu explodieren.

Was das Faß jedoch zum Überlaufen brachte, war die Tatsache, daß er Laxtons Aktion Meredith gegenüber verteidigen mußte. Laxton war ein Kollege, und theoretisch arbeiteten sie gemeinsam am selben Fall. Er wußte auch, daß er, wäre er Laxton gewesen, möglicherweise genauso gehandelt hätte. Andererseits aber auch wieder nicht. Nicht ohne Grund hatte der Yard einen eigenen Mann geschickt, der frei war von lokalen Vorurteilen und unbeeinflußt von persönlichen Bekanntschaften und daher auch keine große Rücksicht nehmen würde. Aber Laxton mußte auch nicht hierbleiben und sich auf lange Sicht mit den unausbleiblichen Folgen auseinandersetzen.

Als Markby am Freitagmorgen ins Büro kam, war es vielleicht ganz gut, daß Laxton wieder nicht da und im Crossed Keys zu erreichen war. In diesem traurigen Hotel heckte er, vor neugierigen Fragen sicher, zweifellos seinen nächsten Streich aus.

Markby rührte in seinem Kantinenkaffee und starrte finster vor sich hin. Gleichgültig, was McVeigh behauptete, war da eine hauchdünne Spur von, nun, nicht Kritik. Daß Laxton nach Bamford geschickt worden war, war weder als offene noch als versteckte Kritik an Markbys Methoden oder Fähigkeiten gedacht gewesen. Man hatte Laxton geschickt, weil er Spezialist war und der erste Teil der Ermittlungen Laxtons Spezialgebiet betroffen hatte. Dennoch war es nicht einfach, nicht das Gefühl zu haben, daß die allgemeine Tüchtigkeit der Bamforder Polizei dadurch leicht in Mißkredit geraten war.

Natürlich, sie waren mit der Drogenszene nicht vertraut und auf diesem Gebiet keine Spezialisten, aber auch in Bamford waren Drogen nicht unbekannt. Trotz anderer Fälle, mit denen er sich derzeit beschäftigte, war er noch mit dem Tod von Lindsay Hurst befaßt und bemüht, herauszufinden, wer ihr das Heroin geliefert hatte, an dem sie gestorben war. Ohne Show und ohne Aufsehen vielleicht, aber dennoch sicher und methodisch siebten sie die wenigen Beweise und folgten hartnäckig der schwachen Spur, die sie zu Lindsays Dealer und seinen Hintermännern führen sollte.

Sie waren eine ausgebildete, erfahrene Truppe, verdammt, und eine mit einer außergewöhnlich hohen Aufklärungsrate auf allen möglichen Gebieten. Mehr noch, sie hatten immer hervorragende Beziehungen zur Öffentlichkeit gehabt. Beziehungen, die jetzt gefährdet waren, weil Laxton sich wie ein Elefant im Porzellanladen benommen hatte, was er ohne Folgen in der Metropole tun konnte, was aber hier auf Monate hinaus Gesprächsstoff sein würde. Es konnte nicht ausbleiben, daß man der Bamforder Polizei die Schuld für das, was auf Witchett geschehen war, in die Schuhe schieben würde, so ungerecht das auch sein mochte. Sie mußten sich auf einige hitzige Kommentare gefaßt machen und sich dagegen wappnen. Dolly war in und um Bamford sehr bekannt und beliebt, und nicht nur die Farmer würden sich tief getroffen fühlen.

Dann hatte Markby es noch mit Meredith' Reaktion vom vergangenen Abend zu tun, die auch vorhersehbar gewesen, aber trotzdem schwer zu ertragen war. Er wünschte jetzt, er hätte sie nie angerufen und gebeten, Lauras Haus zu hüten. Sie hätten ihre gegenseitige Gesellschaft genießen und sich nicht streiten, sich nicht bittere Wahrheiten ins Gesicht sagen sollen. Wahrscheinlich hatte er sich zum Narren gemacht, als er ein paar Abende vorher versucht hatte, die Dinge zu beschleunigen. Doch so einfach war es nicht. Sie könne sich mit seiner Arbeit bei der Polizei nicht abfinden, das hatte sie gesagt, und es war ihr ernst gewesen. Sie würde sich nie damit abfinden können. Rachel, seine Exfrau, hatte sich auch nicht damit abgefunden, aber aus ganz anderen Gründen.

Rachel hatte sich ein anderes Leben gewünscht als das, das er ihr bieten konnte. Sie war nicht damit einverstanden gewesen, daß ihr gewissermaßen die gesellschaftlichen Schwingen gestutzt worden waren; seine Pflichten als Polizist und alles, was dazu zählte, hatten sie nie gestört. Rachel hatte über Polizeiarbeit weder viel gewußt, noch hatte sie sich genug dafür interessiert, um zu fragen. Sie bemängelte nur, daß er unerwartet abberufen wurde und ihre Pläne verdarb, daß er auch in den besten Zeiten außerhalb der normalen Arbeitsstunden Dienst tun mußte. Hinzu kam noch seine unerklärliche Besessenheit, wie sie es nannte, für Pflanzen und das Herumwerkeln in seinen ältesten Klamotten; und das war wirklich mehr gewesen, als sie ertragen konnte. Um das Leben zu führen, das sie sich wünschte, brauchte sie einen anderen Ehemann, und da sie Rachel war, hatte sie, sobald ihr das bewußt geworden war, damit nicht hinter dem Berg gehalten.

Wenn er ehrlich war, war ihm das Ende seiner Ehe damals nicht wie eine Katastrophe, sondern wie eine Befreiung vorgekommen. Auch ihm war klargeworden, daß diese Verbindung ein Irrtum war. Er jedoch hätte sie aus Prinzip aufrechterhalten. Rachel hatte keine solchen Skrupel. Er vermißte Rachel nicht. Doch er vermißte Meredith, wenn sie nicht da war. Wenn er daran dachte, daß jetzt der Tag gekommen war, an dem sie sich für immer trennen würden, und er sie nie wiedersehen sollte …

Markby spürte einen dumpfen Schmerz in der Brust, den er seit vielen, vielen Jahren nicht mehr gekannt hatte, wahrscheinlich nicht mehr, seit er in den Zwanzigern gewesen war. Er überlegte, ob er sie anrufen sollte, aber wahrscheinlich wollte sie heute morgen nichts von ihm hören. Er nahm ihr nicht übel, was sie gesagt hatte. Sie war geradezu schmerzhaft aufrichtig, und das war immer eine jener Eigenschaften gewesen, die er am meisten an ihr bewundert hatte. Sie hatte sich um Fairness bemüht, trotzdem hatte er das Gefühl, in ihren Augen kleiner geworden zu sein. Und an allem, dachte er mit aufwallendem Zorn, ist Laxton schuld. Laxton, den er so eifrig verteidigt hatte, um berufliche Solidarität zu demonstrieren. Laxton, der Markbys Ruf nicht nur in der Stadt, sondern auch auf dem Land gründlich verdorben und seiner Freundschaft mit einer alten Bekannten erheblichen Schaden zugefügt hatte; und was das Allerschlimmste war: Er hatte auch eine eventuelle künftige enge Beziehung mit Meredith gefährdet.

Markby wünschte sich von Herzen, DCI Laxton würde für immer und ewig in dem französischen Verbrauchermarkt eingesperrt, den er so bewunderte.

## KAPITEL 21

Am Freitagmorgen gab es wenig, das geeignet gewesen wäre, Meredith' Lebensgeister zu wecken. Der Himmel war bedeckt und der Wind kalt. Die frühen Wetterberichte im Lokalsender prophezeiten für den Nachmittag sturmartige Böen. Es war Karfreitag, ein Tag für trübe Gedanken. Sie hatte mit Alan gestritten. Wenn das Wetter nicht umschlug, würden die Osterfeiertage ein Reinfall.

Und als teile er Meredith' trübe Stimmung, fing Lauras Frühlingsstrauß schon an zu welken. Die Iris hatten sich zusammengerollt, und die gelben Blütenblätter der Narzissen wurden schrumplig. Meredith gab den Blumen frisches Wasser und warf ein Aspirin hinein, beschnitt die Stengel und hoffte auf das beste. Die Tulpen und die Fresien hielten sich gut. Meredith wünschte, ihre Probleme könnten auch mit einem Aspirin kuriert werden.

Susie, in einem leuchtend hellgrünen Jogginganzug, kam vorbei, verkündete: »Himmel, ist das kalt!«, und teilte Meredith dann mit, daß sie und Ken am nächsten Morgen über Ostern nach Schottland führen. Sie sagte es so, als sei Schottland gerade eben ein Stückchen weiter unten an der Straße.

Meredith erwähnte, daß sie vielleicht nicht mehr hier sein würde, wenn sie nach Ostern zurückkamen, und Susie wurde ganz rührselig und sagte, dann müsse sie heute abend unbedingt zum Essen kommen. »Und bringen Sie Alan mit, hören Sie?« Das half wenig. Meredith murmelte etwas darüber, daß Alan am Abend oft zu tun habe. Doch sie wußte, daß sie die Einladung weitergeben mußte, was unter den gegebenen Umständen ziemlich peinlich war.

Meredith zog den Mantel an und ging zu Fuß in die Stadt. In ihrer Kindheit waren die Läden am Karfreitag geschlossen gewesen. Heute hatten die meisten geöffnet. Nur ein paar wenige, meist einheimische Firmen hatten geschlossen. Die Leute schleppten übervolle Einkaufstüten mit Proviant für die Feiertage. Bevorstehende öffentliche Feiertage schienen auf die Menschen immer eine solche Wirkung zu haben. Sie kauften ein, als stehe eine Belagerung bevor. Meredith überlegte, daß es vielleicht ganz gut wäre, wenn sie für Sonntag ein Hühnchen oder etwas anderes besorgte, und fragte sich dann, ob Alan überhaupt zum Essen kommen würde, immer vorausgesetzt, daß ihre dilettantischen kulinarischen Bemühungen genießbar waren.

Im nächsten Moment merkte sie, daß auf der Hauptstraße etwas los war. Ein Polizist hielt den Verkehr an, und am Randstein standen die Leute in Trauben und reckten die Hälse. Über die Köpfe hinwegblickend, sah sie, daß sich auf der Hauptstraße eine Prozession näherte. Sie wurde von zwei jungen Männern angeführt, die ein grob behauenes hölzernes Kreuz trugen. Einer war konventionell gekleidet, aber der andere war, wie sie überrascht feststellte, Barry in seiner ledernen Motorradmontur. Sie vermutete, daß man ihn dazu gepreßt hatte, doch wenn das der Fall sein sollte, schien er dennoch erstaunlich vergnügt. Hinter ihnen ging Pfarrer Holland in Soutane und Chorhemd mit einem geistlichen Kollegen, vermutlich einem Nonkonformisten mit Bäffchen. Ihnen folgte ein Chor, der im Augenblick nicht sang, aber Notenblätter in den Händen hielt, und zuletzt kam ein langer Zug von Gemeindemitgliedern.

Pfarrer Holland entdeckte Meredith am Straßenrand und winkte. »Kommen Sie mit!« rief er dröhnend.

Meredith schloß sich dem Hauptteil des Zuges an, und jemand schob ihr ein Notenblatt in die Hand. Nach einiger Zeit sammelten sich alle vor der Kirchentür, und Pfarrer Holland begann, unterstützt von dem Kleriker in Bäffchen, eine Messe im Freien zu lesen.

Es war zu kalt, um an diesem windigen Morgen still dazustehen. Meredith kreuzte die Arme vor der Brust und fröstelte. Das Kreuz war in der Vorhalle der Kirche aufgestellt worden; Barry hatte sich auf dem Stein eines Grabmals niedergelassen und sah mit seinem spitzen Straßenjungengesicht und schlaksigen Körper wie eine Art Luftgeist aus. Auf dem Kirchturm, beinahe direkt über ihm und vor ihm, hing eine mittelalterliche Regenrinne, die in einem lüstern übermütigen Wasserspeier mit schmalem Gesicht und spitz zulaufendem Käppchen endete. Zwischen Barry und dem Wasserspeier lagen tausend Jahre Christenheit, doch sahen sie sich unheimlich ähnlich, als habe das steinerne Haupt sich einen Körper zugelegt und sei von seinem Turm heruntergestiegen.

Hinter einem Grabstein Zuflucht gegen die Kälte suchend, zog Meredith sich ein paar Schritte zurück und hörte Pfarrer Hollands endloser Predigt zu; er schrie gegen den immer stärker werdenden Wind an, der an seinem Chorhemd und an den Chorhemden des Chors zupfte und ihm ins Haar fuhr, so daß es senkrecht in die Höhe stand, als habe er einen Schreck erlebt. Sein breites Gesicht, von seinem buschigen Bart gesäumt, war von Kälte und eisigem Wind gerötet, doch er schien dagegen unempfindlich.

Saatkrähen, die sich vom Wind tragen ließen, kreisten um den Kirchturm und untermalten die Stimme des Pfarrers und den Verkehrslärm auf der Straße mit ihrem Krächzen. Barry, in seiner schwarzen Ledermontur, hockte auf seinem Platz wie ein magerer Rabe, traktierte die Seite des Grabsteins mit den schweren Stiefeln, hob eine Hand, formte sie zu einer imaginären Pistole und feuerte auf die Vögel. Meredith sah, daß er mit den Lippen die Worte »piff paff« formte und das lüstern übermütige Wasserspeier-Grinsen über sein Gesicht glitt.

Pfarrer Hollands Stimme drängte sich in ihr Bewußtsein.

»Also lasset uns auf den kommenden Sonntag freuen, an dem wir die Auferstehung feiern, an dem wir an Wiedergeburt und einen neuen Anfang denken. Lasset uns beschließen, von neuem zu beginnen.«

Pfarrer Holland verstummte und drehte sich um. Die Prozession bewegte sich in die Kirche, sogar Barry war von seinem Grabstein heruntergeklettert und hineingegangen, auf natürliche oder unnatürliche Weise verschwunden. Meredith tadelte sich wegen ihres Unernstes. Daß Barry hier war, war eine erstaunliche Leistung von Pfarrer Holland. Der Pfarrer schien bei seinem Gefolgsmann wider Willen endlich Erfolge zu erzielen. Vielleicht gab es keine verlorenen Fälle. Was man verlor, war der Wille zu kämpfen, der Mut weiterzumachen. Meredith stopfte das Notenblatt in die Tasche und machte sich auf den Weg zu Lauras Haus. Neu anfangen – richtig!

Sie griff sofort zum Telefon und wählte die Nummer von Markbys Dienststelle. Als sie ihm von Susies Einladung erzählte, verlief das Gespräch noch ziemlich steif, schließlich aber platzte sie heraus: »Hören Sie, das mit gestern abend tut mir leid. Es ist nicht so, daß ich heut morgen anders dazu stehe, aber ich weiß natürlich, daß das Ganze nicht Ihre Schuld war, und ich bedaure unseren Streit.«

»Ich auch.« Das klang erleichtert. »Ich bin froh, daß Sie angerufen haben. Ich habe die ganze Zeit schon überlegt, ob ich Sie anrufen sollte, aber ich dachte, es wäre Ihnen vielleicht nicht recht. Ich habe jetzt zu tun, doch heut abend hole ich Sie ab, und wir gehen zu Susie. Haben Sie heute eventuell Zeit, nach Witchett hinauszufahren und zu sehen, wie es Dolly geht? Wir hier haben im Moment viel zuviel zu tun, deshalb kommt die menschliche Seite zu kurz. Aber die beiden Morde und die Fahnung nach dem Drogendealer, der Lindsay Hurst auf dem Gewissen hat, halten uns derart in Atem, daß ich keinen Mann entbehren und auch nicht selbst fahren kann.«

»Natürlich fahre ich hinaus. Ich hatte es ohnehin vor.«

Meredith legte auf. Alles in allem doch kein so schlimmer Tag. Sie ging nach nebenan und teilte Susie mit, daß Markby am Abend frei sei und sie beide gern zum Essen kommen würden. Um welche Zeit?

Susie sagte halb sieben, was Meredith ein bißchen erschreckte, da das für Alan möglicherweise doch zu knapp wäre. Also schlug Susie sieben Uhr vor und fragte, ob sie etwas gegen Hackbraten einzuwenden hätten. Das sei nämlich das einzige, das ihr fast immer gelänge. Meredith versicherte ihr, übrigens ganz ehrlich, daß sie Hackbraten liebte.

Als alles zu jedermanns Zufriedenheit besprochen war, war es fast zwölf, und Meredith briet sich in Pauls ultramoderner Küche ein Omelett. Kurz vor zwei holte sie den Wagen heraus und fuhr nach Witchett.

Ihr ging es zwar besser, doch das Wetter wurde immer schlechter. Schwere Regenwolken hingen am Himmel, der Wind drückte die Baumkronen nach unten, und Windböen warfen sich so heftig gegen Meredith' Wagen, daß die Fahrt auf dieser offenen Straße gefährlich wurde.

Sie war glücklich, als sie in den sicheren Hafen von Witchett einfuhr. Der Hof war leer, abgesehen von einem alten, silbern lackierten Mini, den sie nicht kannte. Im Wohnzimmer saßen Dolly Carmody und Michael Denton, dem der Mini vermutlich gehörte, in ein ernstes Gespräch vertieft vor einem Feuer, das im Kamin bullerte. Weil der Wind an den Flammen zerrte und weil er auch an den Fenstern rüttelte, kuschelten sich die Katzen und der Spaniel vor dem Kamin aneinander.

»Ich hoffe, ich störe nicht«, entschuldigte sich Meredith. »Ich bin nur vorbeigekommen, um zu sehen, wie es Ihnen heute geht, Dolly.« Sie fröstelte. »Draußen ist es wirklich scheußlich, und es ist seit heute morgen viel schlimmer geworden. Es wird bald regnen.«

»Oh, es geht mir viel besser, meine Liebe«, antwortete Mrs. Carmody. »Und Sie hätten sich nicht die Mühe zu machen brauchen, bei diesem Wetter herauszukommen. Ich bin sicher, Sie hätten nichts gegen eine Tasse Tee.«

»Danke, das wäre wunderbar«, sagte Meredith. »Alan hat mich gebeten, vorbeizuschauen, aber ich wäre ohnehin hergekommen. Alan bedauert sehr, was passiert ist… Er hatte mit der Sache nichts zu tun«, schloß sie verlegen.

»Keine Sorge, meine Liebe. Und sagen Sie Alan, auch er soll sich nicht den Kopf zerbrechen. Ich bin wirklich drüber weg, was ich Michael zu verdanken habe.«

Michael scharrte mit den Füßen, wurde rot und ebenfalls verlegen.

»Wir haben über seine Ideen für Witchett gesprochen«, sagte Mrs. Carmody. »Das Gartencenter. Ich muß sagen, ich finde sie erstklassig.«

»Wir würden viel Zeit brauchen und hart arbeiten müssen, um es zu verwirklichen«, sagte Michael schnell, mit einem gehetzten Blick auf Meredith.

»Wir brauchen nichts zu überstürzen, die Farm kann schließlich nicht über Nacht verschwinden«, sagte Mrs. Carmody. »Mich erwischen Sie nicht dabei, daß ich an diese Bauleute verkaufe, nur keine Angst. Auf Witchett Häuser bauen. Nur über meine Leiche. Das habe ich den zwei Kerlen auch gesagt, die hier waren.«

»Zwei Männer waren bei Ihnen?« fragte Meredith.

»Ja, von der Baugesellschaft, die auf Lonely Farm baut – das heißt, einer davon war von dieser Gesellschaft, der andere war ein Einheimischer, Dudley Newman. Ich habe vor vielen Jahren seine Mutter gekannt. Daran habe ich ihn erinnert und ihm gesagt, ich sei überrascht, daß er auch nur daran gedacht hat, zu mir zu kommen und mir vorzuschlagen, auf Witchett Häuser zu bauen. Sie sind dann nach Greyladies weitergezogen, und ich weiß, daß George Winthrop sie genauso hat abblitzen lassen. Elsie hat es mir erzählt. Das war vor ein paar Monaten.« Sie lief eilig hinaus, um den Kessel aufzustellen.

»Ihre Idee scheint ihr eine Menge Auftrieb gegeben zu haben«, stellte Meredith fest.

»Hoffentlich glauben Sie nicht, ich hätte sie dazu gedrängt«, sagte Michael nervös. »Ich hab's nur erwähnt, und sie ist richtig darauf abgefahren.«

»Sie hat auf so etwas nur gewartet«, erklärte ihm Meredith. »Und es ist die beste Möglichkeit, die sich jemand ausdenken konnte, um sie von dem abzulenken, was gestern passiert ist. Sie wünscht sich nichts mehr, als Witchett wieder bewirtschaftet zu sehen. Wenn es keine

Farm mehr sein kann, und da denkt sie ganz realistisch, dann ist Ihr Vorschlag das nächstbeste. Übrigens – das Bauernmuseum gehört doch noch immer zu Ihrem Plan, oder? Sie wird begeistert sein, wenn ihre alten Sachen wieder zu Ehren kommen, herausgeputzt und ausgestellt werden.«

»Sie hat ein paar wundervolle Sachen«, sagte Michael. Er unterbrach sich; dann: »Wenn ich Jess überreden könnte, mitzumachen, wäre das phantastisch.«

»Als ich gestern ging, schien sie mir auch ganz begeistert zu sein.«

»Das war – ist sie auch. Aber ihre Familie – die Winthrops. Die werden versuchen, uns einen Knüppel zwischen die Beine zu werfen. Sie werden nicht wollen, daß sie hier mitmacht, und werden es zu verhindern wissen, darin sind sie ja geübt.«

»Ach, wissen Sie«, sagte Meredith nach einer Pause, »wenn sie es wirklich will, können sie sie nicht daran hindern. Ich glaube, richtig motiviert, ist Jess durchaus imstande, auf eigenen Beinen zu stehen. Bisher hat es ihr an der Motivation gefehlt, doch die haben Sie ihr geliefert. Denken Sie doch daran, wie sie sich im Fox and Hounds gegen Alwyn aufgelehnt hat.«

Er seufzte. »Sich in der Öffentlichkeit mit vielen anderen drumherum gegen eine Person aufzulehnen, ist eines. Der vereinigten Winthrop-Phalanx zu widerstehen, etwas anderes. Ich will ganz offen sein. Es gefällt mir nicht, daß Jess auf Greyladies lebt. Ich weiß, es ist ihr Zuhause, aber es ist nicht der beste Ort für sie. Heute können wir uns nicht einmal mit ihr in Verbindung setzen, Dolly und ich. Dolly hat dreimal versucht anzurufen, aber niemand geht ans Telefon. Die Leitung ist in Ordnung, der Wind hat sie nicht beschädigt, doch niemand nimmt ab.«

»Vielleicht sind alle irgendwo draußen beschäftigt.«

»Vielleicht. Aber ich hätte gedacht, wenigstens Mrs. Winthrop müßte im Haus sein.«

»Sie ist möglicherweise zu Mrs. Chivers gefahren, Herseys Schwester.«

»Ja, das wäre möglich. Aber dann hat sie Jess mitgenommen. Wenn sie sie nicht in ihrem Zimmer eingesperrt haben.«

»Das würden sie doch nicht tun!« rief Meredith schockiert. Dann dachte sie an Mary Anne, verdrängte jedoch den Gedanken; man schrieb nicht mehr 1840.

»Wer weiß, was sie tun oder nicht tun würden. Ich sag Ihnen, sie sind nicht wie andere normale Menschen. Es gefällt mir nicht. Ich würde selber rüberfahren und verlangen, Jess zu sehen, aber ich denke, ich käme nicht einmal zum Hoftor hinein. Vielleicht fahre ich trotzdem hin und platze einfach rein. Alwyn Winthrop kann mich ja zusammenschlagen – und würde es auch tun, glaub ich.«

»Durchaus möglich«, sagte Meredith hastig. »Ich empfehle es Ihnen jedenfalls nicht. Hören Sie, warum fahre ich anschließend nicht nach Greyladies hinüber? Ich habe Zeit und bin hier ohnehin schon auf halbem Weg.«

»Würden Sie das tun?« Sein Gesicht hellte sich auf. »Dolly möchte ich nicht bitten. Sie ist noch ein bißchen wacklig, egal, was sie sagt, und außerdem möchte ich sie nicht mehr hineinziehen als unbedingt nötig. Die Winthrops sind ihre Nachbarn, und sie hatte bisher nie Streit mit ihnen. Es wäre mir schrecklich zu denken, sie könnten sich meinetwegen entzweien. Aber ich mache mir Sorgen um Jess. Vielleicht haben sie irgendwie erfahren, daß ich gestern hier war.«

»Ich versprech's«, sagte Meredith, als sie Mrs. Carmody mit dem Teetablett aus der Küche kommen hörten. Sie sprang auf, um ihr zu helfen. »Mir können sie nicht verbieten, Jessica zu besuchen.«

Es zu versprechen war ja schön und gut, dachte Meredith, als sie Witchett später verließ; aber das Wetter war noch schlechter geworden, und eigentlich wollte sie jetzt nur noch schnurstracks nach Bamford zurück und sich gegen den Sturm verbarrikadieren. Es goß in Strömen aus einem grauen Himmel, und der Regen hämmerte auf das Wagendach und klatschte gegen die Windschutzscheibe, als habe jemand einen Eimer Wasser dagegengeschleudert. Die Scheibenwischer waren praktisch nutzlos. Meredith beugte sich vor und bemühte sich, in dem Dunkel etwas zu sehen. Sie war nicht einmal sicher, ob sie auf der richtigen Straßenseite fuhr. Der Sturm peitschte die Baumkronen vor dem düsteren Himmel, alle Vögel waren geflohen. Kein anderer Autofahrer war unterwegs und nirgendwo ein Zeichen menschlichen Lebens. Es gab aber Anzeichen, daß die Straße überflutet werden würde. Die Abflußgräben zu beiden Seiten waren nicht mehr gesäubert worden, seit die Straße so wenig befahren wurde. Meredith fuhr unvorsichtig durch eine riesige Regenpfütze. Das Wasser spritzte auf beiden Seiten hoch auf, und sie fürchtete, der Motor könnte aussetzen.

Greyladies hätte genausogut auf dem Mond liegen können. Obwohl es dunkel war, sah man kein Licht im Haus, das sich vom bedrohlich aussehenden Himmel abhob. Die Scheune war leer, der Hund nirgends zu sehen, und vom Dach strömte das Wasser und klatschte in den immer tieferen Morast des Hofes. In der Mitte hatte sich schon eine riesige Pfütze gebildet, um die Meredith vorsichtig herumfuhr, bevor sie im Windschatten der Scheune anhielt.

Auf der Suche nach dem Landrover fiel ihr Blick auf

einen Wagen, der hier neu war. Den BMW. Der Anblick bot ihr Stoff zum Nachdenken. Dieser Wagen war der letzte, den zu sehen sie hier erwartet hätte. Er parkte im Schutz eines Schuppenanbaus und war mit einer Persenning abgedeckt gewesen. Doch der Wind hatte sich in dem schweren, wasserdichten Material verfangen und es heruntergezerrt. Meredith versuchte durch das Fenster ihres Wagens das Kennzeichen auszumachen; es war ein ausländisches, doch wegen des Regens und der Dunkelheit konnte sie es nicht entziffern. Sie fragte sich, wem der Wagen gehörte und ob die Persenning darübergeworfen worden war, um den teuren Wagen zu schützen, oder ob man ihn verstecken wollte.

Um das oder etwas anderes herauszufinden, würde sie aussteigen müssen, und es gab nichts, wonach ihr weniger zumute war.

Sie setzte die Kapuze ihres Anoraks auf, öffnete die Wagentür und sprintete zum Haus. Unter dem unzulänglichen Vorbau zusammengekauert, klopfte und klingelte sie, aber niemand kam. Wo waren alle? Vielleicht hatte es einen Notfall mit den Schafen gegeben? Sie trat wieder hinaus in den strömenden Regen und inspizierte schnell die Fenster. Sie glichen lauter unfreundlichen Augen, und ob sich dahinter menschliche Augen versteckten und sie beobachteten, konnte man nicht sagen.

Meredith machte kehrt, um zu ihrem Auto zurückzulaufen, als ihr Blick auf den Stall fiel. Jessica wäre bei dieser Sintflut auf keinen Fall mit ihrem Pony ins Freie gegangen, vielleicht also war sie bei ihrem Tier im Stall. Meredith lief noch einmal los, Schlamm bespritzte ihr die Beine, Wasser drang ihr in die Schuhe, und dann war sie am Stallgebäude.

Es sah genauso aus wie das drüben in Witchett. Es gab vier Boxen, aber Jessicas Pony war das einzige vorhandene

Tier. Es blickte auf, rollte mit den Augen und wieherte, als Meredith hineinschaute. Der Sturm hatte es nervös gemacht. Es stampfte mit den Hufen und schlug plötzlich heftig gegen die Stallwand aus. Meredith sprach beschwichtigend auf das Pony ein und schaute sich weiter um.

Hinter den Pferdeboxen war eine Art Scheune mit einer Holztreppe, die auf einen Heuboden führte; er mußte sich über die gesamte Länge des Stalles hinziehen. Genauso wie bei Dolly. Meredith zog den Kopf ein und betrat durch die niedrige Öffnung die Scheune, warf die Kapuze ab und sah sich um.

Die Scheune war ziemlich ordentlich aufgeräumt, und in einer Ecke stand ein leichter zweirädriger Einspänner; das Ende der Deichsel ruhte auf dem Boden. Alles mögliche schien hier verstaut zu sein, aber kein Zeichen von Leben. Meredith zögerte und stieg dann die hölzerne Treppe zum Heuboden hinauf.

Hier oben war es so finster, daß sie praktisch nichts sehen konnte außer einigen Säcken mit Tierfutter. Eine Windbö, die noch schlimmer war als alle anderen bisher, ließ das Gebäude erzittern; es war, als werde im nächsten Moment das ganze Dach abgedeckt. Von unten kam wieder ein dumpfer Hufschlag. In seiner panischen Angst versuchte das Pony sich aus seiner Box zu befreien. Sie wünschte, Jessica wäre hier, um das Tier zu beruhigen. Meredith hatte keine Erfahrung mit Pferden und wagte es nicht, zu dem verängstigten Tier in die Box zu gehen.

Sie fröstelte. Sie konnte jetzt nicht versuchen, nach Bamford zurückzufahren, mußte abwarten, bis der Sturm ein wenig nachgelassen hatte. Hier oben war es wenigstens trocken. Bereit Geduld zu üben, setzte sie sich auf die aufgestapelten Säcke.

Da sie nichts anderes zu tun hatte, begann sie nachzudenken. Diese Farm war mehr als seltsam, Michael hatte absolut recht. Tatsächlich stimmte hier einiges ganz entschieden nicht. Sie konnte es Michael nicht übelnehmen, daß er sich Jessica von hier fortwünschte. Die Winthrops waren eine merkwürdige Gesellschaft. Jessica war zwar auch eine Winthrop, sah aber durch eine Laune der Erbanlagen nicht nur ganz anders aus, sie war auch anders. Vielleicht war Mary Anne so wie Jessica gewesen.

Der Wind heulte durch eine Spalte in den Dachsparren, und Meredith wickelte sich fester in den Anorak. Das Pony wieherte und schlug wieder aus. Wenn es ausbrach, konnte sie kaum etwas dagegen tun. Sie hatte nicht die Absicht, es draußen in Sturm und Regen einzufangen.

Der Wind kreischte hoch und schrill, und sie fuhr zusammen. Es war unter diesen Umständen nicht schwierig, sich in das Jahr 1840 zurückzudenken. Nicht schwierig, sich statt des Windes die Flammen des brennenden Gebetshauses vorzustellen, wie Mary Anne sie gesehen hatte, als sie zum Fenster ihres verschlossenen Zimmers lief.

Es war schon merkwürdig, wie sie die Leute abwimmelten, die sie auf der Farm besuchen wollten. Sie war schließlich nur eingelassen worden, weil sie auf Alans Empfehlung gekommen war, davon war sie überzeugt. Michael hatte man ohne Umschweife hinausgeworfen. Und warum waren sie so gegen Michael voreingenommen?

Dann war da Alwyns Faszination für die Baustelle, die fast zu einer krankhaften Obsession ausartete. Steve Wetherall war sie aufgefallen, als Alwyn Tag für Tag dort gestanden und zugesehen hatte, wie die Mauern wuchsen. Und die Fundamente ausgebaggert wurden.

Meredith fuhr stocksteif in die Höhe. Alwyn mußte alles wissen, was es über die tägliche Routine auf der Baustelle zu wissen gab. Wie und wann die Fundamente gegraben, mit Beton aufgefüllt und die Mauern hochgezogen wurden … Alwyn.

Barry und sein Freund hatten während des Wochenendes, an dem der erste Mord begangen worden war, keine Fremden auf der Baustelle gesehen, auch keinen fremden Wagen. Aber sie hatten einen »alten, mit Schlamm bedeckten Landrover« gesehen, der, wie sie wußten, dem rothaarigen Farmer gehörte.

Meredith hörte nicht mehr das Heulen des Windes oder das Klappern der Holzwände, auch nicht den Regen, der unbarmherzig dagegenpeitschte. Sie dachte an den Abend, an dem Hersey gestorben war. Alwyn hatte nach der kleinen Szene mit Jessica und Michael Denton den Tisch verlassen. War aus dem Pub gestürmt. Aber wohin? Hersey war später gegangen … War Alwyn noch draußen umhergewandert?

Meredith schüttelte den Kopf. Es ergab keinen Sinn. Hersey war Alwyns Nachbar und Freund gewesen. Und was war mit dem ersten Mordopfer? Es gab kein Motiv? Und würde Alwyn töten? Vielleicht, dachte sie. Durch die Umstände gezwungen, könnte er es tun. Alwyn war ein kräftiger Mann und stand stark unter Streß. Er hatte Barry und seinen Freund mit einer Schrotflinte bedroht. Wer wußte schon, ob er seine Grenze der Belastbarkeit erreicht hatte oder tatsächlich schon darüber hinaus war?

Aber warum? Meredith lehnte sich an einen senkrechten Pfosten hinter ihr und schüttelte den Kopf. Müßig begann sie mit dem Finger die Buchstaben der Aufschrift des Sackes nachzuziehen, auf dem sie saß.

MILCHPULVER. EWG-PRODUKT.
NUR FÜR DIE FÜTTERUNG VON KÄLBERN
BESTIMMT.

Die Leute holten ihr tägliches Pint Milch von der Türschwelle ins Haus und dachten nie daran, wie sie hergestellt wurde. Damit eine Kuh Milch gab, mußte sie gekalbt haben. Doch wenn das Kalb zuviel Milch trank, war der Gewinn des Milchbauern zu gering, also wurde das Kalb der Kuh weggenommen und mit Trockenmilch gefüttert, die es bei der EWG im Überfluß gab, denn es wurde ohnehin zuviel Milch produziert. Meredith nahm an, daß in dem System irgendein vernünftiger Sinn steckte, obwohl sie über die Agrarpolitik des Gemeinsamen Marktes nicht sehr viel wußte. Oft kam sie ihr nicht sehr logisch vor.

Und ganz besonders unsinnig erschien sie ihr auf Greyladies, denn hier gab es keine Kälber. Niemand brauchte Milchpulver.

Meredith wirbelte der Kopf, und sie mußte sich zwingen, logisch zu denken, immer einen Schritt nach dem anderen. Alan hatte gesagt, die Winthrops hätten früher Vieh gezüchtet, Mastrinder. Vielleicht hatten sie Kälber gekauft, um sie zu mästen, und die Milch stammte noch von damals. Sie wünschte, sie wüßte mehr über das System. Doch es war jetzt schon einige Zeit her, seit das Experiment mit den Mastrindern schiefgegangen war. Laut Alan waren Schafe seit einigen Jahren die Haupterwerbsquelle der Winthrops. Würden sie unbrauchbares Milchpulver weiterhin lagern?

Sie stand auf und begann fieberhaft, die anderen Säcke zu untersuchen. Es waren sechs, und alle enthielten Milchpulver. Alle waren sauber und nicht verstaubt und sahen nicht so aus, als ob sie sehr lange hier lägen. Sie kramte in ihrer Umhängetasche und entdeckte eine kleine Nagelfeile.

Sie war nicht sehr scharf, genügte jedoch, um ein kleines Loch in den Sack zu reißen. Pulver rieselte heraus. Sie kostete es vorsichtig. Tatsächlich – Milchpulver. Doch sie war nicht zufrieden, und nach kurzem Zögern fand sie, sie sollte die Sache gründlich machen, und schlitzte den Sack seiner ganzen Länge nach auf.

Das Pulver floß in einer weißen Wolke auf den Fußboden, und zuerst war sie über ihren Vandalismus selbst entsetzt. Aber dann sah sie es: In dem Sack steckte ein Paket, sorgfältig in Plastik verpackt.

Meredith versuchte es herauszuholen. Auch ein weißes Pulver, im Milchpulversack versteckt. Diesmal zögerte sie nicht und riß einen zweiten Sack auf. Wieder eine weiße Milchpulverwolke. Und wieder im Sack ein kleines Paket, das ebenfalls ein weißes Pulver enthielt. Aber in diesem Paket war, darauf wollte sie wetten, kein Milchpulver, sondern Heroin.

In diesem Augenblick schlug unten eine Tür, und Meredith hörte Männerstimmen.

Sie erstarrte und schaute sich wild um. So in ihre Tätigkeit vertieft, das Getöse des Windes so laut in den Ohren, hatte sie keine Schritte gehört. Wo sie auch gewesen sein mochten, jetzt waren die Winthrops jedenfalls wieder da.

Entsetzt blickte Meredith auf den Boden. Zu ihren Füßen lag ein dicker weißer Staubteppich – der Beweis für das, was sie getan hatte. Die Winthrops wußten natürlich, daß sie irgendwo auf der Farm war, denn sie mußten ihren Wagen gesehen haben. Jetzt hörte sie einen Hund jaulen. Sie hatten den verflixten Hund dabei, und das hieß, daß einer der Männer Alwyn war. Wieder hörte sie Stimmen, und dann wurde es still, als habe einer der Männer die Scheune verlassen. Jemand ging unten hin und her, und dann knarrten die Stufen der Holztreppe; jemand kam auf den Heuboden. Wieder sah Meredith sich verzweifelt nach einem Versteck um, dachte daran, sich hinter den Säcken zu verkriechen, doch es waren zu wenige, um ein ausreichendes Versteck zu bieten, wenn nach ihr gesucht wurde. Und das würde zweifellos systematisch geschehen. Wenn der Hund heraufkam, würde er sie bald finden, und sie hatte auch gar keine Zeit mehr. Zuerst tauchte Alwyns roter Schopf auf und dann der ganze Mann.

»Hier sind Sie also«, sagte er. »Ich hab vorausgesehen, daß Sie wiederkommen würden. Das hätten Sie nicht tun sollen.« Er sprach ganz gelassen, beinahe freundlich. Sie beobachtete, wie sein Blick auf das verschüttete Milchpulver fiel und dann zu den aufgeschlitzten Säcken und den Plastikpaketen schweifte. »Hab mir schon gedacht, daß Sie intelligent sind«, fuhr er fort. »Aber zu verdammt intelligent für Ihr eigenes Wohl.«

Zu sagen, sie hätte keine Angst gehabt, wäre eine Lüge gewesen. Doch als sie ihn jetzt sah, verwandelte sich, da sie sich Unabwendbarem gegenübersah, Meredith' Panik in eiskalte Entschlossenheit. Irgendwie fühlte sie nur Zorn. Zorn, weil das Ganze so schmutzig war, weil sie nichts tun konnte und weil sie, nach allem was gesagt und getan worden war, Alwyn gern hatte oder vielmehr gern gehabt hatte.

Sie sagte laut und fest: »Wie konnten Sie bei so etwas mitmachen, Alwyn? Es ist verabscheuungswürdig.« Sie zeigte auf eines der Plastikpakete, das aus dem Milchpulversack herausschaute.

Alwyn kniff die Augen zusammen. »Kümmern Sie sich um Ihre eigenen Angelegenheiten.«

»Es ist meine Angelegenheit! Sie geht jeden etwas an, der von einer solchen Sache erfährt. Drogenhandel, Alwyn!

Er ist das dreckigste aller Geschäfte. Er zerstört Menschen, junge Menschen, und er zerstört ihre Familien, alle, die sie lieben – alles. Wie würden Sie sich fühlen, wenn so etwas Ihre Familie zerstörte? Was würden Sie empfinden, wenn Jessica so etwas passierte? Wenn dieses Zeug sie umbringen würde? Denn das tut es, es mordet Menschen. Und das macht Sie zum Mörder!«

»Halten Sie den Mund!« schrie er sie an, und ein heftiger Donnerschlag machte sie im selben Moment für Sekunden taub. Sie sah, wie sein Mund arbeitete und sein Gesicht sich vor Wut verzerrte, während er ihr Worte zuschrie, die sie nicht hören konnte.

Als der Donner vorüber war, fuhr sie mit ihrer zornigen Tirade fort. »Drogensucht ist nichts, was Menschen zustößt, die weit weg und nicht real sind, Alwyn. Menschen, die irgendwie anders sind und nicht zählen. Sie stößt Menschen zu, die genauso sind wie jene, die Sie lieben. Um Himmels willen, Sie müssen doch von Lindsay gehört haben? Sie war ein Mädchen von hier. In Jessicas Alter und hübsch, und sie hatte eine Familie, die sie sehr liebte. Jetzt lebt ihre arme Mutter in einem Alptraum, der nie aufhört. Ein früheres Chormädchen, Alwyn, gut in der Schule, genau wie Jessica. Vielleicht wäre auch Lindsay Lehrerin geworden – wenn dieses« – sie streckte die Hand wieder nach einem der Pakete aus – »dieses Zeug nicht ihr Leben zerstört hätte.«

Alwyn machte einen Schritt auf sie zu, die riesigen Hände geballt, und sie dachte, er werde über sie herfallen. Doch er blieb stehen und knurrte wütend: »Sie wissen gar nichts. Ich bin nicht, was Sie gesagt haben. Ich habe nie – wir haben nie – wir haben nur …« Seine Wut würgte ihn. Er schüttelte das rote Haar und befahl ihr schroff: »Hinunter mit Ihnen!« Mit einer ruckartigen Kopfbewegung wies er auf die Treppe und trat zur Seite, um sie vorbeizulassen.

Blitze flackerten, als sie vorsichtig hinunterstieg. So sehr sie es auch versuchte, sie sah keinen Ausweg für sich. Zwei Männer waren schon gestorben. Sie würden keine Skrupel haben, auch sie zu beseitigen. Als sie unten ankam, erinnerte sie sich an einen Gedanken, den sie gehabt hatte: Es gibt keine aussichtslosen Fälle, nur der Wille gibt auf. Sie durfte jetzt nicht aufgeben oder die Nerven verlieren.

»Ich werde ihnen sagen, daß ich Sie gefunden habe«, knurrte Alwyn. »Rühren Sie sich nicht vom Fleck!« Er ging zum Scheunentor und wölbte die Hände um den Mund, um die anderen zu rufen, die nach ihr suchten.

Doch bevor er das konnte, geschah etwas. Wieder ein heftiger Donnerschlag und sofort danach ein furchtbares Krachen; Holz splitterte. Die ganze Scheune bebte. Ein großer rechteckiger Gegenstand flog durch die Luft und landete klatschend in der Mitte der riesigen Pfütze auf dem Hof; schlammige Gischt sprühte hoch auf. Es war, als hätte es eine Explosion gegeben.

»Was zum Teufel war das?« stieß Alwyn hervor.

## KAPITEL 22

Alwyn mochte die Ursache des furchtbaren Krachs nicht erkannt haben, Meredith kannte sie. Das Pony hatte sich endlich aus seiner Box befreit und die untere Hälfte der Doppeltür mit einem gewaltigen Tritt in den Hof befördert.

Alwyn war aus der Scheune gestürmt, stand einen Moment lang wie benommen da und starrte wild in die Nacht, ehe er gezwungen wurde, sich durch einen verzweifelten Sprung in Sicherheit zu bringen, da mit schrillem Wiehern und dröhnenden Hufen plötzlich das Pony aus dem Gewitter auftauchte. Mit rollenden Augen, die Ohren zurückgelegt, den Schwanz hoch erhoben, galoppierte es durch das Scheunentor.

Alwyn fluchte heftig, vergaß Meredith angesichts der neuen Notlage völlig und nahm die Verfolgung des Ponys auf. Der Hund hatte vor dem Scheunentor auf seinen Herrn gewartet, das lange schwarzweiße Fell war durchnäßt und klebte ihm am Körper, mit seiner schmalen Schnauze sah er mehr denn je einem Wolf ähnlich, machte mehr denn je den Eindruck, ein Tier des Waldes zu sein, und dann reagierten seine Reflexe. Hier war ein fliehendes Tier, kein Schaf zwar, doch der Hund kannte seine Pflicht. Er begann in dem morastigen Hof umherzulaufen, duckte sich, zog Kreise, warf sich nieder und versuchte vergeblich, das Pony in die Scheune zurückzutreiben. Das Pony wirbelte herum, senkte den Kopf und schnappte bösartig nach dem hündischen Quälgeist.

Alwyn war zum Gattertor der Koppel gerannt und zerrte daran herum, um es zu öffnen. Er blieb dort stehen und ruderte mit den Armen, um das Pony von der Hofeinfahrt weg zum Eingang der Koppel zu treiben. Über den Sturm hinweg hörte Meredith für den Hund bestimmte Pfiffe und Kommandos. In seinem Eifer zu gehorchen, schnappte er nach den Fesseln des Ponys und brachte sich dann mit einem Satz nach hinten aus der Gefahrenzone der fliegenden Hufe und furchterregenden Zähne. Wieder flackerte ein Blitz und beleuchtete die Szene wie ein Scheinwerfer eine unheimliche Zirkusnummer.

In dem Ring, den der Hof bildete, raste das Pony, die offene Gattertür der Koppel ignorierend, ununterbrochen im Kreis herum. Alwyn folge ihm so linkisch wie ein Clown, brüllte und fluchte, pfiff schrill seinem Hund und stolperte, unbeholfen und sehr komisch anzusehen, durch den Schlamm. Der Hund gebärdete sich immer närrischer bei seinen Versuchen, das fliehende Pony in eine Ecke zu treiben.

Die beiden würden für eine kurze Weile abgelenkt sein, und Meredith wußte, das war ihre einzige Chance. Sie rannte in den Hof. Der Wind zog sie an den Haaren, und der Regen schlug ihr ins Gesicht, als sie wild zuerst auf die eine, dann auf die andere Seite blickte und nach einem Ausweg suchte. Sie mußte sich vor dem Pony in acht nehmen, das auf der Suche nach einem Fluchtweg noch immer durch den Hof raste, während Alwyn sich bemühte, es in die Koppel zu treiben. Er stürmte an Meredith vorbei, ohne sie zu bemerken, rutschte mit seitlich ausgestreckten Armen im Morast aus. Meredith sah verzweifelt, daß er sich trotzdem zwischen ihr und ihrem Wagen befand. Der Wagen war ihre einzige Hoffnung, aus dem Hof zu entkommen, und jeden Augenblick würden die anderen Winthrops, die nicht weit weg sein konnten, den Tumult hören und erscheinen.

Noch während sie das dachte, rief von weitem eine Stimme: »Was zum Teufel machst du denn, Alwyn?«

Meredith geriet in noch größere Panik. Sie konnte weder zum Wagen noch zur Hofeinfahrt laufen. Jeder Versuch, sich in einem anderen Nebengebäude zu verstecken, war von vornherein zum Scheitern verurteilt. Plötzlich stand sie in grelles Licht getaucht da. Nur für den Bruchteil einer Sekunde, dann war es wieder dunkel. Sie dachte zuerst, es habe wieder geblitzt, aber kein Donner folgte. Dann flammte das Licht wieder auf, fiel als Rechteck auf den morastigen Boden, tauchte sie in Helligkeit und verschwand sofort wieder.

Meredith fuhr herum und blickte zur Fassade des Hauses, woher das Blinklicht gekommen sein mußte. Hoch oben im zweiten Stock stand jemand am Fenster und winkte ihr. Jemand, der noch einmal das Licht an- und ausknipste. Die Gestalt war nur eine dunkle Silhouette, ganz kurz vom elektrischen Licht angeleuchtet, und sie konnte nicht sagen, wer es war, doch sie wußte instinktiv, daß es ein Freund sein mußte. Ohne zu zögern, stürzte Meredith auf das Haus zu und betete darum, daß die Haustür nicht verschlossen war. Die- oder derjenige hatte ihr die Lichtsignale geschickt, weil sie oder er nicht in den Hof kommen konnte oder wollte.

Meredith drückte die Klinke hinunter, die sofort nachgab. Sie taumelte in die Küche, schloß die Tür hinter sich und lehnte sich kurz an; ihr Herz hämmerte, und das Blut dröhnte ihr in den Ohren.

Die Küche war warm und gemütlich – die Wärme kam von einem altmodischen Küchenherd, obwohl es auch einen modernen Gaskocher gab. Auf ihm wurde vermutlich gekocht, während der Herd nur noch dazu da war, die Küche zu heizen. Der Tisch war für eine Mahlzeit gedeckt, Teller und Bestecke auf einem fröhlichen rotkarierten Tischtuch, und auf einem Holzbrett wartete ein riesiger, selbstgebackener Brotlaib darauf, aufgeschnitten zu werden. An der Wand hing eine Reihe glänzender Kupfertöpfe und -tiegel. Es schien kaum möglich, daß sie hier in Gefahr war. Doch das war sie, auch wenn sie irgendwo im Haus einen Freund hatte. Sie mußte diesen Freund oder, wenn ihr das nicht gelang, ein Versteck finden.

Im Geist sah Meredith Alwyn mit der Bibelkassette die schmale Treppe herunterkommen. Er war mehr als ein Stockwerk hinaufgestiegen, um sie zu holen. Dieses alte Haus mußte einen Speicher haben, und wenn sie sich dort verstecken konnte, konnte sie sich vielleicht spät nachts hinunter und aus dem Haus schleichen und zu Fuß nach Bamford zurückgehen.

Meredith begann die enge Wendeltreppe hinaufzusteigen. Im ersten Stock hielt sie sich nicht auf, denn die Räume hier wurden benutzt und boten ihr kein Versteck. Außerdem war dies nicht das Stockwerk, aus dem ihr Retter ihr gewinkt hatte. Sie stieg noch eine Treppe höher und hielt dann inne, um Atem zu schöpfen. Ihr Herz schlug wie eine Trommel, und sie hatte starkes Seitenstechen. Auf beiden Seiten des Flurs waren Türen, und in der Tür auf der linken Seite steckte ein Schlüssel. Erstaunt hörte sie plötzlich, daß jemand leise von innen an diese Tür klopfte und eine Mädchenstimme »Meredith!« rief.

»Jess!« Meredith stürzte vorwärts und rüttelte an der Klinke.

»Sie ist zugesperrt!« rief Jessica. »Sie haben mich eingesperrt!«

Michael hat also recht gehabt, dachte Meredith grimmig. Auf Greyladies hatte sich seit den Tagen von Mary Anne nichts geändert. Sie drehte den Schlüssel um, und die Tür flog auf. Jessica packte sie, zerrte sie ins Zimmer und knallte die Tür hinter ihnen zu. Meredith stolperte zu einem Korbsessel und ließ sich erschöpft hineinfallen. Keuchend und einen Moment lang unfähig zu sprechen, schaute sie sich in ihrer neuen Umgebung um.

Es war ganz offensichtlich Jessicas Zimmer. Die Tapete war pastellblau mit Muster aus Vergißmeinnicht und die Steppdecke auf dem Bett aus dunkelblauem Satin. Auf einer Kommode thronten von den Spielen der kleinen Jessica arg mitgenommene Stofftiere, und zwischen ihren Plüschpfoten steckten Fotos. Jess im College, Jess auf dem Pony, ein jüngerer Alwyn, der in die Kamera lächelte, entspannt und glücklich aussah. Ein einziger Blick auf dieses Foto verriet, wie sehr Alwyn sich verändert hatte und wie groß der Streß war, unter dem er seit Jahren lebte.

Nervös warf Jessica das lange Haar zurück und beugte sich über Meredith. Leise und hastig begann sie zu sprechen: »Ich hab Sie durchs Fenster gesehen, als Sie auf den Hof fuhren.« Ihre Stimme wurde zu einem heiseren Flüstern: »Ich konnte das Fenster nicht öffnen, konnte Sie nicht rufen, weil Alwyn es verkeilt hat. Er hat die Keile hineingehämmert, und ich hab sie nicht rausbekommen. Ich hab's versucht ...« Sie zeigte Meredith ihre Hände. Die Fingernägel waren eingerissen und blutig. »Ich wollte Sie warnen, hatte aber keine Möglichkeit. Warum sind Sie gekommen?«

»Weil Michael sich um Sie gesorgt hat. Er ist bei Dolly, und ich habe ihm versprochen, nach Ihnen zu sehen. Warum hat man Sie eingesperrt?« Meredith atmete noch immer keuchend.

»Weil – weil er hier ist … Und sie wollten nicht, daß ich ihn sehe.« Jessica warf den Kopf zurück wie ein erschrecktes Pony, das ein neues, unheimliches Geräusch hört, und noch bevor Meredith fragen konnte: »Wer ist hier?«, fügte Jessica verzweifelt hinzu: »Sie kommen zurück.«

Hektisch schaute Meredith sich im Zimmer um. »Ich könnte mich im Schrank verstecken.«

»Ja, ja!« Jessica lief auf das Möbelstück zu, blieb dann jedoch stehen und rief erschrocken: »O Meredith, der Schlüssel!«

»Schlüssel?« Im ersten Moment verstand Meredith nicht, dann sah sie entsetzt, daß sie den Zimmerschlüssel in der Hand hielt. Ihre Finger mußten ihn umklammert haben, als Jessica sie ins Zimmer gezogen hatte, und auch jetzt hielt sie ihn noch fest.

»Er wird es merken, Alwyn wird natürlich merken, daß er nicht mehr im Schloß steckt«, flüsterte Jessica. »Wir müssen ihn wieder hineintun.«

»Jess«, flüsterte Merdith, »wissen Sie, was die da drüben auf dem Heuboden haben?«

»Nein, das weiß ich nicht … Nur, daß es etwas ist, von dem ich nichts wissen soll … Meredith, der Schlüssel!«

»O ja …« Meredith gab ihn ihr, und Jessica flog zur Tür und öffnete sie.

Auf dem winzigen Vorplatz stand keuchend und schlammbedeckt Alwyn.

»Sie sind eine verdammte Plage, das sind Sie«, sagte er heiser, als sein Blick auf Meredith fiel. »Jess, du gehst wieder hinein und verhältst dich ruhig. Dein verdammtes Pony hat eben seine Box demoliert, aber ich hab's geschafft, es auf die Koppel zu jagen, dort kann es sich austoben. Sie, Meredith, hinunter!«

»Ich komme mit«, sagte Jessica laut.

»Nein, das tust du nicht, Jess. Die Sache hat nichts mit dir zu tun.«

»Heroin«, sagte Meredith deutlich. »Sie haben Heroin auf dem Heuboden, Jess. Pakete mit Heroin versteckt in den Milchpulversäcken.«

Alwyns gerötetes Gesicht wurde kalkweiß, und einen Moment lang sah Meredith wirklich Mord in seinen Augen. Er machte einen Schritt auf sie zu, und sie konnte es nicht verhindern, daß sie automatisch zurückwich. Dann drängte sich eine laute Stimme zwischen sie.

»Du Narr, Alwyn!« sagte Jessica. Ihre Angst schien völlig verschwunden. »Du großer, dummer Idiot! Hast dich von ihm dazu überreden lassen, nicht wahr?« Ihre Stimme wurde lauter und immer vorwurfsvoller: »Hast dich seit jeher von ihm zu allem überreden lassen! Er wird damit davonkommen, verschwinden, wie er es immer getan hat, und du kannst die Scherben aufsammeln. Siehst du das denn nicht? Er hat sich nicht geändert. Es sind noch immer seine alten Tricks, und du läßt dich noch immer von ihm übertölpeln. Ich weiß, daß er hier ist. Hab den protzigen ausländischen Wagen gesehen, mit dem er ankam. Glaubst du, ich wüßte nicht, daß du eine Gaunerei vorhast, wenn du mich hier einsperrst?«

Nicht zum erstenmal war Meredith tief beeindruckt, wieviel Mut Jessica ihrem Bruder entgegensetzte. Es war, als schlafe dieser Mut, bis es ganz schlimm um die Dinge stand; erst höchste Gefahr schien ihn zu wecken.

»Na schön«, sagte Alwyn mürrisch. »Komm also auch mit hinunter. Aber ich hab dich hier nur eingesperrt, damit du nicht hineingezogen wirst, Jess. Was du nicht wußtest, hätte dir nicht schaden können. Jetzt steckst du mitten drin wie wir alle und nur, weil – weil dieses dumme Frauenzimmer es dir gesagt hat.« Er streckte die Hand aus und zeigte auf Meredith. »Und weil du jetzt darauf bestehst, mitzukommen. Überleg es dir zweimal, um Himmels willen! Wenn du hinunterkommst, wirst du alles erfahren und bist dann genauso dran wie wir alle.« Nach einer kleinen Pause fügte er fast flehend hinzu: »Ich wollte dich vor Schaden bewahren, Jess.«

»Du großer Tölpel«, sagte Jessica zornig, aber auch, wie Meredith erkannte, mit tiefer Zuneigung. »Du hast noch nie klar und logisch denken können. Komm, Meredith, gehen wir hinunter und bieten wir ihnen die Stirn.«

Sie waren alle in der Küche, saßen um den Tisch herum, und es sah so aus, als wollten sie gleich zu essen anfangen – nur war nichts auf den Tellern. Als Alwyn mit den beiden Frauen eintrat, drehten sie sich zu ihnen um. Elsie Winthrop starrte Meredith finster an, Haß in den Augen. Neben ihr ihr Mann sah nur verwirrt, aber auch starrsinnig drein, wie eben ein einfacher Mann, der weiß, daß etwas schiefgegangen ist, aber nicht weiß, warum, und der sich den Konsequenzen nicht stellen will.

Es war noch ein Mann anwesend, ein Fremder, und Meredith ahnte nicht einmal, wer er war. Als sie eintraten, stand er auf und fragte scharf: »Wie zum Teufel ist sie da hinaufgekommen? Und wer ist sie?«

Er war so groß wie Alwyn und genauso kräftig gebaut, und seine gebräunten Gesichtszüge wiesen eine gewisse Ähnlichkeit mit Alwyn auf, aber er war blond, und seine Kleidung war von ausländischem Schnitt. In seinem Gesicht war etwas, das Meredith' Blut zu Eis erstarren ließ. Seine Augen, grau wie die von Alwyn, waren hart wie Stein, ohne jedes Mitgefühl, ohne Schwäche, ohne Verständnis für das, was andere Menschen brauchten; nur skrupellose Berechnung lag darin. Neben ihm wirkten die anderen wie Bauerntölpel. Er sah aus – und war es wahrscheinlich auch –, als sei er zu jedem Verbrechen fähig.

»Warum hast du Jess heruntergebracht?« fragte Mrs. Winthrop. Ihr breites Gesicht rötete sich. »Wir waren uns einig, daß wir sie raushalten. Sie wird wieder komisch werden, wie schon einmal.«

»Sie weiß, was auf dem Heuboden ist«, sagte Alwyn. »Die da hat es ihr gesagt.« Er versetzte Meredith einen leichten Stoß, und sie taumelte.

»Warum haben Sie sich eingemischt? Was haben Sie hier zu suchen?« stieß seine Mutter hervor, und zu Haß und Zorn in ihrem Gesicht kam jetzt auch noch Verzweiflung.

Der Fremde sah Meredith mit einem langen, kalten Blick an, schätzte ab, inwieweit sie ein Problem darstellte. Sie tat ihr Bestes, um seinem Blick gleichgültig zu begegnen, hatte jedoch den starken Verdacht, daß es ihr nicht besonders gut gelang. Er verzog zynisch den Mund, zuckte dann mit den Schultern. »Um sie können wir uns kümmern.«

Meredith' Knie schienen plötzlich zu Gelee geworden, und sie konnte sich gerade noch aufrechthalten. Sie glaubte ohne jeden Zweifel zu wissen, was er meinte, wenn er sagte, sie würden sich um sie kümmern. Wo werden sie mich begraben? fragte sie sich. Auf der Farm? Auf der Baustelle? Oder mit einem Gewicht an den Füßen in den Fluß werfen? Sie überlegte, ob sie Zeit gewinnen könnte, indem sie ihnen sagte, Alan Markby wisse, daß sie hier sei, und wenn sie nicht zurückkomme, werde er nach Greyladies kommen und Fragen stellen.

Aber erstens stimmte das nicht; Alan glaubte sie in Witchett, und selbst wenn er sie schließlich hier aufspürte, würde es noch Stunden dauern, ehe er kam, und die Winthrops brauchten nur zu sagen, sie sei schon lange wieder weg. Alwyn konnte ihren Wagen irgendwohin fahren und auf einer Landstraße stehenlassen. Ihr Verschwinden wäre dann nur ein weiteres ungelöstes Rätsel.

Sie konnte es dennoch sagen und hoffen, daß es sich überzeugend anhörte, aber dieser Mensch mit den kalten Augen würde ihren rührenden Täuschungsversuch sofort durchschauen. Vielleicht erzielte sie damit sogar die gegenteilige Wirkung. Die Aussicht, daß die Polizei bald hier auftauchen könnte, würde sie möglicherweise dazu verleiten, die Tat noch schneller auszuführen. Sie hoffte nur, sie würden es schmerzlos tun; mit einem einzigen Schlag in den Nacken, wie sie sich Jerry Herseys entledigt hatten.

»Und ich?« fragte Jessica, Meredith' düstere Gedanken unterbrechend. »Wollt ihr euch auch um mich ›kümmern‹?« Sie hob die Stimme und reckte das Kinn, starrte trotzig in das steinerne Gesicht.

»Du gehörst zur Familie«, sagte er. »Du wirst schweigen.«

»Nein.« Sie schüttelte das lange blonde Haar. »Nein, das werde ich nicht, diesmal nicht.« Im Vergleich zu der seinen klang ihre Stimme jung und unschuldig, hatte jetzt aber auch einen stählernen Unterton. Auch sie war eine Winthrop.

Wie dieser Mann, dachte Meredith, die inzwischen begriffen hatte, wer er sein mußte; und auch ihm war klar, daß sie es wußte. Ein weiterer Nagel zu ihrem Sarg. Wie konnte er ihnen das nur antun? dachte sie unwillkürlich. Wie konnte er sie nur in diese schmutzige Sache hineinziehen? Weil er unfähig ist zu lieben, gab sie sich sofort selbst die Antwort. Er sieht nur, daß sie ihm eine Zeitlang nützlich sind… Ob ihnen das klar war? Konnten sie ihn als das sehen, was er war? Und wußten sie, was sie getan hatten? Jessica wußte es offensichtlich, und deshalb hatten sie sie von ihm fernhalten wollen. Durch ihre Augen waren sie gezwungen, ihn und sich selbst klar zu sehen.

Seine Aufmerksamkeit galt für kurze Zeit nicht mehr Meredith, sondern Jessica. Er beugte sich vor, legte die gebräunten Hände auf das rotkarierte Tischtuch. Diese Hände, dachte Meredith, haben seit Jahren keine schwere körperliche Arbeit mehr geleistet. Sie waren weich und manikürt, aber moralisch starrten sie vor Dreck, und es war ihm egal, wenn er sie noch mehr beschmutzte.

»Hör mir jetzt gut zu, Mädchen«, sagte er ruhig, aber außer seiner Stimme war im Raum nicht einmal der Hauch eines Geräuschs zu hören. »Da sie es dir gesagt hat, weißt du jetzt, was dort draußen ist.« Er nickte zu Meredith hinüber, wandte den Blick aber nicht von Jessica ab. »Niemand, weder die Polizei oder sonst jemand und nicht einmal dein Freund, von dem Alwyn mir erzählt hat, wird glauben, daß du nicht von Anfang an eingeweiht warst, nicht mitgemacht hast. Du kämst in den Knast wie wir alle.«

»Dann gehe ich eben in den Knast«, sagte Jessica gelassen. »Ich hätte schon vor langer Zeit zur Polizei gehen sollen. Ich hab gewußt, daß etwas nicht stimmt und daß ihr etwas verbergt. Aber du hast recht, es ist eine Familienangelegenheit, und ich habe nicht aus falscher Loyalität gegen die Familie geschwiegen. Ich wußte nur nicht, daß es sich um Drogen handelt. Hätte ich das gewußt, hätte ich es der Polizei sofort gemeldet. Doch nicht einmal von dir konnte ich mir vorstellen, daß du so tief gesunken bist. Wie die Dinge liegen, habe ich auch niemandem von dem Mann erzählt, der Freitag nacht hier war.«

Alwyn fluchte unterdrückt, und der alte Winthrop blickte auf und flüsterte: »Was weißt du denn davon, Mädchen?«

»Ich schlafe nicht gut. Das hast du vergessen. Ich habe aus dem Fenster geschaut und gesehen, wie du, Dad, mit Alwyn seinen Leichnam zum Landrover getragen hast und ihr weggefahren seid, so gegen vier Uhr morgens. Ihr habt ihn getötet, nicht wahr?«

»Nein, das haben sie nicht«, fiel ihr die Mutter schroff ins Wort. »Du siehst, du weißt überhaupt nichts, Jess. Ich habe ihm den Schädel eingeschlagen. Er hat im Hof herumgeschnüffelt. Ich habe ihn gesehen. Der Hund hat mich geweckt, hat gewinselt und an der Kette gezerrt. Zuerst hab ich gedacht, daß er es ist...« Sie wies mit dem Kopf auf den Fremden, der sich aufrichtete, die Hände vom Tisch nahm und die Arme vor der Brust kreuzte. »Ich bin hinuntergegangen, hab die Tür aufgemacht und gerufen, aber er hat mich nicht gehört und ist in den Stall gegangen. Also hab ich mir gedacht, der kann nichts Gutes vorhaben, hab den alten Schürhaken vom Herd genommen und bin dem Kerl nach. Er war auf dem Heuboden, hat über die Säcke gebeugt dagestanden. Als er mich hörte, wollte er sich umdrehen, aber ich hab ihm auf den Kopf geschlagen, so hart ich konnte, und dann noch einmal. Dann hab ich die Männer geholt, damit sie die Leiche wegbrachten.«

»Er war nicht tot«, sagte Meredith mit zittriger Stimme. »Wußten Sie, daß er nicht tot war?«

Elsie Winthrop warf ihr einen verächtlichen Blick zu. »Was hat es mich interessiert, ob er tot war oder nicht? Für mich hat er tot genug ausgesehn. Schließlich mußten wir ihn loswerden. Konnten ihn doch nicht hier rumliegen lassen.« Ihr kurzer, dicker Zeigefinger stieß nach Meredith. »Und jetzt hören Sie mir mal zu, Miss Hochnäsig.

Was immer ich getan haben mag, was wir alle hier getan haben mögen, wir haben es getan, um die Farm zu retten. Vergessen Sie das nicht. Was immer wir getan haben, mußte sein. Haben wir alles nur für die Farm getan.«

Alwyn sagte mit erstickter Stimme: »Die Farm retten, diese verdammte Farm? Sie hat mein Leben aufgefressen. Glaubt ihr, ich will, daß sie gerettet wird? Glaubt ihr, ich will den Rest meiner Tage hier versauern?«

»Also, Junge«, begann der alte Winthrop heiser grollend, »du redest Unsinn. 'türlich bleibst du hier. Das ist unsere Farm!«

»Ich will sie nicht!« brüllte Alwyn. »Könnt ihr das nicht in eure verdammten Dickschädel kriegen? Ich will diese verfluchte Farm nicht!« Seine Stimme hallte durch die Küche und ließ das Kupfergeschirr an der Wand rattern. Leiser fuhr er fort: »Wegen der verfluchten Farm habe ich diesen Mann lebendig begraben, wie es jetzt heißt. Wegen der Farm habe ich Jerry umgebracht. Er hat gewußt, Jerry hat gewußt, daß wir hier was aushecken. Jerry war kein Narr.«

Alwyn wandte sich an Meredith. Sie sah, daß Kampfgeist und Aggression ihn verlassen hatten. »An dem Abend im Pub«, sagte er mit müder, beinahe um Entschuldigung bittender Stimme, »war Jerry beleidigt, weil ich bei Ihnen und Alan und dem Architekten gesessen und was getrunken hab. Dann kam Jess mit dem jungen Kerl rein. Ich wußte, wenn ich freundlich zu ihm bin, kommt er alle naselang auf die Farm raus, und es würde nicht lange dauern, bis er merkte, daß was nicht stimmt. Hab ja gemerkt, daß er intelligent ist, der Junge. Ich wußte nicht, was ich tun soll. Sie wissen ja, was los war, haben es miterlebt. Jess verschwand mit dem Jungen, und ich wollte nicht sitzenbleiben und schwatzen, als ob nichts wäre. Aber alles ist schiefgegangen. Nachdem ich das Pub verlassen hatte, war ich noch immer sehr aufgeregt wegen Jess und marschierte über die Felder, um mich zu beruhigen. Auf dem Rückweg, vielleicht anderthalb Stunden später, hab ich Jerry getroffen, der auf dem Heimweg war. Er fing an, von der Polizei zu quatschen und daß er mit ihr geredet hätte, alles ganz freundschaftlich. Er sagte, Alan wäre nicht so freundlich, wenn er wüßte, was wir auf Greyladies machen. Er hat nicht gewußt, was es ist, doch er wußte, daß wir was zu verbergen haben. ›Wenn ich erzählen würde, was ich weiß‹, hat er gesagt. Ich geriet in Panik. Wußte nur, ich muß ihn zum Schweigen bringen, und das hab ich getan. Nie vorher hatte ich Streit mit ihm. Jerry war ein guter Mann und Betty ein guter Bruder. Jetzt ist er tot, und die arme Frau ist allein, und alles wegen dieser verfluchten Farm!«

Alwyn sank auf seinem Stuhl zusammen, stützte die Ellenbogen auf das karierte Tischtuch, legte den Kopf in die Hände und begann leise zu schluchzen; seine breiten Schultern zuckten.

Jessica ging zu ihm, legte ihm die Hand auf die roten Locken und sah über den Tisch hinweg den Fremden an. »Du solltest verschwinden, meinst du nicht auch? Du hast hier nichts mehr zu suchen, und du wirst dieser Familie nie wieder weh tun. Gott weiß, du hast genug getan. Komm nie wieder her. Du gehörst nicht zu uns. Wir geben dir eine Stunde, dann rufen wir die Polizei.«

»Halt den Mund!« brüllte er. Er stürzte vorwärts und packte Alwyn bei den Schultern. »Reiß dich zusammen, Mann! Wir können da rauskommen. Wir brauchen sie nur zum Schweigen zu bringen. Jess wird nicht reden, ganz gleich, was sie jetzt sagt. Sie würde die Eltern nicht ins Gefängnis gehen lassen.«

»Will die Farm nicht –«, sagte der alte Winthrop erstaunt, als habe er die Worte zum erstenmal gehört und verstehe sie erst jetzt. Nichts, was sonst geschah, hatte irgendeine Bedeutung für ihn. Die Auseinandersetzung hatte er überhaupt nicht beachtet. Doch jetzt war etwas in seinem tiefsten Innern angerührt worden. »Du willst Greyladies nicht? Es gehört uns, ist unsere Farm. Die Winthrops haben immer hier gelebt.«

»Sind immer hier gestorben«, entgegnete Alwyn mit erstickter Stimme. »Und ich werde auch hier sterben, wenn ich nicht wegkomme. Ich will hier nicht sterben, will dieser verfluchten Farm nicht mein Leben opfern.«

Der alte Winthrop starrte ihn an, Bestürzung im wettergegerbten roten Gesicht, die allmählich der Resignation wich. »Nun, dann hat es keinen Sinn, daß wir weitermachen.« Er wandte das Gesicht dem Fremden zu. »Es ist aus, Junge. Alles aus, wie du hörst. Am besten, wir bringen alles in Ordnung, dann können wir in Frieden gehen.«

»Ihr seid Idioten, alle!« sagte der Fremde wütend. »Ihr könnt ja hierbleiben und euch der Polizei stellen, wenn ihr wollt. Ich verschwinde.«

Alwyn hob den Kopf und brüllte: »Ja, renn du nur weg! Hast es ja immer so gemacht. Bist immer von hier weggerannt und wiedergekommen, wenn es dir in den Kram gepaßt hat.«

Der Fremde machte sich nicht die Mühe zu antworten. Er drehte sich um und ging hinaus in den dunkler werdenden Hof, hinaus in den Sturm, und knallte die Tür hinter sich zu. Die in der Küche hörten ein schmerzliches Aufjaulen. Der Hund, der geduldig im Regen gewartet hatte, mußte auf den Mann zugelaufen sein und war mit einem Fußtritt zur Seite geschleudert worden.

Jess beugte sich über Alwyn, der wieder leise zu weinen angefangen hatte, zwischen seinen schwieligen Fingern sickerten die Tränen hervor. Vielleicht aus alter Gewohnheit oder weil sie nicht wußte, was sie sonst tun sollte, stand Mrs. Winthrop auf und füllte den Teekessel mit Wasser. Dem alten Mann schien nicht bewußt zu sein, daß sie noch da waren. Er saß da, starrte die gegenüberliegende Wand an und schüttelte den großen, runden Kopf. »Will die Farm nicht«, murmelte er von Zeit zu Zeit vor sich hin.

Draußen heulte der Motor des BMW auf, der in die Nacht hinausraste, und Meredith dachte verzweifelt: Er wird entkommen.

# KAPITEL 23

Während Sturm und Gewitter vor den Fenstern des Polizeireviers tobten, fragte Markby sich unbehaglich, ob Meredith tatsächlich zur Witchett Farm hinausgefahren war. Ein Jammer, daß er sie darum gebeten hatte, denn es war wirklich kein Tag, um unterwegs zu sein.

Aber wenn sie die Farm wohlbehalten erreichte, war sie in Sicherheit. Er war froh, daß sie angerufen hatte, sehr froh. Und heute abend sah er sie ohnehin. Bis dahin war sie draußen auf Witchett gut aufgehoben. Dolly würde das Feuer schüren, den Kessel aufsetzen, Obstkuchen und frisches Teegebäck auf den Tisch bringen. Er stellte sich vor, wie Meredith und Dolly Carmody sich am Kamin gegenübersaßen und die Zehen wärmten, und er beneidete sie. Beneidete sie sehr, um ehrlich zu sein.

»In der Kantine hatten sie nur diese Kekse in Folie und ein paar Käsebrötchen«, meldete Pearce, der ausgeschickt worden war, um zu erkunden, was es zu essen gab. »Ach ja, Kartoffelchips hatten sie auch noch, aber ich habe mich erinnert, daß Sie keine Chips mögen. Die Käsebrötchen wären wohl auch nichts für Sie gewesen, haben ziemlich trocken ausgeschaut, deshalb hab ich Ihnen ein paar Kekse mitgebracht.«

»Danke«, sagte Markby düster.

»Ich würde ja schnell in einen Laden laufen, aber es gießt wie aus Kannen.«

»Ja, na schön. Sieht so aus, als gäbe es nasse Ostern.«

»Daß ich Montag frei bekomme, ist wohl nicht möglich?« fragte Pearce zaghaft und ohne große Hoffnung.

Markby holte tief Atem, dachte dann aber: Was zum Teufel. Pearce war keiner, der sich vor schwierigen Jobs oder Überstunden drückte, und er verdiente eine Pause, ebenso wie seine schwergeprüfte Familie. Sie hatten jetzt zuviel zu tun, aber das würde nächste Woche genauso sein, und übernächste …

»Ich wüßte nicht, warum nicht«, sagte er und fügte mit großem Nachdruck hinzu: »Ich habe ja DCI Laxton zur Unterstützung.«

Über sein Glück erstaunt, sagte Pearce: »Vielen Dank, Sir.« Dann betrachteten beide den leeren Schreibtisch, und der Sergeant fügte hinzu: »Es scheint ihm im Crossed Keys zu gefallen.«

»Möchte uns nicht über den Weg laufen, und wer kann ihm das übelnehmen? Wahrscheinlich hat er sich wegen des Regens nicht herausgewagt.«

Es klopfte, und Wpc Jones steckte den Kopf durch den Türspalt. »Sind Sie frei, Sir?«

»Nein, ich habe Teepause«, sagte Markby undeutlich.

»Es ist nur – weil da ist ein junger Mann, der zu Ihnen will. Armer Kerl, sieht aus wie eine ertrunkene Ratte, er mußte bei dem Regen vom Parkplatz rüberlaufen. Verzweifelt ist er auch ein bißchen.«

»Oh, und warum das? Was hat er angestellt?«

»Ist abgehauen, als man ihm sagte, er soll in der Gegend bleiben. Es ist Daley, der Baggerführer von der Baustelle.«

»Was?« riefen Markby und Pearce unisono.

»Soll ich ihn raufbringen, oder kommen Sie hinunter?« fragte Jones.

»Bringen Sie ihn herauf!« befahl Markby. Und nach

einer Pause: »Holen Sie noch eine Tasse Tee, Pearce. Ich habe das komische Gefühl, daß der junge Daley uns eine Menge zu erzählen hat.«

Daley saß am äußersten Rand des Sessels und hatte nervös die Hände gefaltet. Regen lief ihm übers Gesicht, und seine Jacke hatte feuchte dunkle Flecke. Er sah durchnäßt und unglücklich aus, tatsächlich wie eine ertrunkene Ratte, wie Jones gesagt hatte, jedoch eine höchst unglückliche. »Ich weiß, Sie haben gesagt, ich soll nicht weggehn, Sir, aber es hat mich ganz fertiggemacht. Tut mir leid, daß ich einfach abgehauen bin, aber ich konnte nicht anders. Ich mußte immer dran denken, an den Toten und wie er da plötzlich in meiner Baggerschaufel gehangen hat. Und dann die Fragen, es war einfach zuviel. Also bin ich zu meiner Tante Bridie nach Reading.«

»Und wieso sind Sie zurückgekommen?« fragte Markby.

»Sie hat mich geschickt. Sie und Pfarrer Brady, beide zusammen. Sie haben gesagt, ich muß zurückgehn und sagen, was ich weiß. Nur, ich hab solche Angst davor gehabt. Ich will keine Schwierigkeiten. Ein Mörder schätzt es nun mal nicht besonders, wenn man ihn bei der Polizei verpfeift. Ich meine, vielleicht ist er ja kein Mörder, aber es ist eine Morduntersuchung, und wenn ich sage, ich hab ihn gesehn, werden Sie rausfahren und eine Menge Fragen stellen, nicht wahr, und das wird ihm nicht gefallen.«

»Daley«, sagte Markby geduldig, »Sie reden ziemlich wirres Zeug. Warum fangen Sie nicht mit dem Anfang an und erzählen mir einfach, was Sie gesehen haben. War es das Opfer, vor seinem Tod?«

Das war eine ziemlich weit hergeholte Vermutung, aber Daley sprang darauf an. »Ja, genau, Sir. Also, Lügen habe ich Ihnen keine erzählt. Als ich – als der Bagger ihn ausgegraben hat, hab ich den armen Teufel nicht erkannt. Er war voller Schlamm und tot wie ein Hering – hat anders ausgesehn. Ich hab Ihnen gesagt, ich kenn ihn nicht, und das hab ich ehrlich geglaubt. Dann sind Sie mit der Fotografie gekommen. Die hat noch immer nicht so ausgeschaut wie jemand, den ich kenne, andererseits ist mir der Mann irgendwie bekannt vorgekommen.«

»Warten Sie«, sagte Markby. Er suchte in der Akte auf dem Schreibtisch und reichte Daley das Foto des lebenden Rochet, das McVeigh ihm gegeben hatte. »Hilft Ihnen das?«

»Ja.« Daley blickte überrascht auf. »Jetz', wo Sie mir dieses Bild von ihm zeigen, hätt ich wohl sofort gesagt, ja, den kenn ich. Er schaut hier anders aus.«

»Auf diesem Foto lebt er noch, und wir haben es erst vor ein paar Tagen bekommen. Wo haben Sie ihn gesehen und wann?«

Doch Daley ließ sich nicht drängen und konnte seine Geschichte nur auf seine Weise erzählen. »Ich hab angefangen nachzudenken. Hat mir Angst gemacht, dieses andere Foto, das Sie mir gezeigt haben, das tote. Hab dauernd gedacht, den hast du doch gesehn – oder einen wie ihn. Dann konnte ich eines Nachts nicht schlafen. Hab davon geträumt, müssen Sie wissen. War schon so weit, daß ich mich nicht getraut hab, die Augen zuzumachen, das schwör ich. Hab ihn dauernd vor mir gesehen, aus der Erde auftauchen, splitterfasernackt, als wär das Jüngste Gericht gekommen und alle Toten wären aus ihren Gräbern aufgestanden.«

»Aber Sie haben sich erinnert?« warf Markby schnell ein, damit Daley nicht hysterisch wurde wie beim letzten Mal.

»Das hab ich. Hab's Ihnen ja gesagt. Bin aufgewacht,

und dann, mitten in der Nacht, hab ich gedacht: Ich kenn dich. Ich erinnere mich an dich. Es war am vergangenen Donnerstag. Genau da war's, ich bin ganz sicher.«

Markby versuchte seine Erregung und seine wachsende Gereiztheit zu verbergen. Wenn Daley nur endlich zur Sache käme! Aber Donnerstag war der Tag, an dem Dolly den Eindringling ertappt hatte. Wenn Daley Rochet am selben Tag gesehen hatte, dann konnte man fast davon ausgehen, daß der Eindringling Rochet gewesen war.

»Es war am Abend, oben im Pub. Fox and Hounds heißt es. Es ist auf …«

»Ich kenne es«, unterbrach ihn Markby.

»Normalerweise gehe ich da nicht hin. Aber an diesem Donnerstag war ich mit Joe Riordan dort. In dem Lokal gibt es mehrere Bars, und die erste, in der wir gesessen haben, ist langsam so voll geworden, daß Joe und ich in das kleine Hinterzimmer gegangen sind. Dort ist nur Platz für zwei, drei Tische und so was wie 'ne lange Bank. Wir haben einen Tisch gekriegt, und der da …« – Daley tippte auf das Foto von Rochet – »er hat am Nebentisch gessessen. Direkt neben mir, also irre ich mich bestimmt nicht. Er hat ganz komisch geredet, so'n bißchen durch die Nase, deshalb erinner ich mich an ihn.«

»Sie meinen, er hatte einen französischen Akzent?«

»Vielleicht war's das«, sagte Daley zweifelnd.

»Er hat gesprochen«, sagte Markby. »Mit wem gesprochen, Sean? Haben Sie den anderen gesehen?«

»Und ob ich den gesehn hab. Hab ihn auch gekannt. War ein großer rothaariger Kerl, der hier in der Gegend auf 'ner Farm arbeitet. Treibt sich dauernd auf der Baustelle rum und ist mit Jerry befreundet, Jerry Hersey …«

»Lassen Sie seine Aussage tippen und von ihm unterschreiben. Und er darf uns auf keinen Fall wieder entwischen«, sagte Markby zu Pearce. »Besorgen Sie ihm ein Hotelzimmer, und machen Sie ihm klar, daß er unter allen Umständen in Bamford zu bleiben hat. Sie werden ihm sagen müssen, daß Hersey tot ist, und er wird zu Tode erschrecken, aber es ist besser, er erfährt es von uns als durch irgendeinen Klatsch. Machen Sie ihm begreiflich, daß wir ihn schützen und er nichts zu befürchten hat.«

»Was werden Sie tun?« fragte Pearce, als Markby zum Telefon griff.

»Ich fahre nach Greyladies hinaus. Begreifen Sie nicht? Rochet war auf der falschen Farm. Er hat seinen Mann aufgespürt, kannte sich aber hier nicht aus und hat die Farmen verwechselt. Er war schließlich Ausländer und hatte einen leichten Akzent, auch wenn er gut Englisch sprach. Er wollte mit seinem französischen Akzent nicht allzuviele Fragen stellen, um nicht aufzufallen. Er vermutete, daß Alwyn von Witchett kam, und dort hat er sich Donnerstagnacht zuerst umgesehen. Dabei hat Dolly ihn gestört. Doch es war die falsche Farm, und er muß es sofort gemerkt haben. In der nächsten Nacht, am Freitag, hat er's auf der richtigen Farm versucht: auf Greyladies ... Wie ist die Nummer vom Crossed Keys? Ich hoffe, Laxton ist da. Wenn nicht, mache ich ohne ihn weiter.«

»Dann sollte ich vielleicht mitkommen«, begann Pearce.

»Nein, Sie passen auf Daley auf. Er ist für uns Gold wert. Wir dürfen ihn nicht wieder verlieren. – Hallo? Crossed Keys? Ich möchte Mr. Laxton sprechen. Ja, Laxton, holen Sie ihn bitte an den Apparat. Es ist dringend!«

Markby legte die Hand über die Sprechmuschel. »Und weil Rochet beim erstenmal die falsche Farm erwischt hat, ist Laxton gestern das gleiche passiert. Er hat Witchett durchsucht und hätte Greyladies durchsuchen müssen. – Hallo, Laxton, sind Sie das? Ich hole Sie ab. Sofort. Ja, ein Hinweis. Sie waren gestern auf der verdammt falschen Farm, Laxton. Aber jetzt fahren wir zur richtigen.«

Ein wenig später stand Markby in der Mitte von Laxtons Zimmer im Crossed Keys, das Gesicht vom Streit erhitzt und von der Erkenntnis, daß er nichts erreichen würde. Laxton rührte ohne Haussuchungsbefehl keinen Finger.

»Ich habe mich schon genug in die Nesseln gesetzt, weil ich die andere Farm durchsucht habe. Kann nicht von Farm zu Farm gehen wie bei einer verdammten Schnitzeljagd. Bringen Sie mir einen einzigen Beweis, damit ich einen Durchsuchungsbefehl bekommen kann.«

»Ich habe Ihnen doch gesagt, daß Sean Daley Rochet mit Alwyn Winthrop gesehen hat.«

»Das reicht nicht«, sagte Laxton starrsinnig. »Vielleicht haben sie sich nur ein bißchen miteinander unterhalten, wie eben Fremde in einem Pub.«

»Warum hat Alwyn dann geleugnet, Rochet je gesehen zu haben? Ich habe ihm ein Foto gezeigt, von einer Leiche, zugegeben, aber zu erkennen und nur ein paar Tage nachdem er den ganzen Abend neben dem Mann im Pub gesessen und mit ihm gesprochen hat. Trotzdem hat er sich das Foto gründlich angesehen und behauptet, den Mann nie gesehen zu haben.

Die Winthrops haben sich merkwürdig benommen, von Anfang an. Sie wollen keine Besucher auf ihrer Farm haben, wollen nicht, daß die Tochter einen Freund hat, obwohl das ein absolut respektabler junger Mann ist. Sie verbergen etwas. Und ich könnte wetten, daß Jerry Hersey etwas ahnte und Alwyn ihn deshalb umgebracht hat.

Seine Schwester ist Elsie Winthrops Nachbarin und Freundin. Sie ist eine der wenigen Besucherinnen auf der Farm. Zwar ist sie keine besonders scharfsinnige Person, aber vielleicht hat sie etwas zu Jerry gesagt, was er verstanden hat und sie nicht.«

Einen Moment lang verriet Laxtons schmales Gesicht Unsicherheit, und Markby beeilte sich, seine Argumente noch nachdrücklicher zu verfechten. »Hören Sie, von Anfang an hat mich die Wahl der Begräbnisstätte stutzig gemacht. Derjenige, der Rochet dort begraben hatte, mußte über den Arbeitsablauf auf der Baustelle Bescheid wissen. Er mußte wissen, wie die Gräben für die Fundamente ausgebaggert und wann sie mit Beton aufgefüllt werden sollten. Und vor allem mußte er wissen, welcher Graben ausgehoben war und über das Wochenende offenbleiben würde. Es mußte jemand sein, der sich genau dort auskannte, und wenn es keiner war, der dort arbeitete, dann einer, der sich oft auf der Baustelle aufhielt. Alwyn hat ständig dort herumgehangen, fragen Sie doch den Architekten, Wetherall. Steve hat mir erzählt, Alwyn sei von den Bauarbeiten so fasziniert gewesen wie ein Kind von Lokomotiven. Aber«, fuhr Markby hartnäckig fort, »wenn Sie nicht nach Greyladies mitfahren wollen, dann fahre ich eben allein. Noch ist das mein Acker, und ich bin für die Verbrecher verantwortlich, die sich hier herumtreiben – ich hole sie mir, mit Ihnen oder ohne Sie, mir ist es gleich.«

Laxton gab nach, beharrte jedoch starrköpfig auf einem letzten Vorbehalt. »Schon gut, schon gut, fahren wir eben hin, Sie und ich. Wir können ja sagen, wir hätten allen Grund zu glauben und so weiter... Und was dann? Einer von uns bewacht die Leute mit einer Mistgabel, während der andere allein die ganze Farm durchsucht?«

Markby knurrte verärgert. Aber der Punkt war gut.

»Hören Sie«, er versuchte mit ruhiger Stimme zu sprechen, »haben Sie noch nie gehandelt, ohne sichtbare Beweise gehabt zu haben? Kennen Sie nicht dieses Kribbeln im Bauch? Glauben Sie mir, ich kenne diese Leute. Bin mit Alwyn in die Schule gegangen. Ich schleppe Sie doch nicht nach Greyladies und lasse Sie einem Phantom nachjagen. Ich muß weiter hier leben, wenn Sie schon längst wieder nach London abgehauen sind. Ich weiß, ich habe recht. Beantragen Sie einen Durchsuchungsbefehl, und stellen Sie Ihr Team zusammen. Aber beeilen Sie sich, um Himmels willen!«

Laxton kräuselte die schmalen Lippen. »In Ordnung. Wir beantragen einen Durchsuchungsbefehl für Gefahr im Verzug und eine Begleitmannschaft – wir brauchen den Hund.«

Natürlich beanspruchte all das Zeit, die – das spürte Markby in den Knochen – sie sich nicht leisten konnten. Es befriedigte ihn wenig zu sehen, daß sogar Laxton jetzt drängte und offenbar das gleiche Unbehagen fühlte wie er.

Dann war ihre Gruppe endlich unterwegs zur Farm. Markby führte den kleinen Konvoi an, und Laxton saß bei ihm im Wagen. Hinter ihnen fuhr ein Streifenwagen mir drei Männern und dahinter ein Van mit dem Hundeführer und dem ausgebildeten Tier. Das Wetter war noch immer schlecht, der Regen klatschte gegen die Windschutzscheiben, so daß die Scheibenwischer hilflos gegen eine übermächtige Flut ankämpften. Das Wasser schäumte an den Seiten des Wagens zu großen Wellen auf. Es wurde dunkler, Sturm und Gewitter hingen noch am Himmel, und allmählich wurde es Abend. Greyladies unter diesen Bedingungen zu durchsuchen wird die reinste Hölle sein, dachte Markby mutlos.

Laxton dachte offensichtlich das gleiche, starrte aus dem Fenster und sagte leise vor sich hin: »Wahrscheinlich haben sie den Stoff irgendwo im Trockenen, das hoffe ich wenigstens. Ich weiß nicht, wie gut der Hund bei schlechtem Wetter arbeitet. Wie weit noch?«

»Wir sind praktisch schon da«, knurrte Markby und bog mit Schwung in den schmalen Weg ein, der zur Farm hinunterführte.

»He, passen Sie auf!« schrie Laxton.

Ihnen entgegen kamen mit rasender Geschwindigkeit zwei Scheinwerfer, die sich durch Dunkelheit und Regen bohrten. Markby trat auf die Bremse, und der Wagen rutschte auf die Hecke zu, bevor er eine Haaresbreite vor dem anderen Fahrzeug hielt. Aneinander vorbei konnte man nicht, einer würde zurücksetzen müssen.

»Warum fährt dieser Idiot nicht zurück?« fauchte Markby. »Er sieht doch, daß hinter uns noch andere sind.« Der Streifenwagen und der Van hatten beide an der Einmündung in den Feldweg angehalten. Die Scheibenwischer wischten für einen Augenblick den Schleier aus Wasser weg, und Markby fügte mit einem Aufschrei hinzu: »Das ist der Mistkerl, der mir eins über den Schädel gezogen hat! Es ist der BMW. Zwei gleiche zur selben Zeit gibt es hier bestimmt nicht.«

»Er wird kaum darauf warten, mit Ihnen darüber zu diskutieren«, entgegnete Laxton. »Kommen Sie, er haut ab.« Er riß die Tür auf und stieg aus.

Markby brauchte nicht zweimal gebeten zu werden. Er hatte mit dem Besitzer des BMW ein privates Hühnchen zu rupfen. Letzterer war, nachdem er die Polizeiautos gesichtet hatte, aus dem Wagen geklettert, stapfte durch den Graben am Straßenrand und kämpfte sich die Böschung zu der Hecke hinauf, die das an die Straße grenzende Feld säumte. Darüber peitschte der Wind die Bäume, und die Hecke sah aus wie eine dunkle schwellende Woge, die sich gegen ein Ufer werfen wollte.

Der fliehende Mann löste in den beiden Polizeibeamten einen Adrenalinstoß aus. Auch wenn er nicht der Fahrer des geheimnisvollen BMW gewesen wäre, hätten sie automatisch genauso reagiert wie Alwyns Hund, als er das galoppierende Pony sah. Markby stürmte an Laxtons Seite durch den Regen und brüllte: »Halt! Bleiben Sie stehen! Polizei!«

Der Fliehende beachtete ihn nicht. Er erzwang sich seinen Weg durch die Hecke, ohne Rücksicht darauf, daß er sich Gesicht und Hände zerkratzte und sich die Kleidung zerriß, und rannte dann quer über das Feld. Sie liefen hinter ihm her, tauchten durch die Lücke, die er hinterlassen hatte. Undeutlich konnte Markby in der Mitte der Weide, über die sie stolperten, eine Reihe merkwürdiger Buckel ausmachen. Kurze Verwirrung wich dem Begreifen; er wußte, wo sie waren – auf der Koppel, und die Buckel waren die Überreste des alten Gebetshauses.

Er hatte keine Zeit, länger darüber nachzudenken. Der Blitz fuhr direkt auf sie herunter, erleuchtete die ganze Szene, den flüchtenden Mann, die Ruine, die Bäume, die Hecken. Er roch den Brand, spürte die Hitze auf dem Gesicht und stieß Laxton mit einem Warnruf heftig zur Seite, dann krochen beide auf Händen und Knien weiter. Hinter sich hörten sie ein ohrenbetäubendes Krachen. Ihm folgte einer der unheimlichsten Laute, die Markby je gehört hatte, einer, der ihm lange im Gedächtnis blieb. Ein langes Stöhnen und Ächzen aus tiefstem Innern, als leide ein Riese unter den qualvollen Schmerzen einer Wunde, die ihm eben beigebracht worden war.

Und tatsächlich geschah genau das. Der Blitz hatte die große Eiche getroffen, die so gefährlich in den Feldweg hineingeragt hatte. Sich auf den Knien umdrehend, auf die er gefallen war, hatte Markby gerade Zeit genug, um zu sehen, daß der mächtige Stamm in zwei Hälften gespalten worden war und der Teil, der ihnen am nächsten war, in ihre Richtung stürzte, langsam tiefer, tiefer …

Es ging natürlich überhaupt nicht langsam vor sich. Das wußte er. Es geschah sehr schnell und kam ihm nur langsam vor, als er hilflos auf der Erde lag.

Aber der mächtige Baum verfehlte ihn. Er verfehlte sie beide um knapp einen Meter, krachte herunter und blieb mit den obersten Ästen auf den geschwärzten Steinen der Ruine des Gebetshauses liegen. Es folgte ein zweiter Schmerzensschrei, ein menschlicher diesmal.

»Er liegt drunter«, stieß Laxton hervor.

Sie rappelten sich auf und stolperten zu dem gestürzten Ungetüm. Laxton hatte eine Taschenlampe aus der Tasche geholt und ließ den Strahl über die Äste gleiten. »Wo zum Teufel ist er?«

»Da drüben, ich sehe seinen Fuß.« Markby zeigte auf die Stelle. »Helft mir, das Ding zu heben!« Die Polizisten aus dem Streifenwagen waren herbeigelaufen. Zu fünft kämpften sie mit den schweren Ästen, doch es war unmöglich, sie so zu verschieben, daß jemand darunterkriechen konnte.

»Wir müssen die Äste anheben und irgendwie festkeilen, den Krankenwagen und einen Hebekran anfordern«, sagte Markby keuchend. »Vielleicht ist sein Rückgrat gebrochen.«

»Da drüben sind ein paar große Steinblöcke, Sir«, sagte ein Constable. »Wenn wir ein paar herüberbringen und den Ast heben und darauflegen könnten …«

»Na, dann macht mal. Seht zu, ob ihr einen oder zwei von den Steinen von der Stelle bewegen, herüberrollen und sie unter den Ast schieben könnt.«

»Die rühren sich nicht!« rief der Constable. »Sind in der Erde vergraben. Warten Sie, im Van haben wir eine Brechstange und einen Spaten.«

Die Geräte wurden geholt, zwei Steinblöcke mit großer Mühe ausgegraben und zum Baum geschoben. Keuchend und fluchend schafften sie es irgendwie, sie unter dem Ast zu verkeilen, der den verletzten Mann auf dem Boden festnagelte, so daß er nicht länger direkt auf ihm lag und ihm langsam das Leben abpreßte. Während einer der Constables per Funk einen Krankenwagen und Hilfe anforderte, kroch Markby in den schmalen Spalt zwischen den Ästen und der durchweichten Erde. Nasse Blätter fuhren ihm ins Gesicht, Zweige zerkratzten ihm die Haut und zerrissen ihm die Kleidung. Bevor er hineingekrochen war, hatte er den Regenmantel ausgezogen und zerrte ihn mit, während er sich in den engen Raum hineinschlängelte.

Der Verletzte stöhnte, als er ihn erreichte. Er lebte also. Es gelang Markby, ihn notdürftig mit dem Regenmantel zuzudecken. Laxton war auf die andere Seite des Baumes gegangen, kletterte vorsichtig durch die Äste und richtete jetzt den Strahl seiner Taschenlampe durch eine Lücke im Geäst auf das Gesicht des Verletzten.

»Kennen Sie ihn?« rief er durch das Heulen das Windes und das Rascheln des Laubs.

»Ja.« Der gelbe Strahl flackerte merkwürdig über das Gesicht des Mannes, das von Zweigen umgeben und von Ästen gefangen war. Der grünbekränzte Moorgeist, dachte Markby unwillkürlich, und ein atavistischer Schauer durchrieselte ihn. Gleichzeitig erinnerte er sich an einen

Namen. »Ich habe ihn seit ein paar Jahren nicht mehr gesehen, aber ich kenne ihn. Es ist Jamie Winthrop.«

Der Verletzte hörte seinen Namen, schlug die Augen auf und stöhnte. Er richtete den Blick auf Markbys Gesicht, das sich über ihn neigte, und flüsterte: »Alan ...«

»Richtig, Jamie«, antwortete Markby, und das Herz wurde ihm plötzlich schwer.

»Du wirst mich nicht – einsperren ...« Die Stimme war im alles übertönenden Geheul des Sturms sehr schwach, aber klar. »Wir haben gespielt – Räuber und Gendarm – auf diesen Feldern ...«

»Das weiß ich noch, Jamie«, sagte Markby bekümmert. »Aber ich bin erwachsen und ein richtiger Polizist, und du bist richtig verhaftet, Alter.«

Es dauerte noch eine ganze Weile, bis sie zur Farm kamen. Ein Kran hatte den Baum gehoben und den Sanitätern ermöglicht, den verletzten James Winthrop, der jetzt gnädigerweise bewußtlos war, medizinisch zu versorgen. Markby und Laxton, beide bis auf die Haut durchnäßt, achteten nicht mehr auf Nässe und Kälte und stiegen in Markbys Wagen. James' BMW war von einem der Constables im Rückwärtsgang in den Hof zurückgefahren worden, und dann konnten sie endlich auch nach Greyladies weiterfahren. Aus der Küche fiel Licht, aber der Hof lag verlassen da.

»Was war da los?« Laxton zeigte auf die beschädigte Pferdebox und ging dann zu der zersplitterten Tür, die in der Mitte des Hofes lag. Er stieß sie mit dem Fuß an. »Das ist kein Sturmschaden, jemand hat ein großes Loch hineingeschlagen.«

Die Constables waren aus dem Streifenwagen geklettert. Der Hundeführer hatte die hintere Tür des Vans geöffnet, und sein Tier sprang heraus. Es war das Signal für ein hereinbrechendes Chaos. Sofort und ohne jede Warnung flog etwas aus Nacht und Regen heran, etwas mit rotglühenden Augen, schimmernden, rasiermesserscharfen Zähnen und einem grauenhaften wütenden Knurren. Laxton schrie: »Himmel!«

Der Hütehund hatte einen schlechten Tag gehabt. Hier draußen war es naß, kalt und einsam. Es war ihm nicht gelungen, das Pony einzufangen, und er war gezwungen gewesen, sich vor Zähnen und Hufen in Sicherheit zu bringen, und zum Schluß war er von einem übelgelaunten Menschen getreten worden. Aber dies war noch immer sein Hof und dieser andere Hund ein Eindringling. Er konnte seine Ehre retten. Der Suchhund, ein liebenswürdiger Labrador, war dem anderen nicht gewachsen, doch er war auch nicht feige und bereit, sein Bestes zu tun.

Markby überließ es den anderen, die Kämpfenden zu trennen, und rannte durch den Regen zum Haus. Er riß sie Küchentür auf und blieb verblüfft und im ersten Moment sprachlos stehen.

Sie saßen alle um den Tisch herum und tranken Tee. Die gleichmütigen älteren Winthrops, Alwyn mit düsterer Miene und krank aussehend, Jessica blaß, aber entschlossen, und neben ihr – Meredith. Meredith? Er blinzelte und starrte sie an. Sie lächelte nervös.

»Hallo, Alan.«

Die anderen schlossen sich murmelnd ihrem Gruß an wie eine respondierende Kirchengemeinde am frühen Morgen. Mrs. Winthrop stand auf und holte gelassen noch einen Becher.

»Alwyn«, sagte Markby, der wußte, daß er sprach, aber ganz und gar nicht sicher war, daß die Stimme, die er hörte, die seine war, »kannst du deinen Hund rufen. Er versucht den Polizeihund umzubringen.«

»Gut, mach ich«, sagte Alwyn und riß sich aus seiner Lethargie heraus. Er schlurfte hinaus. Sie hörten ihn pfeifen.

»Habt ihr ihn gefaßt?« fragte Jessica mit kleiner, kalter Stimme.

»Ja. Er ist verletzt und wurde ins Krankenhaus gebracht.« Markby erhaschte aus den Augenwinkeln einen Blick auf Mrs. Winthrop und unterbrach sich. Zum ersten Mal sah er Angst in ihrem Gesicht. Er sagte beschwichtigend: »Der Notarzt hat gemeint, es ist nicht so schlimm, wie es aussieht.« Mrs. Winthrop entspannte sich. »Wahrscheinlich ein paar Rippen gebrochen«, schloß Markby und fügte erklärend hinzu: »Die alte Eiche ist auf ihn gestürzt.«

»Wollte den Baum beschneiden«, sagte der alte Winthrop. »Bin nur nie dazu gekommen.«

»Draußen im Hof sind noch mehr von euch, nicht wahr?« brach Mrs. Winthrop das Schweigen mit ihrer nüchternen Stimme. »Da machen wir wohl am besten noch eine Kanne Tee. Jess, stell den Kessel auf.«

»Ja, Ma.« Das Mädchen erhob sich.

»Also wirklich«, protestierte Markby, »wir können nicht… Wir sind gekommen, um die Farm zu durchsuchen…«

»Ist nicht nötig«, sagte Mrs. Winthrop gelassen. »Wir wissen, warum ihr da seid.«

»Es ist auf dem Heuboden«, unterbrach Meredith sie. »Versteckt in Säcken mit EG-Milchpulver.«

»Ach, tatsächlich?« entgegnete Markby schwach.

»Ja, ich habe dort oben eine ziemliche Unordnung angerichtet, habe die Säcke mit der Nagelfeile aufgeschlitzt. Tut mir leid.«

»Ach, wirklich?« In diesem Augenblick begann sein Verstand wieder zu arbeiten, und er brüllte: »Und was, in aller Welt, tun Sie hier, Ihrer Meinung nach? Sie sollten doch nach Witchett hinausfahren.«

## KAPITEL 24

»Ich nehme an«, sagte Pfarrer Holland nachdenklich, »Sie würden sagen, ich habe einen sozialen Beruf. Ich bemühe mich, mein Bestes zu geben. Aber es ist immer ein Schock, wenn man entdeckt, was vor der eigenen Nase passiert. Wer hätte gedacht, daß draußen auf Greyladies etwas Unrechtes vorgeht, ganz zu schweigen von etwas so Verbrecherischem wie Drogenhandel?«

»Sie haben nicht mit Drogen gehandelt«, sagte Meredith. »Nicht die Winthrops von der Farm. Sie haben Jamie nur erlaubt, den Stoff dort zu lagern.«

»James Winthrop«, sagte Markby heftig, »ist für mich so tief gesunken wie niemand sonst. Ein billiger, herzloser kleiner Gauner, der sich ein protziges Image zulegt, die Verteilung der Ware organisiert, sich selbst aber nie die Hände mit dem Zeug schmutzig macht. Er hat seine eigene Familie mißbraucht, ihre Schwäche und Unwissenheit ausgenutzt. Er wußte, wie sie kämpfen mußten, um sich über Wasser zu halten. Die paar Hunderter, die er ihnen jedesmal gegeben hat, wenn er seine Waren dort lagerte, waren die Rettung für sie. Mehr haben sie nicht bekommen. Die Gewinne wurden nicht geteilt. Die hat Jamie eingesteckt. Er schob ihnen nur ein Bündel Zwanziger zu, wenn er sie sah. Das könnte vor Gericht zu ihren Gunsten ausgelegt werden.«

»Dreißig Silberlinge«, sagte Pfarrer Holland. »Nun ja, zu gegebener Zeit werde ich ein paar Predigten über dieses Thema halten. Was passiert in der Zeit bis zum Prozeßbeginn mit der Farm?«

»Die Eltern Winthrop sind unter den gegebenen Umständen gegen Kaution entlassen worden, weil sie ihre Schafe versorgen müssen und so weiter. Außerdem werden die beiden alten Leute bestimmt nicht fliehen. Wohin denn auch? Alwyn ist im Untersuchungsgefängnis, die Anklage lautet auf Mord. Ohne ihn wird es für sie schwierig, doch ich vermute, der junge Denton fährt jeden Abend und an den Wochenenden hinaus, und ein hiesiger Farmer, der sich bereits zur Ruhe gesetzt hat, hilft tagsüber. Aber auf lange Sicht – wer kann das schon sagen?«

»Armer Alwyn«, sagte Meredith seufzend. »Ich hab ihn gemocht.«

»Ich auch. Doch bevor Sie anfangen, ihn zu bemitleiden, verschwenden Sie bitte einen Gedanken an den Mann, den er lebendig begraben hat«, warf Markby scharf ein.

»Das ist schlimm«, sagte Pfarrer Holland. »Denken Sie, er hat gewußt, daß sein Opfer noch lebte?«

»Wer weiß?«

»Ich glaube nicht, daß er's wußte«, verteidigte Meredith ihn tapfer. »Er hat so geredet, als hätte er's nicht gewußt. Schließlich hat er nur versucht, den Beweis zu verstecken, der seine Mutter des Mordes überführt hätte. Er dachte, Elsie hätte den Mann getötet.«

»Hat er das wirklich?« fragte Markby skeptisch. »Oh, ich weiß, was er jetzt sagt. Vielleicht hat er sich sogar selbst eingeredet, daß es so war. Aber wer weiß, was er damals gedacht hat? Rochet tot oder noch am Leben? Mit der Frage hat er sich wahrscheinlich gar nicht befaßt. Um es milde auszudrücken, Alwyn war völlig durcheinander. Meiner Meinung nach hat er seit Jahren nicht mehr klar und logisch gedacht. War ein wandelnder Nervenzusammenbruch. Doch wer will andererseits behaupten, daß er in diesem Moment geistig nicht völlig klar gewesen wäre. Ich denke, er wußte ganz genau, was er tat. Ganz bestimmt hat er nicht versucht festzustellen, ob Rochet noch am Leben war oder nicht, zumindest sagt er, er habe es nicht getan. Aber stimmt das? Angenommen, er hat es getan, angenommen, er erkannte, daß Rochet, zwar schwer verletzt und wahrscheinlich im Sterben liegend, im Krankenhaus lange genug hätte überleben können, um über die Geschäfte auszusagen, die auf der Greyladies Farm getätigt wurden? Man könnte sagen, Alwyn hatte einen sehr guten Grund, Rochet zu beseitigen. Jemanden unter ein Meter zwanzig tiefen Beton zu begraben, wäre die perfekte Lösung. Aber das ist eine rein persönliche Überlegung. Ich weiß es nicht, und Sie auch nicht. Das werden ein Richter und die Geschworenen entscheiden. Aber wenn Sie schon jemanden bemitleiden wollen, warum nicht den unglücklichen Rochet? Oder zählen Kriminalbeamte nicht? Rochet hatte wahrscheinlich Eltern, Brüder oder Schwestern, vielleicht eine Freundin … Wie wäre es mit einem oder zwei Seufzern für ihn?«

»Wir haben gestern in der Kirche für seine Seele gebetet«, sagte Pfarrer Holland. »Und für die Seele von Jerry Hersey. In allen Gottesdiensten. Hat einen Schatten auf Ostern geworfen. Der Gottesdienst am Ostersonntag ist gewöhnlich ein freudiges Ereignis, das die Auferstehung zum Thema hat, nicht den Tod. Übrigens, ich beerdige Hersey nächsten Donnerstag.« Er hielt inne; dann: »Die Kirche war voller Blumen. Schauen Sie doch einmal rein, bevor Sie nach London zurückfahren, Meredith, sind alle noch da. Elsie Winthrop hat dabei geholfen, sie zu arrangieren, wissen Sie? Sie war diesmal an der Reihe. Hat eine geschickte Hand für Lilien, wie man mir gesagt hat. Jerry Herseys Schwester Betty Chivers besteht darauf, daß Elsie den Blumenschmuck für Jerrys Beerdigung vorbereitet, weil sie es immer so schön macht, und außerdem ist sie noch immer ihre Freundin, auch wenn Alwyn Jerry erschlagen hat, sagt Betty.«

»Das ist grotesk«, sagte Meredith.

»Meine liebe Meredith, ich bin fast völlig abgehärtet gegen die Seltsamkeiten des Lebens. Habe im Lauf der Zeit schon mit den merkwürdigsten Fällen zu tun gehabt. Wie ich vorhin sagte, hin und wieder kann mich etwas noch richtig aufrütteln, Drogen auf Greyladies zum Beispiel. Aber daß Betty Chivers wünscht, Elsie Winthrop soll für den Blumenschmuck bei Jerrys Beerdigung sorgen? Nein, das überrascht mich nicht im geringsten. Es wird eine sehr große Beerdigung, sogar ein Chor wurde bestellt. Wie ich gehört habe, soll der Bauunternehmer sie bezahlen.« Pfarrer Holland unterbrach sich abrupt. »Noch Kaffee?«

»Nein, danke, wir müssen bald gehen«, sagte Markby hastig.

»Alwyn wollte Jerry nicht töten.« Meredith beschäftigte sich noch im Geist mit dem, was Pfarrer Holland zuletzt gesagt hatte. »Ich nehme an, das ist Mrs. Chivers klar. Er ist in Panik geraten.«

»Aber getötet hat er ihn, nicht wahr?« sagte Markby streng. »Ein kräftiger Kerl, dieser Alwyn. Als Farmer hat er gewußt, wie man einer Kreatur kurz und schmerzlos den Garaus macht. Ein schneller Schlag und ein gebrochenes Genick. Kein Problem.«

»Seien Sie still«, sagte Meredith heftig. »Das ist ja gräßlich.«

»Ja, das ist es, aber Sie haben das Thema zur Sprache gebracht.«

»Und alles für nichts und wieder nichts.« Meredith erinnerte sich an Barrys Worte. »Hersey wäre mit seinem Verdacht nie zur Polizei gegangen. So war er nicht. Hätte Alwyn sich nicht so darüber aufgeregt, daß Jessica mit Michael im Pub aufgetaucht war, hätte sein Verstand vielleicht klar genug gearbeitet, um zu begreifen, daß Jerry nur redete und moserte wie immer und keine echte Gefahr darstellte. Ich bin sicher, daß er es später begriffen hat. Er ist Herseys wegen und darüber, daß Betty Chivers jetzt allein ist, sehr betroffen.«

»Ein trauriger Fall«, meinte Pfarrer Holland und stellte die Kaffeebecher auf einem Tablett zusammen. »Blinde Panik und ein schuldbeladenes Gewissen gleichzeitig in einem so großen, starken Kerl wie Alwyn mußten ja zu Gewalttätigkeit führen.«

»Das ist komisch«, nahm Meredith den Faden auf, »aber da Sie Alwyns Kräfte erwähnen, fällt mir ein, daß Dolly Carmody erwähnt hat, wie stark die Frauen auf der Farm waren. Nun, arbeitende Frauen waren es ganz allgemein, da sie mit schweren Bügeleisen und Mangeln und so weiter umgehen mußten. Was ich meine, ist, daß Elsie ziemlich kräftig sein muß, obwohl sie allmählich in die Jahre kommt.«

»Bestimmt so kräftig wie ein Mann«, stimmte Markby zu. »Als sie Rochet mit diesem Schürhaken traf, war das schon ein Schlag. Sie wußte, sie konnte töten, und ich glaube, sie wollte es auch.«

»Und alles für die Farm …«

»Eine Perversion guter Absichten«, sagte Pfarrer Holland. »Und ein Verbrechen hat zum anderen geführt. Nachdem sie beschlossen hatten, Jamie den Heuboden als Lager benutzen zu lassen, war es bis zum Mord nicht mehr weit. Ein kleines Unrecht führt zu größeren, wie der Heilige Paulus uns weise mahnt. Das muß ich Barry unbedingt begreiflich machen.«

»Eins ist mir noch nicht ganz klar«, sagte Meredith. »Ich nehme an, es war schlau von Alwyn, daran zu denken, daß er Rochet in dem Graben verschwinden lassen könnte, andererseits aber hatte er viele Hektar Farmland zur Verfügung. Es ist Winthrop-Land, und dort hätte Rochet niemanden ausgraben können.«

»Vielleicht wäre das irgendwann doch passiert, wenn es Alwyn endlich geschafft hätte, das Land an eine Baugesellschaft zu verkaufen«, meinte Markby. »Vergessen Sie nicht die mündliche Vereinbarung, die er mit Dudley Newman getroffen hatte. Er wollte nicht an Dudley Newman verkaufen und erleben müssen, daß schon bei den ersten Baggerarbeiten das Skelett zutage gefördert wurde. Er fand es sicherer, den Leichnam irgendwohin zu tun, wo er einbetoniert werden würde. Sein Pech war, daß der Graben zu flach war und tiefer ausgebaggert werden mußte. Und das lag zufällig zum Teil daran, daß Alwyns Freund Jerry Hersey, seine Aufsichtspflicht vernachlässigt hatte. Also machte Jerry auf bizarre Weise den ersten Schritt in einer Reihe von Ereignissen, die damit endete, daß er ermordet wurde. Das heißt, eigentlich hat er diesen Schritt ja nicht gemacht. Er vernachlässigte seinen Job, und aus dieser kleinen Eichel wuchs eine mächtige Eiche. Das können Sie in Ihre Predigt einarbeiten, Herr Pfarrer.«

»›Weil ein Nagel fehlte, ging das Hufeisen verloren‹«, zitierte Pfarrer Holland. »Früher konnte ich das ganze Gedicht auswendig. Es schließt mit einer verlorenen Schlacht ›und alles, weil ein Beschlagnagel fehlte‹.«

»Wahrscheinlich haben noch ein paar andere Dinge die Wahl des Begräbnisplatzes beeinflußt«, fuhr Markby fort. »Ich nehme zum Beispiel an, der alte Winthrop lehnte es aus reinem Aberglauben ab, daß Rochet auf dem Land von Greyladies beerdigt wurde. Der Gedanke gefiel ihm nicht, in der Nähe eines Mannes zu arbeiten, dem er selbst ins Grab geholfen hatte. Und dann vergeßt nicht, daß es heißt, die alte Begräbnisstätte der Grauen Leute befinde sich irgendwo auf dem Grund und Boden der Baustelle. Vielleicht hat irgendeine unklare überlieferte Erinnerung Alwyn und seinen Vater davon überzeugt, daß es der beste Platz war, den Toten zur Ruhe zu betten, irgendwie passender und respektabler und einer ordnungsgemäßen Beerdigung am nächsten, die sie ihm ja nicht geben konnten.«

»Die Grauen Leute! Wußt ich doch, daß da noch was war!« rief Pfarrer Holland, schlug sich mit der Hand auf die Knie und fuhr lebhaft fort: »Bevor Sie gehen, Meredith, möchte ich Ihnen noch etwas Interessantes zeigen.«

»Ach, wirklich?« Meredith' Augen leuchteten auf. »Hängt es mit den Grauen Leuten zusammen?«

»Ja. Ich habe mit meinem alten Freund gesprochen, der *The Bamford Gazette* herausgibt. Die Sache hat ihn interessiert, und er ist in sein Archiv hinuntergestiegen. Und siehe da ...« Pfarrer Holland stand auf und holte eine vergilbte Zeitung von seinem Schreibtisch. »Müssen sehr darauf aufpassen und sie zurückgeben, es ist ihr einziges Archivexemplar. Ein Artikel hier ... Vor fast zehn Jahren von diesem Gretton geschrieben, der die Ausgrabungen beim Gebetshaus leitete. Er dachte, es könnte von lokalem Interesse sein, also hat er es aufgeschrieben und dann dem Herausgeber der *Gazette* geschickt, der es gedruckt hat.«

Meredith nahm die Zeitung und überflog den Artikel. »Also, da soll doch ... Guter Gott, Alan, sie sind alle nach Australien gegangen.«

»Was?«

»Hier... Und es wurde anno 1845 unter dem Datum sogar in *The Bamford Gazette* gemeldet. Gretton hat in seinem Artikel wörtlich den Bericht von damals zitiert. Ich wußte gar nicht, daß die *Gazette* so alt ist.«

»Wurde 1828 gegründet«, sagte Pfarrer Holland.

Meredith reichte Markby die Zeitung und studierte sie genau. »Ich vermute, daß sie, nachdem das Gebetshaus abgebrannt war, beschlossen, größeren Verlusten vorzubeugen. Gretton weist hier darauf hin, daß jedermann mit einem Handwerksberuf oder einer besonderen Fertigkeit in jenen Tagen eine freie Passage nach Australien bekam, daher war es nur vernünftig von ihnen, hier alles liegen und stehen zu lassen und zu fahren. Fast alle waren offenbar geschickte Handwerker oder Kaufleute. Ihre Namen werden hier zusammen mit ihren Berufen angegeben. Und, Meredith – Sie sollten den letzten Teil lesen.«

Meredith nahm ihm die Zeitung wieder ab und fuhr eifrig mit dem Finger die Liste entlang, die Matthew Gretton ausgegraben hatte. »Fünf Phillips. Das muß die ganze Familie gewesen sein, zu der Mary Anne in der Brandnacht lief, um sie zu alarmieren. Kein Wunder, daß sie sich an sie wandte, sie waren Mitglieder der Sekte.«

»Lesen Sie weiter«, sagte Markby lächelnd. »Den letzten Namen auf der Liste.«

»Mary Anne Winthrop, Melkerin«, sagte Meredith erstaunt. »So war das also. Mary Anne hat ein paar Leute aus der Sekte kennengelernt, weil das Gebetshaus so nah bei der Farm war, am wahrscheinlichsten diese Familie Phillips, und sie trat ebenfalls in die Sekte ein. Die Winthrops versuchten wahrscheinlich, das zu verhindern, und als es ihnen nicht gelang, haben sie das Gebetshaus niedergebrannt. Wenn sie mich fragen, waren die Winthrops seit jeher eine gefährliche Gesellschaft. Auf jeden Fall neigten sie zu drastischen Handlungen. Langsam denke ich, daß Mike Denton nur um Haaresbreite davongekommen ist.«

»Am Ende ist Mary Anne die Flucht aber doch gelungen«, sagte Markby. »Und sie ist mit den anderen in ein neues Leben gesegelt.«

»Vielleicht hat sie einen von den Phillips' geheiratet«, sagte Meredith. »Hier sind drei Männer ohne Ehefrauen angeführt.«

»Spekulationen, Miss Mitchell.«

»Ich wette, sie hat's getan. Ich sag Ihnen noch etwas, in der Familienbibel wurde nichts davon erwähnt. Sie haben festgehalten, daß ein Sturm das Dach abgedeckt hat, nicht aber, daß ein Mitglied der Familie nach Australien ausgewandert ist. Die arme Mary Anne wurde nie wieder erwähnt, als sie sich weiterhin zu ihrer neuen Religion bekannte. Eine unversöhnliche Gesellschaft, diese Winthrops.«

»Kein Ruhmesblatt in Bamfords Geschichte, die Verfolgung der Grauen Leute«, sagte Pfarrer Holland. »Eines Tages werde ich darüber predigen. Ein gutes Thema.«

»Wir müssen gehen«, sagte Markby energisch. »Wir haben versprochen, daß Meredith noch nach Greyladies kommt, um sich von Jessica zu verabschieden, ehe sie morgen nach London fährt.«

»Freu mich schon darauf, Sie bald wiederzusehen«, sagte Pfarrer Holland und umschloß Meredith' Rechte mit seiner mächtigen Pranke. »Und darauf, Ihren Aufsatz zu lesen.«

»Ich werde ihn schreiben müssen«, sagte Meredith, als sie die Zufahrt des Pfarrhauses entlanggingen.

»Laura wird Sie gern aufnehmen, wenn Sie wiederkommen müssen, um weiter zu recherchieren.«

»Will mich nicht aufdrängen. Ich rufe Sie an, und Sie können mir ein Zimmer im Crossed Keys bestellen.«

»Ich habe ein Haus«, sagte er sanft.

»Hm, nun, darüber müssen wir nachdenken. Müssen Sie in dieser Stadt nicht auf Ihren Ruf achten?«

»Sogar Kriminalbeamte haben ein Privatleben.«

»Ich wette, in Bamford bliebe es nicht lange privat.« Es folgte ein langes Schweigen. »Wenn Sie sich aber andererseits einen Urlaub in der großen Stadt vorstellen können«, fuhr sie fort, »ist da Tobys Wohnung in Islington.«

Wieder gingen sie eine Zeitlang schweigend weiter. »Der gute Ruf«, sagte Markby dann unerwartet. »Die Zeiten ändern sich, aber in so mancher Beziehung ändert sich die Haltung der Menschen nicht mit ihnen. Wenigstens nicht bei den älteren. Ich schätze, unser guter Pfarrer wäre vorhin um ein Haar in ein Fettnäpfchen getreten.«

»Er hat urplötzlich aufgehört zu sprechen, nachdem er Newman erwähnt hatte, nicht wahr? Das ist mir aufgefallen. Was gibt es da für eine Verbindung? Gewiß …« Meredith hielt kurz inne, bevor sie ungläubig fragte: »Aber doch nicht etwa …«

»Warum denn nicht? Vor Jahren wurden uneheliche Geburten vertuscht, doch der damalige Pfarrer muß zwangsläufig erfahren haben, daß Jerry nicht Betty Chivers Bruder, sondern ihr Sohn war. In irgendeiner Urkunde der Pfarrei steht vielleicht etwas über das Taufregister dieses Tages. Aber auch jetzt, da Jerry tot ist, kann Newman sich nicht offen zu ihm bekennen. Es geht um Bettys Ruf und um seinen eigenen. Seiner Frau würde es vermutlich nicht sehr gut gefallen, und seine Schwiegermutter kann ihn schon jetzt nicht ausstehen.«

»Tatsächlich? Nun, vielleicht weiß sie mehr, als sie zu sagen bereit ist.«

»Das«, sagte Markby, »ist immer der Fall. Es gehört zu den Dingen, die Polizeiarbeit immer so schwierig machen. Ehrbarkeit, müssen Sie wissen, wird oft höher geschätzt als Gerechtigkeit. Lassen wir Jerry in Frieden ruhen. Aber Newman und Betty Chivers müssen ihr Geheimnis ins Grab mitnehmen.«

Jessica und Michael Denton saßen auf den steinernen Überresten des Gebetshauses in der Koppel und steckten die Köpfe zusammen, als Meredith und Alan Markby sie fanden. In der Nähe graste friedlich das Pony. Der Abend war warm, sonnig, und eine sanfte Brise liebkoste die Blätter auf den Ästen der gestürzten Eiche, die noch immer ausgebreitet auf dem Weideland lag. Das Loch in der Hecke war wenig malerisch mit einem Stück Wellblech verschlossen worden.

»Hallo, ihr da!« rief Meredith den beiden zu, sie fuhren schuldbewußt auseinander und drehten sich um.

»O hallo«, sagte Jessica lächelnd.

Meredith und Markby suchten sich ebenfalls Plätze auf den sonnenwarmen Steinen. »Wo ist der Hund?« Meredith sah sich um. »Gewöhnlich taucht er doch als erster auf, wenn Besucher nach Greyladies kommen. Ich habe ihn im Hof nicht gesehen.«

»Mr. Jennet hat ihn, das ist der alte Mann, der jetzt kommt, um uns zu helfen. Er ist Arbeitshunde gewöhnt, und es ist am besten, der Hund bleibt bei jemandem, der weiß, wie man ihn behandeln und wie man ihn füttern muß. Ich meine, Whisky ist kein Haustier, und Dad will ihn nicht töten lassen, weil er ein guter Arbeitshund ist. Mr. Jennet hat selbst noch einen landwirtschaftlichen Kleinbetrieb und hilft manchmal bei den Schafen aus, wenn jemand eine zusätzliche Arbeitskraft braucht, also wird Whisky ihm nützlich sein.«

»Und wie werden Sie es schaffen, Jess?« fragte Markby.

Sie zuckte mit den Schultern. »Nun, wir machen weiter bis zu den Prozessen – die vermutlich erst in ein paar Monaten stattfinden. Doch wir müssen damit rechnen, daß Dad und Ma Gefängnisstrafen bekommen. Und selbst wenn das nicht der Fall ist, weitermachen können wir auch nicht. Dads Wille ist gebrochen, und sogar Ma scheint alles egal zu sein. Weil – weil Alwyn nicht mehr da ist.« Sie senkte rasch den Kopf, und Michael Denton umfing ihre Hand und drückte sie tröstend.

»Es geht schon, Mike«, sagte sie, ließ aber seine Hand nicht los. Aufblickend, sagte sie lebhafter: »Dudley Newman war bei uns.«

»Also, da soll mich doch!« rief Markby ärgerlich. »Er hätte wenigstens so viel Anstand haben sollen, bis nach den Prozessen zu warten. Ein grober Klotz!«

»Er hat sich entschuldigt, daß er uns jetzt belästigt, aber er hat gesagt, er wolle es nicht riskieren zu warten und dann die Gelegenheit verpassen, Greyladies zu kaufen, wenn es auf den Markt kommen sollte. Er will hier natürlich lauter Häuser bauen und sagt, daß er die Baugenehmigung bekommen kann. Er bietet uns sehr viel Geld.«

»Ach, wirklich?« sagte Markby grimmig. »Trotzdem, Jessica, würde ich den Besitz von einem unabhängigen Sachverständigen im Hinblick auf seinen Wert als Bauerwartungsland schätzen lassen. Mr. Newman ist Geschäftsmann und auf ein Schnäppchen aus, darauf könnte ich wetten.«

»Keine Sorge«, sagte Denton. »Ich behalte die Dinge im Auge. Übrigens, Jess und ich wollen heiraten – nachdem alles geregelt ist, natürlich. Das wird ungefähr noch ein, zwei Jahre dauern.«

Meredith und Markby wünschten den beiden Glück, und dann fragte Meredith: »Werden Sie das Gartencenter und Bauernmuseum auf Witchett eröffnen, Michael?«

»Da läuft alles gut. Dolly ist noch immer begeistert, und wenn er für Greyladies einen guten Preis erzielt, wäre Jess' Vater daran interessiert, einen Teil des Geldes in das Gartencenter zu investieren. Nicht, daß er sich für Topfpflanzen und Sträucher für Rabatten interessiert. Er kann nicht verstehen, daß man etwas pflanzt, das man nicht essen kann. Aber er war sein Leben lang Dollys Nachbar, und ihm gefällt der Gedanke, daß wenigstens Witchett den Bauunternehmern durch die Lappen geht, wenn schon Greyladies aufgegeben werden muß.«

Alle vier verstummten. Markbys Blick fiel auf die gestürzte Eiche. »Schöne Menge altes Holz«, sagte er. »Soll der Baum liegenbleiben, wo er liegt?«

»Nein, nächste Woche kommt jemand mit einer Kettensäge, um ihn zu zerschneiden.« Jessica starrte den Baum finster an. »Immer wieder hab ich Dad wegen des Baumes in den Ohren gelegen. Hatte immer Angst, er würde bei Sturm auf Nelson stürzen.«

Das Pony sah von seiner geräuschvollen Grasmahlzeit auf und wieherte.

»Ich glaube, Jamie macht im Krankenhaus gute Fortschritte«, sagte Markby nach einer Weile und bedauerte sofort, daß er gesprochen hatte.

»Das ist mir egal!« brach es leidenschaftlich aus Jessica heraus. »Nein, stimmt gar nicht, ich wünschte, er wäre tot!«

»Komm schon, Jess, das meinst du doch nicht wirklich«, sagte Michael beschwichtigend.

»Warum nicht? Er ist mein Bruder, ja, aber er hat nur Unglück über uns gebracht. Alwyn hat sich immer von ihm beeinflussen lassen. Jamie hat gewußt, wie er Alwyn beeindrucken kann, hat dauernd von großen Geschäften und Besitz geredet, den er angeblich im Ausland hatte. Alwyn war immer ein sehr redlicher Mensch. Hat sich nie vorstellen können, daß jemand so verschlagen und hinterhältig sein kann wie Jamie.«

»Das wird bei Gericht alles zu Alwyns Gunsten sprechen«, sagte Markby tröstend.

»Aber viel helfen wird es ihm nicht, oder?« fragte sie bitter. »Er hat Jerry getötet und kann die Schuld auf niemand anders schieben. Wahrscheinlich bekommt er lebenslänglich oder wenigstens eine andere langjährige Haftstrafe.«

»Dazu darf ich leider nichts sagen«, meinte Markby.

Jessica schob sich das lange Haar aus dem Gesicht. »Ich dachte, er hätte auch den anderen getötet, wußte nicht, daß es Ma war... Ich – ich habe Blumen zur Baustelle gebracht und sie an den Platz gelegt, wo man den Leichnam gefunden hatte. Es klingt albern, aber ich wollte damit sagen, daß mir irgendwie leid tat, was wir getan hatten.«

»Sie waren das?« sagte Markby. »Mein Sergeant hat einen Strauß Schlüsselblumen gesehen und konnte sich nicht vorstellen, wer sie hingelegt hatte. Es bereitete uns eine Zeitlang Kopfzerbrechen.«

»Wirklich?« fragte Jessica. »Das war nicht meine Absicht.«

»Natürlich war es nicht deine Absicht«, sagte Michael Denton aggressiv.

»Es hat uns nicht ernstlich beunruhigt«, sagte Markby hastig. »Wir haben uns nur gewundert.«

»Aber geholfen habe ich Ihnen damit nicht«, unterbrach sie ihn. »Auf diese oder jene Weise waren wir alle schuld. Die andern haben sich von Jamie manipulieren lassen. Bei mir ist es ihm nie gelungen, also haben sie mich von ihm ferngehalten. Sie wußten, ich würde protestieren. Schon als kleines Kind habe ich ihn durchschaut, und sie wußten, ich würde sagen, sie sollten es nicht tun, und ihnen einige Wahrheiten über Jamie ins Gesicht sagen, die sie nicht hören wollten. Aber ich wußte, daß sie irgend etwas im Schilde führen, und ich habe sie den armen Mann wegtragen gesehen. Nein, laß mich reden, Mike, es muß gesagt werden. Ich hätte Jerry retten können, nicht wahr, wenn ich wegen des ersten Mannes sofort zur Polizei gegangen wäre? Wird man mich anklagen, Mr. Markby? Weil ich Beweise zurückgehalten habe oder so? Oder bin ich eine Komplizin?«

»Soviel ich weiß, ist es unwahrscheinlich, daß man Sie anklagt, Jessica. Die Anklagevertretung hat mit den Verfahren gegen die anderen Mitglieder Ihrer Familie ein volles Programm. Sie haben von dem Heroin nichts gewußt. Ihre Familie hat Sie herausgehalten und ist sogar so weit gegangen, Sie in Ihrem Zimmer einzusperren. Sie haben versucht, Meredith zu helfen, und als Sie von ihr die Wahrheit erfuhren, haben Sie unmißverständlich erklärt, daß Sie zur Polizei gehen würden. Außerdem«, sagte Markby verlegen, »verzeihen Sie, daß ich es erwähne, hatten Sie erst vor kurzem einen Nervenzusammenbruch.«

Michael warf ihm einen Blick zu, den man nur giftig nennen konnte, aber Jessica verzog nur leicht das Gesicht.

»Sie dürfen ruhig darüber sprechen, es macht mir nichts aus. Und wenn es mir nichts ausmacht, Mike, braucht es dich erst recht nicht zu stören. Man muß mich nicht behüten – das habe ich dem armen Alwyn immer wieder gesagt. Er wollte nicht auf mich hören. Das war es nämlich, was er eigentlich immer versucht hat, weißt du, dauernd wollte er sich um mich kümmern.«

Wieder schwiegen alle verlegen, und sie warf die langen Haare zurück.

»Sie haben Ma erlaubt, Jamie im Krankenhaus zu besuchen. Sie nennt ihn noch immer ›unseren Jamie‹, und ich kann ihr nicht begreiflich machen, wie unrecht das alles war.«

Jessica trat mit den Absätzen gegen die geschwärzten Steine der Ruine. »Sie hält ihn auch jetzt noch für ungemein tüchtig in geschäftlichen Dingen. ›Unser Jamie war seit jeher ein kluger Kopf‹, hat sie ganz stolz gesagt, als sie aus dem Krankenhaus zurückkam. ›Sobald er das hinter sich hat, wird er wieder auf festen Beinen stehen.‹ Weil ich so zornig und frustriert war, nicht weil ich sie verletzen wollte, habe ich geantwortet: ›Sie werden ihn für viele, viele Jahre einsperren, Ma, und das ist ganz richtig so.‹ Und sie darauf: ›Oh, unser Jamie hat einen sehr geschickten Anwalt.‹ Ich fragte sie, ob ›unser Jamie‹ diesen geschickten Anwalt bezahlen würde, damit er auch sie und Dad und Alwyn vertrat. Doch sie sagte nur, sie und Dad seien nicht wichtig. ›Was mit unserem Alwyn ist, weiß ich nicht‹, sagte sie. ›Ich glaube allerdings, sie werden verstehen, daß er es nicht böse gemeint hat.‹ Ehrlich, ich komme einfach nicht an sie heran.«

»Laß es sein, Jess«, sagte Michael eindringlich. »Versuch es zu verdrängen.« Er blickte auf und sah Meredith und Markby herausfordernd an. »Sie braucht nicht jede verdammte Sekunde daran erinnert zu werden.«

»Na schön, wir fahren jetzt«, sagte Markby, der sich getadelt fühlte.

»Ich komme wahrscheinlich in ein paar Wochen wieder«, sagte Meredith. »Und ich hoffe – ja, ich hoffe sehr, daß alles so gutgeht wie nur möglich.«

»Danke. Tut mir leid, daß Sie einen solchen Schreck hatten, Meredith.«

»Oh«, sagte Meredith, »ich bin hart im Nehmen.«

»Sind Sie das wirklich?« fragte Markby, als sie zum Wagen zurückgingen. »Hart im Nehmen?«

»Elastisch auf jeden Fall.«

»Ich hoffe, das ist Elsie Winthrop auch. Sie mag noch nicht akzeptieren, wie schwerwiegend das Geschehene ist, wie Jess eben beklagt hat. Aber der Moment wird kommen, in dem sie sich stellen muß, vermutlich wenn die Haftstrafen ausgesprochen werden. Ich habe Menschen wie Elsie zu Berserkern werden sehen, wenn sie endlich den Tatsachen ins Gesicht sehen mußten. Ihre Gehirne sind es nicht gewohnt, neue Ideen und Situationen aufzunehmen, und dann explodieren sie wie ein mentaler Zeitzünder. Elsie ist auch ein Tyrann und akzeptiert nicht, wenn andere über sie bestimmen. Ich schätze, die ganze Tragweite ist ihr noch nicht aufgegangen. Ich werde nie vergessen, wie es war, als ich in die Küche kam, und sie trug Jess nur auf, den Kessel für mehr Tee aufzusetzen.«

»Arme, traurige Winthrops. So viele Generationen auf dieser Farm im Abseits, ausschließlich mit ihren eigenen Angelegenheiten beschäftigt. Elsie war immer eine Winthrop, wußten Sie das? Das hat Pfarrer Holland ausgegraben. Sie war eine Art Cousine und auch eine geborene Winthrop.«

»Das eröffnet interessante Möglichkeiten der Inzucht. Wahrscheinlich haben sie sich seit Generationen gegenseitig geheiratet. Wahrscheinlich haben sie keinem getraut, dessen Name nicht Winthrop war. Das Ganze ist unglaublich deprimierend. Können wir nicht über etwas anderes sprechen?«

»Ja, aber ein letztes Wort muß ich noch dazu sagen. Wissen Sie, Alan, ich habe nachgedacht. Erinnern Sie sich, daß Steve Wetherall gesagt hat, wann immer er sein Leben satt habe, brauche er nur an Alwyn Winthrops Leben zu denken und fühle sich gleich wohler? Nun, das hat mich realistischer über das Foreign Office und meinen Schreibtischjob denken lassen, den man mir in London aufgezwungen hat. Es ist nicht das, was ich mir ausgesucht hätte, doch es hätte viel schlimmer kommen können, und ich habe immer die Hoffnung, daß sich etwas ändert. Ich werde also nicht mehr meckern oder meine Kündigung einreichen. Ich werde ganz einfach weiterdienen und auf einen Überseeposten in ferner Zukunft hoffen.«

»Irgendwie habe ich mir schon gedacht, daß Sie das tun würden«, sagte Markby niedergeschlagen.

Meredith schob den Arm durch den seinen. »Was immer passiert, Alan, ich glaube nicht daran, daß Sie und ich uns eines Tages Musterhäuser ansehen werden.«

»Vielleicht nicht.«

Sie drückte seinen Arm. »Sie haben nicht vergessen, daß wir Punkt sieben bei Ken und Susie zu einem Hackbraten eingeladen sind? Wir sollten heute lieber nicht zu spät kommen, damit der Hackbraten nicht zu einem soliden Ziegelstein verbrutzelt, wie beim ersten Mal, als wir es nicht geschafft hatten, der Einladung Folge zu leisten. Susie ist ganz wild darauf, aus erster Hand von meinen Abenteuern zu erfahren. Ich hatte noch keine Zeit, mich mit ihr zusammenzusetzen und ihr alles zu erzählen. Sie haben übrigens ihre Reise nach Schottland abgesagt und fahren zu einem späteren Zeitpunkt, wenn sie mehr Zeit haben. Sie haben sich die Landkarte angesehen und die Reiseführer gelesen und sind zu dem Schluß gekommen, daß sie wenigstens vierzehn Tage brauchen, also fahren sie im Sommer. Susie hat nur noch Lochs und Uferböschungen, Bens und Glens und so weiter im Kopf. Ken hat schottische Vorfahren, nach denen wollen sie forschen und hoffen, den Laird von MacSoundso zu finden. Doch da wir mit unseren interessanten Tischgesprächen zum Essen kommen, wird sie das für die entgangene Reise in den Norden entschädigen. Sie sagt, was wir zu berichten haben, schlägt alles, was sie bei den Treffen des Komitees zum Schutz der Nachbarschaft besprochen hätten.«

»Gut, aber bitte beschränken Sie sich darauf, ihr zu erzählen, was Sie erlebt haben, und ziehen Sie mich nicht hinein.«

Sie fuhren durch die Außenbezirke von Bamford. »Das alles war schon ziemlich merkwürdig, nicht wahr?« sagte Meredith nachdenklich. »Wenn ich an das denke, was Pfarrer Holland uns erzählt hat und was vor so vielen Jahren im Gebetshaus und am vergangenen Freitag geschehen ist. Als ich Mike und Jessica in der Nachmittagssonne händchenhaltend auf diesen alten Mauerbrocken sitzen sah und das Pony graste und alles so friedlich war, habe ich mich unwillkürlich gefragt, ob die Grauen Leute wissen, daß sie gerächt wurden.«

»Ich hätte gedacht, daß sie dort, wo ihre spirituellen Leiber jetzt auch sein mögen, über alle Rachegedanken erhaben sind.«

»Es ist nur, weil ich es, als ich zum ersten Mal dort war, um einen Grundriß zu zeichnen, ziemlich unheimlich fand. Ich hatte das Gefühl, daß mich jemand beobachtete. Es war kein glücklicher Ort. Jetzt liegen, trotz Jamies Unfall, Ruhe und Frieden darüber. Es kommt mir vor wie der Schluß von Emily Brontes *Sturmhöhe*. Sie wissen doch: ›Ich lauschte dem sanften Wind, der im Gras atmete; und ich fragte mich, wie jemand je glauben konnte, die Schläfer in der stillen Erde hätten einen unruhigen Schlaf.‹«

»Sie sind ein bißchen überspannt, mein Mädchen«, sagte Markby.

Originalverlag: Headline Book Publishing PLC, London
Titel der Originalausgabe: Cold in the Earth


Aus dem Englischen von Edith Walter

Umschlag- und Einbandgestaltung: Guido Klütsch, Köln,
unter Verwendung eines Bildmotivs von David Hopkins
Satz: Siebel, Lindlar
Gesetzt aus der Berkeley Oldstyle medium von Linotype-Hell
Druck und Einband: Friedrich Pustet, Regensburg



Printed in Germany
ISBN 3-7857-0910-2

1 3 2